U0092635

五四時期的翻譯文學

張中良

總　序

　　1992 年，兩岸開放探親後的第五年，我在埋首撰寫論文〈大陸的台灣文學研究概況〉過程中，驚覺對岸對於台灣文學研究的投入成果，並在種種因緣之下，開始關注對岸文學，一頭栽進大陸文學的研究與教學。

　　多年來，心中一直記掛著應該把台灣的大陸文學研究情況也整理出來。因為台灣和大陸是現代華文文學研究的兩大陣地，除了兩岸學界的本土文學研究之外，還須對照兩岸學界的彼岸文學研究，才能較完整地勾勒現代華文文學研究的樣貌。去年，我終於把這個想法，部分地呈現在〈台灣的「大陸當代文學研究」觀察〉一文中。但是，這個念頭的萌發到落實，竟已倏忽十年，而在這期間，仍有許多想做和該做的事，尚未完成，不禁令人感慨韶光的飛逝和個人力量的局限。

　　回顧過去半世紀以來的現代華文文學研究，兩岸都因政治環境和社會文化的變遷，日益開放多元；近年更因大量研究者的投入，產生豐盛的研究成果，帶起兩岸文學界更加密切的交流。兩岸的研究者，雖在不同的歷史背景下成長，但透過溝通理解、互動砥礪，時時激盪出許多令人讚嘆的火花。

　　「大陸學者叢書」的構想，便是在這樣的感慨和讚嘆中形成的。從文學研究的角度來看，成果的交流和智慧的傳遞，是兩岸文學界最有意義的雙贏；於是我想，應從立足台

灣開始，將對岸學者的文學研究引介來台，這是現階段能夠
做也應該做的努力。但是理想與現實之間，常存在著難以克
服的主客觀因素，台灣出版界的不景氣，更提高了出版學術
著作的困難度。

　　感謝秀威資訊公司的總經理宋政坤先生，他以顛覆傳統
的數位印製模式，導入數位出版作業系統，作為這套叢書背
後的堅實後盾，支持我的想法和做法，使「大陸學者叢書」
能以學術價值作為出版考量，不受庫存壓力的影響，讓台灣
讀者有更多機會接觸到彼岸的優質學術論著。在兩岸的學術
交流上，還有很多的事要做，也還有很長的路要走，我相信，
這套叢書的出版，會是一個美好開端。

宋如珊

2004 年 9 月　於士林芝山岩

目次

第一章

緒 論

　　中國的翻譯文學，早在《左傳》、《國語》、《史記》、《說苑》、《漢書》、《後漢書》、《古今注》、《樂府詩集》等古典文獻中就留有零星的記載。東漢開始的佛經翻譯，包含了豐富的文學內容，諸如《法華經》、《維摩詰經》、《盂蘭盆經》、《華嚴經》等堪稱佛教文學的代表作。近代以來，隨著瞭解世界的需求逐漸增強，翻譯成為一項規模宏大的事業，繼自然科學與人文社會科學的翻譯之後，翻譯文學蔚為大觀。

　　比起佛教文學來，近代翻譯文學已有自覺的文學意識，把外國文學作為文學來翻譯，但是，仍然存在著一些影響翻譯文學質量及其發展的問題，譬如：以「意譯」和譯述為主，其中根據譯者感情好惡、道德判斷及審美習慣而取捨、增添、發揮、誤譯、改譯、「中國化」（人名、地名、稱謂、典故等中國化，小說譯為章回體等）的現象相當嚴重；原著署名權沒有得到充分尊重，不少譯著不注明著者，或者有之但譯名混亂，還有一些譯著也不署譯者名[1]；譯作中只有少

---

[1] 參照郭延禮《中國近代翻譯文學概論》，湖北教育出版社 1998 年 3 月第 1 版，第 33-43 頁。

數用白話翻譯，大多數與代表性成果則為文言；各種文體不平衡，小說居多，而詩歌、散文較少，話劇更是寥寥可數。

五四時期，由於新文化啟蒙運動的強力推動，新文學開創基業的急切需求，以及新聞出版業與新式教育的迅速發展，翻譯文學遠承古代翻譯的遺緒，近續近代翻譯的脈絡，呈現出波瀾壯闊的局面，取得了前所未有的成績，邁進了一個新紀元。譯者隊伍不斷擴大，發表陣地星羅棋布，讀者群遍布社會各個階層，翻譯文體漸趨豐富，白話翻譯升帳掛帥，翻譯批評相當活躍，翻譯質量有了長足進步，翻譯文學作為一個獨立的文學門類，堂而皇之地步入了中國現代文學的殿堂。

在以往的現代文學史研究中，翻譯文學常常受到冷落，即使納入視野，也往往只是作為背景來看待。實際上，對於作家的養成、讀者審美趣味的熏陶、文學表現領域的開拓、文體範型與創作方法創作技巧的示範引導、現代文學語言的成熟，乃至整個現代文學的迅速萌生與茁壯成長，翻譯文學都起到了難以估量的巨大作用。翻譯文學不僅僅是新文學產生與發展的背景，而且從物件的選擇到翻譯的完成及成果的發表，從巨大的文學市場佔有量到對創作、批評與接受的廣泛而深刻的影響，都作為走上前臺的重要角色，直接參與了現代文學歷史的構建和民族審美心理風尚的發展，對此應該給予足夠的重視。

一、翻譯的價值

近代以來，中國經歷了側重於物質文明建設的洋務運動、旨在制度文明改革的戊戌變法、辛亥革命，到了五四時期，以個性解放、思想革命為標誌的精神文明建設提到了社會發展的重要日程。在這一背景下，始於近代的對翻譯文學價值的認識，有了走向全面、深化的契機。

近代翻譯文學已經使國人初步見識到新穎的外國文學樣態及其所表現的異域風土人情，意識到文學也可以承載政治使命。新文化運動興起以後，儘管對新文學與翻譯文學都提出了啟蒙要求，但在一些人眼裏，新文學盡可承擔啟蒙的重任，而翻譯文學則只是為創造中國新文學所做的準備；文學創作是終極目標，而文學翻譯則不過是權宜之計。這實際上輕視了翻譯的價值。時在日本的郭沫若，正處於創作熱情高漲期，加之年輕人的敏感，因為自己的創作在報上發表時被排在翻譯的下面，便發出了「覺得國內人士只注重媒婆，而不注重處子；只注重翻譯，而不注重產生」的感慨。他認為，「翻譯事業於我國青黃不接的現代頗有急切之必要……不過只能作為一種附屬的事業，總不宜使其凌越創造、研究之上，而狂振其暴威。」[2]十分看重翻譯的鄭振鐸，在題為《處女與媒婆》的短文中，對這種帶有一定傾向性的看法提出質疑，認為「他們都把翻譯的功用看差了。處女的應當尊重，是毫無疑義的。不過視翻譯的東西為媒婆，卻未免把翻

---

[2]　轉引自鄭振鐸《處女與媒婆》，1921 年 6 月 10 日《時事新報·文學旬刊》第 4 號。

譯看得太輕了。翻譯的性質，固然有些像媒婆。但翻譯的大功用卻不在此。……就文學的本身看，一種文學作品產生了，介紹來了，不僅是文學的花園，又開了一朵花；乃是人類的最高精神，又多一個慰藉與交通的光明的道路了。如果在現在沒有世界通用的文字的時候，沒有翻譯的人，那麼除了原地方的人以外，這種作品的和融的光明，就不能照臨於別的地方了。所以翻譯一個文學作品，就如同創造了一個文學作品一樣；他們對於人們的最高精神上的作用是一樣的。」稍後，他又在《俄國文學史中的翻譯家》中指出：「翻譯家的功績的偉大決不下於創作家。他是人類的最高精神與情緒的交通者。」[3]在 1922 年 8 月 11 日《文學旬刊》上的《雜譚》中，他再一次說：「現在的介紹，最好是能有兩層的作用：（一）能改變中國傳統的文學觀念；（二）能引導中國人到現代的人生問題，與現代的思想相接觸。」

　　鄭振鐸一再強調翻譯文學對於精神建設的重要價值，這正體現出五四新文化啟蒙運動的時代特徵。這種見解並非鄭振鐸的個人看法，而是一班新文學先驅者的共識。沈雁冰在《新文學研究者的責任與努力》中明確指出：「介紹西洋文學的目的，一半是欲介紹他們的文學藝術來，一半也為的是欲介紹世界的現代思想——而且這應是更注意些的目的。」他在主持《小說月報》全面革新一年之際，回顧說：「我們一年來的努力較偏在於翻譯方面——就是介紹方面。時有讀者來信，說我們『蔑視創作』；他們重視創作的心理，我個

3　1921 年 7 月《改造》雜誌。

人非常欽佩，然其對於文學作品功用的觀察，則亦不敢苟同。」要追尋永久的人性，溝通人間的心靈，提升人類的精神境界，並非一人乃至一國作家所能完成，在這個意義上，「翻譯文學作品和創作一般地重要，而在尚未有成熟的『人的文學』之邦像現在的我國，翻譯尤為重要；否則，將以何者療救靈魂的貧乏，修補人性的缺陷呢？」[4]在《介紹外國文學作品的目的——兼答郭沫若君》[5]中，他再次強調：「翻譯家若果深惡自身所居的社會的腐敗，人心的死寂，而想借外國文學作品來抗議，來刺激將死的人心，也是極應該而有益的事。」魯迅翻譯武者小路實篤的《一個青年的夢》，就是想借此喚醒彼此隔膜、無端仇視的國民；翻譯廚川白村的《出了象牙之塔》，「也並非想揭鄰人的缺失，來聊博國人的快意」，而是覺得「著者所指摘的微溫，中道，妥協，虛假，小氣，自大，保守等世態，簡直可以疑心是說著中國。尤其是凡事都做得不上不下，沒有底力；一切都要從靈向肉，度著幽魂生活這些話」。魯迅想借此讓「生在陳腐的古國的人們」意識到自身的腫痛，以便獲得割治腫痛的「痛快」，防止「倖存的古國，恃著固有而陳舊的文明，害得一切硬化，終於要走到滅亡的路。」[6]五四時期的許多外國文學作品，之所以能夠進入譯者視野、通過翻譯而與廣大中國讀者見面，就是因為其中表現的個性主義、人道主義意蘊、民主、

4　《一年來的感想與明年的計劃》，1921 年 12 月 10 日《小說月報》第 12 卷第 12 號。
5　1922 年 8 月 1 日《時事新報・文學旬刊》第 45 號。
6　魯迅《出了象牙之塔・後記》，北京未名社 1925 年 12 月版。

自由、平等、科學等現代觀念，正為新文化啟蒙運動所急需。這類翻譯作品在跨文化交流與現代啟蒙中也的確發揮了重要作用。

　　1921 年 8 月 12 日《京報》「青年之友」裏有一篇文章說，「凡是翻譯的文學，只足供研究文學的人的研究資料而不能盡文學的真正任務──兒童文學尤其不是翻譯的文學所能充當」。當月 20 日，《時事新報・文學旬刊》第 11 號發表署名春的《兒童文學的翻譯問題》，對此質疑道：「翻譯不過是把文學作品的形式，變換一下，至於作品裏所表現的思想情感，經過一度翻譯之後，是決不會全然消失的；便是作品裏的情調，風格，韻律，要是譯得好，也往往能保存到八九分。那麼翻譯出來的東西，為什麼竟『不能盡文學的真正任務』呢？難道神曲的英文譯曲（本），深（浮）斯德的法文譯本，罪與罰的德文譯本，都只是『研究文學的人的研究資料』，不能算為一種文學作品嗎？」接著，作者以《一千零一夜》、安徒生童話、《魯濱遜漂流記》為例，說除了本民族能夠閱讀原本以外，全世界大多數兒童所讀的都是譯本，難道那些譯本都不能成立嗎？人類的思想感情有相通的地方，兒童尤其如此，兒童文學不應有國界的分別。中國的問題，不是翻譯過多了，而是嫌少，所以，他呼籲「為了我們的孩子，為了我們的文化前途」，應該多多翻譯西洋童話。文章雖然是從兒童文學切入，但觸及了對整個翻譯文學功能的認識。在新文學前驅者看來，翻譯文學可以作為創作的準備，也能夠充當認識外部世界的視窗與精神啟蒙的工具，但其功能決非僅僅如此而已；翻譯文學作為一種精神產品，具有超越地域和民族的人類普遍價值，作為一種文學作品，具有超越時空的審美魅力。

較之近代翻譯文學，五四時期的翻譯文學有了更多的文學自覺。沈雁冰把翻譯視之為當下最關係新文學前途盛衰的一件事[7]。關於翻譯之於創作的功用，鄭振鐸多次說過不僅僅為「媒婆」而止。他在《翻譯與創作》中將其比作哺乳的「奶娘」，還稱之為開窗「引進戶外的日光和清氣和一切美麗的景色」。總體來看，新文學前驅者認為從翻譯中至少可以從三個方面汲取營養滋補新文學。

一是文學觀念。傳統文學觀念中載道教化佔有重要地位，新文學前驅者意識到，要想完成文學觀念的現代轉型，將載道之「道」由家族主義、奴性主義等封建倫理置換成人道主義、個性主義等現代之「道」，改變視文學為高興時的遊戲與失意時的消遣的觀念，把文學看作一項表現人生、關乎人生的重要事業，並且真正把文學作為文學來看待，把握其基本特徵與發展規律，必須大力譯介外國文學理論。從古典的亞里士多德《詩學》到蘇俄新興文藝觀念，五四時期均有翻譯，而且占有相當大的比重，這一點大大超越了近代文學翻譯。

二是文藝思潮。文藝思潮對於以往缺少文學史梳理的中國來說，本是一個陌生的概念，20 世紀之初引進中國，五四時期漸漸為國人所熟悉起來。此時，遠則文藝復興，近則寫實主義、象徵主義等思潮，紛紛譯介進來。從文藝復興體認外來影響對於文學發展的必要性與五四文學革命的合理性，從西方近代文藝思潮汲取新文學的發展資源。胡愈之在

---

[7]　《譯文學書方法的討論》，《小說月報》第 12 卷第 4 號。

《近代文學上的寫實主義》[8]中指出：「翻譯文藝，和本國
文藝思潮的發展，關係最大，俄國近代的文學家，可算盛極
一時了，但他們的起源，實是受德國浪漫文學，法國寫實文
學的影響。日本近年文藝思潮的勃興，也是翻譯西洋文學的
功勞。所以翻譯西洋重要的文藝作品，是現在的一件要事。
二三十年來我國翻譯西洋文學的成績，是不必說起，但從今
以後，我國的一般文藝翻譯家，也該覺悟了。今後最要緊的，
便是翻譯近代寫實主義的代表著作，因為新興的象徵主義神
秘主義，和我國文藝思想，隔離尚遠，惟有寫實文學，可以
救正從前形式文學，空想文學，『非人』的文學的弊病。所
以像曹拉（今譯左拉——引者注）、莫泊三（今譯莫泊桑）、
斯德林堡、哈提（今譯哈代）等的小說，易卜生、霍德曼（今
譯霍普特曼）、皮龍生（今譯比昂遜）等的劇本，以及俄國
名家的作品，都應該撿要緊的翻譯。翻譯的時候，須先懂得
作者的身世派別，和他的特長，並且要用忠實細心的態度，
不致埋沒原作的長處。要是這樣做去，真正的寫實文學，才
會得輸入，我國文藝思潮的前途，才有一線的光明。」五四
翻譯對文藝思潮的重視，尤其是對寫實主義情有獨鍾，於此
可見一斑。但正如《〈小說月報〉的改革宣言》在肯定「寫
實主義在今日尚有切實介紹之必要」的同時，主張「非寫實
的文學亦應充其量輸入」[9]，實際上，五四時期譯介過來的
文藝思潮相當豐富，舉凡西方近代以來的各種思潮都能看
到，遠非寫實主義一種。

8　1920 年 1 月 10 日《東方雜誌》第 17 卷第 1 號。
9　1921 年 1 月 10 日《小說月報》第 12 卷第 1 號。

　　三是文體建設。新文學對於中國文學傳統無論情願不情願、自覺不自覺，都必然有所承傳，而對於外國文學卻是自覺地從語體到文體多有借鑒。這種借鑒很大程度上是通過翻譯來實現的。五四文壇對此具有充分的自覺意識。胡適主張「趕緊多多的翻譯西洋的文學名著做我們的模範」[10]。曾樸贊同「把世界已造成的作品，做培養我們創造的源泉」[11]。鄭振鐸在《翻譯與創作》中說，「翻譯者在一國的文學史變化更急驟的時代，常是一個最需要的人。」《俄國文學史中的翻譯家》再次強調指出：「就文學的本身講，翻譯家的責任也是非常重要的。無論在那一國的文學史上，沒有不顯出受別國文學的影響的痕迹的。而負這種介紹的責任的，卻是翻譯家。」他舉出威克立夫的《聖經》譯本被稱為「英國散文之父」，路德的《聖經》譯文是德國近代文學的基礎，俄國文學史上翻譯事業對於俄語的形成乃至俄國文學發展的作用，來說明翻譯家對於本國文學建設是如何的重要。他在《俄國的詩歌》中，又拿幾個以翻譯著稱的詩人——翻譯賀拉斯全集的福依史、翻譯席勒的美依，翻譯席勒、歌德、莎士比亞、拜倫的格庇爾，翻譯海涅的美克海洛夫，翻譯莎士比亞、拜倫、雪萊、歌德、海涅的文保爾為例，充分肯定「灌輸外國的文學入國中，使本國的文學，取材益宏，格式益精，其功正自不可沒」[12]。沈雁冰也說，「若再就文學技術的主點而言，我又覺得當今之時，翻譯的重要實不亞於創作。西

---

[10]　《建設的文學革命論》。
[11]　《病夫復胡適的信》，《真善美》1卷12號。
[12]　1922年2月1日《民鐸雜志》第3卷第2期。

洋人研究文學技術所得的成績，我相信，我們都可以，或者一定要採用。採用別人的方法——技巧——和徒事仿效不同。我們用了別人的方法，加上自己的想像情緒……，結果可得自己的好的創作。在這意義上看來，翻譯就像是『手段』，由這手段可以達到我們的目的——自己的新文學。」[13]

　　作為新文學語體的白話，一是從古代、近代的白話文學承傳而來，二是從生活中的日常言語汲取源泉，但如何使古代白話轉化為現代白話，將日常言語提煉成文學語言，則不能不歸功於翻譯文學。胡適、魯迅、周作人等新文學創作的前驅者，大抵也是現代翻譯文學的前驅者，他們在閱讀與翻譯外國文學的過程中仔細體味原作的語言韻味，摸索文學的白話表達方式，從而創造了白話語體。也就是說，現代文學的白話語體，不僅表現在創作之中，而且表現在翻譯之中，有時甚或首先成熟於翻譯之中。胡適的譯詩《老洛伯》、《關不住了》、《希望》等，堪稱《嘗試集》中最早成熟的作品與最出色的作品。周作人最初成熟的白話文作品也應該說是他翻譯的《童子 Lin 之奇迹》、《皇帝之公園》、《酋長》、《賣火柴的女兒》等。胡適在《新青年》第 4 卷第 4 號發表譯詩《老洛伯》時，加了一段較長的《引言》，指出「全篇作村婦口氣，語語率真，此當日之白話詩也」，強調蘇格蘭白話文學對於英國文學革新發展的重要意義。胡適翻譯此詩，一則緣於自身品嘗婚姻苦果與此詩達成共鳴，再則就是從中尋找文學革命的動力。《引言》便能看出譯者對翻譯文

---

[13]　《一年來的感想與明年的計劃》。

學語體問題的自覺意識。饒有意味的是，這篇《引言》帶有文言色彩，而後面的譯文則是道地的白話，這種對比恰好可以證明翻譯在現代文學白話語體形成過程中的重要作用。

對於各種體裁與多樣風格的翻譯，五四時期亦有自覺的意識。小說翻譯在近代已有相當的基礎，五四時期主要是在對象選擇的深廣度（作品的經典性與風格的多樣化等）與提高翻譯質量上向前推進；也許與中國散文基礎雄厚、傳統散文向現代散文過渡難度相對較小有關，散文的翻譯較少。翻譯界討論較多的是詩歌與戲劇。沈雁冰的《譯詩的一些意見》指出翻譯外國詩的意義，在於「借此可以感發本國詩的革新」[14]。朱湘的《說譯詩》說得更為具體：「倘如我們能將西方的真詩介紹過來，使新詩人在感興上節奏上得到鮮穎的刺激與暗示，並且可以拿來同祖國古代詩學昌明時代的佳作參照研究，因之悟出我國舊詩中那一部分是蕪蔓的，可以鏟除避去，那一部分是菁華的，可以培植光大，西方的詩中又有些什麼為我國的詩所不曾走過的路，值得新詩的開闢。從義大利的裴特拉（Petrarca）介紹希臘的詩到本國，釀成文藝復興；英國的索雷伯爵（Earl of Surrey）翻譯羅馬詩人維基爾（Virgil），始創無韻詩體（Blank Verse）。可見譯詩在一國的詩學復興之上是佔著多麼重要的位置了。」越是陌生而難譯的文體，越是著意提倡翻譯。詩歌是這樣，完全為舶來品的話劇更是如此。胡適在《建設的文學革命論》中提出「國

---

[14] 1922 年 10 月 10 日《時事新報·文學旬刊》第 52 號。

內真懂得西洋文學的學者應該開一會議，公同選定若干種不可不譯的第一流文學名著」的建議，宋春舫很快就選出全是話劇的《近世名戲百種目》，刊於同年 10 月的《新青年》。傅東華注意到中國不曾有過歌劇體裁的翻譯，而「覺得中國將來應該有一種新體的韻文，但若從創作方面著手，總不免仍要落入舊韻文的窠臼，因為創作者的思想是可伸縮的，既可伸縮，便往往不知不覺之間要拿自己的思想套在舊韻文的格律裏面去。因此，我想當這種新體韻文未能確立根基之先，應該多翻譯外國的韻文，以資練習。因為翻譯的時候，你只得另創一種新的聲調去湊合原文，決不能把原文改竄增損來湊合你的現成的聲調。由是翻譯得愈多，創出來的新聲調也愈增加。將來便能使韻文也和尋常說話一樣，可以運用自如，絕無拘束。」[15]於是，他翻譯了歌劇《參情夢》。

　　正是由於翻譯與創作有著如此密切的關係，新文學前驅者每每把二者平等相待。鄭振鐸在 1922 年 5 月 11 日《文學旬刊》第 37 期新闢的「最近的出產」專欄上發表《本欄的旨趣和態度》，把「出產」的範圍界定為：「所謂文藝的出產自然把本國產──創作文學──和外國產──翻譯文學──都包括在內。我們把翻譯看作和創作有同等的重要。」朱湘在《說譯詩》中說，英國詩人班章生有一首膾炙人口的短詩《情歌》，無論哪一種英詩選本都選入，其實它不過是班氏自希臘詩中譯出的一首；近世的費茲基洛譯波斯詩人莪默迦亞謨的《茹貝雅忒》，在英國詩壇上廣有影響，有許多英國

---

[15]　傅東華《參情夢・譯者的話》，《小說月報》第 16 卷第 10 號，1925 年 10 月。

詩選也都將它採錄入集。他以此為例，指出：「由此可見譯詩這種工作是含有多份的創作意味在內的。」[16]現代文學史上第一部新詩集──新詩社編輯部編輯、上海新詩社出版部1920 年 1 月初版的《新詩集》（第一編）裏，就收有孫祖宏翻譯的《窮人的怨恨》、郭沫若翻譯的《從那滾滾大洋的群眾裏》、王統照翻譯的《蔭》。同年 3 月由上海亞東圖書館初版的第一部個人詩集──胡適的《嘗試集》，也收入譯詩《老洛伯》、《關不住了》、《希望》、《哀希臘歌》、《墓門行》。1952 年，胡適編選《嘗試後集》時，仍然把白郎寧的《清晨的分別》、《你總有愛我的一天》、葛德的Harfenspieler《別離》、《一枝箭，一隻曲子》、薛萊的小詩、《月光裏》、莪默（Omar Khyyam）詩、Michau 詩等譯詩收入其中。趙景深詩集《樂園》也是著譯兼有，收創作10 首，譯詩 25 首。周作人的散文集《談龍集》收有譯作《希臘神話引言》、《初夜權引言》，徐志摩的散文集《巴黎的鱗爪》收有譯作《鷂鷹與芙蓉雀》、《生命的報酬》。現代第一部創作小說集《沈淪》裏，也收有歌德《迷娘的歌》的譯文。周作人在《藝術與生活·序一》中這樣說明集子裏收錄三篇譯文的理由：「我相信翻譯是半創作，也能表示譯者的個性，因為真的翻譯之製作動機應當完全由於譯者與作者之共鳴，所以我就把譯文也收入集中，不別列為附錄了。」二三十年代影響較大的幾套叢書，譯著都占有相當大的比重，如《小說月報叢刊》收譯著 32 種，占 53.3％；《文學

16　《文學周報》第 290 期，1927 年 11 月 13 日。

周報社叢書》收譯著 12 種，占 42.9％；《文學研究會叢書》收譯著 61 種，占 57％。由此可見，在新文學前驅者看來，翻譯文學是中國新文學的一個組成部分。三四十年代的文學史家對此予以認同，王哲甫《中國新文學運動史》（北平傑成印書局 1933 年 9 月版）與陳子展《中國近代文學之變遷》（上海中華書局 1936 年 6 月版）分別將翻譯文學列為第七章與第八章，田禽《中國戲劇運動》（上海商務印書館 1944 年 11 月版）第八章為「三十年來戲劇翻譯之比較」。王哲甫在《中國新文學運動史》中說：「中國的新文學尚在幼稚時期，沒有雄宏偉大的作品可資借鏡，所以翻譯外國的作品，成了新文學運動的一種重要工作。」這句話道出了他將翻譯文學納入新文學史的原因，而實際上，翻譯文學作為中國現代文學建構的重要工作，並非止於新文學初創期，到三四十年代乃至整個 20 世紀都是如此。

　　翻譯文學除了直接以翻譯的身份出現之外，創作中也有摘譯或改譯，譬如：現代第一部散文集——田壽昌（田漢）、宗白華、郭沫若的《三葉集》裏，就有郭沫若譯歌德《浮士德》詩句代序，還有郭譯雪萊詩《百靈鳥曲》，即《致雲雀》。郁達夫在短篇小說《沈淪》裏也引有作者自譯的華茲華斯詩。喜愛摘錄的周作人，其譯介性的散文裏有更多的譯文，《希臘的小詩》裏，有詩人西蒙尼台斯為三百個斯巴達戰士所作的詩體墓誌銘、柏拉圖的小詩（「以前你是晨星，照過人間，／現在死去，在死人中輝耀如長庚。」「我的星，你正在看星，我願得／化身為天空，用許多的眼回看你。」）、薩普福（通譯薩福）的詩銘與抒情詩片段（後者如：「正如

甘棠在樹頂上發紅，／在樹頂的頂上，所以採果的人忘記了；不，不是忘記，只是夠不著。」）等 20 首；《日本的詩歌》裏，既有小泉八雲、芳賀矢一文章的摘譯，更有香川景樹、和泉式部、與謝野晶子、與謝野寬、田村黃昏、松尾芭蕉、服部嵐雪、與謝蕪村、正岡子規、小林一茶等人的詩歌 24 首；《日本的諷刺詩》裏，徵引譯詩 42 首（其中一首是另一首的第二行）。至於大量外國作家評傳、關於作家、作品、思潮的評論中的譯文，更是不勝枚舉。這些摘譯或改譯，已經成為創作與評論、評傳的有機組成部分，如果去掉，勢必傷筋動骨折損元氣。

由此看來，五四時期對翻譯文學價值的認識，具備了鮮明的啟蒙時代色彩、視野廣闊的世界眼光與獨立而開闊的文學本體意識。這種深廣的認識，不僅為新文學前驅者所引領，而且逐漸被文壇所認同。近代翻譯文學先驅梁啟超，此時雖已不再處於翻譯的前沿，但仍在推動翻譯事業。1921年 7 月，他主編的《改造》雜誌新闢「翻譯事業之研究」專欄，發表梁啟超《中國古代之翻譯事業》、蔣百里《歐洲文藝復興時代翻譯事業之先例》、鄭振鐸的《俄國文學史中的翻譯家》，為現代翻譯文學提供歷史知識資源。廣大讀者也對翻譯寄予厚望。1920 年 3 月 22 日《民國日報・覺悟》刊出上海海關藏書樓主任周愴愴的來信，表示願意把他所管理的外國書籍雜誌借給願意翻譯的人翻譯。《小說月報》第13 卷第 1 號上刊出的廣州讀者陳靜觀來信，希望「多刊翻譯名著，少登無味的創作」。他認為，中國文學「害了隔食病，同肺病；除了用猛烈的消化藥，和換新鮮空氣外，沒有

辦法，消化藥是什麼？就是打破一切死章句，腐思想；新鮮空氣是什麼？就是翻譯外國文學作品」。這樣，「不久中國害肺病的文學者，同一般有文學欲的平民，也可以『沈屙立起』了。」

正是基於這種共識，翻譯文學在五四時期蔚為大觀。舉凡五四時期重要的報刊，很少有不刊登翻譯作品的。「譯文」、「譯叢」、「譯述」、「名著」等五花八門的翻譯欄目與各種重點推介的「專號」、「專輯」，成為報刊吸引讀者的一道亮麗的風景。《新青年》創刊伊始，就注意譯介外國文學作品，翻譯作品的國家與民族涉及英、俄、美、法、日、印度、葡萄牙、蘇格蘭、挪威、波蘭、丹麥、阿美尼加（亞美尼加）、愛爾蘭等，文體有小說、戲劇、詩歌、童話、理論與批評等。1923 年 6 月改為完全政治化的季刊之後，仍舊發表譯文，只不過內容變成《國際歌》、《赤軍進行曲》等政治化的作品罷了。《每周評論》、《新潮》、《國民》、《少年中國》、《解放與改造》、《曙光》、《新社會》、《人道》、《努力周報》等綜合性刊物，翻譯文學都占有一席之地，至於《小說月報》、《文學周報》、《詩》、《晨報副刊》、《京報副刊》、《民國日報・覺悟》、《時事新報・學燈》等文藝性雜誌與報紙副刊，翻譯文學更是占有大量篇幅。出版機構也成為翻譯文學的重要園地，單部譯著的出版已嫌不夠，推出叢書演成風氣。《文學研究會叢書》、《小說月報叢刊》、《文學周報社叢書》、《少年中國學會叢書》、《兒童世界叢刊》、《小說叢集》等叢書中，翻譯占有重要分量，更有一些翻譯文學叢書競相問世，如《未名

叢刊》（北新書局、未名社等）、《近代世界名家小說》（北新書局）、《歐美名家小說叢刊》（北新書局）、《世界名著選》（創造社出版部）、《小說世界叢刊》（商務印書館）、《世界文學名著》（商務印書館、上海金屋書店、北新書局）、《新俄叢書》（上海光華書局）、《歐羅巴文藝叢書》（上海光華書局）、《世界少年文學叢刊》（上海開明書店）、《近代世界短篇小說集》（上海朝花社）、《共學社叢書‧俄羅斯文學叢書》（商務印書館）、《世界文藝叢刊》（上海今代書店）等，文學的翻譯及其閱讀成為一種時代風尚，發表與出版翻譯文學成為新聞出版業的生財之道和與時俱進的表徵。

二、翻譯的主體

　　文學翻譯如此重要與迫切，怎樣的人才能擔當起這樣的重任呢？沈雁冰在《譯文學書方法的討論》[17]中，提出翻譯文學書的人「一定要他就是研究文學的人」、「瞭解新思想的人」、「有些創作天才的人」。鄭振鐸對於前兩個條件表示贊同，對第三條則有異議，他認為翻譯的人，不一定自己有創作的天才。只要他對於本國文有充分的運用的能力，對所譯作品的語言有充分瞭解的能力就可以了。「在翻譯上，思想與想像與情緒原文中都是有的，不必自己去創造，所必要的只是文字運用的藝術而已。所以翻譯家不一定就是創作

---

[17]　《小說月報》第 12 卷第 4 號。

家。」[18]不過，他也承認，如果用創作天才來翻譯東西，他的翻譯也許可以比別人好一些。在各國文學史上，單以翻譯家著名的是不少見的。

　　從五四時期的情況來看，文學翻譯者的確是「瞭解新思想的人」，雖然「瞭解」並不完全等於贊同。不少譯者對文學確有研究，只是這種研究並不都是學業專攻，多數是為了更好地翻譯而去研究相關作家和思潮，或者通過翻譯而研究。至於「創作天才」，恐怕只有魯迅、周作人、郭沫若、郁達夫、田漢、李劼人、徐志摩等少數人才能談得上，多數則只能說是具有良好的文學素養而已，當然，翻譯使譯者的文學才能得到發掘與提高、從而改變專業走上文學道路的也不止一二。

　　五四時期絕大多數譯者都通至少一門外語。其中有一批是留學生出身，如魯迅、周作人、胡適、趙元任、李青崖、沈澤民、張聞天、夏丏尊、陳大悲、歐陽予倩、陳望道、劉半農、李劼人、宋春舫、郭沫若、成仿吾、郁達夫、田漢、章錫琛、孫俍工、吳宓、方光燾、方令孺、陳西瀅、謝六逸、徐志摩、徐祖正、王獨清、豐子愷、穆木天、梁實秋、朱湘、徐蔚南、黎烈文等。國內新文學運動尚未興起時，身在海外的留學生，雖然所學專業不同，但出於學習外語的需要，接觸了大量本色的（而非林譯中國化的）外國文學，由於西方思潮的鼓蕩，要借文學來啟蒙，或出於良好的文史功底和濃厚的文學興趣，早早地開始了翻譯。如魯迅與周作人，在留

---

[18]　《翻譯與創作天才》，1921 年 5 月 20 日《時事新報‧文學旬刊》第 2 號。

日期間，即譯有《域外小說集》等。而胡適在出國前，就翻譯過短文《暴堪海艦之沈沒》、《生死之交》與詩歌《六百男兒行》、《縫衣歌》、《軍人夢》、《驚濤篇》、《晨風篇》等；留學美國期間，翻譯了《最後一課》、《柏林之圍》、《百愁門》、《決鬥》、《樂觀主義》、《哀希臘歌》等。胡適、魯迅等後來之所以能夠成為新文學運動的前驅，不能不追溯到早期翻譯的異質文化熏陶與文學訓練和積累。五四時期出國或歸國的留學生，由於新文學的召喚，文學翻譯更為自覺。

國內外國語教育的發展，也培養了大批翻譯人才。中國素有培養翻譯人員的傳統，明代永樂五年（1407 年）創設四夷館，先後設韃靼（蒙古）、女直（女真）、西番（西藏）、西天（印度）、回回、百夷（傣族）、高昌（維吾爾）、緬甸八館，後增設八百、暹羅等館。清初改名四譯館，省蒙古、女真二館。同治元年（1862 年）創設同文館，先後設英文、法文、俄文、德文、東文等館。20 世紀、尤其是民國成立後的新式教育，更加有利於翻譯人才的培養。教育部 1912 年至 1913 年陸續頒發了《普通教育暫行課程之標準》等法令，統稱「壬子癸丑學制」，規定有條件的高小可開設外國語課。外國語以英語為主，但是遇到地方特別情況，亦可任選法、德、俄一種。外國語要旨在通解外國普通語言文字，具運用之能力，增進知識。中學四年外國語每年周學時分別為 7、8、8、8（男生），6、6、6、6（女生）。外國語教學法基本上採用翻譯法或閱讀法，注重譯解。1923 年又頒布了《壬戌學制》，從學制、學科、教材到教法都由學日本

轉向學英美。中學課程標準綱要規定初中外語佔 164 學分中的 36 學分，約佔 21％，中文科、社會科的高中佔 91 學分中的 16 學分，約佔 17.6％，重數學和自然科的高中佔 95 學分中的 16 學分，約佔 16.8％。郭紹虞、傅東華、胡仲持等，就出身於普通或工科中等學校，但外語水平頗高，翻譯成績斐然。高等學校除了設有外語系科之外，其他系科也很重視外語能力的培養，沈雁冰、鄭振鐸、羅稷南、饒孟侃、潘家洵、李小峰、孫伏園、潘梓年、淩叔華等，即畢業於高等院校或其預科。教會大學對外語尤其重視，如燕京大學、齊魯大學、金陵大學、金陵女子大學、東吳大學、聖約翰大學、滬江大學、之江大學、華中大學、福建協和大學、華南女子文理學院、嶺南大學、華西協和大學等，不少翻譯者出身於這類學校。如冰心是燕京大學出身，曾虛白、鄒韜奮是上海聖約翰大學出身，胡山源是之江大學出身。外語專門學校更是培養外語專門人才的搖籃，瞿秋白、耿濟之是北京俄文專修館出身，曹靖華上過上海俄文專修班，後又到蘇聯留學。

　　五四時期的文學翻譯，主要由受過良好外語教育的生力軍擔當，但也有此前翻譯文學成績斐然的前輩仍在發揮作用。如近代文學翻譯第一人林紓，1917 年後繼續他與別人的合作翻譯，譯有哈葛德《天女離魂記》、托爾斯泰《現身說法》、亞波倭德《賂史》、丹考夫《俄宮秘史》、斐魯丁《洞冥記》、易卜生《梅孽》等。伍光建譯有歌德《狐之神通》、斐爾丁《大偉人威立特傳》、狄更斯《勞苦世界》、蓋斯凱爾夫人《克蘭弗》等。曾樸譯有雨果《呂伯蘭》、《呂克蘭斯鮑夏》、《歐那尼》、莫里哀《夫人學堂》等。

　　另外還有自學成材的翻譯者，如程小青自學英語，1915年起翻譯英國柯南道爾的偵探小說，後輯入《福爾摩斯探案大全集》（1-13 冊）、《福爾摩斯探案》等出版。王魯彥高小未讀完，後來到北京參加工讀互助團，兩度學習世界語，終於學通，以世界語翻譯外國文學，五四時期出版的有《猶太小說集》、俄國馬明西皮雅克《給海蘭的童話》，稍後結集出版的有《顯克微支小說集》、《世界短篇小說集》等。胡愈之上過新式小學，中學不到一年因病輟學，轉入杭州英文專科學校僅僅半年，學校因故停辦。他小學時學過一點日語，英語主要靠自學，世界語通過函授學習。《東方雜誌》的編輯工作逼促他邊學習邊翻譯，經刻苦努力與數年磨練，他已經熟練地掌握了英語、世界語和日語。1928 年被迫出國，又學習了法語。胡愈之在五四時期發表了大量譯文，如俄羅斯迦爾洵的《一件小事》、托爾斯泰的《三死》、契訶夫的《陸士甲爾的胡琴》、阿爾志跋綏夫的《革命黨》、普希金的《喪事承辦人》、高爾基的《消極抵抗》、愛羅先珂的《為跌下而造的塔》、《枯葉雜記》、《春日小品》、蘇聯賽甫里娜的《列寧和俄皇的故事》、英國王爾德的《鶯和薔薇》、猶太賓斯奇的《外交》、丹麥維德的《秋之火》、日本小泉八雲的《街之歌者》、德國蘇德爾曼的《歡樂的家庭》、西班牙貝納文特的《懷中冊裏的秘密》、保加利亞伐佐夫的《失去的晚間》、捷克捷赫的《出了一冊詩集的人》、波蘭普魯斯的《「她愛我嗎？」》等，結集出版的有俄國陀羅雪維支的《東方寓言集》。還有許多不知名的文學青年，也嘗試著文學翻譯。《新青年》第 5 卷第 3 號（1918 年 9

月 15 日）刊出了 Y. Z.寫給記者的信，信中說：「數年前夏天，我與我的姊姊，譯了許多英美名家的詩，是都用白話譯的。這番拿出來看看，已殘缺了；我親愛的姊姊，也是死了，（今年春！）真是悲傷哪！今附寄詩六首，其中譯的三首，是我姊姊的遺墨；做的三首，是我學步你們的。」三首譯詩都刊登出來，其中一首題為《不過》，S. M. Hagemen 作，S. Z.譯：

　　一　不過一個小兒罷了；／今天壓死在場市的；／但是無涯的天國，／宿在他小心裏。

　　二　不過一粒沙罷了，／海的波浪靜的；／但是他總占著一個地方，／保持大陸的平衡。

　　三　不過一分鐘過了，／現在想是無用了；／唉！沒有這一分鐘的鏈環，／便免去永劫的鏈。

　　這首帶有哲理色彩的詩，雖然看得出初譯者的學步痕迹，但五四時期普遍的翻譯熱情於此可見一斑。

　　五四時期社團蜂起，百家爭鳴，不僅有新文學激進派與保守派、中間派之爭，而且新文學陣營內部也存在著種種矛盾衝突。但無論社會發展觀、文學觀及審美取向有著怎樣的歧異，對待文學翻譯卻都充滿熱情。文學革命發難的 1917年，胡適在《新青年》上發表譯文《梅呂哀》與《二漁夫》（作者均為莫伯桑），林紓與陳家麟翻譯的托爾斯泰《社會聲影錄》在商務印書館出版。1919 年，胡適出版譯著《短篇小說》第一集，林紓發表小說《妖夢》、《荊生》與《致蔡鶴卿太史書》等文章、攻訐新文化陣營，與此同時，也出版了譯著《恨縷情思》（托爾斯泰）等。學衡派一方面對文

學革命提出種種質疑（其中有些不無道理），另一方面也在
《學衡》雜誌上發表吳宓、陳均、李思純、陳銓等人翻譯的
沙克雷（通譯薩克雷）、福祿特爾（通譯伏爾泰）小說，西
塞羅散文，柏拉圖、葛蘭堅、馬西爾文論，李查生・渥溫《世
界文學史》，囂俄（通譯雨果）戲劇，安諾德羅壁禮拜堂詩，
法國詩歌等。當然，學衡派的翻譯使用文言，這是其可笑之
處，但他們原則上並不排外，而是希望借助白壁德的新人文
主義理論與帶有古典主義色彩的文學作品來救治激進派的
淩厲浮躁之氣。《小說月報》經沈雁冰主持全面革新之後，
多數帶有鴛鴦蝴蝶派色彩的原班人馬，如葉勁風、包天笑、
李涵秋、胡寄塵、趙苕狂、張舍我、程小青、徐呆卓、何海
鳴、范煙橋、聞野鶴、惲鐵樵等人，在商務印書館編譯所所
長王雲五支持下重新集結在一起，於 1923 年 1 月 10 日創辦
了文藝周刊《小說世界》（第 17、18 卷改為季刊）。這一
刊物盡力迎合小市民心理與欣賞習慣，發表作品講究趣味。
同時給外國文學譯作不少版面，發表了托爾斯泰（《復活》
節本）、契訶夫、莫泊桑、都德、法朗士、大仲馬、狄更斯、
王爾德、歐・亨利、顯克微支、泰戈爾、國木田獨步、久米
正雄、德富健次郎、武者小路實篤、加藤武雄、岩下小葉、
秋田雨雀、裴多菲、歌德、小仲馬、克雷洛夫、科南道爾等
人的作品翻譯，文體豐富，有小說（含言情小說、科學小說、
世態小說、社會小說等）、劇本、詩歌、歌詞、傳記、故事、
寓言、童話、探險記、諷刺文配畫等。譯者不止於被新文學
陣營視為鴛鴦蝴蝶派的惲鐵樵、徐呆卓、周瘦鵑等人，也有
近代翻譯文學的前驅林紓、程小青等，還有來自新文學陣營

的沈雁冰、蘇梅等。由此可見，文學翻譯是五四時期眾多流派的共同行動。

翻譯者在選材與翻譯及成果的發表諸方面，有競爭，也有相互支持。周作人譯南非須萊納爾《沙漠間的三個夢》，篇末就對借給他小說集的劉半農表示感謝；1921 年 5 月 27 日《民國日報‧覺悟》刊出的《國際歌》譯文，出自鄭振鐸與耿濟之的聯手；魯迅翻譯《小約翰》得到了精通德語的朋友齊宗頤的大力支持；未名社的成立，緣自魯迅想幫助一班青年出版俄羅斯文學翻譯。文學研究會與創造社在翻譯價值的認識與具體作品的譯法等方面屢有論爭，個中雖然不無意氣用事的地方，但辯難其實也加深了對翻譯價值的全面體認與對作品的準確把握。

譯者從事翻譯的原因，從大的方面來說，無疑是緣自新文化運動與新文學發展的需求，就個體而言，情況則不盡一樣。有的是出於景仰作家人格文品，有的是急於傳達作品的意蘊，有的是要引進某種文體形式，有的是作為創作間歇的調整，有的是報刊約稿一時拿不出創作，只能以翻譯應命，有的是為創作而演習，有的乾脆是為了糊口。但此時，除了林紓等名家之外，普通文學青年的翻譯稿酬較低，難以單靠翻譯維持生計。所以，五四時期除了林紓等個例[19]之外，還沒有新一代專以翻譯謀生的文學翻譯家。有些同人刊物不付稿酬，如胡適在《新青年》發表《決鬥》、《梅呂哀》、《二漁夫》，在

---

[19] 商務印書館給予林紓與曾樸最高標準的譯稿酬：每千字銀洋十六元，約合白米三石許。參照時萌《曾樸研究》，上海古籍出版社 1982 年版，第 115 頁。

《新中國》發表《一件美術品》，在《每周評論》發表《殺父母的兒子》、《愛情與麵包》、《一封未寄的信》，就都沒有稿酬。

　　無論譯者最初的動因是什麼，一旦開始翻譯，便不由自主地將個人的思想、感情、才華投入到翻譯過程之中，所以譯者與譯作之間的關係不是搬運工與貨物那樣簡單的移動關係，而是一種原作與再創造的關係。清末民初一些譯作屬於譯述性質，往往既不標明原作者，也不注明是譯述，再加上改換了作品中的地名、人名，很容易使人誤以為是譯述者所著。這一方面反映出當時的版權意識淡漠，另一方面也與譯述這種形式改編成分較大有關。五四時期，《東方雜誌》等少數刊物，部分沿襲了這種做法，有些譯述作品題目下面只署譯述者的名字。而多數報刊則摒棄了那種著譯不分的做法，編譯、譯述與翻譯總是明確標出。但標出的細節卻也耐人尋味。《新青年》從 1915 年 9 月創刊到 1918 年 7 月發行的第 5 卷第 1 號，除了第 4 卷第 5 號之外，翻譯作品在目錄上不標著者，只有譯者署名，且不標「翻譯」或 「譯」的字樣，只是在內文裏一一標明。從第 5 卷第 2 號起，目錄上才標明著者與譯者。《小說月報》第 12 卷第 1 號，即全面革新的第一期，一篇譯作有三種署名方式，以《瘋人日記》為例：

　　封面的要目：譯叢　瘋人日記　耿濟之

　　目　錄　頁：譯叢　瘋人日記　（俄國郭克里著）　耿濟之；

　　內　文　中：　　瘋人日記　（俄國郭克里著）　耿濟之譯

　　內文裏的《鄰人之愛》後面為（俄國安得列夫原著）。第 2 號封面的要目與目錄頁的署名方式與第 1 號目錄頁的署名方式相同。《文學周報》（《文學旬刊》）譯作的署名方式，

譯者均為某某譯，而作者有時是某某作，有時為某某原作。這些細微的差別反映出版權意識有所增強，同時，也見得出人們對翻譯文學的創造性價值十分看重，有意無意地強調譯作與原作的差別，突出譯者的地位。

由於翻譯的急迫、轉譯的繁難與初學乍練的幼稚等原因，翻譯文學中難免有一些粗疏之作，翻譯界對此始終保持批評的態勢。譯者翻譯的態度大多十分認真，雖然未必都像杜甫說的那樣「兩句三年得，一吟雙淚流」，但賈島作詩似的推敲功夫卻也是尋常之事。所以，周作人在《陀螺序》中，一面自嘲說「這一點小玩意兒—— 一個陀螺——實在沒有什麼大意思，不過在我是愉快的玩耍的紀念，不免想保留它起來」；一面又說「有喜歡玩耍的小朋友我也就把這個送給他，在紙包上面寫上希臘詩人的一句話道，『一點點的禮物／藏著個大大的人情。』」

翻譯本身融會進譯者的感悟與感情，寄托著譯者對讀者的希望。中國素有小說評點傳統，近代翻譯家繼承了這一傳統，往往在譯本上加批點、題辭，或序跋。嚴復譯述《天演論》，附加按語 28 條，多達 21000 字，占全書近五分之二，還對原文時有加譯、減譯和改寫。「林紓的早期譯本，幾乎都有序文，他喜歡以司馬遷的『龍門筆法』來分析外國文學的藝術性，其中有一部分中肯的，可以說他與原作者具有通感，但也常常有迂闊之嘆。對於某些傑出的外國文學名著，例如狄更斯的批判英國政治、社會的現實主義小說，斯威夫特的諷刺小說，林紓都在序文中對他們的思想意義，給予高度贊揚，並且還聯繫中國的現實，在慨嘆、惋惜的微詞中，

透露出他對封建專制政體的不滿，和對民主、自由政體的嚮往。」[20]林紓在不同形式的評點中也有可笑的誤讀甚至荒謬的歪曲。施蟄存在《中國近代文學大系・翻譯文學集・導言》中認為，五四運動以後，新一代的文學工作者並不重視這種傳統的文學批評方式，批點絕迹了。實際上並未絕迹，只不過形式有所變化。譯者惟恐讀者不能領會原作的意義，許多譯作前有引言或譯序，後有跋或附記，介紹作者的生平、創作氛圍、題材的社會文化背景與作品的藝術特點，表達譯者的看法，還通過文中的括弧或註腳、章節附註加注釋，可謂用心良苦。1927 年 2 月 27 日至 12 月 25 日，在《生活》周刊第 2 卷第 17 期至第 3 卷第 8 期上，連載美國麥葛萊的《一位美國人嫁與一位中國人的自述》，署名鄒恩潤譯述，譯者實為鄒韜奮。在開始連載的前一周，韜奮在這家刊物上以編者的身份作了介紹：「這篇內容極有興趣，很有小說引人入勝的意味，而又屬真確的事實，毫無捏造」。此書的翻譯風格正如譯者在《本刊與民眾》一文中所表示的，是「力避『佶屈聱牙』的貴族式的文字，采用『明顯暢快』的平民式的文字」，親切流暢，易於接受。尤其值得注意的是，全書 44 節譯文，每一節譯文前面，鄒韜奮都寫有「譯餘閒談」，篇幅相當大，第一節的「譯餘閒談」400 多字，第二節的「譯餘閒談」100 多字，第三節的「譯餘閒談」700 多字。內容涉及自由戀愛、兩性交往的人生智慧、批判包辦婚姻與家族制度、國民性自省、關於時間與作客的國民性表現、娶妾制

---

[20]　施蟄存：《中國近代文學大系・翻譯文學集・導言》，上海書店出版社 1990 年版。

度、大家庭與小家庭生活方式問題、飲食大餐浪費陋習、生育一多子問題、節烈的荒謬、送客的吵鬧等，譯者就這些問題發表感慨與看法，有時還徵引新聞報導的真實事件。可謂言之有據，曉之以理，動之以情。譯作和傾注思想感情的「譯餘閒談」喚起了讀者的共鳴，連載期間就收到肯定性的來信近二百封。1927 年 10 月，韜奮在一篇來稿文後的附言中說：「我在『譯餘閒談』中攻擊中國的大家族制度，已喚起許多人的注意；大多數受過大家族苦惱的人，有的用口頭，有的用書信，都對我說他們讀了拍案叫絕。」應眾多熱心讀者的要求，此書於 1928 年 6 月由生活周刊社在上海初版印行，1932 年 1 月再版。翻譯者認真負責、傾注感情、因而受到讀者歡迎的主體姿態由此可見一斑。

三、翻譯的選擇

外國文學浩如烟海，選擇哪些對象來翻譯，在什麼時候翻譯，動因十分複雜。其中誠然有市場原因，也有譯者個人的審美趣味與隨機性，但市場的需求與個人的選擇每每同時代思潮密切相關，所以，就其大端而言，可以說是時代思潮的影響。

近代以來，先是洋務運動大張旗鼓，繼而變法維新呼聲高漲，然後辛亥革命風起雲涌，因而翻譯文學中科學小說、偵探小說、政治小說興盛一時，教育小說、冒險小說、法律小說等紛紛登場。隨著救亡圖存浪潮的不斷高漲，法國《馬賽曲》與德國《祖國歌》等表達革命與愛國精神的作品在詩

歌翻譯相對滯後的當時，也能夠一譯再譯。尤以《馬賽曲》為最：1873 年中華印務總局出版的《普法戰紀》第一卷，著錄了王韜 1871 年譯成的題為《麥須兒詩》的《馬賽曲》；1904 年 10 月 26 日出版的《新新小說》第一年第二號，刊載了署名俠民譯的《馬賽曲》第一章，並附錄五線譜註法文原詞；1907 年 5 月 5 日出版的《民報》第 13 號的補白中署名譯意的《佛蘭西革命歌》，亦即《馬賽曲》；1917 年 2月《新青年》第 2 卷第 6 號，刊有劉半農的《靈霞館筆記》，其第二則《馬賽曲》，既有原作者的生平、創作經過及其評價的介紹，又有劉半農用古詞風格翻譯的六段歌詞及路易·呂伯所續的兒童和唱一首，還有法文原文、英文以及註釋；1920 年 8 月出版的《新人》第 1 卷第 4 號，刊出馬驥良所譯的七節譯文；1926 年 10 月 8 日出刊的《小說世界》第 14卷第 15 期，前面刊載的編者錄《世界各國國歌譯意》中，已有《馬賽耶司》（即《馬賽曲》），緊接其後的《世界各國國歌補歌》中，又選錄王韜譯《麥須兒詩》與劉半農譯《馬賽曲》；同年，王光祈與李求實分別在《各國國歌評述》（中華書局）和《革命歌集》（中國青年社）中，選入《馬賽曲》。

　　五四時期以個性解放、思想革命為標誌的新文化啟蒙思潮波瀾壯闊，因而表現個性解放、人性解放、女性解放、思想自由、社會批判的外國文學作品引起普遍共鳴，翻譯的數量最大。周作人在《〈點滴〉序》裏說，這部集子所收譯作有一種共同的精神，「這便是人道主義的思想。無論樂觀，或是悲觀，他們對於人生總取一種真摯的態度，希求完全的解決。如托爾斯泰的博愛與無抵抗，固然是人道主義；如梭

羅古勃的死之贊美，也不能不說他是人道主義。他們只承認單位是我，總數是人類：人類的問題的總解決也便包涵我在內，我的問題的解決，也便是那個大解決的初步了。這大同小異的人道主義的思想，實在是現代文學的特色。因為一個固定的模型底下的統一是不可能，也是不可堪的；所以這多面多樣的人道主義的文學，正是真正的理想的文學。」[21]考慮到周作人在《人的文學》裏把人道主義界定為個人主義的人間本位主義，那麼，《點滴》的主旨就涉及了通常意義上的人道主義與個人主義。豈止一部《點滴》，整個五四時期的翻譯文學都表現出這種傾向。「易卜生熱」、「泰戈爾熱」、「拜倫熱」與「俄羅斯文學熱」均源於此。中日同屬東方儒教文化圈，專制歷史都很長，人性與個性都受到嚴重壓抑，但比較起來，中國的情況更為酷烈。因而人的解放尤其是個性解放的任務更為艱巨。這就使中國在汲取外來影響時尤其注重個性解放主題。譬如對尼采與易卜生的接受情況。在日本，易卜生 1889 年被譯介過來，從他去世的 1906 年到大正初期，被稱為「易卜生季節」；尼采則最早於甲午戰爭時譯介到日本，尼采熱持續到 1902 年前後。無論是易卜生，還是尼采，在接受過程中都有一個非個人（個性）化的時期。易卜生被當作國民文學與社會問題劇的典範，以其社會價值遮蔽了個性價值；尼采則是被當作「國權論」的代表。而在中國，無論是先驅者最初發現的 1907 年，還是五四高潮期，這兩位作家都首先並且始終被視為個人主義的強者。即使易

---

[21] 《點滴》，周作人輯譯，北大出版部 1920 年 8 月版。

卜生也曾從社會問題劇的角度被介紹過，但他在五四一代的眼裏，首先而且主要是思想家、文學家，而不是文體家。兒童文學翻譯盛況空前，安徒生、格林、王爾德、小川未明等人的童話，拉封丹、萊辛、克雷洛夫等人的寓言，卡洛爾的《阿麗思漫遊奇境記》、科洛迪的《木偶奇遇記》、亞米契斯的《愛的教育》等兒童文學名著大批地譯介進來，也是因為由「人」的發現而意識到了「兒童」的獨特性。

鴉片戰爭以來愈益加重的民族危機，逐漸喚起了中華民族的覺醒，尤其是甲午戰爭敗於從前的學生日本手下，中國人在品嚐了巨大的恥辱之後對民族壓迫的話題分外敏感，開始注意到《黑奴籲天錄》這樣的反抗民族壓迫的作品。第一次世界大戰以中國所參加的協約國的勝利告終，但並沒有改變中國飽受列強侵奪的地位，於是爆發了五四愛國運動，而後又由一系列慘案激起「五卅運動」等反帝愛國運動。在這種背景下，被壓迫的弱小民族的文學得到了五四時期翻譯界的熱切關注。

魯迅早在留學時代，就曾深為《黑奴籲天錄》所感動，在給友人的信中說：「曼思故國，來日方長，載悲黑奴前車如是，彌益感喟。」[22]他十分關注芬蘭、菲律賓、越南的事情與匈牙利的舊事，對為幫助希臘獨立而英勇獻身的拜倫與波蘭的復仇詩人密茨凱維奇、匈牙利的愛國詩人裴多菲產生過強烈的共鳴，到了五四時期仍然對這樣的詩人保持著深沈的熱情。魯迅早年為之感動的還有被西班牙殖民政府殺害的菲律賓民族獨立運動領袖、詩人厘沙路，梁啟超曾經譯過他的絕命詩《我的最後的告別》

---

[22] 《致蔣抑卮》，《魯迅全集》第 11 卷，人民文學出版社 1981 年第 1 版，第 321 頁。

（譯詩題為《墓中呼聲》）。五四時期，魯迅對這位亞洲的民族英雄仍然念念不忘，幾次向年輕的友人李霽野談到厘沙路，並說北京大學圖書館裏似乎有他的詩集英譯本，可加以介紹[23]。

　　周作人曾與魯迅一道通過《域外小說集》譯介被壓迫民族的文學，五四時期這方面的翻譯更多，譯有波蘭、南非、新希臘、猶太、保加利亞、芬蘭等弱小民族的作品。波蘭顯克微支的《酋長》（收《點滴》，北京大學出版部 1920 年 8 月版）就是很有典型意義的一篇。美洲印第安人黑蛇部落都會卻跋多被殖民者殺光燒光，就連外出打獵而幸免於難的十二名獵人，七年後被捉住也還是被殘忍地絞死。現代文明的城鎮建立在殺戮無辜的血腥之上，移民在絞死獵人的市場上設了一所同善局，每逢周日，牧師便在那裏教誨人們應該愛他的鄰居，尊重別人的產業，以及此外一切文明社會必要的道德。一個旅行演說家，還在此朗誦過一篇論文，題為《論各國民之權利》。人們早已忘卻或者根本不知道過去的血腥。馬戲團來此表演，以走索者黑鷲為黑蛇酋長古王之末孫做廣告。來到其祖墳之地賣藝的黑鷲威武雄壯，頭如老雕，身如美洲虎，淒厲的戰叫、要為黑蛇部落復仇的《死之歌》與狂放的《死之舞》令人恐懼，可是這勇士轉瞬卻喘息、睏倦地拿來一張錫盤，向本來驚恐萬狀的看客懇求賞賜。這些無疑是對殖民行為與被殖民者奴性的辛辣反諷。周作人對顯克微支十分推重，曾經譯過他的《炭畫》、《樂人揚珂》、《天使》、《燈枱守》等，在《酋長》譯後附記

---

[23]　參照李霽野《厘沙路和他的絕命詩》，收《李霽野文集》第 2 卷，百花文藝出版社 2004 年版。

中強調這位波蘭作家「最恨日爾曼人，譏刺攻擊，無所不
至」。後來，周作人見《小說月報》「被損害民族的文學
號」中竟然沒有顯克微支的作品，深表不滿，重要原因之
一就在於顯克微支對被損害的弱小民族抱有發自肺腑的同
情與希冀。

　　不少譯壇健將都在弱小民族文學的翻譯方面投入精
力。如沈雁冰就譯過愛爾蘭、猶太、烏克蘭、匈牙利、波蘭、
捷克、克羅地亞、阿根廷、尼加拉瓜、亞美尼亞、保加利亞、
巴西、土耳其、埃及、黎巴嫩、智利等國的作品。譯壇新人
也不甘落後，王魯彥 1926 年出版了譯著《猶太小說集》，
1928 年又結集出版了《顯克微支小說集》與所收多為波蘭、
匈牙利、保加利亞、芬蘭等國作品的《世界短篇小說集》。

　　伴隨著新文學運動的發展，弱小民族文學的翻譯呈上升
趨勢。1915 年 10 月《新青年》第 1 卷第 2 號刊出泰戈爾的
《贊歌》之後，隔了兩年多，自 1918 年 6 月第 4 卷第 6 號
「易卜生號」起，弱小民族的文學作品多了起來，所屬有印
度、挪威、芬蘭、丹麥、波蘭、猶太、亞美尼亞、愛爾蘭等。
《小說月報》全面改革以後，有意識加強弱小民族文學的譯
介，沈雁冰在第 12 卷第 6 號《最後一頁》中表示：「我們
從第七期起欲特別注意於被屈辱民族的新興文學和小民族
的文學；每期至少有新猶太、波蘭、愛爾蘭、捷克斯拉夫等
民族的文學譯品一篇，還擬多介紹他們的文學史實。」《小
說月報》實踐了這一計劃，翻譯的作品來自波蘭、挪威、匈
牙利、印度、猶太、亞美尼亞、阿富汗、捷克（波西米亞）、
喬具亞（格魯吉亞）、新希臘、芬蘭、保加利亞、克羅地亞、

塞爾維亞、烏克蘭、智利、巴西、安南（越南）等。

　　1921 年 10 月 10 日出刊的第 12 卷第 10 號特闢為「被損害民族的文學號」，更是表現出新文學陣營的鮮明態度。卷頭語為情調悲愴的《烏克蘭的民謠》，接下來是《被損害民族的文學背景的縮圖》與《引言》。為了便於讀者對被損害民族的文學的理解，《縮圖》從人種（民族遺傳的特性）、因被損害而起的特別性、所處的特別環境（自然的與社會的影響）等方面，介紹了波蘭、捷克斯洛伐克、芬蘭、烏克蘭、南斯拉夫、保加利亞等國的情況。署名記者的《引言》介紹了本期刊物所譯介民族文學的語言，尤其在民族平等與精神共鳴方面強調了譯介專號的意義：「凡在地球上的民族都一樣的是大地母親的兒子；沒有一個應該特別的強橫些，沒有一個配自稱為『驕子』！所以一切民族的精神的結晶都應該視同珍寶，視為人類全體共有的珍寶！而況在藝術的天地內是沒有貴賤不分尊卑的！凡被損害的民族的求正義求公道的呼聲是真的正義真的公道，在榨床裏榨過留下來的人性方是真正可寶貴的人性，不帶強者色彩的人性。他們中被損害而向下的靈魂感動我們，因為我們自己亦悲傷我們同是不合理的傳統思想與制度的犧牲者；他們中被損害而仍舊向上的靈魂更感動我們，因為由此我們更確信人性的沙礫裏有精金，更確信前途的黑暗背後就是光明！」這期刊物集中推出了一批成果，有翻譯或譯述文章 7 篇，分別是近代波蘭、近代捷克、塞爾維亞、芬蘭、新猶太、小俄羅斯[24]與立陶宛、

---

[24]　《引言》中關於小俄羅斯的界定包括：立陶宛、烏克蘭、麥羅俄羅斯。本期《小說月報》中《小俄羅斯文學略說》與《新興小國文學述略——

萊多尼亞、愛沙尼亞、喬治亞（格魯吉亞）、阿美尼亞（亞美尼亞）等文學的概觀或述略；譯叢欄目有 12 個國家的 11 篇小說、10 位詩人的詩篇（其中一篇小說為英國人所作，但內容與本號主題有關）；最後的插圖也全是小民族畫家所作。為了幫助讀者更好地認識作家與作品，小說與評論的翻譯後面都有《附記》。

　　這一期出版以後，在讀者中引起熱烈的反響。1921 年 11 月 9 日《時事新報・學燈》發表署名 C 的《介紹小說月報〈被損害民族的文學號〉》，文章說：「人類本是絕對平等的。誰也不是誰的奴隸。一個民族壓伏在別一個民族的足下，實較勞動者壓伏於資本家的座下的境遇，尤為可悲。凡是聽他們的哀訴的，雖是極強暴的人，也要心肝為摧罷！何況我們也是屢受損害的民族呢？」「我們看見他們的精神的向上奮鬥，與慷慨激昂的歌聲，覺得自己應該慚愧萬分！我們之受壓迫，也已甚了，但是精神的墮落依然，血和淚的文學猶絕對的不曾產生。」從中可以看出，五四時期大力譯介被損害民族的文學，實在是於我心有戚戚焉。愛爾蘭劇作家格雷戈里夫人致力於創建愛爾蘭民族戲劇，作品多有反抗外來統治、主張民族獨立的內涵。獨幕劇《月出》作於愛爾蘭爭取民族獨立運動中的 1907 年，寫一名當時隸屬於英國政府的愛爾蘭警官在碼頭識破扮作流浪藝人的越獄者（抵抗運動領導人）的身份，抓捕越獄者的官方職責與民族同情心、民族獨立意志發生衝突，警官最後放棄了逮捕。這個劇本引

立陶宛、萊多尼亞、愛莎尼亞、喬治亞、阿美尼亞五小國的文學》是兩篇文章，所以分別列出。

起中國翻譯界與戲劇界的注意，五四時期有爽軒據此改編的
《月出時》，收入凌夢痕編著《綠湖》第一集（民智書局
1924 年 2 月），後來又有黃藥眠譯本《月之初升》（上海
文獻書房 1929 年 5 月）、陳鯉庭編譯、陳治策改編的《月
亮上升》（北平中華平民教育促進會 1935 年 5 月）等版本
問世。舒強、何茵、呂復、王逸據此改編的《三江好》（武
漢戰爭叢刊社 1938 年 1 月）廣為傳播，演出反響強烈。[25]

　　一般認為五四新文學的主旨是反帝反封建，實際上，表
現在創作方面主要是以個性解放、人性解放與女性解放來反
抗封建禮教與專制社會，而翻譯則是反帝反封建並重，換言
之，反帝的主旨主要體現在翻譯方面，即弱小民族文學的翻
譯方面，借他人之酒杯澆我中華民族飽受壓迫與屈辱之塊
壘。說翻譯文學是中國現代文學的有機組成部分，這也是根
據之一。

　　時代思潮歸根結底緣自歷史發展的根本需求，而這種需
求正表現在現實之中。譯者在現實生活中對禮教束縛與社會
壓迫感受強烈，這就成為翻譯的重要動因。武者小路實篤的
《嬰兒屠殺中的一小事件》，描寫耶穌降生後不久，希律王
下令殺盡本地兩歲以內的小孩。專制不僅殘殺生命，而且瘋
狂的屠殺也戕賊了人性。一個士兵變成了殺人狂，越殺越想
殺；一個因自己的孩子被殺而發瘋的婦女成了替這士兵尋找
孩子的幫手；被找出的孩子的父親不願孩子落在別人的手
裏，遂以他那因憤怒與恐怖而顫抖的雙手掐死了自己的孩

25　參照王建開《五四以來我國英美文學作品譯介史》，上海外語教育出
　　版社 2003 年 1 月第 1 版，第 240 頁。

子。這篇作品周作人早在日本白樺派刊物《白樺》上讀過，留有印象。1926 年 3 月 18 日，北京市民「反對八國通牒國民示威大會」之後，2000 多人到鐵獅子胡同執政府國務院請願示威，要求派代表面見總理。不料總理段祺瑞衛隊竟然向手無寸鐵的請願民眾開槍，當場打死 47 人，重傷 155 人，輕傷 300 餘人。「三・一八」慘案發生以後，周作人「心中感到一種說不出的鬱抑，想起這篇東西，覺得有些地方，頗能替我表出一點心情」，於是將它翻譯出來，發表在《語絲》第 77 期，他在譯後附記中說得十分清楚：「我譯這篇的意思，與其說是介紹武者小路君的著作，還不如說是我想請他替我說話。」曾樸談到他翻譯雨果劇本《呂伯蘭》的動機時，也說是有感於當時中國社會執政的貪黷，軍閥的專橫，與劇本所表現的西班牙查理二世很有幾分相像。胡適之所以翻譯《老洛伯》、《關不住了！》等愛情詩，顯然是要借此舒解自己自由戀愛不能如願的鬱悶。

　　翻譯的對象是異域文學，所以，異域文化思潮不可避免地影響到中文翻譯。第一次世界大戰前後，戰爭的陰雲及其嚴重後果促使西方興起一股反思西方文化、重審東方文化的思潮，於是，泰戈爾得到重視，獲得諾貝爾文學獎之後風靡一時。中國文化在西方文化的強勢衝擊下，正處於飄搖之中，遂對泰戈爾感到格外親切，出現了泰戈爾熱。20 世紀初，西方與日本曾經流行過尼采熱、易卜生熱、托爾斯泰熱，給中國留學生留下了深刻印象，融入思想與知識結構之中。當五四啟蒙運動興起，這些資源立刻發生作用。魯迅、郭沫若翻譯尼采，胡適翻譯易卜生，起到了引領作用。諾貝爾文學獎主要體現了西方價值觀，五四時期比此前更為重視其資

訊，每逢頒獎，總是及時報導，並組織翻譯，五四之前獲獎的比昂遜、顯克微支、吉卜林、梅特林克、霍普特曼、羅曼・羅蘭等，時在五四時期獲獎的哈姆生、法朗士、葉芝、蕭伯納、柏格森等，均有翻譯。

　　翻譯的選擇與譯者所掌握的語種亦有直接關係。留法學生是法國文學的主要譯者，如李劼人就翻譯了莫泊桑的《人心》，都德的《小物件》、《同情》，福樓拜的《馬丹波娃利》（通譯《包法利夫人》）、《薩朗波》等。留日學生是日本文學的主要翻譯者，同時，也借助日本這個翻譯大國的窗口，瞭解世界，轉譯其他語種的文學。英國文學翻譯量大，顯然同英語是強勢語言、掌握英語者人數眾多有關。這樣就帶來一個問題，即中國的翻譯受到英、美、日本等強勢國家文學熱潮的影響。而包括弱小民族的文學在內的一些小語種的文學，由於懂其語言的人有限，所以主要靠英語、日語和世界語等轉譯。

　　在中國文學史上，五四時期是社團、流派空前活躍的時期。眾多社團、流派從各自的審美取向出發，翻譯並借鑒外國文學。它們的翻譯既有相通之處，亦有個性特徵。

　　創造社的刊物，最初的《創造》季刊譯作所佔分量不大，《創造周報》有所增加，連載郭沫若翻譯的《查拉圖司屈拉》等，《洪水》載有張資平、達夫、韵鐸、陶晶孫等的譯作。創造社成員的譯著有郭沫若譯施篤姆《茵夢湖》（與錢君胥合譯）、歌德《少年維特之煩惱》與《浮士德》、波斯莪默伽亞謨《魯拜集》、《雪萊詩選》、尼采《查拉圖司屈拉鈔》等，田漢譯王爾德《莎樂美》、莎士比亞《哈孟雷特》與《羅

密歐與朱麗葉》、菊池寬《海之勇者》與《屋上的狂人》、武者小路實篤《桃花源》、《日本現代劇選》、梅特林克《愛的面目》等，張資平譯日本短篇小說選《別宴》，徐祖正譯島崎藤村《新生》等。創造社出版部出版成紹宗、張人權譯都德《磨坊文札》，郭沫若譯高爾斯華綏《法網》、《銀匣》，郭沫若與成仿吾譯《德國詩選》，曾仲鳴譯法朗士《堪克實》，孫百剛譯倉田百三《出家及其弟子》等。儘管郭沫若在《創造》季刊第 1 卷第 2 期《編輯餘談》裏說創造社「沒有劃一的主義」，而且後來在其發展中也確有多種聲音，但總體來看，其翻譯與創作一樣，流露出較為鮮明的浪漫主義傾向。

新月社偏重於英、法、德等西歐文學的翻譯，如陳西瀅譯法國莫洛懷《少年歌德之創造》，徐志摩譯德國哥斯《渦堤孩》、英國曼殊斐兒《曼殊斐兒》（與西瀅合譯）、《曼殊斐兒小說集》、法國伏爾泰《贛第德》、愛爾蘭占姆士《瑪麗瑪麗》（與沈性仁合譯）等。新月社的文學翻譯成就，主要是在 1928 年 3 月《新月》月刊創刊以後。

1925 年在魯迅倡導下成立的未名社，側重於俄羅斯文學的翻譯。《未名叢刊》收翻譯作品 23 種，其中 17 種為俄羅斯文學，五四時期翻譯的有《蘇俄的文藝論戰》、《十二個》、《窮人》、《外套》、《爭自由的波浪及其他》、《往星中》、《工人綏惠略夫》、《黑假面人》等。

就社團而言，成績最大、而且最能顯示出五四時期海納百川般廣闊胸襟的當屬文學研究會。文學研究會的翻譯計劃性較強，《小說月報》先後組織了「俄羅斯文學研究」、「法國文學研究」兩個號外，「被損害民族的文學號」、「非戰

文學號」、「泰戈爾號」（上下）、「安徒生號」（上下）
等專號，拜倫、羅曼・羅蘭、芥川龍之介等專輯；此外還有
屠格涅夫、陀思妥耶夫斯基、柴霍甫（通譯契訶夫）、莫泊
桑、法朗士、霍甫特曼等「文學家研究」與「檀德六百周年
紀念」（檀德，通譯但丁）等專欄。當意識到某些方面需要
加強時，便組織相關欄目、譯作予以推動。如覺得國人對於
德國、奧地利文學有嫌冷淡時，便有計劃地約請人翻譯介紹
近代的德、奧文學，並於第 12 卷第 8 號開闢「德國文學研
究」，刊出 4 篇日本評論家所作論文的翻譯，介紹近代德國
文學的主潮、「青年德意志」藝術運動、第一次世界大戰與
德國國民性及其文化文藝、德國表現主義的戲曲。後來刊出
耿濟之譯赫卜特曼（另譯霍甫特曼、霍普特曼、豪普特曼）
五幕劇《日出之前》、卡門・棲爾法小說《和平之國》等作
品。據初步統計，《小說月報》12 卷到 18 卷，譯介了 35
個國家的 270 多名作家的作品；此外，刊出 206 條「海外文
壇消息」，還有「歐美最近出版文藝書籍表」、「現代文壇
雜話」、「近代名著百種述略」等。《文學周報》（初名《文
學旬刊》)1 卷至 9 卷(1921 年 5 月 10 日創刊到 1927 年底)，
發表的翻譯作品在 300 篇以上。除了在《小說月報》、《文
學周報》、《詩》等刊物譯介之外，文學研究會還組織出版
了多種叢書。《小說月報叢刊》（1924.11-1925.4）60 種，
其中譯著 31 種(含著譯混合、但以翻譯為主的 3 種)。《文學
周報社叢書》28 種，其中譯著 1926-1927 年 8 種，1928 年 3

種。《文學研究會叢書》最初計劃出書 83 種，其中譯著 71 種，編著外國文學史與泰戈爾研究 10 種[26]。後來實際出版的有 107 種，其中譯著 1921-1927 年 46 種，1928-1939 年 16 種。[27]《小說月報》第 17 卷第 1 號的「文壇雜訊」中，鄭振鐸還透露說：「文學研究會近擬出版《世界文學》季刊，專致力於這個介紹的工作，將於五六年之內，陸續介紹三五十種的世界大著進來。」只是後來世事多變，這個計劃未能實現，直到 1934 年 9 月 16 日創刊於上海的《譯文》雜誌才實現了類似的宏願。

五四時期的文學翻譯超越近代文學翻譯的標誌之一是選材的自覺，而在選材上如何兼顧經典性與現實性，文壇上意見不盡一致。胡適在《建設的文學革命論》[28]中主張「只譯名家著作，不譯第二流以下的著作」。沈雁冰則在《新文學研究者的責任與努力》中指出，「凡是好的西洋文學都該介紹這辦法，於理論上是很立得住的，只是不免不全合我們的目的，……以文學為純藝術的藝術我們應是不承認的。……那屬於近代的，如英國唯美派王爾德的『人生裝飾觀』的著作，也不是篇篇可以介紹的。王爾德的『藝術是最

---

[26] 《文學研究會叢書編例》，《小說月報》第 12 卷第 8 號。

[27] 此數字據賈植芳、蘇興良、劉裕蓮、周春東、李玉珍編《文學研究會資料》（下），河南人民出版社 1985 年 10 月第 1 版。另據《新文學史料》1979 年 5 月第 3 輯重刊仲源編《文學研究會（資料）》，《文學研究會叢書緣起》的「編者注」說，該叢書共 125 種，計翻譯 71 種（包括小說 30 種、戲劇 20 種、文藝理論 10 種、詩歌 3 種、散文 1 種、童話、寓言等 7 種），創作 54 種。但未見具體書目，所以統計仍據前者。

[28] 《新青年》第 4 卷第 4 號。

高的實體，人生不過是裝飾』的思想，不能不說他是和現在精神相反；諸如此類的著作，我們若漫不分別地介紹過來，……於成就新文學的目的是不經濟的。所以介紹時的選擇是第一應值得注意的。」他在《小說新潮欄宣言》與《對於系統的經濟的介紹西洋文學底意見》等文章中主張，新文學翻譯應該先譯寫實派自然派的文學。《小說月報》第 12 卷第 2 號「通訊」欄所載周作人信中對翻譯古典的主張提出質疑，認為「在中國此刻，大可不必。那些東西大約只在要尋討文學源流的人，才有趣味；其次便是不大喜歡現代的思想的人們。在中國特別情形（容易盲從，又最好古，不能客觀）底下，古典東西可以緩譯；看了古典有用的人大約總可以去看一種外國文的譯本。而且中國此刻人手缺乏，連譯點近代的東西還不夠，豈能再分去做那些事情呢？但是個人性情有特別相宜的，去譯那些東西，自然也沒有什麼反對，不過這只是尊重他的自由罷了。倘若先生放下了現在所做最適當的事業，去譯《神曲》或《失樂園》，那實在是中國文學界的大損失了。我以為我們可以在世界文學上分出不可不讀的及供研究的兩項：不可不讀的（大抵以近代為主）應譯出來；供研究的應該酌量了：如《神曲》我最不能領解，《浮士德》尚可以譯，莎士比亞劇的一二種，Cervantes 的 Don Quixote 似乎也在可譯之列。但比那些東西，現代的作品似乎還稍重要一點。」沈雁冰在刊於同期的復信中表示認同，並進一步闡發道：「若定照系統介紹的辦法辦去，則古典的著作又如許其浩瀚，我們不知到什麼時候才能趕上世界文學的步伐，不做個落伍者！思想方面的弊害，姑尚不說呢。……

不可不讀中，還是少取諷刺體的及主觀濃的作品，多取全面表現的，普通呼籲的作品。」這些主張在籌劃《文學研究會叢書》時，被吸納進去，既充分考慮到翻譯對象的經典性，「其所包含，為所有在世界文學水平線上佔有甚高之位置，有永久的普遍的性質之文學作品」，又從文學借鑒的現實迫切性出發，取材「多近代之作品，因人材與出版力之關係，於古代中代之著作，蓋多未遑顧及。」[29]鄭振鐸在《盲目的翻譯家》中指出「不能盲目翻譯」，「不惟新近的雜誌上的作品不宜亂譯，就是有確定價值的作品也似乎不宜亂譯。」「翻譯家呀！請先睜開眼睛看看原書，看看現在的中國，然後再從事於翻譯。」

當時正在翻譯《浮士德》的郭沫若認為此文罵了他，憤激地回擊，自我辯護說不管翻譯什麼都屬於個人的自由，翻譯作品的選擇只需看其「醇不醇」、「真不真」就可以了。萬良濬從經典作品的「永久性」價值的角度認為現實性不應衝擊經典性，他在寫給《小說月報》編者的信中說：「有人謂時至今日，再翻譯歌德之《浮士德》但丁之《神曲》莎士比亞之《哈孟雷德》未免太不經濟，鄙人以為此種論調，亦有不盡然者。蓋以上數種文學，雖產生較早，而有永久之價值者，正不妨介紹於國人。如謂此類舊文學無翻譯之必要，則法國莫里哀之滑稽劇，俄國普希金之小說戲劇，更可不譯；再現今介紹西洋文學既不限主義時代，則英國十九世紀大小說家如 Diekeur，W. M. Thaekeray，George Eliot」之寫

---

[29] 《文學研究會叢書編例》，《小說月報》第 12 卷第 8 號。

實作品，亦有翻譯之價值乎？」[30]沈雁冰答道：「翻譯《浮士德》等書，在我看來，也不是現在切要的，因為個人研究固能唯真理是求，而介紹給群眾，則應該審度時勢，分個緩急。有人說笑話，若能中外古今大文豪群聚一堂，辦個雜誌，豈非大快事；這笑話真是『笑話』！試問若真有此兼收並容，嗜好一切不同時代不同地域不同主義的文藝作品的讀者界，不是無頭腦的，豈非是白痴麼？除非是對於文藝不懂的人才會以耳作目，嗜好一切歷史上的藝術；否則，喜歡了甲的人決不會又喜歡與甲極端相反的乙！我始終覺得個人研究與介紹給群眾是完全不相同的兩件，未可同論。」「分個緩急」是現實的需求，是策略的調試，但否定廣大讀者審美需求的多樣性則顯得有幾分偏頗。

　　文學研究會固然強調翻譯選擇的現實性，其業績也主要在近代以來文學作品的翻譯上面，然而對古典也並非絕對敬而遠之。《小說月報》第 12 卷第 9 號就以《〈神曲〉一臠》為題，刊登過錢稻孫從日文轉譯的《地獄篇》的開頭三歌（收入《小說月報叢刊》，商務印書館 1924 年 12 月初版）；第 15 卷第 11、12 號連載過鄭振鐸翻譯的《印度寓言》48 則；第 16 卷第 1、2 號連載傅東華譯亞里斯多德《詩學》上、下，並在第 3、4 號配之以傅東華的《讀〈詩學〉旁札》上、下；第 17 卷第 1、2 號連載過傅東華譯《奧德賽》第一、二卷；《文學周報》先後刊出西諦（鄭振鐸）關於英國古老英雄史詩《貝奧武甫》的簡論《皮奧伏爾夫》（1926 年 5 月 23 日

30　《小說月報》第 13 卷第 7 號「通信」欄。

第 226 期）與譯述《皮奧胡爾夫》（1927 年 3 月 13 日第 265
期）；《語絲》刊出周作人譯日本安萬侶編《〈古事記〉中
的戀愛故事》（第 9 期，1925 年 1 月 12 日）、希臘薩福《贈
所歡》（第 20 期，1925 年 3 月 30 日）、日本兼好法師《〈徒
然草〉抄》（第 22 期，1925 年 4 月 13 日）。創造社固然
在古典翻譯方面建樹較多，但也並未因追求「醇」與「真」
而遠離現實，郭沫若譯《少年維特之煩惱》、《雪萊詩選》
與《查拉圖司屈拉鈔》，田漢譯《莎樂美》、《羅密歐與朱
麗葉》、《海之勇者》等，都具有強烈的現實性。

　　在創作方法與創作風格上，五四翻譯界注意選擇的多樣
性。周作人在這方面堪稱代表。他在《點滴序》中引述了自
己 1918 年 11 月 18 日答友人信的一段話：「以前選譯幾篇
小說，派別並非一流。因為我的意思，是既願供讀者的隨便
閱覽，又願積少成多，略作研究外國現代文學的資料，所以
譯了人生觀絕不相同的梭羅古勃與庫普林，又譯了對於女子
解放問題與伊孛然不同的斯忒林培格。」周作人譯南非須萊
納爾的《沙漠間的三個夢（睡樹底下所見）》，是關於女性
解放三個歷程——掙扎著站起來，勇敢地尋求自由，男女平
等與女性和諧相處——的寓言。譯後附記中說：「伊的文體，
很簡直（單），是仿《新約》的，又多是比喻（Allegoria）
體，仿佛《天路歷程》（Pilgrim's Progress）一流。現代讀
者，或要嫌他陳舊，也未可知；但我們所要求的文學，在能
解釋人生，一切流別，統是枝葉，所以寫人生的全體，如摩
波商（Maupassant）的《一生》（Une Vie）的寫實，或安特
來夫（Andrejev）的《人的生活》（Zhizni Tsherovjeka）的

神秘，固無不可。又或如藹覃（F. van Eeden）的《小約翰》（Der kleines johannes）或穆退林克（Maeterlinck）的《青鳥》（L'oiseau Blen），用象徵比喻，也可以的。」這裏說的是只要能解釋人生，任何文體風格都有可取之處，同時也就輸入了豐富的文體。在許多場合，譯者是有意介紹一些文體的，意在豐富新文學的園地。譬如中國小說向來講究對人物、故事的敘述，周作人譯俄國庫普林《晚間的來客》，則有意引進抒情小說。他在《譯後附記》中說：「這一篇小品，做法很特別，只因為聽到敲門聲，便發生許多感想，寫了一大篇文章。我譯這篇，除卻介紹庫普林的思想之外，就因為要表示在現代文學裏有這一種形式的短篇小說。小說不僅是敘事寫景，還可以抒情；因為文學的特質是在感情的傳染，便是那純自然派所描寫，如左拉說，也仍然是『通過了作者的性情的自然』，所以這抒情詩的小說雖然形式有些特別，卻具有文學的特質，也就是真實的小說。內容上必要有悲歡離合，結構上必要有葛藤，極點，收場，才得謂之小說，這種意見正如十七世紀的戲曲的三一律，已經是過去的東西了。」他所翻譯的作品，從審美風格上看，有慘烈的悲劇，如《嬰兒屠殺中的一小事件》；也有淡淡的哀愁，如《小小的心》；還有幽默的喜劇，如《狂言十番》。他在《狂言十番序》中說：「我譯這狂言的緣故只是因為他有趣味，好玩。我願讀狂言的人也只得到一點有趣味好玩的感覺，倘若大家不怪我這是一個過大的希望。『人世難逢開口笑』真是的，在這個年頭兒。」中國古代文學的歷史長河，誠然不乏喜劇的浪花，但主流文學的一本正經，讓人感到沈重與沈悶，倒

是被視為非主流的白話小說、民歌、散曲、說唱、笑話、民間故事等，常常能夠給人一點喜劇的調節、放鬆。因而，現代文學史上，從國外引進幽默觀念與包括幽默在內的多種喜劇風格作品，無疑具有重要意義。這一點在南風題為《狂言十番》的文章中就有所印證，他說：「讀了真覺得『有趣味，好玩』。一個人不是一天到晚正正經經地板了面孔可以過去的，找點有趣味和好玩的東西來談談，看看，聽聽，也是重要，簡直同吃飯喝茶一樣重要。到了舊式戲場裏，有時《小放牛》、《小過年》這類的戲比《精忠傳》、《奇冤報》這類惹人注意，就是這個緣故。而《徐文長故事》乃至於《一見哈哈笑》也很有人看了不忍釋手，也就是這個緣故。」讀《狂言十番》，除了覺得有趣味、好玩之外，並於滑稽中感到嚴肅。[31]莎士比亞、莫里哀等戲劇家的喜劇的翻譯便有這方面的動因。

　　眾多社團、流派、譯者對翻譯對象的選擇見仁見智，各有側重，總體上對從古至今的東西方文學都有涉獵，視野十分廣闊。

　　從時段來看，以 18 世紀以來的文學為主，最近延伸到與五四時期同步的俄蘇赤色文學；遠則有文藝復興時期的但丁、莎士比亞、莫里哀等，莎士比亞劇作此時翻譯過來的就有《哈姆雷特》（田漢譯，1921 年《少年中國》2 卷 12 期）、《羅密歐與朱麗葉》（田漢譯，上海中華書局 1924 年）、《威尼斯商人》（曾廣勛譯，上海新辛文化書社 1924 年）、《羅馬大將該撒》

---

[31]　轉引自陶明志編《周作人論》，北新書局 1934 年 12 月初版，第189-190 頁。

（即《裘力斯・凱撒》，邵挺、許紹珊譯，文言本，譯者自刊，1925 年）、《如願》（即《皆大歡喜》，張采真譯，上海北新書局 1927 年）；更遠還有希臘神話、荷馬史詩、伊索寓言等。

從國家、民族來看，既有如前所述的小國與被損害的民族，也有英、法、意、德、俄、美、日、西班牙等強勢國家、民族。最初，英國文學翻譯最多，1921 年以後，俄羅斯文學翻譯急起直追，在報刊上佔有顯著位置，尤其是 1921 年以後，增勢迅猛，結集出版達 85 種，超過清末以來一直領先的英國，一躍居於首位。五四之前，東西方文學的翻譯失衡，除了有限的日本文學翻譯之外，譯壇幾乎是西方文學的天下。後來，東方文學的分量逐漸加重。日本文學的翻譯劇增，結集出版的就有大約 40 種。東亞還有黃運初翻譯的安南（越南）民歌《假如》（《小說月報》16 卷 5 號）、劉半農翻譯的《高麗民歌》（《語絲》第 77 期）等。南亞有劉半農譯印度 Paramahansa《我行雪中》（《新青年》4 卷 5 號）、S. Naidu《村歌二首》、《海德辣跋市五首》、《倚樓三首》（《新青年》5 卷 5 號），鄭振鐸編譯《印度寓言》（商務印書館 1925 年 8 月初版，1927 年 10 月再版），焦菊隱譯《沙恭達羅》第四、五幕，題名《失去的戒指》（1925 年載《京報・文學周刊》）；泰戈爾翻譯更是一度形成熱潮，1920-1925 年間報刊發表其作品翻譯 230 餘篇次，出版其譯著 16 種，近 30 個版本。西亞有波斯詩人莪默・伽亞謨（1048-1122，今譯歐瑪爾・海亞姆）作品的翻譯。莪默・伽亞謨擅長寫伊朗傳統的詩體四行詩，第一、二、四行協尾韻，類似中國的絕句。1859 年英國人愛・菲茨杰拉爾德把他

的四行詩譯為英文出版，使之聞名歐美。莪默‧伽亞謨對同時代學者的迂腐表示憂慮，對窒息學術自由的社會環境表示不滿，他的許多四行詩就流露出這種不滿與憤懣，並且對當政的權貴亦有譴責與揭露。伽亞謨詩歌中的革命與反叛的浪漫主義精神，引起了新文學陣營的強烈共鳴。1919 年 4 月 15 日，《新青年》第 6 卷第 4 號發表胡適從英文轉譯的 Omar Khayyam 詩《希望》。後來，郭沫若也是從英文轉譯了其四行詩集，題名《魯拜集》（魯拜為阿拉伯語四行詩的音譯），由上海泰東圖書局 1924 年 1 月初版（1926 年 7 月 3 版，上海創造社出版部 1927 年 11 月版），收有譯者導言、讀了《魯拜集》後之感想、詩人莪默‧伽亞謨略傳與 101 首詩（英漢對照）及註釋。這是我國翻譯的第一部波斯詩人的詩集，雖然與從英文轉譯有關，譯文不夠忠實，但原作的精神大體傳達出來。1926 年 4 月 16 日，《語絲》第 76 期刊載劉半農譯《莪默詩八首》。1927 年，鄭振鐸在他的《文學大綱》中，專列「中世紀的波斯詩人」一章，對波斯文學做了系統的介紹。阿拉伯文學還有黃弁群、吳太玄編譯的《秘密洞》（據《一千零一夜》裏的《阿里巴巴和四十大盜》（中華書局 1925 年），沈雁冰譯紀伯倫《聖的愚者》（1923 年 9 月 3 日《文學周刊》86 期）、《阿刺伯 K. Gibran 的小品文字》（《文學周報》88 期），澤民譯《愚虔者》（1924 年 1 月 14 日《文學周報》105 期）等。猶太文學翻譯，除了包含在《新舊約全書》（由基督教新教會主持，中外教徒、學者集體翻譯，1919 年分古文和近代白話兩種文本出版）中的文學部分之外，還有赤城

譯《現代的希伯來詩》（《小說月報》14 卷 5 號）、沈雁冰等譯《新猶太小說集》、《賓斯奇集》（均由商務印書館 1925 年 4 月出版）等。

　　從創作方法來看，既有現實主義（普希金、果戈理、屠格涅夫、托爾斯泰、陀思妥也夫斯基、契訶夫、高爾基、易卜生、蕭伯納等）、自然主義（福樓拜、莫泊桑、左拉、霍普特曼、田山花袋、島崎藤村等）、浪漫主義（歌德、席勒、雨果、梅里美、拜倫、雪萊、華茲華斯、惠特曼等），也有古典主義（莫里哀、拉辛、拉封丹等）、象徵主義（梅特林克、勃洛克等）、表現主義（斯特林堡、恰佩克、尤金・奧尼爾等）、唯美主義與頹廢主義（波德萊爾、王爾德、羅瑟蒂、佩特、道生等），以及多種創作方法交織融會、色彩斑駁的眾多作家。

　　從文體形式來看，既有近代西方文論公認的小說、詩歌、散文、話劇等四大體裁，也有理論、批評與作家傳記、評傳等文類。小說中，有短篇小說，中篇小說，長篇小說；抒情小說，詩意小說，敘寫自我心境、身邊瑣事的「私小說」，科學小說，寓言小說等。詩歌中，有自由體詩，十四行詩，小詩，史詩，民歌，國歌，校歌，散文詩等。散文中，有抒情散文、隨筆、札記、雜感、講演、日記、科學小品等。戲劇中，有話劇（獨幕劇，多幕劇），詩劇，木偶劇，狂言（日本諷刺小品劇），歌劇，電影劇本（如陳大悲譯葛雷漢貝格《愛爾蘭的野薔薇》，《小說世界》第 15 卷第 1-10 期）等。兒童文學，有童話，寓言，故事，童謠，兒童詩，兒童劇，連環畫，神話，民間傳說，歌曲（歌詞配曲譜）（如落花生譯《可交的蝙蝠與伶俐的金絲鳥》，1924 年 6 月 10

日《小說月報》15 卷 6 號）等。

　　從文類來看，雅文學固然佔據主流位置，俗文學也沒有被拒之門外。如美國通俗小說家巴勒斯 1914 年創作的《人猿泰山》，一問世即成暢銷書。1923 年 3 月 23 日至 10 月 19 日，《小說世界》1 卷 12 期至 4 卷 3 期連載胡憲生譯《野人記（泰山歷險記）》，附插圖多幅；1925 年 2 月，此譯本由商務印書館結集出版，三四十年代，又有多種單行本問世。其他如偵探小說、通俗言情小說等也有大量譯介。

　　從藝術風格來看，有悲劇的凄愴、悲壯、莊嚴，喜劇的諷刺、幽默、詼諧，也有悲喜劇的複合色調；典雅華麗，質樸自然，深沈雄渾，輕盈飄逸，委婉曲折，爽直明快，陰鬱晦暗，激昂明朗等等，可謂千姿百態。

　　此外，還有與文學密切相關的繪畫、雕塑、剪紙、建築、攝影等藝術門類的圖片及相關評介。五四時期的文學翻譯真正做到了海納百川，有容乃大。

四、翻譯的方法

　　翻譯方法的探討總是與翻譯進程相伴隨。五四時期關於翻譯方法談論最多的是直譯的問題。

　　此時的「直譯」有兩種含義：一種是直接從原文翻譯，與通過其他文本轉譯（當時有人稱「重譯」）相對。「重譯」容易在輾轉翻譯的過程中造成原意缺損或變形及韻味遺失，譬如《小說月報》第 18 卷第 4 號上的張水淇《希臘人之哀歌》，引述的一些希臘詩歌就有這樣的問題。據周作人

在《關於〈希臘人之哀歌〉》[32]中說，這篇文章是英國部丘教授論文集《希臘天才之諸相》中《希臘人之憂鬱》的節譯與同書中《希臘詩上之浪漫主義的曙光》裏三首墓銘的組合。周作人主要的意思並非批評張水淇沒有說明文章的來源，而是要指出轉譯的偏差。周作人認為，張文「根據的似乎又是日本譯本」，因其保留了日譯本的誤解。張文的漢譯有：「更有少婦從新婚之室至其亡夫之墓，其事之可悲不言可知，詠此事之詩中有雲，『結婚之床於當然之機迎接君，墳墓先機而迎接。』」英文本只引這一行詩，不加英譯，日譯本卻加上了解釋。此詩原文有六行，周作人從原文（希臘文）直譯其大意為：「新房及時地迎了你來，墳墓不時地帶了你去，／你安那斯泰西亞，快活的慈惠神女之花；／為了你，父親丈夫都灑悲苦的淚，／為了你，或者那渡亡魂的舟子也要流淚：／因為你和丈夫同住不到一整年，／卻在十六歲時，噫，墳墓接受了你。」日譯的「當然之機」似乎不得要領，而張文的漢譯「亡夫之墓」，更是明顯的誤譯。僅此一例即可說明轉譯的風險。所以有論者一再呼籲儘量減少「重譯」而直接從原文翻譯[33]。但事實上，一些包括弱小民族文學在內的小語種文學，由於語言的障礙，沒法直接從原文翻譯，只能借助其他文本轉譯，連易卜生、安徒生、泰戈爾[34]這樣重要的作家的作品也是通過英語等文本轉譯過來。俄語雖然算不上小語種，但最初懂俄語的較少，所以也有借

---

[32]　1927 年 8 月 20 日《語絲》第 145 期。
[33]　如鄭振鐸《譯文學書的三個問題》，《小說月報》第 12 卷第 3 號。
[34]　泰戈爾作品用孟加拉語創作，《吉檀迦利》英文本由作家本人翻譯。

英語等文本翻譯俄羅斯文學的現象，後來雖然直接從俄語翻譯的人漸漸多了起來，但俄羅斯文學的巨大魅力，促使一些不懂或者沒有完全掌握俄語的譯者也樂於從其他文本轉譯。韋叢蕪譯陀思妥耶夫斯基《窮人》（未名社 1926 年 6 月），就是以一種英譯本為主，參照另一種英譯本譯出，歧異之處，由魯迅參照原白光的日譯本以定從違，又經韋素園用原文加以校定。有的中文譯本甚至是轉譯的轉譯，即三重翻譯，譬如原文──英語──世界語──漢語。想要瞭解世界的急迫需求，使得中國人對 1887 年問世的世界語，予以熱切的關注。1921 年前後，北京、上海等地出現了學習世界語的熱潮。胡愈之、魯彥等人就是那時學會世界語的，並借此翻譯了不少外國文學作品。

　　「直譯」的另外一種含義是與意譯相對的翻譯方法。直譯與意譯之爭由來已久。早在三國時，支謙在《法句經序》裏認為翻譯應該「因循本旨，不加文飾」。東晉時，前秦的道安也主張直譯：「案本而傳，不令有損言遊字；時改倒句，餘盡實錄。」而後秦的鳩摩羅什則主張意譯，認為只要能存本旨，不妨「依實出華」，他對原文有增有減，求達求雅。唐朝玄奘在譯經時根據梵語和漢語的異同，靈活地兼用了直譯和意譯兩種方法。

　　因為近代翻譯史上有過任意增刪、曲解原義的教訓，所以，五四時期直譯的呼聲很高。1918 年 2 月 15 日發行的《新青年》第 4 卷第 2 號刊出劉半農翻譯的英國 P. L. Wilde 劇本《天明》。這部劇作裏，穆理的丈夫迪克是凶神惡煞般的人物，十歲的女兒麥琪前不久被折磨致死，穆理也備受虐待，

只因開門遲了一點，就被丈夫用燒紅的火筷燙傷，腹部也給踢了一腳。醫生同情穆理，前來說服她隨他去他姊姊家，穆理不敢。正當此時，迪克回家，醫生揭露他幾次炸礦山，殃及無辜，炸死幾個礦工的罪行。迪克以液體炸藥相威脅，要醫生毀滅證據。搏鬥中，迪克引爆炸藥，醫生被炸死。結尾借助表現主義手法，讓死去的醫生與夭折的麥琪見面並對話，以表現正義力量與人道主義精神不死。錢玄同在編後《附誌》中稱贊這種無刪減、不妄評的如實翻譯，「無論譯什麼書，都是要把他國的思想學術輸到己國來；決不是拿己國的思想學術做個標準，別國與此相合的，就稱讚一番，不相合的，就痛罵一番；這是很容易明白的道理。中國的思想學術，事事都落人後；翻譯外國書籍，碰著與國人思想見解不相合的，更該虛心去研究，決不可妄自尊大，動不動說別人國裏道德不好。可歎近來一班做『某生』『某翁』文體的小說家，和與別人對譯哈葛德疊更司等人的小說的大文豪，當其撰譯外國小說之時，每每說：西人無五倫，不如中國社會之文明；自由結婚男女戀愛之說流毒無窮；中國女人重貞節，其道德為萬國之冠；這種笑得死人的謬論，真所謂『坐井觀天』『目光如豆』了，即如此篇，如使大文豪輩見之，其對於穆理之評判，必曰：『夫也不良，遇人不淑，而能逆來順受，始終不渝，非嫻於古聖人三從四德之教，子與氏以順為正之訓者，烏克臻此？』其對於醫生之評判，必曰：『觀此醫欲拯人之妻而謀斃其夫，可知西人不明綱常名教之精理。』其對於迪克之評判，必曰：『自自由平等之說興，於是亂臣賊子乃明目張膽而為犯上作亂之事。近年以來，歐洲工人，罷工

抗稅，時有所聞；迪克之轟礦，亦由是也。紀綱淩夷，下淩
其上，致社會呈擾攘不寧之現象。君子觀於此，不禁怒焉傷
之矣』。這並非我的過於形容。閱者不信，請至書坊店裏，
翻一翻什麼『小說叢書』『小說雜誌』和『封面上畫美人的
新小說』，便可知道。」錢玄同不僅肯定對原作精神的直譯，
而且贊同連標點符號也移譯過來。「文字裏的符號，是最不
可少的。在小說和戲劇裏，符號之用尤大；有些地方，用了
符號，很能傳神；改為文字，便索然寡味：像本篇中『什麼
東西？』如改為『汝試觀之此何物耶』，『迪克？』如改為
『汝殆迪克乎』，『我說不相干！』如改為『以予思之實與
汝無涉』，又像『好——好——好一個丈夫！』如不用『—
—』『！』符號，則必於句下加注曰：『醫生言時甚憤，用
力跌宕而去之』。『先生！他是我的丈夫！』如不用『！』
符號，則必於句下加注曰：『言時聲音凄慘，令人不忍卒聽』
——或再加一惡濫套語曰：『如三更鵑泣，巫峽猿啼』——
如其這樣作法，豈非全失說話的神氣嗎？然而如大文豪輩，
方且日倡以古文筆法譯書，嚴禁西文式樣輸入中國；恨不得
叫外國人都變了蒲松齡，外國的小說都變了《飛燕外傳》《雜
事秘辛》，他才快心。——若更能進而上之，變成『某生』
『某翁』文體的小說，那就更快活得了不得。」錢玄同快人
快語，犀利俏皮，以《天明》譯本為例在同林譯的對峙中闡
明了直譯的必要性與合理性。表意豐富的新式標點符號正是
通過五四時期的翻譯，才在中國扎下根來，徹底取代了單一
刻板的傳統句讀。

　1919 年 3 月，傅斯年在刊於《新潮》第 1 卷第 3 號的

《譯書感言》中，從理論上闡釋道：「論到翻譯的文詞，最好的是直譯的筆法，其次便是雖不直譯，也還不大離宗的筆法，又其次便是嚴譯的子家八股合調，最下流的是林琴南和他的同調。」他認為，「思想受語言的支配，猶之乎語言變思想。作者的思想，必不能脫離作者的語言而獨立。我們想存留作者的思想，必須存留作者的語法：若果另換一副腔調，定不是作者的思想。所以直譯一種辦法，是『存真』的必由之路。」「老實說話，直譯沒有分毫藏掖，意譯卻容易隨便伸縮，把難的地方混過！所以既用直譯的法子，雖要不對於作者負責任而不能；既用意譯的法子，雖要對於作者負責任而不能。直譯便振，意譯便偽。」鄭振鐸在《譯文學書的三個問題》[35]裏也認為，「如果有個藝術極好的翻譯家，用一句一句的『直譯』方法，來從事於文學書的翻譯」，則能把原文的整體結構、節段排列，句法組織乃至用字的精妙處都移轉過去。

　　魯迅與周作人早年翻譯《域外小說集》時，有感於流行的林紓譯本誤譯很多，遂有意採用直譯方法，「特收錄至審慎，移譯亦期弗失文情」[36]。到了五四時期，周氏兄弟改用白話翻譯，但直譯方法一以貫之。周作人在《新青年》第4卷第2號（1918年2月15日）上發表《古詩今譯 Apologia》（古希臘詩 Theokritos 牧歌）的小序中說，翻譯有兩個要素：「一、不及原本；因為已經譯成中國語。如果還同原文一樣

---

[35]　《小說月報》第12卷第3號，1921年3月。
[36]　《序言》，會稽周氏兄弟纂譯《域外小說集》第一冊，1909年3月初版，東京。

好，除非請諦阿克列多思（Theokritos）學了中國文自己來作。二、不像漢文——有聲調好讀的文章——，因為原是外國著作。如果用漢文一般樣式，那就是我隨意亂改的糊塗文，算不了真翻譯。」他在 1918 年 11 月 8 日答某君的信裏又說：「我以為此後譯本，……應當竭力保存原作的『風氣習慣語言條理』；最好是逐字譯，不得已也應逐句譯，寧可『中不像中，西不像西』，不必改頭換面。……但我毫無才力，所以成績不良，至於方法，卻是最為適當。」在《陀螺序》[37]裏，周作人說得更加明確：「我的翻譯向來用直譯法，所以譯文實在很不漂亮，——雖然我自由抒寫的散文本來也就不漂亮。我現在還是相信直譯法，因為我覺得沒有更好的方法。但是直譯也有條件，便是必須達意，盡漢語的能力所及的範圍內，保存原文的風格，表現原語的意義，換一句話就是信與達。近來似乎不免有人誤會了直譯的意思，以為只要一字一字地將原文換成漢語，就是直譯，譬如英文的 Lying on his back 一句，不譯作『仰臥著』而譯為『臥著在他的背上』，那便是欲求信而反不詞了。據我的意見，『仰臥著』是直譯，也可以說即意譯；將它略去不譯，或譯作『坦腹高臥』以至『臥北窗下自以為羲皇上人』是胡譯；『臥著在他的背上』這一派乃是死譯了。」關於直譯的界定及舉例是準確的，至於說「很不漂亮」則顯然是自謙之詞。實際上，同

---

[37]　《陀螺序》中說「集內所收譯文共二百八十篇，計希臘三十四，日本百七十六，其他各國七十。這些幾乎全是詩，但我都譯成散文了。……集中日本的全部，希臘的二十九篇，均從原文譯出，其餘七十五篇則依據英文及世界語本」。《陀螺》，周作人譯，上海北新書局 1925 年 9 月初版。

代人對周作人的文學翻譯評價甚高。

　　錢玄同在《關於新文學的三件要事・答潘公展》[38]中評價說：「周啟明君翻譯外國小說，照原文直譯，不敢稍以己意變更。他既不願用那『達詣』的辦法，強外國的學中國人說話的調子；尤不屑像那『清宮舉人』的辦法，叫外國文人都變成蒲松齡的不通徒弟，我以為他在中國近來的翻譯中，是開新紀元的。」胡適在《中國文學五十年》裏也說周作人「用的是直譯的方法，嚴格的儘量保全原文的文法與口氣，這種譯法，近年來很有人效仿，是國語歐化的一個起點」。鄭振鐸在《譯文學書的三個問題》中論證翻譯的可行性，說到「原文中的新穎而可喜的用字法，譯文中也大概能把他引渡過來」時，就舉了周作人《沙漠間的三個夢》的譯例：「因為熱得厲害，沿著地平線的空氣都突突的跳動。」「我看時，見幾世紀以來的忍耐，都藏在他的眼裏。」周作人的翻譯在意義、風格及標點符號諸方面均能忠實原作，因而廣有影響，尤其是被收入小學教材的安徒生童話《賣火柴的女兒》，堪稱五四時期翻譯文學的範本。

　　有些譯者把直譯理解得過於刻板，或者翻譯水平所限，不注意全文的語境和人物的性格，只是採取字對字的翻譯，推出了一些生澀的苦果，讀起來難懂，更不適於搬上舞臺。於是，頗有人詬病直譯。沈雁冰注意到這種現象，把「直譯」與「死譯」區別開來：「我們以為直譯的東西看起來較為吃力，或者有之，卻決不會看不懂。看不懂的譯文是『死』文

---

[38]　《新青年》第 6 卷第 6 號。

字，不是直譯的。直譯的意義若就淺處說，只是『不妄改原文的字句』；就深處說，還求『能保留原文的情調與風格』。所謂『不妄改原文的字句』一語，除消極的『不妄改』而外，尚含有一個積極的條件——必須顧到全句的文理。」[39] 只是限於辭典的詞義，而不顧及生活中的鮮活的語義，也是死譯。「近來頗多死譯的東西，讀者不察，以為是直譯的毛病，未免太冤枉了直譯。我相信直譯在理論上是根本不錯的，惟因譯者能力關係，原來要直譯，不意竟變做了死譯，也是常有的事。或者因為視直譯是極容易的，輕心將事，結果也會使人看不懂。積極的補救，現在尚沒有辦法；消極的制裁，唯有請譯書的人不要把『直譯』看做一件極容易的事。」傅斯年也注意到「譯書的第一難事，是顧全原文中含蓄的意思」，「若是僅僅譯了原書的字面便登時全無靈氣」[40]。鄭振鐸在《譯文學書的三個問題》中主張忠實原意，與原作的風格和態度的同化，不必拘於一格，以死譯為尚，或以意譯為高，忠實而不失其流利，流利而不流於放縱。

　　直譯和意譯是相對而言的，二者並非水火不相容，有時是相互交織、相互疊合的。沈雁冰《譯文學書方法的討論》[41] 提出在「神韻」與「形貌」未能兩全的時候，到底應該重『神韻』還是重「形貌」的問題。他認為，「與其失『神韻』而留『形貌』，還不如『形貌』上有些差異而保留了『神韻』。

---

[39]　《「直譯」與「死譯」》，《小說月報》第 13 卷第 8 號，1922 年 8 月 10 日。

[40]　《譯書感言》。

[41]　《小說月報》第 12 卷第 4 號，1921 年 4 月。

文學的功用在感人（如使人同情使人慰樂），而感人的力量恐怕還是寓於『神韻』的多而寄在『形貌』的少；譯本如不能保留原本的『神韻』難免要失了許多的感人的力量。再就實際上觀察，也是『形貌』容易相仿，而『神韻』難得不失。即使譯時十分注意不失『神韻』，尚且每每不能如意辦到。可知多注意於『形貌』的相似的，當然更不能希望不失『神韻』了。」「如果『單字』的翻譯完全不走原作的樣子，再加之『句調』能和原作相近，得其精神，那麼，譯者譯時雖未嘗注意於『神韻』的一致，或者『神韻』已自在其中了。」如此這般，直譯和意譯已經融為一體了。

　　徐炳昶、喬曾劬在比利時梅德林（今譯梅德林克）《馬蘭公主》的《譯後記》[42]中，就翻譯方法說明道：「這本翻譯以直譯為原則但是直譯並不是逐字翻譯。因為無論那一國文，他那極普通的話，字面上的意思和實在的意思不相合的很不少。如果專譯字面的意思，它的神氣要全失了。我們這本翻譯，對於這些地方非常的注意。一求不失真意；二求不失神理。」翻譯中，譯者注意到「你」與「您」、「您」和「你們」的細微區別——法國人對於親愛的人說話時用 Tu，譯作「你」，但當他發怒時，也許用 Vous，譯為「您」，複數時譯為「你們」。原作中的神歌全用拉丁文，中文翻譯中為了保持原作的風貌，在把拉丁文留下的同時，並譯作中文以方便讀者閱讀。

　　除了直譯、意譯之外，還有關於翻譯方法的其他表述。

1920 年 3 月 15 日出刊的《少年中國》第 1 卷第 9 期，載有
田漢譯 SHOKAMA《歌德詩的研究》之一章《歌德詩中所
表現的思想》，篇中的引詩為郭沫若所譯。篇末的《沫若附
白》就提出了「風韻譯」：「詩的生命，全在他那種不可把
捉之風韻，所以我想譯詩的手腕於直譯意譯之外，當得有種
『風韻譯』。」西林在評論趙元任譯《阿麗思漫遊奇境記》
時，提出了又一種翻譯方法——神譯。他說：「一般譯書的
先生們都告訴我們說譯書有兩種方法，一種是直譯，一種是
意譯；這種分別法到底有多少意思，暫且不管，現在我所要
說的是你就是同時用了這兩種方法來翻譯這部《阿麗思漫遊
奇境記》，也一定是不夠用的。《阿麗思漫遊奇境記》是一
部具有特性的書，所以趙元任先生用的方法，也兼用了一種
特別的方法。這種方法我們可以替他取個名字叫『神譯』
法。如果你問我怎麼叫神譯法，我想與其要我勉強謅出幾句不得
要領的解釋，倒不如讓我選出幾個例子來給你看看。」[43]
原文：

> "You are not attending!" said the mouse to Alice,
> severely.
> "What are you thinking? "
> "I beg your pardon," said Alice, very humbly;
> "You have got to the fifth bend, I think? "
> "I have NOT! "eried the mouse; sharply and
> very angrily.
> "A kuot!" said Alice; always ready to make herself

[43]　西林：《國粹裏面整理不出的東西》，《現代評論》第 1 卷第 16 期。

useful,

and looking auxiously about her.

"Oh, do let me help you to undo it! "

趙元任譯文：

> 那老鼠說到這裏，對阿麗思很嚴厲的道，「你不用心
> 聽著，你想到那兒去啦！」
>
> 阿麗思很謙虛的道，「對不住，對不住，你說到第五
> 個灣灣兒勒，不是嗎？」那老鼠很凶很怒道，「我沒
> 有到！」
>
> 阿麗思道，「你沒有刀嗎？讓我給你找一把！」（阿
> 麗思說著四面瞧瞧，因為她總喜歡幫人家的忙。）

西林說：「這裏譯文最末一段照字義應譯為『阿麗思道，「一
個結！讓我來替你解開！」』趙元任為要保存原文的神味，
把 not 和 knot 這兩個同音詞，譯為「到」和「刀」。所以他
把這種譯法稱為神譯法。人民文學出版社 2002 年 1 月版張
曉路譯本譯作：

> 「你沒注意聽吧！」老鼠嚴肅地問愛麗斯，「你在想
> 什麼呢？」
>
> 「請你原諒，」愛麗斯畢恭畢敬地說，「我想，你到
> 了第五個彎兒了。」
>
> 「我沒有！」老鼠厲聲說，大為生氣。
>
> 「是一個結！」愛麗斯說，時刻準備著自己能派上用
> 場，焦急地四下望瞭望又說，「噢！請讓我來幫忙解
> 開它吧！」

張譯顯然沒有錯，而且相當圓熟，但就傳達原著富於雙關語的語言智慧這一點而言，則顯得不如趙譯傳神。

西林說：「神譯比直譯或意譯都難，我們讀了《阿麗思漫遊奇境記》，對於趙元任先生翻譯所費的苦心，和他所得到的成績，都十分的欽佩，我們並且都可相信除了趙元任先生，恐怕就難找出第二個人（姑假定他有了趙先生的口味）能有這種精神，能得到這樣的結果。然而讀了《阿麗思漫遊奇境記》，同時再讀一讀他的原著，我們仍舊免不了發生了一種感覺；就是覺得這部書用神譯法來譯他，還是不能痛快；要得痛快，恐怕還得用一種比神譯法再高明一等的方法──比神譯還要高明的方法，我想總得要叫他『魂譯法』了罷？──這魂譯法就是把一本書的味兒都吞下去，把全書從頭至尾完全忘了，然後把這味兒吐在你的墨盒子裏面，用裏面的墨汁寫出一本書來。以趙元任先生的天才，天性，和他的精神，我們很能相信，他如果用了寫他那篇序的墨汁寫出另一本《阿麗思漫遊奇境記》來，一定還要比現在的這一本更加痛快，更加有意思。」趙元任的「神譯」得益於他敏銳的文學感悟和精深的語言造詣，精通多門外語使得他能夠準確把握原作語言的機微，以歐化色彩與口語語調水乳交融的白話語體傳達出原作的獨特神韻。

以何種語體翻譯外國文學，關係到翻譯文學的生命力問題。近代林紓等人的文言翻譯，固然也有傳神之處，但外國文學的原文絕大多數是言文一致的，用文言來翻譯，勢必產生很多隔膜。所以，即使在文言統領翻譯文學天下之時，就已經開始了聖經、寓言與小說的白話翻譯嘗試。五四文學革

命以白話取代文言為突破口，開闢了中國文學新紀元，也徹
底改變了翻譯文學的語體格局。五四時期，林紓繼續用文言
翻譯，學衡派也堅持使用文言作文學翻譯的媒介，以示文言
具有無須用白話替代的生命力，除此之外，大多數翻譯文學
都是白話語體，同白話創作與批評保持同步，此前曾用文言
翻譯過的魯迅、周作人、劉半農等人，轉而成為白話翻譯的
領軍人物。

　　白話在翻譯文學中升帳掛帥，並不意味著絕對摒棄文
言。如同新文學創作一樣，白話語體的文學翻譯也自覺不自
覺地汲取文言營養，使翻譯語體於質樸自然之中呈現出精
練、明麗。有時，為了準確傳達出原文的神韻，還特意借重
於文言。如周作人翻譯的德國藹惠耳思的《請願》，描寫
27歲的牧師陀倫布留德家裏請了一位年近70歲的女管家，
自己執行職務之認真讓其上司都時常搖頭驚嘆。他把職務當
作自己的生命，贖罪說教之外，讀書，訪貧問病，自己非常
節儉，而將自己的財產的利息全部和小教區收入款項的半數
以上都用在賑恤上。他為報刊寫稿不貪報酬，常常廢寢忘
食。上司接受管家為他的身體考慮提出的建議，將他調到甘
貝斯吉耳顯學校任監督。到任不久，他發出三封請願書，一
封給大教正，一封給上議院，一封給眾議院，內容是請廢止
巴雅倫王國管轄的公私立諸學校植物學科目，制定法律並頒
布實行案。小說敘事部分都用白話翻譯，而請願書則用淺近
文言，以與其僵化的內涵相適應。如：「本請願書之宗旨在
於維持國民之風教。……凡屬良醫，貴在能探討病源，加以
割療。請願人自信已能追尋社會禍根，得其所在。此無他，

蓋存於諸學校之科目中，即植物學是也。……兒童純潔之耳，所聽者皆植物性交之可厭之記述，例如雌蕊者植物之女陰也，以圖示之不足，且更使目睹花卉之實體。曰卵房，曰卵子，曰卵膜，曰卵底，曰蕊柱，曰粉道，曰柱頭，仔細指點，詳盡無遺。說明自花受精他花受精之分，或雲花以色香誘引媒介之昆蟲，或雲花以蜜露酬報媒合之恩德，或又敘述蜂蝶之足如何先沾雄蕊之污粉，再出而向雌蕊之穢房。雖以娼家之談，亦當無如此褻語。縱是歷史國語諸科勉除卑陋之文字，而任植物學以性交為教科之中心，欲使子弟保持思想之純潔，其道末由。」「……是實國民之病源也，良醫宜揮刀割而去之。處之之道奈何？鄙人以為盡刈除世界之植物，使此醜類無復餘孽，是為上策。然此策恐今難遽行，故姑以中策代之，即為苟奉正教者應不承認植物之存在是也。實行之法，則從削去諸學校科目中之植物學始。」牧師荒謬的邏輯與邪僻的心胸，借助半文半白的語體表現得淋漓盡致。白話與文言的語體反差，強化了「克勤克儉」與假道學之間的反諷效果。

　　對於多種多樣的外國文學作品，五四時期除了在作家、題材、文體、風格等方面有所選擇之外，翻譯的方式也不盡相同。根據作家、作品本身的重要性與需求的迫切性以及譯者的時間、精力、眼光、報刊的容量等情況，有全文（或全書）翻譯、節譯、摘譯，也有編譯、譯述等。鄭振鐸認為，即使是名作家的創作，也未必都值得翻譯；就譯者而言，也並非能夠擔當起全譯的重任。所以，他放棄了想要翻譯泰戈爾全部詩歌的宏願，先是從已有英文譯本的 6 種詩集中選譯了 326 首，1922 年 10 月由上海商務印書館以《飛鳥集──

太戈爾詩選》為名初版。1923 年又出版了太戈爾詩選之二
《新月集》。翻譯作品集《天鵝》中，高君箴與鄭振鐸對日
本、北歐、英國及其他各地的傳說、神話以及寓言，用的是
「重述」的方式，而對安徒生、王爾德、梭羅古勃等人的作
品，因其具有不朽的文學趣味，則采用全譯的方式。鄭振鐸
翻譯契訶夫的《海鷗》用的是全譯的方式，而《列那狐的歷
史》則采用了譯述方式。戴望舒對貝洛爾的《鵝媽媽的故事》，
雖然是從法文原本極忠實地翻譯，但看到原作者在每一個故事
終了的地方，總是加上幾句韻文教訓式的格言，古老而沈悶，
他不願意讓那些道德觀念束縛了兒童活潑的靈魂，於是大膽地
將格言刪去。話劇是地地道道的舶來品，為了適應國人的審美
習慣，最初被翻譯成中文與搬上舞臺的外國話劇，總是要加以
不同程度的改編。有的是「中國化」方法，即把原作中的人物、
時間、地點、情節、風俗等全部或基本上改成發生在中國的故
事；有的是「西洋化」方法，即在保持「洋人洋裝」（人物、
時間、地點、情節、風俗等基本不變）的前提下有所改編[44]。
五四時期，隨著直譯呼聲的高漲，原汁原味的話劇翻譯漸次登
場；即使如此，仍有「中國化」的翻譯，如 1924 年洪深根據王
爾德《溫德米爾夫人的扇子》改譯的《少奶奶的扇子》（《東
方雜誌》21 卷 2-5 號連載），演出頗受歡迎，為中國話劇排練
演出體制的建立與演出市場的開拓做出了貢獻。

　　為了便於讀者理解，譯者往往採取多種方式加以註釋或
闡釋。形式有譯者按語、附錄、註腳、章節附註、文中夾註

---

[44]　參照田本相主編《中國現代比較戲劇史》，文化藝術出版社 1993 年 6
　　月版，第 640 頁。

等；內容有作家簡介、作品背景、要旨提示、風格點評、翻譯動機等。如《新青年》第 4 卷第 5 號所刊劉半農譯《我行雪中》（印度歌者 RATAN　DEVI 所唱歌），詩中有這樣一節：

> 大樹之下。我所隱匿，透此樹枝，可捉星斗。星斗一一萌發，出自夜胸；夜是天鵝絨製，如一巨貓，循自在路，尾逐日鹿。又見此樹，見菩提樹；佛當大解脫時，坐此樹下。

今天看來，翻譯尚有文言痕迹，算不上翻譯的上品。但看其導言及 14 條註釋，則可體味翻譯之用心良苦。「譯者導言」說：「兩年前餘得此稿於美國「VANITY」「FAIR」月刊；嘗以詩賦歌詞各體試譯，均苦為格調所限，不能竟事，今略師前人譯經筆法寫成之，取其曲折微妙處，易於直達。然亦能盡愜於懷；意中頗欲自造一完全直譯之文體，以其事甚難，容緩緩『嘗試』之。」「此詩篇名，原文不詳。今以首句為題，意非擬古，亦不得已也。」「余苦不解梵文；故於篇中專名有疑似及不可考者，據實附書於後，以俟將來訂定。」除了「譯者導言」之外，還有雜誌記者的「導言」，稱「精密之散文詩一章」。譯者與記者的「導言」，提供了豐富的資訊，既有原文出處、翻譯經歷、翻譯方法、遺留問題，又引進了散文詩這種新穎的文體概念。再如《新青年》第 6 卷第 6 號所載朱希祖譯廚川白村《文藝的進化》，正文後有「譯者案」：「廚川白村尚有《自然派與晚近新文藝比較上美醜的問題》一篇，與此篇相發明，附譯於後」。「附譯」的文章之後，還有長達近千字的「又案」，對比廚川白

村的論述，反觀中國現代的文藝，批評貌似自然派的「黑幕小說」。《小說月報》第 16 卷第 5 號載仲雲譯日本廚川白村《病的性欲與文學》（上），譯文涉及日本作品表現男性的性欲倒錯時，插入譯者按——「此種作品在我國小說中亦甚多，如《品花寶鑑》便是其中描寫的最淋漓盡致的，此外如《聊齋志異》、《野叟曝言》中，亦頗不少。」按語和說明，不僅引導讀者走進翻譯作品，而且把外國文論與中國文學歷史、現狀聯繫起來，把翻譯與批評聯結起來，有利於發揮翻譯的現實效應。

有的生僻詞語加以注釋自屬必要，但有的注釋卻也未必非加不可。如《新青年》第 4 卷第 3 號周作人譯俄國 Sologub《童子 Lin 之奇迹》中，「這一日是溽熱天氣。時值下午，又是一日中最熱時光。空中絕無一點雲翳，非常明亮。天上火龍（謂太陽）像是發怒顫抖，向空中和地上，噴出凶猛的熱氣來。乾枯的草，帖著焦渴的地面，同他在一處愁苦；又臥在熱塵埃底下，透不出氣，幾乎悶死。」「火龍」後面注釋「謂太陽」，似可不必，因為這屬於修辭，而非生僻的方言或特殊的名稱等。然而，譯者為讀者著想的苦心讓人感佩。《小說月報》第 14 卷第 2 號闢有「文學上名辭譯法的討論」，鄭振鐸、沈雁冰、胡愈之、吳致覺等撰文參與討論，都為的是使翻譯更加準確並且易於理解。

五四時期關於翻譯方法的探索，是翻譯文學從近代的自為走向現代的自覺的表徵，其經驗教訓為後來翻譯文學的發展提供了寶貴的動力與借鑒。

五、翻譯的效應

　　五四時期，翻譯界做出了種種努力，但翻譯文學中難免存在一些問題。諸如選題「撞車」，同一作品的複譯較多；「重譯」（即轉譯）所占比重較大；翻譯質量參差不齊，有的譯作相當粗糙；翻譯批評尚嫌薄弱，等等。究其原因，十分複雜，如：文化熱點引發人們的共同關注，而譯壇尚未建立起資訊溝通與全局協調的機制。人們掌握的外語以英語為主，小語種翻譯力量薄弱。五四時期社會文化節奏促迫，新聞出版業興盛，對翻譯作品需求量劇增，少數劇本與長篇小說直接由出版社出版，多數譯作先在報紙副刊與雜誌上發表或連載，然後由出版社匯總出版。這種文化背景與傳播方式促使譯者不能不加快進度，以保證報刊連載不至於脫期、出版計劃不至於延宕。這樣一來，在翻譯對象的選擇上處於主動地位的譯者，在翻譯進度上卻變成了被動的角色。其正面效應是速度加快，負面效應則是造成一些譯作打磨不夠，也有時由於連載譯作的刊物被查封等變故，翻譯便中途擱淺。此時，社團如雨後春筍，彼此競爭，推動了翻譯事業，但是狹隘的團體意識有時也妨礙了批評的正常進行，往往批評其他社團的多，而本社團內部的批評則少。

　　然而問題的存在無法遮蔽五四時期翻譯文學的輝煌。見之於報刊的譯作之多簡直難以盡數，出版的譯著據不完全統計，至少在 520 種以上，涉及的民族、國家、思潮、流派、作家、文體十分廣泛，遠非近代可比。經過十餘年的銳意探索，在翻譯藝術上有了長足進步。以翻譯文學前驅魯迅為例，1919 年翻譯的

《一個青年的夢》，尚嫌生澀，甚至還有誤譯，而到了1922年翻譯的《桃色的雲》，就變得圓潤曉暢起來，1927年翻譯的《小約翰》，則可以說是到了爐火純青的程度。正是在五四時期奠定的基礎之上，三四十年代的翻譯文學，在國別、文體等整體佈局、名家的系統翻譯、翻譯質量的提高等方面，取得了更大的成就。

翻譯文學的巨大成就不僅僅在於翻譯文學自身，而且更在於它以特殊身份參與了中國現代文學的建構，對文學乃至整個社會的現代化進程產生了難以估量的積極效應。

在翻譯文學的啟迪之下，中國現代文學的表現空間與藝術形式得到極大的拓展。農民這一中國最大的社會群體走上文學舞臺，女性世界得到本色的表現，個性與人性得以自由的伸展，心理世界得到深邃而細緻的發掘，景物描寫成為小說富於生命力的組成部分，審美打破中和之美至上的傳統理想，呈現出氣象萬千的多樣風格。自由體詩、散文詩、絮語散文、報告文學、心理小說、話劇、電影劇本等新穎的文體形式，在中國文壇上生根發芽、開花結果。翻譯還為中國文壇打開了一個新奇絢麗的兒童文學天地，兒童乃至成人從中汲取精神營養和品味審美怡悅自不必說，作家也從中獲得了兒童文學創作的範型和藝術靈感產生的媒質。可以說沒有外國兒童文學翻譯，就沒有中國現代兒童文學。文學理論與文學史著作的翻譯，為現代文學的理論建設提供了寶貴的資源。文學翻譯推動白話作為新文學的語言載體迅速走向成熟，實現了胡適所設定的「國語的文學、文學的國語」。其重要意義不可低估，它不僅有利於全民文化水平的普遍提高，而且為臺灣、香港、澳門同胞的中華民族認同，提供了

巨大的凝聚力。翻譯文學與在其影響下茁壯成長的新文學一道向世界表明：中國現代文學正在追趕世界文學潮流，成為世界文學的有機組成部分。

文學翻譯不僅鍛煉了胡適、魯迅、周作人等一代新文學先驅，而且培養了一代新作家，王魯彥、李霽野等就是從翻譯開始文學生涯的，翻譯作品還為許多文學青年提供了創作的範型，引導他們走上了文學道路。

翻譯文學為廣大讀者展開了廣袤的世界，也改變了讀者把文學僅僅視為欣賞消閒的心理慣性，培養了適應現代社會的讀者。翻譯文學的讀者群由學生青年擴展到普通市民，讀者從新鮮的感召到由衷的喜愛，從被動地接受到主動地尋求。易卜生熱與女性解放、個性解放，泰戈爾熱與東方文化重審，俄羅斯文學熱與社會變革期待，社會變遷、文化思潮都或顯或隱地與翻譯文學的傳播接受相關。翻譯文學不僅為現代文學的發展提供了動力與範型，而且為整個社會不斷提供有生命力的話題，推動了中國現代歷史進程。

如此豐富、如此重要的五四時期翻譯文學，在文學史研究中曾經受到過冷遇，今天，理當展開深入的研究，以恢復其應有的歷史地位。

第二章

泰戈爾熱

　　五四時期的文學翻譯，如同近代以來中國從物質文化到制度文化再到精神文化向外求索的視野一樣，國人放眼世界的注意力大半放在西方，東方除了日本之外，沒有一個國家或民族的文學作為整體得到像俄、英、法、美、德等西方國家那樣的禮遇。但在整個東方顯得有幾分落寞之時，印度的泰戈爾卻引起了特殊的關注，形成了與易卜生熱、托爾斯泰熱等相比毫不遜色的泰戈爾熱。

一、泰戈爾熱的景象

　　泰戈爾（Rabindranath Tagore 1861-1941），印度詩人、劇作家、小說家，一生共創作了 50 多部詩集（約 1000 首詩）、12 部中長篇小說、100 餘篇短篇小說、20 多部劇本、2000 首歌曲，還有遊記、自傳與大量關於文學、哲學、政治的論著等。因其卓越的建樹榮獲 1913 年度諾貝爾文學獎，是亞洲第一位獲得諾貝爾文學獎的作家。

　　中國最早介紹泰戈爾的文章，是錢智修的《台莪爾之人生觀》，刊於《東方雜誌》第 10 卷第 4 號（1913 年 10 月 1

日）。泰戈爾作品的中文翻譯，最早的當屬陳獨秀以文言譯
自泰戈爾獲獎詩集《吉檀迦利》的《讚歌》4 首，署名為達
噶爾著，刊於《青年雜誌》第 1 卷第 2 號（1915 年 10 月 15
日）。陳獨秀在譯詩的注釋中稱泰戈爾為「印度當代之詩人。
提倡東洋之精神文明者也。」這誠然不錯，但接下來把泰戈
爾獲諾貝爾文學獎誤寫為 Nobel Peace Prize（諾貝爾和平
獎）。這一筆誤之所以發生，一則當時新文化前驅者的目光
主要放在西方，對東方反倒有些隔膜；再則文學革命尚未發
生，對泰戈爾的文學家價值的認識尚嫌不足；三則當時正值
第一次世界大戰期間，和平與戰爭成為人們關注的焦點。整
個文壇對泰戈爾也沒有寄予多大的關注。《新青年》第 5 卷
第 3 號（1918 年 9 月 15 日）上署名 Y. Z.的讀者 8 月 19 日
的來信中說：「今年春季受革命嫌疑下獄的印度詩人 Sir
Rabindranath Tagore，他的文字思想，我看極好；但沒有人
去譯他的著作，介紹到我們中國來，是很可惜的。不知貴記
者是無心去譯他呢？還是他的宗旨，不與你們相合呢？」記
者半農在信後答覆中，介紹了本刊第 1 卷第 2 號與第 5 卷第
2、3 號已發 Tagore 譯詩的情況，以「要介紹外國文豪，總
得把他的著作，和別人對於他（的）評論仔細研究過了，方
可動手」為由，回答了 Y. Z.的質疑，並表示將來本刊「總
有一本是『Tagore 號』」。但實際上，這一設想幾年之後才
在其他雜誌上得以實現。而在 1918 年底以前，中國報刊上
發表的泰戈爾作品譯文寥寥可數：1917 年 6-9 月，《婦女雜
誌》第 3 卷第 6、7、8、9 期相繼發表天風、無我譯的短篇
小說《雛戀》（即《歸家》）、《賣果者言》（即《喀布爾

人》）、《盲婦》；1918 年 8、9 月，《新青年》第 5 卷第
2、3 號發表劉半農譯的 TAGORE 詩二章《惡郵差》、《著
作資格》、《海濱五首》與《同情二首》；1918 年 12 月，
《時事新報・學燈》連載韻梅翻譯的劇本《郵政局》。1918
年前後，許地山曾經從《吉檀迦利》中譯過幾首，但一則以
文言翻譯，有嫌古奧，二則當時泰戈爾在中國尚未產生後來
那樣的熱效應，所以未能接著譯下去，也未見發表。

　　1914 年赴日本留學的郭沫若，倒是很快就感受到從西
方傳到日本的泰戈爾熱，初讀幾首泰戈爾詩即留下了深刻印
象，一年後買到了一本《新月集》，那種淡雅的裝幀和靜默
的插圖，給他帶來孩童得到一本畫報似的快樂。1923 年，
他回憶當時由於心境的孤獨與悲苦而一度痴迷於泰戈爾的
情形：「我記得大約是民國五年的秋天，我在岡山圖書館中
突然尋出了他這幾本書時，我真好像探得了我『生命的生
命』，探得了我『生命的泉水』一樣。每天學校一下課後，
便跑到一間很幽暗的閱書室裏去，坐在室隅，面壁捧書而默
誦，時而流著感謝的眼淚而暗記，一種恬靜的悲調蕩漾在我
的身之內外。我享受著涅槃的快樂。」翌年，「我為麵包
問題所迫，也曾向我精神上的先生太戈兒求過點物質的幫
助。我把他的《新月集》、《園丁集》、《偈檀伽利》三部
詩集來選了一部《太戈兒詩選》，想寄回上海來賣點錢。但是
那時的太戈兒在我們中國還不吃香，我寫信去問商務印書館，商
務不要。我又寫信去問中華書局，中華也不要。」[1]當時，中國

---

[1]　郭沫若：《泰戈爾來華的我見》，《創造周刊》第 23 號，1923 年
　　10 月。

兩家頗有影響的出版機構如此態度，泰戈爾在中國的「還不吃香」可見一斑。

但是，一進入 20 世紀 20 年代，泰戈爾在中國則可謂時來運轉，譯介、研究及報導逐漸掀起一股熱潮。1921 年，關於泰戈爾在美國、德國等地講學的報導就有多篇，如沈雁冰《印度文學家太戈爾的行踪》（3 月 10 日，《小說月報》第 12 卷第 3 號「海外文壇消息」欄），王光祈《太戈爾之山林講學》（同年 8 月 4 日《申報》）、俞頌華《德國歡迎印哲台莪爾盛況》（同年 8 月 10 日，《東方雜誌》第 18 卷第 15 號）等。海外泰戈爾研究的翻譯，報刊上也時有刊載，上海新文化書社還發行了 Ernest　Rhys 所著《太戈爾》的中譯本（楊匈葛、鍾餘蔭譯）。呈現出熱潮徵象的更在於大量作品的翻譯與比較深入的研究。綜合性雜誌《少年中國》曾經發表過泰戈爾的《美的實現》（仲蘇譯，1910 年 9 月 15 日，第 1 卷第 3 期）、《自我的問題》（黃玄譯，1919 年 11 月 15 日，第 1 卷第 5 期），1920 年 2、3 月又相繼在「詩學研究號」（一）（二）中發表黃仲蘇譯《太戈爾的詩十七首》（第 1 卷第 8 期）、《太戈爾的詩六首》與黃玄的《太戈爾傳》（第 1 卷第 9 期），後者是中國文壇上的第一部泰戈爾傳。瞿世英、鄭振鐸的《太戈爾研究》（1921 年 2 月 27 日至 4 月 3 日《晨報》第 7 版副刊）、愈之的《台莪爾與東西文化之批判》（1921 年 9 月《東方雜志》第 18 卷第 17 號）、馮友蘭的《與印度泰谷爾談話（東西文明之比較觀）》（1921 年 10 月《新潮》第 3 卷第 1 號）等頗具深度的文章相繼問世。

　　1920 年，蔡元培等曾向泰戈爾發出訪華邀請，但他忙於籌辦國際大學等事，未能應邀。1922 年冬，梁啟超主持的講學社發出再次邀請，得到了熱情的回應。1923 年 4 月，泰戈爾派助手恩厚之來到中國，輾轉與講學社商定訪華日程。在其訪華前後，泰戈爾熱達到鼎盛。1923 年 12 月 27 日，參與籌劃泰戈爾訪華事宜的徐志摩，在給泰戈爾的信中說：「這裏幾乎所有具影響力的雜誌都登載有關您的文章，也有出特刊介紹的。您的英文著作已大部分譯成中文，有的還有一種以上的譯本。無論是東方的或西方的作家，從來沒有一個像您這樣在我們這個年輕國家的人心中，引起那麼廣泛真摯的興趣。」[2] 詩人所言雖然措辭不無誇張之處，但也大體上反映了實情。歷史最久的大型綜合性雜誌《東方雜誌》在 1923 年 7 月 25 日出刊的第 20 卷第 4 號闢「太戈爾專號」，發表《太戈爾學說概觀》（王希和）與 4 篇譯作（任魯譯《海上通信》、錢江春譯小說《葉子國》與《喀布爾人》、梁宗岱譯劇本《隱士》）及「國際大學近況」的報導等。《中國青年》第 27 期（1924 年 4 月 18 日）為「泰戈爾特號」，刊出四篇文章：《太戈爾與東方文化》（實庵）、《過去的人——太戈爾》（秋白）、《太戈爾與中國青年》（澤民）、《太戈兒來華後的中國青年》（亦湘）。北京佛化新青年會的《佛化新青年》第 2 卷第 2 號（1924 年 5 月 13 日）也出了泰戈爾專號，發表張宗載《泰谷爾的大愛主義》、寧達蘊的《泰谷爾與大乘佛法》、張明慈的《泰谷爾與世界和平》等 9 篇文章。

---

[2]　徐志摩：《致泰戈爾》，《徐志摩書信》，湖南人民出版社 1986 年
　　10 月初版。

最有代表性的當屬新文學的重要陣地《小說月報》。沈雁冰主持改革伊始，《小說月報》便刊登泰戈爾作品，第12卷第1、4號（1921年1、4月）有鄭振鐸的《雜譯太戈爾詩》，第4號還有許地山譯小說《在加爾各答途中》，第12卷第5號有瞿世英譯劇本《齊德拉》。此後比較集中地譯介泰戈爾至少有四次。第13卷第2號（1922年2月）的「文學家研究」專欄，實際上是泰戈爾專欄，刊有鄭振鐸的《太戈爾傳》、《太戈爾的藝術觀》、瞿世英的《太戈爾的人生觀與世界觀》、張聞天的《太戈爾之〈詩與哲學〉觀》、《太戈爾的婦女觀》、《太戈爾對於印度和世界的使命》。《小說月報》第14卷第9號、10號（1923年9、10月）為「太戈爾號」（上）、（下），容量更大。《小說月報》自第12卷第1號改革始，泰戈爾是第一個享有封面標明作家專號殊榮的作家[3]。這兩期《小說月報》從裝幀到內容都顯示出編者的熱情與用心。封面均有泰戈爾像，正文前有畫像、攝影與手迹插頁。「太戈爾號」（上）摘引《飛鳥集》與《新月集》詩句和夏芝（通譯葉芝）的《〈吉檀迦利〉序》為卷頭語，「太戈爾號」（下）摘引泰戈爾《跟隨著光明》句作卷頭語，正文包含歡迎、研究、著作選譯等三個方面的內容。

---

[3]　第16卷第8、9號分別為「安徒生號」（上）、（下）；有的雖未標明專號，但闢出相當多的篇幅集中刊發某一作家的作品與紀念、研究文章，與專號無異，如第15卷第4號為紀念拜倫百年祭編發了30篇紀念、研究文章與拜倫作品譯文；第18卷第9號，為紀念芥川龍之介的去世，整期刊物除了《九月文藝家生卒表》之外，全是與芥川龍之介相關的內容。

「太戈爾號」（上）的相關內容為：

歡迎太戈爾來華

　　歡迎太戈爾　　　　　　　　　　　　鄭振鐸

　　泰山日出　　　　　　　　　　　　　徐志摩

　　太戈爾來華　　　　　　　　　　　　徐志摩

太戈爾研究

　　太戈爾傳　　　　　　　　　　　　　鄭振鐸

　　太戈爾的思想與其詩歌的表像　　　　王統照

　　太戈爾和托爾斯泰　　（日）宮島新三郎著　　仲　雲譯

　　夏芝的太戈爾觀─太戈爾《吉檀迦利集》序　夏芝著　高　滋譯

　　太戈爾的戲劇和舞臺　　（日）武田豐四郎著　　仲　雲譯

　　太戈爾與音樂教育　　（日）吉田弦二郎著　　仲　雲譯

　　「給我力量……」　　　　　　　　　周越然

　　關於太戈爾研究的四部書　　　　　　西　諦

　　太戈爾的重要著作介紹　　　　　　　徐調孚

太戈爾著作選譯

　　微思（詩）　　　　　　　　　　　　振　鐸

　　幻想（詩）　　　　　　　　　　　　徐志摩

　　《歧路》選譯（十九首）　　　沈雁冰　鄭振鐸

　　《吉檀迦利》選譯（十一首）鄭振鐸　鄭振鐸

　　《愛之贈遺》選譯（五首）　　　　　鄭振鐸

　　《新月集》選譯（十首）　　　　　　鄭振鐸

　　孩童之道　　　　　　　　　　　　　鄭振鐸

　　《園丁集》選譯　　　　　　　　　　徐培德

　　隱秘（小說）　　　　　　　　　　　鄧演存譯

幻想（小說）　　　　　　　　　　褚保時譯

拉加和拉尼（小說）　　　　　　　如　音譯

我的美鄰（小說）　　　　　　　　白序之譯

賣果人（小說）　　　　　　　　　朱枕新譯

馬麗妮（劇本）　　　　　　　　　高　滋譯

詩人的宗教（論文）　　　　　　　愈　之譯

太戈爾號」（下）的相關內容為：

歡迎太戈爾來華

　　太戈爾來華的確期　　　　　　徐志摩

太戈爾研究

　　太戈爾傳（續）　　　　　　　鄭振鐸

　　太戈爾的家乘　　　　　　　　得　一

　　音樂家的太戈爾　　　　　　　樊仲雲

太戈爾著作選譯

　　西方的國家主義（論文）　　　陳建民譯

　　歐行通信（雜文）　　　　　　仲　雲譯

　　《愛者之貽》選譯（詩十四首）　鄭振鐸譯

　　《采果集》選譯（詩十九首）　　趙景深譯

　　世紀末日（詩）　　　　　　　鄭振鐸譯

　　《園丁集》選譯（詩八首）　　　鄭振鐸譯

　　犧牲（劇本）　　　　　　　　高　滋譯

　　泰戈爾於 1924 年 4 月 12 日抵達上海，當月出版的《小說月報》第 15 卷第 4 號插入「歡迎太戈爾」臨時增刊，刊出一組照片、速寫與四篇文章：《歡迎太戈爾先生》（記者）、

《印度詩人太戈爾略傳》（誦虞）、《太戈爾到華的第一次記事》（記者）、《研究太戈爾的書籍提要》（調孚）。

　　泰戈爾在 49 天的訪華期間，到了上海、杭州、南京、濟南、北京、太原、漢口等地，在公開場合講演 15 次以上[4]，連同見之報導的較小集會時的談話，至少有 30 餘次。新聞媒體上幾乎天天都能看到關於他行踪的報導，各大報都以重要版面刊登他在各地的講演和照片。在其訪華期間，泰戈爾熱達到高潮，泰戈爾的作品風靡一時，甚至連一般的中學生都以能背誦幾首他的英文詩為榮[5]。

　　1924 年 5 月 7 日是泰戈爾 64 歲壽辰，為了表示祝賀，新月社於 5 月 8 日在北京協和學校禮堂舉辦了一場隆重的晚會。胡適用英語致歡迎詞，一是慶祝詩哲生日，二是祝賀泰戈爾中文名字的誕生。接著，梁啟超說明應邀給泰戈爾起中國名「竺震旦」的涵義。又有泰氏弟子演唱印度歌曲助興，泰戈爾登臺演講致謝。最後的壓軸戲是新月社用英語演出泰戈爾劇作《齊德拉》。這場演出雖然規模不大，但因為與泰戈爾有關，且演員陣容中既有被視為金童玉女的徐志摩（飾愛神）、林徽因（飾女主角齊德拉），又有大名鼎鼎的林長民（飾春神）與女兒同台演出，也有張歆海（飾男主角阿糾那）、王孟瑜女士、袁昌英女士、蔣百里、丁燮林（飾村人）等出演角色，張彭春擔任導演，還有林徽因的丈夫梁思成出任布景，真可謂人才薈萃，滿台輝煌。所以一經《晨報》（1924 年 5 月 10 日）繪聲繪色的報導，一時傳為佳話。

---

[4]　參見季羨林《泰戈爾與中國》，《社會科學戰線》1979 年第 2 期。
[5]　參照張光璘：《泰戈爾在中國》，收《中國名家論泰戈爾》。

　　泰戈爾訪華的熱浪推動了其作品的中文翻譯，使他成為五四時期被翻譯最多的外國作家之一。據大略統計，五四時期，《新青年》、《小說月報》、《少年中國》、《東方雜誌》、《小說世界》、《婦女雜誌》、《曙光》、《新人》、《詩》、《平民》、《責任》、《民鐸》、《人道》、《學滙》、《太平洋》、《解放與改造》、《互助》、《文學周報》、《晨報副刊》、《京報副刊》、《時事新報・學燈》、《民國日報・覺悟》等 23 種雜誌與報紙副刊，發表泰戈爾作品中文翻譯在 250 餘篇次（評介文章中作者自譯的引文不計在內）以上；商務印書館、泰東圖書局、新民社、民智書局、大同圖書館等 5 家出版機構，出版了《太戈爾戲曲集》、《太戈爾短篇小說集》等中譯本 18 種，31 個版本；譯者近 90 人，包括當時活躍在文壇上的沈雁冰、鄭振鐸、趙景深、劉大白、葉紹鈞、許地山、徐志摩、沈澤民、瞿世英、黃仲蘇、王獨清、李金髮、梁宗岱、胡仲持等；涉及泰戈爾詩集 7 種以上，如《吉檀迦利》、《采果集》、《新月集》、《園丁集》、《遊思集》、《飛鳥集》等；長篇小說 2 種：《沈船》、《家庭與世界》；戲劇 10 種，如《齊德拉》、《郵局》、《春之循環》、《隱士》、《犧牲》、《國王與王后》、《馬麗尼》等；短篇小說集多種，還有論文、書信、講演、自傳，如《我底回憶》、《人格》、《創造與統一》、《人生之實現》、《國家主義》、《海上通信》、《歐行通信》等。18 種譯著中有 16 種出版於 1920-1925 年，250 餘篇次

的譯文中亦有 92％以上在 1920-1925 年刊出，有的作品譯文
達 5 種之多[6]。1920-1924 年，報刊上發表的關於泰戈爾的評
介文章也在 160 篇以上。

　　然而，隨著泰戈爾訪華熱浪的漸漸遠逝，其作品的翻譯
明顯見少，新的譯作零零星星散見於報刊，結集出版的大都
是五四時期的譯作。下一次泰戈爾熱等到五六十年代之交才
出現。

二、泰戈爾熱的成因

　　五四時期的泰戈爾熱，並非直接來源於近鄰印度，而是
間接來源於隔洋跨海的西方與日本。1912 年春，由孟加拉
文學協會倡議和贊助，加爾各答市政府在市政廳舉行隆重的
大會，為泰戈爾慶祝壽辰，並授予榮譽狀，這是印度的文學
家第一次獲得這樣的榮譽，這標誌著泰戈爾的文學成就得到
了民族的認可。同年四五月間，他在歐美之旅前夕及途中從
自己的孟加拉文詩集與歌詞中選譯出來的 103 篇英文詩
歌，深得葉芝等英國文學名流的好評。葉芝為之親自作序的
英文詩集《吉檀迦利》，於 1912 年 11 月由倫敦的印度學會
出版，在英國反響強烈。1913 年榮獲諾貝爾文學獎，更使
泰戈爾聲名大振。泰戈爾獲得諾貝爾文學獎的評語是：「由
於他那至為敏銳、清新與優美的詩；這詩出之以高超的技
巧，並由他自己用英文表達出來，使他那充滿詩意的思想業

---

[6]　參照北京圖書館文獻研究室編：《泰戈爾著作中譯書目》，收張光璘
　　編：《中國名家論泰戈爾》，中國華僑出版社 1994 年 10 月第 1 版。

已成為西方文學的一部分。」瑞典學院諾貝爾委員會主席哈拉德・雅恩在《頒獎辭》中，也從西方的視角肯定了泰戈爾的文化價值，一是間接地體現了西方文化的影響力，二是展示了與西方文化迥然相異的另一種文化，「這個文化，在印度廣大的、平靜的、奉為神聖的森林中達到了完美境界，這個文化所尋求的靈魂的恬靜和平，與自然本身的生命日益和諧」。這種文化與征服自然、強調競爭、喜好利益的西方文化構成了一種互補性[7]。因而，泰戈爾在幾乎可以聞得到戰爭硝煙味的 1913 年獲獎，也許並不是一個偶然的巧合。西方人在飛速發展的工業化進程中，早已感受到物質的重壓與人性的異化，現在又承受著戰禍將臨的悲觀與恐懼，才要到泰戈爾那裏尋求精神的安慰。於是，泰戈爾熱伴隨著詩人的獲獎開始形成。1914-1918 年的第一次世界大戰，歷時四年零三個月，參戰國家 33 個，捲入戰爭漩渦的人口在 15 億以上，死傷 3000 餘萬人。巨大的創痛使西方社會在反省與批判自身文化的同時，獲得了重新認識東方文化的契機，泰戈爾作為東方文化的代表，其價值在西方得到重新審視。1920 年 3 月，法國作家羅曼・羅蘭致泰戈爾信中的一段話頗具代表性：「在這場表明歐洲無恥失敗的世界大戰的浩劫之後，歐洲自己已不能保衛自己，這點是很清楚了。它需要亞洲的思維，正如亞洲從歐洲的思維中獲得了裨益一樣。人腦有兩個半球，倘若一個僵死，那麼整個身子會衰弱下去的。必須

---

[7]　參照陳映真主編：《諾貝爾文學獎全集》8，遠景出版事業公司 1981 年 12 月 20 日再版。

重新聯接兩個半球，促使身體健康發展。」[8]泰戈爾再次遊歷歐美大陸，聽他講演的人盈千累萬，反響比戰前更為熱烈，盛極一時。[9]日本近代以來對西方緊追不捨，西方有什麼熱，日本馬上就會仿傚來個什麼熱；再則日本作為東方國家，其傳統價值觀在急驟的近代化步履中受到越來越強烈的挑戰，東西方的文化衝突以及由此帶來的困惑，使得日本人也希望從東方色彩極為鮮明的泰戈爾有所借取。因而，日本也興起了泰戈爾熱。中國遠學西方，近追日本，對於由西方到日本的泰戈爾熱自然要追踪一次了。但是，更為深刻的原因還是在於五四前後中國有著自身的內在需求，即中國的社會文化現狀同泰戈爾的契合。

　　最先在中國面世的泰戈爾作品《讚歌》，是《吉檀迦利》的前四首。這樣的選擇固然與詩集是獲獎作品有關，但詩中對新生命的渴求與獲得新生命的喜悅，顯然暗合了陳獨秀發動新文化啟蒙運動的意向。洋溢著樂觀精神的詩歌一直是五四時期泰戈爾作品翻譯中的一個重要方面。後來，有學者批評當年邀請泰戈爾訪華的「主人們」「沒有看到，或者故意不想看到」泰戈爾「怒目金剛的一面」，而「竭力宣揚他那光風霽月的一面。翻譯作品也只選擇《新月集》、《飛鳥集》、《園丁集》、《春之循環》、《吉檀迦利》等等，好像詩人一生只寫了一些這樣的作品，其他密切聯繫實際的作品根本

---

[8]　轉引自克·克里巴拉尼著、倪培耕譯：《泰戈爾傳》，灕江出版社 1984 年版，第 347 頁。

[9]　參見侯傳文：《寂園飛鳥　泰戈爾傳》，河北人民出版社 1999 年 1 月第 1 版。

不存在；好像詩人終生與春花秋月為伍，遠遠脫離現實，遨遊在虹之國、白雲之國裏。」[10]這一批評忽略了「光風霽月」本身的意義。春光、秋色、清風、明月、白雲、森林、月夜、星空、海浪、海灘、蓮花、鳥兒、細雨、露珠等自然景象，在泰戈爾文學世界的象喻系統中，寄寓著詩人對民族解放與人類未來的堅定信念以及由此而來的樂天達觀的生活態度，表明了他對印度傳統文化中悲觀厭世思想的超越。五四是一個理想主義激情高漲的時代，新文學的前驅者與讀者需要這種精神的鼓舞與激勵，有意識地選譯這方面的作品自在情理之中。瞿世英就曾這樣來表述他對泰戈爾的認識：「我要特地向讀者說，泰戈爾不是談玄說虛的『詩家』。他的思想和伯格森、倭鏗都很相像，是表現時代精神的。讀了他的作品，便令人覺得宇宙的活動和人生的變化是有意義的，是快樂的，便給人以無窮的勇氣。」[11]並且，「自然」在泰戈爾那裏，並不止是一般意義上的文學意象，而是與印度文化的「神」融為一體。在他看來，神不是虛無縹緲、不可企及的，也不是只在被人供奉的廟裏，而是存在於宇宙、自然之中，寄託在童心、母愛、友愛裏面，神無處不在，無時不有。這種帶有泛神論色彩的自然觀與神人一體觀，頌神的表層下面汩汩流淌的生命之泉，對於急需打破中國延續幾千年的封建禮教的一統天下、爭取自我解放的人們來說不無積極意義，因而在五四文學中引起了熱烈的呼應，郭沫若的《女神》就是最突出的代表，那物我合一的胸襟、

---

[10]　季羨林：《泰戈爾與中國》，《社會科學戰線》1979 年第 2 期。
[11]　瞿世英：《泰戈爾的人生觀與世界觀》，《小說月報》第 13 卷第 2 號。

氣沖牛斗的豪情、鳳凰涅槃的莊嚴和女神再生的悲壯，都看得出泛神論的投影。

　　泰戈爾有一劇本《大自然的報復》，梁宗岱譯為《隱士》[12]，劇中主人公隱士經過長期修道，自以為已經得到了解脫，可以不再為愛與恨而煩惱，於是從山洞重新來到塵世間。剛開始，面對生活中的一些無聊與情趣，他的確有一種超越的自由感。但是，賤民出身的孤女華純提對他的依戀與撫愛卻喚醒了他的愛心，他欲逃不能，終於腳踏實地地走進人間，獲得了真正的自由。這個劇本其實多多少少折射出一點作者內心世界的衝突。泰戈爾終其一生，都在冥想與現實中徘徊與求索，他既向無所不在的神尋求慰藉，熱情地抒寫頌神之詩，展開對人生與宇宙問題的哲理玄想，又對現實生活與社會問題予以深切的關注，創作了大量觸及印度現實的作品。從 1918 年 12 月起，其「密切聯繫實際的作品」的翻譯就不斷面世。在泰戈爾訪華前後，更是達到高潮。具體說來，主要有以下幾個方面。

　　印度傳統社會的包辦婚姻、童婚與妻子殉葬等陳規陋俗，給女性的命運罩上了沈重的陰霾，釀成了無數血淚悲劇。泰戈爾許多作品描寫這些悲劇題材，五四時期對此做了大量的翻譯介紹。《河階》[13]的女主人公苦森是典型的童婚受害者。她 7 歲結婚，丈夫在很遠的地方，她就只和他見過

---

[12]　《隱士》，梁宗岱譯，《東方雜誌》第 20 卷第 14 期，1923 年 7 月；《散雅士》，梅九譯，《學滙》第 3-14 期，1922 年 10 月 13-17、19-25 日；《散雅士》，張墨池、景梅九譯，上海新民社 1924 年版；《修道士》，殷衣譯，人民文學出版社 1961 年版。

[13]　王靖譯，《新人》第 5 期，1920 年 8 月；另一譯名為《河邊的臺階》。

一兩次面。8 歲時，從一封信裏得知丈夫死了，這個還不知
夫妻生活為何物的小姑娘便做了寡婦，回到老家度那孤寂淒
苦的日子。十年一晃過去，苦森已長大成人，身心成熟起來。
有一位英俊的年輕苦行者來到村子的廟裏住下，講經釋典。
有人說他就是苦森的丈夫，究竟是不是，苦森也不得而知，
但她的確被苦行者的男性魅力深深地迷住了，在夢境裏不斷
出現心中的偶像與她談情說愛的情景，醒來時心情變得非常
沈重，以致於不敢前去聽講。苦行者問其原因，苦森道出實
情，不料苦行者當晚即離開了這個村子。月亮落下去了，到
處都變得陰沈起來，如同此刻苦森的心境。只聽見河裏撲通
一聲，苦森跳入河中，結束了她那只有夢中才有幸福的一
生。那在黑暗中咆哮的風，好像要把天上的星星都刮掉似
的，一定是在為苦森以及與她同樣命運的女性鳴不平。作品
裏，默默無言的石階作為見證者與敘事者，展開幽幽的敘
事，在浪漫抒情的筆觸下，閃爍著抨擊文化弊端的鋒芒，既
指向童婚制度與寡婦守節習俗，也觸及了印度社會歷史悠久
的苦行主義與禁欲主義，因為男性的出世離欲，往往捨棄的
不止於自身，還要妻室付出守活寡的沈重代價。另一篇短篇
小說《雙死》[14]，女主人公谷瑞是個非常漂亮的世家小姐，
其丈夫派瑞西疑心生暗鬼，無端地懷疑並苛責妻子。婚姻既
不快樂，又沒有兒女，谷瑞就在宗教方面尋找安慰，拜一位
年輕的法師為師父，把蘊藏在心裏無處發散的感情，全部虔
誠地獻在師尊的腳前。丈夫越發變本加厲地刺激、折磨妻

---

[14] 俞長源譯，1921 年 4 月 5 日《學燈》；另一譯名為《得救了》。

子。他發現了法師寫給谷瑞的信，狂躁至極，突然中風。等谷瑞趕忙請來醫生，丈夫已經死去。朋友們聞訊趕來辦理派瑞西的後事，竟發現谷瑞也僵臥在丈夫身旁，原來她已服毒自盡。他們對谷瑞的以身殉夫不由肅然起敬。作品以不動聲色的敘事與帶有反諷意味的結尾，揭示了男權桎梏下女性命運的可悲與性格的脆弱，對古老的殉夫傳統提出了尖銳的質疑。

　　有些作品已經顯示出女性由屈從到抗爭的轉變與生機。譬如，五四前後共有 5 種中文譯本問世的短篇小說《盲婦》[15]，女主角愛瑪、即敘事者「我」，最初，對盲目自信地以她的眼睛做醫學實驗的丈夫唯命是從，以為既然嫁給了丈夫，自己的愉快和痛苦都是丈夫的權利。等到她經歷了雙目失明、丈夫變心等一連串的打擊之後，自身內部的「婦人」的人性與個性要求終於覺醒起來，戰勝了「女神」的傳統道德要求，敢於大膽向丈夫抗爭，捍衛自己的合法權益。年輕的姑娘海梅及尼也一反印度傳統女性在婚姻問題上對長輩的依從，敢於自主婚姻。長篇小說《沈船》[16]雖然情節較多人為的巧合之處，但新婚夫妻之間陌不相識以致陰差陽錯演出一系列悲喜劇這一情節本身，還有哈梅西與漢娜麗妮失戀的痛苦等，折射出抨擊包辦婚姻制度的鋒芒，尤其是接受過新式教育的漢娜麗妮與傳統女性卡瑪娜形成鮮明的對比，漢

---

[15]　天風、無我譯《盲婦》，《婦女雜誌》第 3 卷第 8、9 期，1917 年 8、9 月；哲生譯《盲媽》，《婦女雜誌》第 8 卷第 1、2 期，1922 年 1、2 月；褚保時譯《幻想》，《小說月報》第 14 卷第 9 號，1923 年 9 月；枕薪譯《目力》，《學燈》1925 年 9 月 17－26 日；非予譯《眼》，《國聞周報》第 5 卷第 41、42 期，1928 年 10 月 21、28 日。

[16]　《沈船》，徐曦、林篤信譯，商務印書館 1925 年版。

娜麗妮對自由戀愛的追求與個性尊嚴的捍衛顯示出新女性的風采。這一主題正與五四時期新文化啟蒙思潮十分吻合。

　　劇本《齊德拉》，對女性生存價值與愛情本質的探索有了一定的超越性。泰戈爾訪華之前，已有兩種中譯本面世[17]。劇本的女主人公齊德拉，是一個從小被當作男孩子來培養的公主，英武剛勇，在百姓中頗有口碑，只是苦於沒有愛情。好不容易遇見她夢中的偶像——古奴族皇子阿儒納，大膽求婚，誰知皇子早已立誓終身不娶。齊德拉祈求愛神給她以愛，祈求時令之神給她以時間充分展現女性之美，在神靈的大度幫助下，她以幻影般的美麗姿容得到了意中人的愛情。然而一年之後，她主動向意中人說出了自己的真實身份，希望能以「真自我」來永保愛情之樹長青，她終於如願以償，以「真自我」的價值贏得了阿儒納的認可與欽敬。在這裏，女性敢於爭取愛情並追求愛情的質量，不僅要外形美，更要人格美，希望得到男性的愛，但不做男性的附庸，神話的浪漫色彩下面，隱含著對現實生活中女性命運的思考與對愛情本質的哲學探索。五四文學婚戀題材中最多的是爭取婚姻自主，自由戀愛的目的只是婚姻的實現，至於兩性結合之後怎樣，像魯迅的《傷逝》那樣的作品實在是鳳毛麟角。《齊德拉》的譯介，雖然沒有立竿見影式地結出多少創作之果，但反映出前驅者對這一問題的關注。

　　印度傳統社會的婦女，承受著種姓歧視、性別歧視與陳規陋習的有形壓迫，也遭受著種種愚昧迷信的無形折磨。短

---

[17]　《齊德拉》，瞿世英譯，《小說月報》12 卷 5 期，1921 年 5 月；吳致覺譯《謙屈拉》，英漢對照，商務印書館 1923 年版。

篇小說《生或死》[18]裏的寡婦康塔賓尼患病昏死過去，被抬到火葬場，在將燒未燒時突然醒了過來，生命的本能驅使她離開火葬場，但她對自己的存在感到十分恐怖與懷疑，以為既然已經死去，就不能再回到家中，於是流浪到小時候的一個女友家。她把自己當成一個活著的死人，所以行為怪異，引起女友夫婦的懷疑。女友的丈夫去她公公家探詢，都說此人已死，便確定這一個不是妻子早年的朋友。康塔賓尼對女友說，我是你的朋友，可我不是活人了。在人世間中，已經無家可歸，在死人中間，同樣沒有歸宿。她回到公公家，不管怎樣解釋，無人肯信，眾人都驚恐萬狀，連她含辛茹苦撫養的侄子也不敢近前。無可奈何，她大叫著「我沒有死」跳井自殺。這個在病魔與火神手下僥倖保住性命的寡婦，卻到底沒能逃脫愚昧迷信的漫天羅網。愚昧迷信，表面上看不見刀光劍影，實際上在戕害人的靈魂與吞噬人的生命上面正所謂軟刀子殺人不見血。這一作品很容易讓人想到魯迅《祝福》裏的祥林嫂，因為嫁過兩個男人，在道學家眼裏，就成了不潔之物，被剝奪了從事祭祀勞作的資格，再加上「好心人」的恫嚇，惟恐死後下地獄受到鋸成兩半的重罰，雖生猶死。祥林嫂既失去了信任及生計，又喪失了自尊與自信，最後在風雪彌漫的祝福之夜死在街頭，便不足為奇了。封建迷信在何等程度上參與了對祥林嫂生命的剝奪，實在是耐人尋味。

18　《生或死》，敉玫譯，1920 年 11 月 23 日《民國日報‧覺悟》；《生或死》，梅譯，《學滙》第 106-109 期，1923 年 2 月 2-5 日；《生與死》，止閑譯，《國聞周報》5 滙 28、29 期，1928 年 7 月 22、29 日；另譯為《是活著，還是死了》。

　　個性解放、人性解放是五四新文化啟蒙運動的重要指向，也是新文學的母題之一，因而，在泰戈爾翻譯中對這方面的作品做了有意識的選擇。短篇小說《愛情的勝利》[19]中，漢門德對妻子克沁充滿了愛情，克沁幾次想把自己的身世秘密告訴丈夫都說不出口。得知了底細的父親怒不可遏地要兒子把她驅逐出去。漢門德從妻子那裏得到確認之後，陷入巨大的苦悶之中，一度去向克沁的「養父」室烈興師問罪。室烈強調，當初正是為了成全他們這對心心相印的戀人，才不得不隱匿克沁的首陀羅出身，假稱她是婆羅門種姓。愛情終於使漢門德戰勝了種姓優越感，拒絕了父親的指令，父親以剝奪他的婆羅門種姓為要挾，他也決意不變。如果說《愛情的勝利》只是向種姓等級制度勇敢挑戰的話，那麼，寓言體短篇小說《葉子國》[20]則在更為廣闊的視野上展開了批判鋒芒。作品描寫古時海上孤島的一個葉子國，一世、皇帝、武士、老九以及小二等階級等級森嚴，與此相應的法規、定律無數年前早已分配定當，誰也不得擅自越位，否則嚴懲不貸。如此一來，這個島國沒有一個用腦思想的機緣，沒有一個有解決什麼問題的需要，沒有一個用得著去討論的新題目，全島上下都不聲不響地周流於無精打采的溝壑裏。即使跌倒了，也沒有一點聲息地仰面朝天，板起那張無動於衷的面皮。直到遠國太子、商人之子、高多兒之子這三個遊歷者

---

[19]　《愛情的勝利》，鄧演存、朱樸譯，《東方雜誌》第 18 卷第 2 期，1921年 1 月。另名《棄絕》，謝冰心譯，《譯文》1956 年 9 期。
[20]　《葉子國》，錢江春譯，《東方雜誌》第 20 卷第 14 期；另譯為《紙牌國》，法周譯，《宇宙風》乙刊 21-24 期，1940 年 2-5 月。

漂流到葉子國，才激起軒然大波。他們沒有島國特定的等級身份，不受任何清規戒律的束縛，順從欲望的支配，饑則食，渴則飲。葉子國裏一片駭然，上上下下以為不齒。遊歷者引進的新生命終於啟動了葉子國的死海，最初不知欲望為何物的葉子們，開始明白了生命本來是不為規律所縛定的，他們身上的欲望漸漸覺醒了，慢慢掙扎起來，等級錯亂了，七情六欲湧動起來，少男少女愛情的春潮激蕩起來，原來被視為比小二還要低一等的、「不要臉」的遠國太子被等級高貴的心后選中為婿，登上皇位，自此國中的人民，不用規律來治理，但按他們的欲望來定善惡標準。葉子國煥然一新，以致遠國太子的母親聞訊後都不遠千里來到這裏。作品在寓言體的色彩下，對印度的種族等級制、封建文化及國民性弱點等多有辛辣的譏刺，對個性解放與人性解放做了熱情的弘揚。譯者一定是對這篇小說產生了強烈的共鳴，才動手翻譯，他生怕讀者把它只當作海外奇談，特意在譯文篇末寫道：「這一篇小說所含抒情詩的色彩尤濃。但其間也有所指，他是印度人，這一篇天然多少說著了些印度的制度和社會。但此外請讀者想一想，這島國中本來的情形尤其是兩性間的──除了印度外還像哪一國？」其實何待譯者提示，讀者自然會領悟於心。與西方文化相比，東方文化中個性精神明顯缺乏，對此，印度與中國的現代文化先驅者具有共識，因而在個性精神的呼喚上很容易產生共鳴。泰戈爾在《跟隨著光明》中有這樣一段：「如果沒有人回應你的呼聲，那末獨自的，獨自的走去罷；如果大家都害怕著，沒有人願意和你說話，那末，你這不幸者呀！且對你自己去訴說你自己的憂愁罷；如

果你在荒野中旅行著，大家都蹂躪你，反對你，不要去理會他們，你儘管踏在荊棘上，以你自己的血來浴你的足，自己走著去。如果在風雨之夜，你仍舊不能找到一個人為你執燈，而他們仍舊全都閉了門不容你，請不要死心，顛沛艱苦的愛國者呀，你且從你的胸旁，取出一根肋骨，用電的火把它點亮了，然後，跟隨著那光明，跟隨著那光明。」《小說月報》第14第10號「泰戈爾專號」（下）引為卷頭語，泰戈爾抵滬當夜，沈雁冰在《對於太戈爾的希望》也引用了這段慷慨悲壯的話（譯文略有差別）作為文章的結尾。

　　五四時期的個性解放與人性解放，主要從西方援引了兩種思想資源，一個是個人主義，另一個是人道主義。在泰戈爾作品的翻譯中，頗有一些作品屬於人道主義主題。譬如短篇小說《喀布爾人》，主人公拉曼是一個來自喀布爾的小販，一次收貨款時因對方不認帳發生口角，激怒之中拉曼將對方刺傷，被判入獄。幾年後，拉曼出獄第二天便帶著一點杏仁、葡萄乾和葡萄來到敘事者家中看望他在賣貨時結下的忘年交──女孩子敏妮，不料敏妮正忙著做出嫁的準備，敘事者作為敏妮的父親，不希望此時此刻女兒與喀布爾小販這樣身份的人見面，便推到過幾天再來。喀布爾人從懷裏掏出一張又小又髒的紙來，上有一個小小的手印，原來這是他的小女兒的手印。當他每年到加爾各答做生意時，小女兒的這個印記便總是放在他的心上。他之所以願意對小敏妮格外關照，正是把憐愛女兒的心寄託其中。敘事者得知個中原委，不禁深受感動，叫出敏妮與老友相見，並且送他一張鈔票，希望他早日與家鄉的女兒團聚。作品沒有起伏跌宕的情節，但簡

勁的敘事中漸次展開的人道主義氛圍，很容易打動讀者的心。劇本《郵局》[21]，主人公少年阿馬爾父母雙亡，自己又重病臥床，誠乃不幸，但幸運的是他身邊氤氳著人道主義溫情的氛圍。阿馬爾住在收養他的姑父家養病，醫囑不能外出。他便與每一個從窗前經過的人交談，在好心人的共同參與中，想像著外面的世界，渴望著自由的生活，希望長大以後賣牛奶、當化緣和尚、當郵差，以滿足走四方的心願。更夫告訴他村子裏建郵局的事情，他便渴望著收到來信，甚至玄想能夠收到國王的來信。心術不正的村長寫信告密，沒想到國王真的派來了御醫，並說要夜半前來探視。劇中除了村長之外，都對少年寄予同情與關愛，甚至連國王對一個病童都能如此關心，這顯然帶有濃厚的理想主義色彩，但劇中人道主義氛圍的確讓人感到溫馨。短篇小說《歸家》[22]，寫淘氣的男孩巴的克常惹媽媽生氣，被舅舅帶到加爾各答上學，分別時母子都十分高興。但離開了母親，一切遠非想像的那般美好。巴的克在學校備受歧視，回到舅舅家又受到舅母與表兄弟的冷落，一個正需要友誼與關愛的 14 歲少年，陷入

---

[21] 《郵政局》，韻梅譯，《學燈》1918 年 12 月 6、9-14、16-18 日；《郵局》，鄧演存譯，《學燈》1921 年 12 月 9、12、14、19-31 日；《郵政局》，江紹原譯，《太平洋》4 卷 7、9、10 期，1924 年 6、12 月 1925 年 6 月；《郵局》，焦菊隱譯述，收《現代短劇譯叢》，商務印書館 1929 年。

[22] 《歸家》，仲持譯，《東方雜誌》18 卷 5 期，1921 年 3 月 10 日；天風、無我譯《雛戀》，《婦女雜誌》3 卷 6 期，1917 年 6 月；西神譯《放假日子到了》，《小說月報》11 卷 5 期，1920 年 5 月；《回家》，慘腹譯，《晨報副刊》1920 年 11 月 26、27 日；紫華譯《不如歸去》，《學燈》1921 年 7 月 26-28 日。

了度日如年的孤獨與寂寞之中，於是天天盼望假期早到，以便回到母親的身旁。因遺失教科書，巴的克受到舅母的嚴詞訓斥，得了熱病也不敢聲張。第二天，警察將正拖著病體往家鄉趕的巴的克送回舅舅家。歸家心切的巴的克，昏熱中的囈語裏也是家鄉江輪水手測水深的報數，見到聞訊從鄉下匆匆趕來的母親，懵懵懂懂之中還以為是假期到了，他已回到媽媽的身邊。《郵局》和《歸家》這兩篇作品的譯文，在短短幾年之間出現四五種之多，一則由於其人道主義主題切合了五四的時代要求，二則其描寫兒童心理、性格與生活的題材，對於兒童文學傳統極為薄弱的中國文壇來說，頗具新鮮感。

劇本《犧牲》，含有對底層社會予以關切的人道主義意緒，但主題意域顯得更為寬廣。劇中的王后格娜娃底欲以紅色花球與做犧牲的獸類做祭品，祈求聖母賜子。國王歌文達則有感於「犧牲」對於百姓利益的損害，下令廢除以眾牲的鮮血向女神獻祭的傳統習俗，這一改革觸動了婆羅門祭師的特權和盤根錯節的習慣勢力，遇到了重重阻力。祭師、首相、將軍等聯合親王一齊反對，勸國王收回成命。格娜娃底更是反應強烈，堅持要實現自己對聖母的承諾——獻上 300 隻小羊、100 頭水牛的血。祭師威脅利誘，軟硬兼施，慫恿親王殺害國王取而代之。一時間，宮廷內外，風波險惡。最後，國王揭露了祭師的陰謀，粉碎了一場政變，改革得以推行。劇本以緊張的情節、激烈的衝突，表達出反對流血、反對強取豪奪、反對偶像崇拜的主旨。這一劇本僅在 1923 年就有兩種中譯本[23]

23　《犧牲》，梅譯，《學滙》100-105 期，1923 年 1 月 28 日-2 月 1 日；高滋譯，《小說月報》第 14 卷第 10 號，1923 年 10 月。

面世，恐怕不只是為了迎接泰戈爾的來訪，也有中國國情的內在動因。辛亥革命的成果被袁世凱篡奪之後，中國政局一直處在不穩定之中。北京成為各派系軍閥角逐實力與玩弄陰謀的擂臺，總統、總理走馬燈似地更換；各地軍閥割據一方，貪官污吏橫徵暴斂，恣意侵奪百姓財產；新文化啟蒙運動雖有波瀾壯闊之勢，但封建禮教、愚昧迷信等因襲已久，不肯輕易退出歷史舞臺，嚴重妨礙著現代化進程。《犧牲》在一定程度上可以折射出中國從傳統社會邁向現代社會之艱難，所以才引起翻譯界的興趣。

　　泰戈爾是東方精神文明的維護者與倡導者。早在《台莪爾之人生觀》一文中，作者就點出了泰戈爾人生哲學的東方色彩。陳獨秀首譯《讚歌》時也看到了這一點。應該說，泰戈爾汲取了西方文明的不少營養，但作為一個有著悠久歷史文化淵源的印度文化的傳人，他也從東西方的對比中，尤其是在第一次世界大戰爆發之後，他更加熱愛東方，試圖以東方精神文明來彌補西方文明的種種弱點。他在國內外發表了大量的著述，闡釋東方精神文明的長處，甚至為此受到西方世界的冷遇也不做退讓。印度與中國同屬東方文明古國，近代以來先後淪為西方列強的殖民地或半殖民地。東方文明究竟還有沒有一點存在的價值，這給東方人帶來了巨大的困惑。泰戈爾對東方精神文明的弘揚，對於中國人來說，至少在感情上一般來說容易得到認同。1921 年 11 月，《少年中國》第 3 卷第 4 期刊載的魏嗣鑾的《旅德日記》，就記述了作者作為留學生當年 6 月 8 日在德國達爾模城聆聽泰戈爾講演後的感受：「覺泰戈爾之講演，雖無新義，然其痛詆歐洲

人之生活與思想，實可為東方人出氣」。《小說月報》第
15 卷第 4 號刊出的《歡迎太戈爾先生》（記者）中說：「他
的理想是東方的理想，能使我們超出於現代的物質的以及其
他種種的束縛。他勇敢的發揚東方的文明，東方的精神，以
反抗西方的物質的、現實的、商賈的文明與精神；他預言一
個靜默的美麗的夜天，將覆蓋於現在擾亂的世界的白晝，他
預言國家的自私的心將死去，而東方的文明將於忍耐的黑暗
之中，顯出它的清晨，乳白而且靜寂。」正是由於這一緣故，
在五四時期的外國作家作品的翻譯中，泰戈爾的非文學論著
大概可以算得上最多的。全譯或選譯的論著就有《人格》、
《創造的統一》、《人生之實現》、《國家主義》等。此外，
還有大量關於泰戈爾論述精神文明的翻譯與評述，如《塔果
爾及其森林哲學》[24]、《印度泰莪爾之物質文明與精神文明
論》[25]等。

　　泰戈爾對東方精神文明的倡導，與他反對殖民主義與西
方中心主義的民族主義立場密切相關。泰戈爾在淪為英國殖
民地的印度長大，深知在殖民統治者壓迫與盤剝下生存的屈
辱與痛苦，因而，他對中國近代以來的創傷能夠深深理解與
同情。早在 1881 年，還只有 20 歲的泰戈爾就寫了一篇《死
亡的貿易》（另譯《鴉片——運往中國的死亡》），痛斥英
國殖民者向中國傾銷鴉片的強盜無賴行徑。1916 年夏，泰
戈爾在訪日期間，指責日本接受了西方的國家主義而不是人
道主義，抨擊日本的擴張侵略行徑，以致受到冷遇，遭到報

---

[24]　馮飛編譯，共學社 1922 年版。
[25]　枕江譯述，《解放與改造》第 2 卷第 10 期，1920 年 5 月。

紙文章的嘲諷，離開日本時沒有任何歡送儀式，與剛到日本時受到的熱烈歡迎構成強烈的反差。1921 年，他在德國的一次講演中說：「中國有最古的歷史，優美的文化，愛和平的民眾，可惜也受了西方帝國主義的荼毒，很難得到充分自由發展的機會。」[26]1924 年 4 月 13 日，泰戈爾在踏上中國土地的第一次談話中熱情洋溢地說：「我相信你們的前途有一個偉大的將來，也就是亞洲的將來，我盼望那一天你們的民族興起，表現你們內在的精神，那是我們共有榮華的一椿盛業。」[27]4 月 18 日，他在上海各團體歡迎會上的講演中又說：「我這次來，恰值中國危難多事的日子，種種困苦，我都知道而且感動。我以一個詩人的資格，原不能有所幫助，但我願意替中國祈禱，希望他將來能脫離苦厄，而入於平安的境域。」[28]他在 1924 年 5 月 28 日的告別辭中，再次對列強冷酷地「任意的侵略與剝削與摧殘」中國的行徑表示痛心與憤慨[29]。這一同病相憐的態度深得中國人的好感。他在訪華期間的每一次講演的譯文都及時地在報刊上發表自不必說，在此前後在世界各地贊揚中國文明、同情中國命運的言論，也都很快地在中國報刊上有所反映。沈雁冰在《對於太戈爾的希望》裏，就明確道出了泰戈爾在中國受到歡迎的部分原因：「我們敬重他是一個人格潔白的詩人；我們敬重他是一個憐憫弱者、同情被壓迫人們的詩人；我們更敬重他是

---

[26]　《東方雜誌》第 18 卷第 15 號，1921 年 8 月 10 日。
[27]　《在上海的第一次談話》，《小說月報》第 15 卷第 8 號。
[28]　《東方文明的危機──在上海各團體歡迎會上的演講》，《文學周報》第 118 期，1924 年 4 月 21 日。
[29]　《告別辭》，《小說月報》第 15 卷第 8 號，1924 年 8 月 10 日。

一個實行幫助農民的詩人；我們尤其敬重他是一個鼓勵愛國精神，激起印度青年反抗英國帝國主義的詩人。」[30]

　　泰戈爾並非陶醉於象牙之塔的作家，而是關心民族命運與民生疾苦，身體力行的愛之哲學的躬身實踐者。第一次世界大戰結束以後，英國政府頒佈的 1919 年印度政府法案，雖然增加了印度人立法和參政的權利，但離印度民族自治要求相差甚遠，因而遭到印度人民的抵制。殖民當局以暴力鎮壓人民的反抗。1919 年 4 月 13 日，阿姆利則數千群眾在賈連瓦拉公園和平集會，當局出動軍隊，封鎖住公園的唯一出口，開槍掃射，當場打死 379 人，打傷 1208 人。泰戈爾拍案而起，聯絡政界領袖集會抗議未果，憤而寫信給總督，辭去三年前英國女王授予他的「爵士」稱號。他的愛心、智慧與堅韌不拔的人格力量，對於向來看重人格修養與道德力量的中國文化來說，格外具有親和力與感召力。鄭振鐸在《歡迎太戈爾》[31]中說的一段話就很有代表性：「他是給我們以愛與光與安慰與幸福的，是提了燈指導我們在黑暗的旅路中向前走的，是我們一個最友愛的兄弟，一個靈魂上的最密切的同路的伴侶。」

　　泰戈爾的人格、思想與藝術，閃爍著愛與美的光芒，這對於五四時期洋溢著理想主義激情的國人來說，正如夜行山路的火炬。冰心初讀泰戈爾的傳略與詩文，就被其人格和文本的澄澈、淒美深深地感動了，1920 年 8 月 30 日夜，她在題為《遙寄印度詩人泰戈爾》的短文裏寫道：「你的極端信

---

[30]　1924 年 4 月 14 日《民國日報・覺悟》。
[31]　《小說月報》第 14 卷第 9 號，1923 年 9 月。

仰——你的『宇宙和個人的靈中間有一大調和』的信仰；你的存蓄『天然的美感』，發揮『天然的美感』的詩詞；都滲入我的腦海中，和我原來的『不能言說』的思想，一縷縷的合成琴弦，奏出縹緲神奇無調無聲的音樂。」「泰戈爾！謝謝你以快美的詩情，救治我天賦的悲感；謝謝你以超卓的哲理，慰藉我心靈的寂寞。」[32]冰心不僅從泰戈爾那裏獲得了心靈的慰藉，而且接過了童心、母愛與人類之愛的母題，給予酣暢淋漓的發揮。王統照、葉紹鈞等早期歌頌愛與美的小說，也都能從泰戈爾那裏找到源頭。

五四文壇對泰戈爾的熱情譯介，還有文體建設的動因。五四正值新文學初創期，新詩、話劇、小說等，急需從外國文學中汲取營養。泰戈爾是藝術多面手，從體裁來看，話劇，小詩，散文詩，遊記，短、中、長篇小說，均有出色的創作；從文類來看，表現詩性自然與兒童世界的文學更是他的卓越建樹。因而，新文學前驅者自然要把目光投向泰戈爾。1923年 8 月 22 日，鄭振鐸就談到《新月集》藝術魅力對他的吸引：「我喜歡《新月集》，如我之喜歡安徒生的童話。安徒生的文字美麗而富有詩趣，他有一種不可測的魔力，能把我們從忙擾的人世間，帶到美麗和平的花的世界，蟲的世界，人魚的世界裏去；能使我們忘了一切艱苦的境遇，隨了他走進有靜的方池的綠水，有美的掛在黃昏的天空的雨後弧虹等等的天國裏去。《新月集》也具有這種不可測的魔力。它把我們從懷疑貪望的成人的世界，帶到秀嫩天真的兒童的新月

---

[32] 收《冰心散文集》，北新書局 1932 年初版。

之國裏去。我們忙著費時間在計算數字，它卻能使我們重復回到坐在泥土裏以枯枝斷梗為戲的時代；我們忙著入海采珠，掘山尋金，它卻能使我們在心裏重溫著在海濱以貝殼為食具，以落葉為舟，以綠草的露點為圓珠的兒童的夢。總之，我們只要一翻開它來，便立刻如得到兩隻魔術的翅膀，可以把自己從現實的苦悶的境地裏飛翔到美靜天真的兒童國裏去。」[33] 泰戈爾文學對中國新文學的藝術建構的確多有啟迪。當初泰戈爾詩引起郭沫若驚異的，就是平易近人、清新雋永與散文化體式。其韻律婉轉、自然天成的詩歌，對新詩的發展產生了重要的影響。尤其明顯的是《飛鳥集》的小詩體式，與日本的俳句等一道，為中國現代小詩的形成與興盛起到了引導的作用，冰心、周作人、宗白華、鄭振鐸、王統照、田漢、郭沫若、徐志摩、許地山等創作小詩都曾受過泰戈爾的直接影響。泰戈爾的詩歌在從孟加拉語翻譯成英語的過程中，帶上了散文詩色彩。而五四時期泰戈爾詩的中文翻譯多從英文轉譯，這一難免「失真」的翻譯流程反倒給國人借鑒、創作散文詩提供了便利。第一個以白話詩體翻譯泰戈爾詩的劉半農，成為現代散文詩的先行者之一，恐怕不能不說與泰戈爾有一點因緣。泰戈爾那帶有濃郁抒情色彩的詩體小說，精悍雋永的短劇，以及流貫於多種文體中的把自然風光、人情生趣與哲理玄想融為一體的筆法，等等，也都給中國文壇以深刻的影響。

---

[33]　鄭振鐸《文探》，新中國書局 1933 年版。

三、泰戈爾熱的矛盾

　　泰戈爾的思想藝術本身豐富多彩，加之接受者審視泰戈爾的視角各有不同，因而對他的認識也就呈現出複雜的形態。無論是頂禮膜拜，還是認真的辨析與審慎的選擇，抑或偏激的否定，都促成了「泰戈爾熱」的形成，一些批評性的意見也預示了不久之後熱潮變冷的原因。

　　泰戈爾一到中國，便坦言「此次來華，……大旨在提倡東洋思想亞細亞固有文化之復活，……亞洲一部分青年，有抹煞亞洲古來之文明，而追隨於泰西文化之思想，努力吸收之者，是實大誤。……泰西文化單趨於物質，而於心靈一方缺陷殊多，此觀於西洋文化在歐戰而破產一事，已甚明顯；彼輩自誇為文化淵藪，而日以相殺反目為事，……導人類於此殘破之局面，而非賦與人類平和永遠之光明者，反之東洋文明則最為健全。」[34]泰戈爾原以為到中國弘揚東方精神文明肯定會贏得滿堂彩，但事實上，這一觀點非但沒有得到他預想的那樣普遍的、熱烈的呼應，反而成為一部分激進批評者的靶的。《中國青年》的「泰戈爾特號」實際上是「泰戈爾批評號」。實庵（陳獨秀）的《太戈爾與東方文化》，把「太戈爾所要提倡復活的東洋思想亞洲文化」歸結為：「尊君抑民，尊男抑女」、「知足常樂，能忍自安」、「輕物質而重心靈」，據此謝絕他「多放莠言亂我思想界」。澤民的《太戈爾與中國青年》，說泰戈爾雖然不能說是辜鴻銘或康

---

[34] 見 1924 年 4 月 14 日《申報》載太戈爾與中國新聞社記者談話，轉引自實庵《太戈爾與東方文化》。

有為那樣的復古派，至少也相當於梁啟超、張君勱那樣的玄學派，「他的思想實在是中國青年前途的一大障礙」。《覺悟》1924 年 4 月 13 日發表的一篇署名為伊的《反對太戈爾》，也持如此激烈的觀點：「我們所以反對的理由，因為我們確認他底思想與學說非但在現在的中國為不必要，而且有妨礙於國家命運的發展。」沈雁冰則對泰戈爾做了區分：「我們決不歡迎高唱東方文化的泰戈爾；也不歡迎創造了詩的靈的樂園，讓我們的青年到裏面去陶醉去冥想去慰安的泰戈爾；我們所歡迎的，是實行農民運動（雖然他的農民運動的方法是我們所反對的），高唱『跟隨著光明』的泰戈爾！」「我們以為中國當此內憂外患交迫，處在兩重壓迫——國外的帝國主義和國內的軍閥專政——之下的時候，唯一的出路是中華民族的國民革命；而要達到這目的的方法，亦惟有如吳稚輝先生所說的『人家用槍打來，我們也趕鑄了機關槍打回去』，高談東方文化實等於『誦五經退兵』！」[35]同文學研究會屢打筆仗的創造社作家郭沫若，在這一點上與沈雁冰取得了共識，他在《太戈爾來華的我見》中指出：「在西洋過於趨向動態而迷失本源的時候，太戈爾先生的森林哲學大可為他們救濟的福音。但在我們久沈涵於死寂的東方民族，我們的起死回生之劑卻不在此而在彼。」「世界不到經濟制度改革之後，一切什麼梵的現實，我的尊嚴，愛的福音，只可以作為有產有閒階級的嗎啡、椰子酒；無產階級的人是只好永流一生的血汗。無原則的非暴力的宣傳是現時代的最大的

---

[35]　雁冰：《對於太戈爾的希望》。

毒物。那只是有產階級的護符，無產階級的鐵鎖。泰戈爾如以私人的意志而來華遊歷，我們由衷歡迎；但他是被邀請來華，那我們對於招致者便不免要多所饒舌。我不知道這次的當事者聘請泰氏來華，究竟是景仰的他哪一部分的思想，要求的他哪一種的教訓？」[36]1924 年 4 月 19 日，代英在《覺悟》上發表《告歡迎泰戈爾的人》，徵引他人之語，把批評的鋒芒指向某些可能要利用泰戈爾的歡迎者：「有不少的人說，這次泰戈爾來華，是幾個中國的『玄學鬼』搬來，為他們張目的。」亦湘在《太戈兒來華後的中國青年》[37]中，「很希望國內青年不要受太戈兒的蠱惑，更不要受國內文學家玄學家及東方文化派的胡言讕語」。泰戈爾在訪華期間所遇到的，一方面是異乎尋常的熱烈歡迎，其程度遠遠超過在此前後來華的杜威、羅素、蕭伯納等外國學者、作家；另一方面則是不無苛刻的反對之聲。報刊上言辭尖銳自不必說，批評陣營的激進者甚至到泰戈爾講演的會場，散發題為《反對太戈爾》與《我們為什麼反對太戈爾》等傳單[38]。從上海到南京再到北京，講演到哪裡，傳單就跟著散發到哪裡，造成與接待氛圍很不諧調的尷尬局面。儘管泰戈爾見多識廣，大度達觀，但宣傳東方文明優越論的熱情也不能不受到影響，壓縮了原訂的正式講演計劃。在《告別辭》中，他帶著不無苦澀的幽默說：「我敢說我已經盡了我的可能的名份，我結識

---

[36]　《創造周刊》第 23 號，1923 年 10 月。
[37]　《中國青年》第 27 期，1924 年 4 月 18 日。
[38]　參見遠定：《告崇拜及反對太戈爾的人》，1924 年 5 月 11 日上海《民國日報》副刊《覺悟》；魏風江：《我的老師泰戈爾》，貴州人民出版社 1986 年 8 月第 1 版，第 98 頁。

了不少的朋友，在我們中間已經發生了一種情誼的關係。我並不曾妄想逾份的瞭解，我也只接受你們來意的至誠，如今我快走了，我帶走的也就只這一層友誼的記憶。但同時我亦不須自為掩諱。我的不幸的命運從我的本土跟著我來到異鄉。我的部分並不完全是同情的陽光。」

泰戈爾另一個受到非議較多的是非暴力反抗論。這一思想在印度尚且有激烈的反對意見，何況是正在醞釀著劇烈的社會革命的中國。泰戈爾的社會政治題材長篇小說《家庭與世界》，以 1905-1908 年的印度民族運動為背景，表現了兩種政治主張的衝突。散地波富於愛國熱情，崇尚暴力，信奉「一切偉大的都是殘忍的」，主張激烈的群眾運動。他的同學尼海爾則主張漸進的改革與和平的建設，反對散地波煽動造神運動，用宗教崇拜來激發群眾的狂熱，反對帶有盲目性、破壞性的抵制英貨運動，不讓妻子畢馬拉燒洋布。為此，尼海爾遭到人們的誤解與非議，就連一向崇拜丈夫的畢馬拉也一度把他的冷靜視為怯懦，感情傾向於激進的散地波。但是，散地波煽動起來的狂熱卻導致了伊斯蘭教徒與印度教徒之間的衝突，反倒偏離了愛國的正軌。作品表現的非暴力的思想傾向，既有作者的主體色彩，也有甘地的和平主義投影。小說發表後，在印度引起了軒然大波。一些女士認為作者侮辱了印度教婦女姑且不說，最讓泰戈爾難以接受的是一些愛國者認為作者反對民族運動，為英國人說話，污蔑愛國主義[39]。這樣一部作品於 1923 年有了中譯本[40]，雖然幾年以

---

[39] 參照侯傳文：《寂園飛鳥－泰戈爾傳》，河北人民出版社 1999 年 1 月第 1 版，第 217-220 頁。

後再版過，但對於 20 世紀上半葉的中國來說，顯然是不合時宜的。秋白在題為《過去的人——太戈爾》[41]的書評裏，認為《家庭與世界》的藝術價值固然「無可疑義」，可惜他卻代表了當時一部分落後的印度市僧「又要反抗英國，又怕犯了殺戒」的心態，他那「否認一切有組織的力量」，而「以為『個人的修養』是避免社會衝突裏所發生的一切惡象之『大道』」的思想傾向已經「後時」了，泰戈爾「原是一個『後時的聖人』」，他再也跟不上印度正在奮勇前進的社會運動和革命情緒。秋白對於《家庭與世界》思想傾向的全面否定今天看來並非沒有商榷的餘地，但在當時，的確道出了泰戈爾與日趨緊張的中國革命形勢不合拍的實情。

　　五四是一個開放的時代，不同的思潮相互激蕩，有對峙、衝突，也有吸納、融合。劇本《馬麗妮》[42]，表現的就是寬容的意旨。公主馬麗妮主張同情、寬容，婆羅門因為怕她傳播異教，要將她放逐到異國他鄉。但是，當馬麗妮走出王宮，向百姓傳播福音之後，卻贏得了包括廣大婆羅門在內的人民的信賴，把她當作女神來尊敬。主張嚴禁異教、到處煽風點火、惟恐天下不亂的克曼客到頭來卻落得個眾叛親離的下場。寬容思想在多種宗教並存、時而發生衝突的印度社會，自有其積極意義；對於急於打破封建禮

---

[40]　《家庭與世界》，景梅九、張墨池譯，上海泰東圖書局 1923 年初版，1926 年再版，1929 年三版。

[41]　《中國青年》第 27 期，1924 年 4 月 18 日。

[42]　《瑪麗妮》，高滋譯，《小說月報》第 14 卷第 9 號，1923 年 9 月。

教一統天下的新文化運動來說，也有深刻的現實意義。只是五四高潮過去之後，寬容漸漸地不再為人們所歡迎。

五四新文化運動落潮之後，文化啟蒙走向潛層，而政治鬥爭則成為社會的焦點。1925 年五卅運動、省港大罷工，國民革命軍東征、南征，肅清廣東境內軍閥勢力。1926 年 7 月，國民革命軍北伐。1927 年相繼發生「四‧一二」政變、「七‧一五」政變，於是有中國共產黨領導的武裝起義，進入了第二次國內革命戰爭時期，緊接著是八年抗戰和第三次國內革命戰爭，戰火不斷。中國當時急需的是行動和與之相適應的文學。而泰戈爾非暴力與和平主義的思想傾向與帶有空靈之秀、清淡之雅的藝術風格，就失去了五四時期的巨大吸引力。所以，在五四時期特定的時代氛圍中應運而生的泰戈爾熱，後來的冷落就勢在必然了。

第三章

日本文學翻譯

　　甲午戰爭的慘敗，使中國人在傷痛中對明治維新以來發生了巨大變化的日本刮目相看。自 19 世紀 70 年代開闢的翻譯文學園地[1]，隨之有了日本文學的一席之地。但最初與中國讀者見面的日本文學是政治小說（如《佳人奇遇》、《經國美談》），稍後，科學小說（如《秘密電光艇》）、教育小說（如《苦學生》）、冒險小說（《俠女郎》）、奇情小說（如《電術奇談》）、言情小說（如《天際落花》）、偵探小說（如《橘英男》）、軍事小說（如《旅順實戰記》等相繼登場。而在日本，坪內逍遙於 1885 年 9 月發表文藝論著《小說神髓》，倡導寫人情世風的寫實文學，開啟了日本近代「人的文學」的先河；1887 年 6 月，二葉亭四迷的長篇小說《浮雲》第一部問世，標誌著言文一體的近代小說的誕生，開始顯示出「人的文學」的實績。寫實主義、浪漫主義、自然主義、唯美主義、理想主義（白樺派）、新現實主義（新思潮派）等思潮、流派此起彼伏，七彩紛呈，「人的

---

[1]　第一部由中國人譯成的完整的外國文學中文譯本為英國小說《昕夕閑談》，蠡勺居士（蔣子讓）以文言譯於 1873 年，連載於文藝月刊《瀛寰瑣記》第 3-28 期。

文學」蔚為壯觀。然而，到五四文學革命前夕，這種顯示出日本近代文學獨立品格的文學現象尚未引起中國翻譯界應有的關注。直到《新青年》倡導文學革命一年多以後，日本近代「人的文學」才得到中國文壇的重視，成為日本文學翻譯的主要內容。

一、軌迹：從冷到熱

　　日本「人的文學」的第一個中譯本，應該說是商務印書館 1908 年版的《不如歸》。德富蘆花發表於 1898－1900 年的這部長篇小說，之所以被林紓與魏易（口譯者）及出版商看中，與其說是因為其中表現了剛剛破土的個性萌芽，毋寧說是緣於其纏綿悱惻的哀豔情調。這部文言譯本也未能傳達出原作言文一體的語體風格。饒有意味的是林魏譯本並非直接譯自日文，而是轉譯自鹽谷榮、埃德格特 1904 年的英譯本。林紓依靠別人的幫助譯過 11 個國家 98 位作家的 170 餘種作品（含未刊行的 10 餘種），其中日本文學作品卻只有這一部，對日本的隔膜可見一斑。翻譯名家如此，那麼世紀之交大量派往日本的留學生對日本「人的文學」又持何種態度呢？其時，固有的仕宦傳統仍起作用，新興的務「實」（科技、軍事）之風盛行，留學生學理工、經濟、法政者居多，專攻文學者甚少，對文學的輕視姑且不論，但看中途轉道學文的魯迅，即可知其大概。

　　魯迅 1902 年赴日留學，1904 年學醫，1906 年棄醫從文，1909 年歸國。這一期間適逢日本近代「人的文學」初興期，

與謝野晶子的詩集《亂髮》、島崎藤村的《藤村詩集》、《破戒》、《春》，夏目漱石的《我是貓》、《哥兒》、《草枕》、《三四郎》、《後來的事》，二葉亭四迷的小說《面影》、《平凡》，田山花袋的《棉被》、《生》等重要作品均已問世。但據 1906 年赴日的周作人回憶說，魯迅「對於日本文學，當時殊不注意，森鷗外、上田敏、長谷川二葉亭諸人，差不多只看重其批評或譯文，惟夏目漱石作俳諧小說《我是貓》有名，豫才俟各卷印本出即陸續買讀。又曾熱心讀其每天在朝日新聞上所載的《虞美人草》，至於島崎藤村等的作品則始終未嘗過問。自然主義盛行時，亦只取田山花袋的小說《棉被》一讀，似不甚感興趣。」[2]魯迅寫於 1907 年的《摩羅詩力說》，盛讚「立意在反抗，指歸在動作」的「摩羅」詩人，提及但丁、彌爾頓、拜倫、雪萊、果戈理、普希金、萊蒙托夫、裴多菲、密茨凱維支、尼采等數十名西方詩人、作家，若按同一標準衡量，至少與謝野晶子、島崎藤村可以入選，但魯迅並沒有將近在身邊的日本詩人納入視野。魯迅與周作人合譯的《域外小說集》（1909 年版），收 7 國 10 位作家的 16 篇作品，其中也沒有一篇日本作品。不僅在日本近代「人的文學」初興期是這樣，而且直到進入高潮階段的 1917 年仍復如此。魯迅 1909 年回國時，雖然《白樺》雜誌尚未創刊，但 1911 年赴日催周作人回國時，逗留半月有餘，對白樺派不會一無所知。周作人比魯迅歸國遲了兩年，看到了白樺運動生機勃勃的興起，他喜歡《我是貓》、《哥

2　周啟明：《魯迅的青年時代》，中國青年出版社 1957 年 3 月第 1 版。

兒》、《三四郎》、《門》等，《昴》、《三田文學》、《白樺》、《新思潮》上也多有他所佩服的作家，他還愛讀永井荷風、谷崎潤一郎的隨筆。總之，以周氏兄弟對文學的喜愛與敏感，對於日益高漲的白樺運動乃至整個「人的文學」思潮自然會有所瞭解與認同。但到 1917 年底之前，曾經以《域外小說集》顯示出慧眼獨具的周氏兄弟，從日文翻譯的卻只有《月界旅行》（凡爾納作，魯迅從日文轉譯，1903 年 1月）等科幻小說與《藝術玩賞之教育》、《社會教育與趣味》、《兒童之好奇心》（魯迅譯，1913 年 5-11 月）、《游戲與教育》（周作人譯，1913 年 11 月）、《小兒爭鬥之研究》（周作人譯，1914 年 2 月）等教育學方面的論文，1916 年6 月，周作人在《叒社叢刊》第 3 期發表介紹日本傳統藝術的《日本之俳句》、《日本之盆踊》，而竟沒有一篇日本「人的文學」作品。而對文學革命之前唯一的一部日本近代「人的文學」譯本《不如歸》，問世 7 年後，始有一篇白蘋的《評不如歸》[3]。日本那邊「人的文學」如火如荼，而中國這邊反應冷淡，箇中原因，究竟何在？

　　一是中國「人的文學」機運尚未成熟。鴉片戰爭以來，中國人飽嚐喪權辱國的創痛，有識之士一直在尋求救亡圖存之策。先是從物質文化入手，興起洋務運動，試圖「師夷之長技以治夷」。繼而在制度文化上面動手術，從維新變法到辛亥革命，最終推翻了帝制。而在精神文化方面，儘管早在甲午戰爭前後，章太炎、嚴復、譚嗣同等先驅者就認識到個

---

[3]　《戲劇叢報》第 1 卷第 1 號，1915 年 1 月 25 日。

性獨立的重要，緊接著，梁啟超在《國民十大元氣論》、《十種德性相反相成論》、《新民說》等文中，強調破奴隸根性、立獨立人格的重要性，給近代救亡圖存開闢了一條新的思路。但由於政治觀念的掣肘，梁啟超當時對封建君主還抱有幻想，亟亟於以「新小說」、「新文體」促成幻想的實現，因而，關於個性獨立的可貴思考既沒有引入反抗專制的政治領域，也沒有化為有血有肉的文學形象。1907年前後，由於日本文化背景（包括日本對西方的譯介）的刺激，以及對中國近代救亡道路的總結，身在東瀛的魯迅意識到精神文明重構的必要性，發出了「立人」的呼喚，但當時國內正醞釀著推翻帝制的革命，辛亥革命之後，復辟與反復辟的較量也一直處於劍拔弩張乃至刀兵相見的局面，精神文化領域的革命暫時未能走上前臺，早醒的精神啟蒙先驅者不能不品嚐難耐的孤獨與寂寞。在精神革命、思想革命尚未成為救亡圖存的新熱點，人性的覺醒與個性的解放尚未在文學殿堂升帳掛帥時，儘管日本文壇「人的文學」浪潮洶湧，多姿多彩，諸如寫實主義關注底層社會的命運，浪漫主義宣洩真摯的情愫，捍衛人性的權利，自然主義大膽袒露人性世界的欲望、糾葛及苦惱，如實敘寫血淚交融的人間現實，唯美主義借助感官享樂的無節制宣洩，肯定人的本能價值，白樺派以帶有理想色彩的個性主義與人道主義的旗幟而光彩奪目，但對於中國來說，似有遠水解不了近渴之憾。發展進程的不同步，造成了認識上的屏障；沒有同氣相求的需要，自然沒有聲息相應的汲取。

　　二是在文化心態上輕視日本。郁達夫1935年回憶他20年前留學日本的情況時說：「那時自然主義的流行雖已過

去，人道主義正在文壇上泛濫，但是短篇小說的取材與式樣，總還是以引自然主義的末流，如寫身邊雜事，或一時的感想等者為最多，像美國那麼完整的短篇小說，是不大多見的。雖則當時在日本，每月市場上，也有近千的短篇小說出現；其中也有十分耐讀的作品，但不曉怎麼，我總覺得他們的東西，局面太小，模仿太過，不能獨出機杼，而為我們所取法。」[4]日本近代文學後起於西方近代文學，精粹之作未必如西方多，這種看法應該說不無根據。但郁達夫的「總覺得」恐怕正反映出中國文人的集體無意識。《新青年》第6卷第3號（1919年3月15日）上，傅彥長在寫給胡適的信中，也說：「日本留學生雖然有許多人拿新名詞和法政文憑去哄騙人的，確是沒有一個看得起日本的文學的。回去同人家說起來，總不過說日本的文學，全是抄襲我們，我們若是欲研究文學，只要看看我們自己的古詩文，便已足夠了。」[5]謝六逸在《日本文學史》（北新書局1929年版）《序》中也指出：「中國人在同文同種的錯誤觀念之下，有多數人還在輕視日本的文學與語言。他們以日人的『漢詩漢文』代表日本自古迄今的文學；拿『三個月小成，六個月大成』偷懶心理來蔑視日本的語言文字，否認日本固有的文學與他們經歷變革的語言。這些錯誤，是有糾正的必要的。」在許多中國人眼裏，日本經濟、軍事雖然強盛起來了，但它古代學中

---

[4]　郁達夫：《林道的短篇小說》，《新中華》第3卷第7期，1935年4月10日。

[5]　1919年3月15日《新青年》第6卷第3號發表時，編者加題為《日本留學生與日本文學》。

國，近代學西方，它的崛起是學西方的成功，而其自身文化根基畢竟太淺，不足掛齒。中國與其學日本，何不徑直去學西方？這種放不下先生的架子、不肯承認文化小國後來居上的心態，或多或少地影響了對日本文學的準確認識與應有評價，成為譯介日本文學的一個心理障礙。

　　當新文化運動吹拂起文學革命的春風，中國「人的文學」終於發芽、生根、出土，急需大量的外來營養時，人們逐漸醒悟過來：要汲取外來營養，西方固然是重要源頭，近在眼前的日本又怎可視而不見？於是，對日本「人的文學」思潮關注起來，不僅把日本作為觀察西方的窗口與接受西方的橋梁，從中有所借鑒，而且重新認識日本文學自身，看其在模仿中有哪些自己的創造，虛心地譯介過來，從中有所領悟。1918 年 4 月，《新青年》第 4 卷第 4 號在「通信」欄刊出的讀者 T. F. C.生致胡適信，以坪內逍遙研究莎士比亞、其子留學歸來上演《哈姆萊特》為例，希望國人從「日本人善取歐美之長，以補己之短」，「種種研究，均有統系，有專人」的努力中有所啟迪，「一面輸入新文學，陶冶新精神；一面大盡心盡力，將腐敗文學（即卑猥陋劣之小說戲曲）防遏之，斬除之，然後優美高尚之青年可以產生；人心道德，或可挽救」。胡適對此表示認同，並建議傅彥長「利用時機，多研究日本的語言文字，更進一步，研究日本的新文學和新思潮。」[6]傅彥長由於種種緣故沒有實施這個建議，但對人的覺醒期待已久、又對日本近代文學有所瞭解的周氏兄弟，

---

[6]　胡適語見傅彥長《日本留學生與日本文學》，同上。

一經時代召喚，卻理所當然地走在了譯介日本文學的前沿。1918 年 5 月，就在發表魯迅《狂人日記》的《新青年》第 4 卷第 5 號上，周作人率先推出日本浪漫派女詩人與謝野晶子的《貞操論》譯文。此前，在《新青年》第 3 卷第 1 號上，便設立了《女子問題》專欄，後有一些回應，但算不上熱烈與深入。錢玄同在《新青年》第 4 卷第 2 號的翻譯劇本《天明》（英國 P．L．wilde 著，劉半農譯）的編後「附志」中，也曾批評保守派誇稱「中國女人重貞節，其道德為萬國之冠」為「笑得死人的謬論」。周作人翻譯《貞操論》，是「希望中國人看看日本先覺的言論」，推進國人關於兩性問題的討論。與謝野晶子在這篇作於 1915 年的文章中，在對傳統的視貞操為道德的觀念提出一連串的質疑之後，表示自己的觀點：「我對於貞操，不當他是道德；只是一種趣味，一種信仰，一種潔癖。（譯者按：原文中有一節，比得極好。說『貞操正同富一樣，在自己有他時，原是極好；但在別人，或有或無，都沒甚關係』。）既然是趣味信仰潔癖，所以沒有強迫他人的性質。」這篇譯文正如譯者所期待，在文壇上激起了熱烈的反響，胡適在《新青年》第 5 卷第 1 號上發表《貞操問題》，緊接著，魯迅在《新青年》第 5 卷第 2 號上發表《我之節烈觀》，《新青年》第 6 卷及其他報刊上也有就此展開的討論。

　　周作人 1918 年 4 月 19 日在北京大學文科研究所小說研究會上發表的講演《日本近三十年小說之發達》（1918 年 7 月 15 日《新青年》第 5 卷第 1 期刊出），在深廣的社會歷史背景下，系統地介紹了從坪內逍遙的《小說神髓》到二葉

亭四迷的「人生的藝術派」、硯友社的「藝術的藝術派」與寫實派、北村透谷的《文學界》浪漫派、夏目漱石、森鷗外的「餘裕派」、自然派、白樺派、唯美派等「人的文學」各個流派，以此為參照批評了中國近代小說的發展遲緩，指出「須得擺脫歷史的因襲思想，真心地先去模仿別人，隨後自能從模仿中，蛻化出獨創的文學來，日本就是個榜樣。」「所以目下切要辦法，也便是提倡翻譯及研究外國著作。」周作人本人就是這一主張的躬身實踐者。繼《貞操論》之後，他在《新青年》、《小說月報》、《晨報副刊》等報刊上，發表了多篇譯作，如江馬修的小說《小小的一個人》，千家元麿詩《蒼蠅》、小說《深夜的喇叭》、《熱狂的孩子們》、《薔薇花》，與謝野晶子詩《野草》，生田春月詩《小悲劇》、《燕子》，北原白秋詩《鳳仙花》，加藤武雄小說《鄉愁》，國木田獨步小說《少年的悲哀》、《巡查》，海賀變哲《日本俗歌五首》，佐藤春夫小說《雉雞的燒烤》、《形影問答》，賀川豐彥詩《塗白粉的大漢》、《沒有錢的時候》，石川啄木詩《無結果的議論之後》、《石川啄木的短歌》、《石川啄木的歌》，《雜譯日本詩三十首》、《日本俗歌八首》、《日本俗歌四十首》、《日本俗歌二十首》，鈴木三重吉小說《金魚》、《照相》，坪內逍遙劇本《老鼠的會議》、廢姓外骨《初夜權序言》等。除了近代文學[7]之外，他還譯介了《〈古事記〉中的戀愛故事》，《漢譯〈古事記〉神代卷》，兼好法師《〈徒然草〉抄》、狂言《立春》、《發迹》、《花

---

[7]　日本文學史上的近代文學指明治文學（1868-1912）與大正文學（1912-1926）。

姑娘》等日本古典文學，作《日本的詩歌》、《日本的諷刺詩》、《日本的小詩》等文，介紹日本諸種形式的詩歌如旋頭歌、片歌、連歌等長歌，俳句、川柳、俗曲等短歌及其源流。五四時期，周作人對於譯介日本近代「人的文學」倡導最早，用力甚勤，譯作結集出版的就有《現代日本小說集》（合譯，商務印書館 1923 年 6 月初版）、《武者小路實篤集》（合譯，商務印書館 1925 年 3 月初版）、《日本小說集》（合譯，商務印書館 1925 年 4 月初版）、詩歌小品集《陀螺》（譯文 280 篇，其中日本 176 篇，上海北新書局 1925 年 9 月初版）、傳統小喜劇《狂言十番》（北新書局 1926 年 9 月初版）、短篇小說集《兩條血痕及其他》（上海開明書店 1927 年 10 月初版）等，其功實不可沒。

　　魯迅在日本文學翻譯方面較周作人稍遲，但也頗多業績。從 1919 年 8 月 2 日翻譯武者小路實篤的四幕反戰劇本《一個青年的夢》開始，到 1927 年，他翻譯發表的日本文學作品除了上述一部多幕劇外，尚有論著 2 部及論文、隨筆多篇，上述《現代日本小說集》，共收短篇小說 30 篇，其中魯迅所譯 11 篇。武者小路實篤、森鷗外、有島武郎、夏目漱石、芥川龍之介、菊池寬等重要作家的作品，都是魯迅最先譯為中文的（評介文章中的片段除外）。1928 年以後，魯迅出版的日本文學譯作多為文論及隨筆，如鶴見佑輔隨筆集《思想・山水・人物》（部分譯文在 1927 年前後在《京報副刊》、《北新》、《語絲》等報刊發表，1928 年上海北新書局出版單行本）、阪垣鷹穗《近代美術史潮論》（1929 年版）、《壁下譯叢》（1924-1928 年所譯文藝論文集，收片山孤村等日本人文論 24 篇，俄籍日爾曼人開培

爾文論 1 篇，北新書局 1929 年版）、片上伸《現代新興文學的
諸問題》（上海大江書鋪 1929 年版）等。

　　隨著五四時期「人的文學」主潮的高漲，對於日本近代
文學越來越關注，譯介有了長足的發展。《小說月報》改革
第一年，有九期刊出日本人創作與評論的翻譯或關於日本文
學的評介，其中評介日本文學現狀的文章就有兩篇，一篇是
日本宮島新三（郎）著、李達譯《日本文壇之現狀》（第 12
卷第 4 號），另一篇是曉風所寫的《日本文壇最近狀況》（第
12 卷第 11 號）。1923 年，第 14 卷第 11、12 號上，還有了謝
六逸更為系統、深入的長文《近代日本文學》（上、下）。

　　譯介者隊伍日漸壯大，繼周作人、魯迅之後，又有田漢、
張資平、謝六逸、夏丏尊、方光燾、陳望道、郭紹虞、汪馥
泉、李初梨、李小峰、張定璜、白鷗、鳴田、張嫻、徐蔚南、
馬一燦、沈端先、徐祖正、羅迪先、樊仲雲、楊敬慈、康友、
豐子愷、李宗武、陸品青、馮憲章、沈澤民、馮雪峰、春華、
曉風、李達、毛咏堂、徐傅霖、章錫琛、蘇儀貞、曉天、任
白濤、孫百剛、謝位鼎、陳鏄、湯鶴逸、美子、廠晶、海鏡
等熱情譯介日本文學。發表譯作的園地愈來愈多，《新青
年》、《新潮》、《小說月報》、《文學周報》、《東方雜
誌》、《小說世界》、《洪水》、《語絲》、《莽原》、《北
新》、《沈鐘》、《晨報副刊》、《京報副刊》、《民國日
報‧覺悟》等都有日本文學譯作發表。單篇譯文之多難以數
計，僅在這一時期出版的譯作單行本(不含再版本)就大約近
40 種。這裏把單行本按時間列出：

初版時間	書名	類別	作者	譯者	出版者
1921.2	近代文學十講（上下）	理論	廚川白村	羅迪先	上海學術研究會
1922.1	人的生活	綜合	武者小路實篤	毛咏堂 李宗武	中華書局
1922.7	一個青年的夢	戲劇	武者小路實篤	魯迅	商務印書館
1922	藝術學概要	理論	黑田鵬信	俞寄凡	商務印書館
1923.6	現代日本小說集	小說	國木田獨步等	周作人 魯迅	商務印書館
1923	老子（譯文為原作的前半部）	小說	大泉黑石	廖景雲	譯者自刊
1924	文藝思潮論	理論	廚川白村	樊仲雲	商務印書館
1924.4	近代日本小說集	小說	國木田獨步等	夏丏尊 周作人等	商務印書館
1924.7	學校劇本集	戲劇	神田豐穗	徐傅霖	商務印書館
1924.11	日本的詩歌	綜合	小說月報社編		商務印書館
1924.12	苦悶的象徵	理論	廚川白村	魯迅	北新書局
1924.12	日本現代劇選‧菊池寬劇選	戲劇	菊池寬	田漢	中華書局
1924	中國文學概論講話	理論	鹽谷溫	孫俍工	開明書店
1925.3	武者小路實篤集	戲劇 小說	武者小路實篤	周作人 樊仲雲	商務印書館
1925.3	苦悶的象徵	理論	廚川白村	豐子愷	商務印書館
1925.4	日本小說集	小說	加藤武雄等	周作人等	商務印書館
1925.10	妹妹	戲劇	武者小路實篤	周白棣	中華書局
1925.12	出了象牙之塔	評論	廚川白村	魯迅	北新書局
1925	新文學概論	理論	本間久雄	章錫琛	商務印書館
1925	新文學概論	理論	本間久雄	汪馥泉	上海書店
1925	賣國奴	小說	村井弦齋		商務印書館
1926.3	別宴（日本名家短篇小說集）	小說	谷崎精二等	張資平輯譯	武昌時中合作書社

1926.9	狂言十番	戲劇		周作人	北新書局
1926	新俄文藝的曙光期	評論	升曙夢	畫室	北新書局
1926	鴛鴦離合記	小說	黑岩淚香	湯爾和	商務印書館
1926	中國文學概論	理論	鹽谷溫	陳彬龢	北平樸社
1926	橘英雄				商務印書館
1927.1	棉被	小說	田山花袋	夏丏尊	商務印書館
1927.8	國木田獨步集	小說	國木田獨步	夏丏尊	開明書店
1927.9	戀愛病患者	戲劇	菊池寬	劉大杰	北新書局
1927.10	出家及其弟子	戲劇	倉田百三	孫百剛	創造社出版部
1927.10	兩條血痕及其他	小說	石川啄木等	周作人輯譯	開明書店
1927.12	新生	小說	島崎藤村	徐祖正	北新書局
1927.12	芥川龍之介集	小說	芥川龍之介	魯迅等	開明書店
1927	新村	綜合	武者小路實篤	孫百剛	光華書局
1927	文藝與性愛	理論	松村武雄	謝六逸	
1927	戲曲研究	理論	菊池寬	沈宰白 （夏衍）	
1927	新俄的無產階級文學	評論	升曙夢	馮雪峰	北新書局
1927	新俄的演劇運動與跳舞	評論	升曙夢	馮雪峰	北新書局

　　據不完全統計，被譯介的日本近代作家達 60 人以上，計有：

　　坪內逍遙、二葉亭四迷、德富蘆花、森鷗外、尾崎紅葉、國木田獨步、北村透谷、與謝野鐵幹、與謝野晶子、夏目漱石、島崎藤村、田山花袋、永井荷風、生田春月、島村抱月、正宗白鳥、小泉八雲、武者小路實篤、有島武郎、志賀直哉、千家元麿、長與善郎、江馬修、江口渙、石川啄木、菊池寬、芥川龍之介、廚川白村、本間久雄、金子洋文、金子築水、薄田泣菫、德田秋聲、倉田百三、小川未明、北原白秋、谷崎潤一郎、谷崎精二、加藤武雄、橫光利一、片岡鐵兵、野

口米次郎、大杉榮、加藤朝鳥、佐藤春夫、藤森成吉、宮島新三郎、秋田雨雀、村山知義、平林夕仔、平林初之輔、賀川豐彥、林房雄、久米正雄、長谷川如是閑、泉鏡花、中澤臨川、小山內薰、小林章子、山本有三、藏原伸二、華田一郎、田村俊子、片山孤村、片上伸、昇曙夢、葉山嘉樹、川路柳虹等。

這樣，「人的文學」的各個時期、各個流派（寫實派、浪漫派、自然派、唯美派、白樺派、新思潮派等），以及剛剛興起的左翼文學都有所涉及。以日本這樣一個算不上文學大國的東方國度，在短短十年中竟有如此之多的譯介，可見中國文壇對日本文學的重視，大有相見恨晚、急起直追之概。

日本近代「人的文學」之所以引起五四文壇的高度重視，主要有如下原因：

首先是五四文壇的迫切需求。辛亥革命之後，復辟守舊勢力頻頻回潮，鬧得國無寧日、民不聊生，文化氛圍與社會心態烏雲籠罩。這種局面促使知識者形成了新的思路：欲使專制不得復辟，使民族真正救亡圖存，必須進行一場深刻的思想革命，實現人的精神解放。於是有了以《新青年》創刊為標誌的啟蒙運動，有了面貌一新的「人的文學」。具備了音樂的稟賦，才能陶醉於美妙的音樂之中；有了對春天的渴求，才會撲向春天的懷抱。五四文壇有了發展「人的文學」的迫切需求，才放眼世界，亟亟尋求自身傳統中因壓抑而顯得十分匱乏的人性與個性的動力資源與文學範式。正是在這一背景下，才有了對日本近代「人的文學」「春潮帶雨晚來急」的翻譯。

　　其次是 20 世紀初葉中日文學的同構性。謝六逸在《近代日本文學》中開篇就說：日本近代「在文藝演進的路途上，因為受了西歐文學的影響，也有古典、浪漫、自然、新浪漫等傾向的變遷；又有文言口語的改革；也有翻譯文學的盛行」，「在世界文壇上能立足的作品，他們已經翻譯殆遍，真能創作的人，也有五十人左右，文藝雜誌也有百餘種，這便是他們三十餘年來的功績。他們的功績，我們也得偷暇來看看究竟是怎樣，為我們的前車。況且我們現在需要文學趣味的情形，和前二十年的日本所差無幾」，這些「在領略近代文藝較遲的我國，有足供借鑒之處。」[8]的確如此，中日兩國同屬東方儒教文化圈，都有長期的封建專制的血腥歷史，都有被西方列強的炮艦逼開閉關鎖國之門、被逼上近代化道路的痛苦經歷，都有在物質文化與制度文化（前後順序不同）的革新之後才意識到精神文化革新必要性的經驗，都有打破封建因襲桎梏、實現人的解放的迫切需求，都有在西方文明衝擊下不知如何繼承與發揚本民族優秀傳統的巨大困惑……相似的社會歷史與文化背景決定了 20世紀初葉中日文學的同構性：以「人的文學」為主潮，以異域文學為範式，欲在短短的幾十年間補上西方文藝復興以來幾百年的「課」，等等。日本雖然不是「人的文學」發源地，因而其文學比不上西方文學的悠久、渾厚、雄沈，但在學習西方、創立並發展自己的「人的文學」方面，它畢竟先行一步，可以做中國的先生，而且因為中日 20 世紀初文學的同構性，做先生就更為切近、適宜。

8　《小說月報》第 14 卷第 11 號。

　　第三是傳播優勢。由於日本在亞洲率先進入近代化，而且是中國一衣帶水的近鄰，自 1896 年以來中國向日本派遣了大批留學生。到 20 世紀 20 年代，已經歸國的和正在日本的中國留學生總數已達數萬人之多。這支隊伍成為譯介日本文學的主力軍，魯迅、周作人、夏丏尊、謝六逸、豐子愷、田漢、夏衍等，即是其突出的代表。地理上的接近，加之中日語言文字上的親緣性，則使得傳播周期短，頻率高。「人的文學」以及後來的普羅文學受日本影響較大，都與這些傳播優勢相關。

　　正因為有了這樣一些原因，日本近代「人的文學」才被大量地介紹到中國來，對五四新文學起到了啟迪、引導、刺激的作用。

二、熱點：白樺派、廚川白村

　　譯介日本文學，並沒有怎樣宏大的整體規劃與細密的通盤考慮，大體上處於個人選擇、各自為政的局面[9]。但縱觀十年，並非星星散散，全然無序，而是於各自為政中每每不期而遇，見出共同關心的熱點，呈現出錯雜而有序的局面。其中，白樺派、廚川白村兩個熱點格外引人注目。

（一）白樺派

　　在日本近代「人的文學」諸多流派中，五四文壇最感興

---

[9]　《文學研究會叢書緣起》雖列入日本，但只是幾十個國家之一；《小說月報叢刊》、《未名叢刊》亦復如此；有島武郎、芥川龍之介自殺先後引起一陣譯介熱潮，但係一二作家的個別現象，且有被動性質。

趣的是白樺派。白樺派因《白樺》雜誌（1910.4-1923.8）而得名，其成員有武者小路實篤、有島武郎、志賀直哉、木下利玄、正親町公、里見弴、兒島喜久雄、日下稔、田中雨村、園池公致、柳宗悅、郡虎彥、有島生馬、三浦直介、長與善郎、高村光太郎、梅原龍三郎、岸田劉生、千家元麿、倉田百三、尾崎喜八、木村莊太、犬養健等。白樺派代表了日本近代「人的文學」的成熟，人道關懷、個性要求、愛心呼喚、國民性批判等主要綫索全方位展開，在理想主義激情洋溢中達到了相當的深度。五四新文學發軔之時，正值白樺運動鼎盛期，白樺派對於個性與人道的理想主義追求恰恰契合了五四一代對於「人」的希冀──以為只要砸爛了種種精神枷鎖，解放了人性與個性，黃金時代就會自然到來。因此，人們不約而同地把目光投向了白樺派。

最早注意到白樺派的是周作人。那還是在白樺派初興、而中國文壇尚處在「人」未覺醒的一片沈寂之時。據武者小路實篤回憶，在 1911 年《白樺》雜誌第 2 卷的某一期上，曾刊登「啟事」說：1910 年出版的《白樺》「羅丹專號」尚存若干冊，有需要者可以郵購。後來果然有人來買，其中竟有一個中國人，即周作人。這使《白樺》的主持者武者小路實篤大為感奮。周作人確實是白樺派的知音。據已公開發表的《周作人日記》[10]，從 1912 年到 1915 年末，他一直定期購讀《白樺》雜誌（1916 年日記未發表，不詳；1917 年日記中未留記錄），1918 年 4 月得到《一個青年的夢》（1916

---

[10]　《魯迅研究資料》第 8-14 期，魯迅博物館，1981 年 5 月到 1984 年 11月；《新文學史料》1983 年第 3 期到 1984 年第 4 期，人民文學出版社。

年《白樺》第 7 卷第 3-11 號連載，1917 年出版單行本）並
於兩天內讀完，5 月即在《新青年》第 4 卷第 5 號上發表《讀
武者小路君所作一個青年的夢》，首次向國人介紹白樺派作
家。而後相繼購讀武者小路實篤的《小小的世界》、《小小
的命運》、《新家》，白樺派合著的《白樺林》（1918 年 3
月出版，當年 10 月購讀），以及赤木桁平推重白樺派的《藝
術上的理想主義》。1918 年 10 月他又給新村社寫信並匯款，
11 月收到所求購的新村說明及會則一冊、《新村》雜誌 11
月號等有關材料。在中國文壇上，周作人第一個介紹並推重
白樺派[11]，第一個推薦白樺派的作品，第一個參觀並熱情介
紹白樺派理想主義的社會實驗基地——新村[12]。截止 1927 年
底，他談及白樺派的文章有 10 餘篇，翻譯白樺派作品達 20
餘篇，如武者小路實篤小說《一日裏的一休和尚》、《久米
仙人》、《某夫婦》，志賀直哉小說《到網走去》、《清兵
衛與葫蘆》，有島武郎小說《潮霧》，長與善郎小說《西行
法師》等。白樺派自然也給周作人十分深刻的影響，其中最
為顯著的當數「人的文學」觀念。

　　「人的文學」的理論前提——自然人性論，其外來源泉
有三：一是高山樗牛《論美的生活》（1901 年 8 月）所代

---

[11] 1918 年 4 月，周作人在北京大學講演《日本近三十年小說之發達》，
其中介紹說理想主義的白樺派如今「幾乎成了文壇的中心」。載《新
青年》第 5 卷第 1 號，1918 年 7 月 15 日。

[12] 1919 年 7 月 7-12 日，周作人由武者小路實篤、松本長十郎等陪同在
日向新村參觀，7 月 16 日參加東京新村支部歡迎大會。《日本的新村》，
載《新青年》第 6 卷第 3 號，1919 年 3 月 15 日；《訪日本新村記》，
載《新潮》第 2 卷第 1 期，1919 年 10 月。

表的浪漫派人性觀，二是永井荷風、長谷川天溪與岩野泡鳴等所代表的自然派人性觀，三是廚川白村與白樺派的自然人性觀。周作人深入闡發這一觀念的五四新文學綱領性文獻《人的文學》所舉起的理論旗幟——人道主義，即個人主義的人本主義，其外來影響則主要來自白樺派。周作人闡釋倡導這一觀念的理由說：「第一，人在人類中，正如森林中的一株樹木……要森林盛，卻仍非靠各樹各自茂盛不可。第二，個人愛人類，就只為人類中有了我，與我相關的緣故。」[13]關於人類與個人、利己與利他的這種辯證思考，其理論原型出自武者小路實篤：「為了人類的成長，首先需要個人的成長。」[14]「我一點兒也不認為『為自己』這種說法是新奇的主義，而認為那好像是最理所當然的主義。同時，『為自己』也決不是容易做到的。」[15]文中關於婦女、兒童問題的看法，也與武者小路實篤多有契合之處。

　　武者小路實篤（1885-1976），1910 年與志賀直哉等學習院同學創刊《白樺》雜誌，後又倡導並實施新村運動，是白樺派的代表作家。早期力倡個人主義，到了 1918 年以後，由於俄國十月革命的刺激，其精神結構之中，人類互助、互愛的因子較前更為突出。他在《吾輩事業之精神》中說：「無同情者，為卑賤根性所支配者，不得稱為獨立的人。」《新村之精神》說得更為明確：「以全世界人類之天命及生長個人分內之自我為理想。」「不得因生存自己而有害他人之自

---

[13]　周作人：《人的文學》。
[14]　武者小路實篤：《〈白樺〉的運動》。
[15]　武者小路實篤：《「為自己」及其他》。

我。」[16]周作人 1919 年訪問新村，深為那裏的「同類之愛」所打動，撰文盛讚「新村的空氣中，便只充滿這愛」[17]。正因為佩服之至，他才不僅用白樺精神滋潤自己的創作並進而引導新文學，而且還與許地山、孫俍工、王思玷等一起倡導創辦中國的新村[18]。

武者小路實篤的新村思想在中國譯壇多有反響。他於 1920 年出版的作品集《人的生活》，所收評論《人的義務與其他》、《現在的勞動和新村的勞動》與劇本《未能力者的同志》[19]、《新浦島的夢》，從不同方面表現了新村思想。雖然劇本急於宣傳，藝術相當粗糙，但中華書局 1922 年 1 月就推出留日學生毛咏棠、李宗武的中文譯本。譯本出得如此之快，正緣於對新村理想的由衷認同——「要使全人類協同而營『人的生活』，要使全人類大家去走『人』的正道，要使一切的『人』從衣食住的憂慮中解放出來，在世上竭力發揮人類的光榮，確立對於『人』的不動的信仰。」（《譯者導言》）1927 年，上海光華書局又推出孫百剛翻譯的《新村》。

魯迅對武者小路實篤也十分關注。他從周作人的介紹中得知四幕反戰劇《一個青年的夢》，搜求一本，看完很受感

16　武者小路實篤：《新村》，孫百剛譯，上海光華書局 1927 年 8 月第 1 版。
17　周作人：《訪日本新村記》。
18　關於周作人在中國倡導新村的情況，參照尾崎文昭《周作人的新村提倡及其波紋》，《明治大學教養論集》第 207、237 號，1988 年 3 月 1 日、1991 年 3 月 1 日。
19　意為「無能為力的人」。

動，「覺得思想很透徹，信心很強固，聲音也很真」[20]。對劇中所說的「人人都是人類的相待，不是國家的相待，才得永久和平，但非從民眾覺醒不可」，深表認同。到了 1919 年，雖然巴黎和會前後中日關係十分緊張，還是覺得這部劇作「很可以翻譯」。而且從武者小路實篤在《新村雜感》中所說的──「家裏有火的人呵，不要將火在隱僻處擱著，放在我們能見的地方，並且通知說，這裏也有你們的兄弟。」──得到啟示與激勵，8 月 2 日開手翻譯，從翌日起逐日登在《國民公報》上，直到 10 月 25 日《國民公報》因刊登揭露段祺瑞政府的文字而被禁停刊。同年 11 月間，又將已譯的部分校訂一遍，並譯完全劇，1920 年 1-4 月，移至《新青年》第 7 卷第 2-5 號上刊完。單行本於 1922 年 7 月由上海商務印書館出版，列為《文學研究會叢書》之一；至 1927 年 9 月，又由上海北新書局列為《未名叢刊》之一再版發行。魯迅之所以鍥而不捨地譯完這部劇作，是因為在他看來，反戰不獨對於日本國民具有現實意義，而且對於處在列強侵奪之下的中國也不無針對性。他在開譯時想到，中國的運動會上，「每每因為決賽而至於打架；日子早過去了，兩面還仇恨著。在社會上，也大抵無端的互相仇視，什麼南北，什麼省道府縣，弄得無可開交，個個滿臉苦相。我因此對於中國人愛和平這句話，很有些懷疑，很覺得恐怖。我想如果中國有戰前的德意志一半強，不知國民性是怎麼一種顏色。現在是世界上出名的弱國，南北卻還沒有議和，打仗比歐戰更長久。」[21]這

[20]　魯迅：《譯者序》，載《新青年》第 7 卷第 2 號，1920 年 1 月。
[21]　同上。

是就國民性在內部關係上表現出的「窩裏鬥」而言，等到譯完全劇，又希望借此救治國民性在對外關係上表現出來的冷漠與懼強凌弱：「中國人自己誠然不善於戰爭，卻並沒有詛咒戰爭；自己誠然不願出戰，卻並未同情於不願出戰的他人；雖然想到自己，卻並沒有想到他人的自己。譬如現在論及日本並吞朝鮮的事，每每有『朝鮮本我藩屬』這一類話，只要聽這口氣，也足夠教人害怕了。所以我以為這劇本也很可以醫許多中國舊思想上的痼疾，因此也很有翻成中文的意義。」[22]除了《一個青年的夢》之外，魯迅還譯過武者小路實篤的《凡有藝術品》、《在一切藝術》、《文學者的一生》、《論詩》等文藝論文，為青年譯者校閱過武者小路實篤的《人的生活》。不止於武者小路實篤，魯迅對整個白樺派都頗有好感，20 年代在北京大學講壇上，他就向青年學子熱情介紹過這個人道主義旗幟鮮明的流派[23]。對於白樺派作家，他的感情更為投入的還要說是有島武郎。

　　在五四之前，有島武郎（1878-1923）雖然一直沒有進入魯迅的視野，但他們從異域文化汲取人道主義與個人主義的營養，致力於本民族精神啟蒙與文化重構的努力正可謂異軌同奔。當五四新文學運動在歷史與時代的八方風雨中應運而生之際，魯迅在自己的文學啟程地日本驚喜地發現了有島武郎。在人性觀、個性觀與文學觀、作品意蘊與文體風格、精神歷程與人格結構諸方面，他們頗多相似之處以至於深深的契合。《有島武郎著作集》從 1917 年到 1923 年相繼出版

---

[22]　《譯者序二》，出處同上。
[23]　參見孫席珍《魯迅詩歌雜談》，《文史哲》1978 年第 2 期。

十六輯，魯迅想方設法將其購齊[24]。從中翻譯並發表的就有小說《與幼小者》[25]與《阿末的死》，隨感或評論《小兒的睡相》（《莽原》半月刊第 12 期，1926 年 6 月 25 日）、《生藝術的胎》、《盧勃克和伊里納的後來》、《伊孛生的工作態度》、《關於藝術的感想》、《宣言一篇》、《以生命寫成的文章》（《莽原》半月刊第 18 期，1926 年 9 月 25 日）等。至於有所感悟與共鳴之處則遠不止於此。

　　魯迅提及有島武郎見諸文字最早的是 1919 年 11 月 1 日發表於《新青年》第 6 卷第 6 號的《「與幼者」》：「做了《我們現在怎樣做父親》的後兩日，在有島武郎《著作集》裏看到《與幼者》這一篇小說，覺得很有許多好的話。」文章在譯引了五個自然段之後，情不自禁地稱贊有島是一個覺醒者。的確，在標舉人道與個性的理想主義旗幟而崛起於日本文壇的白樺派中，有島武郎以愛心的清純而博大顯得尤為清新俊逸。帶有記實性質的散文體短篇小說《與幼小者》裏面，母親得知自己患了肺結核病之後，為了避免病菌的傳染，忍痛割捨母子相見的強烈欲望，到停止了最後的呼吸為止，竟有一年零七個月未與孩子見面，甚至留下遺囑——舉行葬禮那天，讓孩子跟著使女去郊遊，以免在他們幼小的心靈上過早地投下陰影。作品表現的不僅有如此偉大的母愛，還有無私的父愛——作為敘事者的父親，心甘情願讓孩子拿他做踏板，超越他，向著高遠的目標邁進。正是這種以幼者為本位的親子之愛，引起了魯迅的強烈共鳴。

---

[24]　魯迅購齊日本作家文集的還有厨川白村。

[25]　魯迅在《「與幼者」》中提及此篇時稱為《與幼者》，後來翻譯全文發表時譯為《與幼小者》。本文據後一譯名來指稱該小說。

　　在有島武郎的筆下，不僅有幼者本位的肯定性描寫，也有對戕害幼者的否定性表現。《阿末的死》裏，暑熱之中，三弟力三拿來了胡瓜，外甥及阿末跟他一起吃了下去，不料卻染上了流行的赤痢病，外甥與力三相繼夭折。如果說阿末在這場家庭災厄中有過失的話，那就是她沒有儘早地說出吃了胡瓜的實情。但她畢竟還是一個只有十四歲的少不更事的孩子，況且經濟蕭條與此前父兄的病故已經使家裏漲滿了鉛塊一般的悒鬱。母親變成一個多事的嘮叨者、輕燥者，那譙呵長子鶴吉的情形，連阿末也看不過去。接連失去了摯愛的外孫與最為鍾愛的兒子，更使得母親得了沈重的歇斯底里病，其狂燥的發作不能不讓阿末感到恐懼。母親、姐姐根本就沒有考慮到一個少女的心理承受力，只顧宣泄自己的不滿，或想弄清事情的原委，結果使僥倖躲過病魔的阿末在愈來愈重的恐懼與自責中度日。阿末常將這經濟蕭條的事和從四月到九月死了四個親人的事，向著各處說，不過是她緩解巨大心理壓力的一種方式。開始時，她還能在心理上反抗母親的詛咒──「要他活著的力三偏死去，倒斃了也不打緊的你卻長命」，忿忿地想：「便教死，人，誰去死。」等到姐姐再來追問究竟給孩子吃了什麼不好的東西沒有？嘴上的分辯已經抵擋不住絞榨一般的痛心，淚水把生命的執著消滅得乾乾淨淨，惟有「死掉罷」的悲壯念頭，在心中沈澱下來。於是她服毒自殺，直到臨終阿末也絕沒有顯出想活的樣子，她那可憐的「堅固的覺悟」，尤其使大家慘痛。她的臨終願望只是想見見小弟弟，足見阿末並非那種無情無義之人。阿末之死，固然與經濟蕭條以及因貧窮與落後而導致的流行性

赤痢有關，但母親與姐姐因對兒童心理的無知和怨毒的肆意發泄，無疑難辭其咎。小說結尾處，「在才下的潔白的雪中，小小的一棺以及與這相稱的一群相送的人們，印出了難看的污迹。」這一描寫仿佛是對親情扭曲狀態的一種象徵。倘若阿末的母親不那麼歇斯底里，而是多一點慈愛與理解，假若姐姐不那麼刨根問底，而是多一點親情與寬容，也許就不會出現阿末的悲劇。

在有島武郎愛的世界裏，富於犧牲精神的親子之愛只是一個燦爛的原點，由此擴展的人道主義之愛更是澤被廣大人間。《與幼小者》在講述了母親氣概超拔的故事之後，又以鄰居Ｕ氏家庭的不幸，諄諄教育孩子「不可只浸在自己的悲哀裏」，而應將愛「擴張」開來，設法填平人世間種種「可怕的濠溝」，「從淒涼中救出我們的周圍」。《阿末的死》裏，父親半身不遂臥床一年半之久，家裏人便討厭起來，希望他早日死去，無知的孩子當面復述母親背後的恨話，嘲弄「討人厭的爸爸」，使得不宜動怒的病人變得激怒起來。「這粗暴的性氣，終於傳佈了全家，過的是互相疾視的日子了。」在這種氛圍裏生活的阿末，不免會染上一些冷漠之氣。二哥患腳氣病，水腫兩周，心臟麻痺而死。「那麼瘦弱的哥哥，卻這樣胖大的死掉，在阿末頗覺得有些滑稽。而且阿末很坦然，從第二日起，便又到處去說照例的『蕭條』去了。」生命的寶貴，親人的親情，在這個家庭已經被一種什麼東西遮蔽，失去了應有的本色。大哥鶴吉聽到寄養在姊姊家裏的女孩來報告阿末死訊時，最初覺得難以置信，「異樣的要發出不自然的笑來。」當盤問後仍得到確切的回答時，他終於真

笑了，並且隨意的敷衍，讓那女孩子回家去。他笑著，用大聲對著母親講述這故事。母親聽到這消息，也發了極不自然的笑。即使明明想起了昨晚上阿末的異樣表現，也還是不自然地笑。他們固然不願相信阿末會這樣死去，突兀的變故的確會引發尷尬的笑，但在母親的潛意識裏，未嘗不希望阿末死去，以消解痛失愛子之怨。這位母親的心理早已被生活的重創擊得傷痕累累，丈夫臥床時，她總是沈默地不停地做事，只不過背地裏說些恨話。丈夫去世後她有些心理變態，時而因一點小事而烈火般動怒，連辛勤勞作支撐家計的長子在她眼裏，也變成尚未理好家計，就已經專在想娶老婆之類的事的輕薄少年了。阿末的有些木訥、自私、缺乏責任感，怕是與這種家庭氣氛有關。作者批評人間冷漠的筆觸也延伸到家庭之外，當鶴吉去醫院苦求急救後等了四十分鐘，也不見來診的模樣，事實上醫院也為阿末走向死亡起了推波助瀾的作用。阿末的悲劇是對家庭乃至社會愛之匱乏的血淚控訴，是對親情之愛與人道主義之愛的深情呼喚。

　　正是基於深深的共鳴，魯迅翻譯了這兩篇小說，並且在自己的創作中留下了影響的印痕。翻譯《阿末的死》之後完成的《祝福》，在表現社會冷漠方面，就與前者頗有相通之處。祥林嫂最初作為抱郎婦出嫁，與小她十歲的丈夫的「夫妻」生活可想而知；兩個丈夫先後病逝，年幼的兒子被狼叼去，這已經十分不幸；因為再次守寡，祭祀時不但飯菜不能做，就連分配酒杯和筷子、擺放燭臺的資格也被取消了，這無異於雪上加霜。敘述幼子遭狼的嚙叼，幾乎是她舒解精神痛苦、爭取世間同情的唯一渠道，然而，男人沒趣地走開，

女人們改換為鄙薄的神氣，有些老女人特意尋來，要聽她這一段悲慘的故事，並非出於同情，而是因為沒有在街頭聽到她的話，要來尋找鑒賞的材料。等到後來聽得純熟了，便是最慈悲的老太太們，眼裏也不見一點淚的痕迹。當她再要開始傾訴時，便立即打斷她的話，走開去。甚至人們拿眼前的孩子來對她調侃取笑。「她未必知道她的悲哀經大家咀嚼鑒賞了許多天，早已成為渣滓，只值得煩厭和唾棄；但從人們的笑影上，也仿佛覺得這又冷又尖，自己再沒有開口的必要了。她單是一瞥他們，並不回答一句話。」吃素的善女人柳媽，以將來到陰司去會被閻羅大王鋸開分給兩個丈夫為恫嚇，使得祥林嫂傾其所有積蓄，到土地廟捐了個門檻，結果在祭祀時還是不被允許碰酒杯和筷子。從此她「很膽怯，不獨怕暗夜，怕黑影，即使看見人，雖是自己的主人，也總惴惴的，有如在白天出穴遊行的小鼠；否則呆坐著，直是一個木偶人」。她把最後的希望寄託在見多識廣的回鄉的讀書人身上，問他人死後究竟有沒有靈魂，有沒有地獄，死掉的一家的人，是否能見面，模棱兩可的回答使她陷入徹底的絕望，終於在爆竹聲聯綿不斷的祝福之夜倒斃於風雪路上。祥林嫂與其說是凍餓而死，毋寧說是被禮教所殺，而恫嚇她與嘲笑她的人們，無疑都不同程度地參與了悲劇的製造，在後一種意義上也可以說，她是被人間的冷漠所殺。當她問天天不應、叩地地不靈、求人人絕情時，她便失去了生存下去的信心和力量。她與阿末一樣，當生命的最後一道防線被人間的冷漠與恐懼所擊潰時，她們便倒向了死神的懷抱。

周氏兄弟對白樺派懷有充沛的熱情,在他們合譯的《現代日本小說集》裏,15 位作家的 30 篇小說中,就有白樺派 4 位作家 10 篇作品。周作人輯譯的《兩條血痕及其他》,收 4 位作家的 6 篇小說,其中 3 位作家 5 篇作品屬白樺派。但關注白樺派的並不只是周氏兄弟的個人眼光,而且是五四文壇的普遍現象。關於日本文學的評介中對白樺派多有肯定之詞,如 1922 年,馥泉在《東方雜誌》第 19 卷第 8 號發表專論《白樺派底傾向特質和使命》。同年 10 月 10 日,《文學旬刊》第 52 期上,在一篇關於日本文學的對話中,稱讚白樺派的作品都充溢著人道的愛。《小說月報》第 12 卷第 4 號(1921 年 4 月)上的李達譯文傳達的是日本評論家的評價,姑且不論,第 14 卷第 12 號(1923 年 12 月)所載謝六逸《近代日本文學》(下),對白樺派作家的人格、文學主張與創作在介紹中也情不自禁地流露出讚譽之情。1923 年 7 月,有島武郎情死的消息傳來,周作人等人發表文章,表達痛惜之情與理解之意。同年 8 月日本發生關東大地震,《白樺》雜誌就此停刊,但白樺派作家仍然活躍在日本文壇上,其中文翻譯與影響也保持著高漲的勢頭。張定璜譯有島武郎劇本《死及其前後》,於 1923 年 10 月刊出。1923 年正在日本留學的郭沫若,通過有島武郎認識了惠特曼的風采,奠定其詩人地位的《女神》,便從有島武郎—惠特曼受惠非淺。他還曾與友人探討過有島武郎的劇本,他的戲劇集《三個叛逆的女性》(上海光華書局 1926 年 4 月初版),也能從有島武郎的《叛逆者(羅丹考察)》、《草之葉》與《彌勒禮贊》中找到若干源頭。但由於他在五四時期急於創作,加之

為求學與辦刊而海內外奔波等原因，未能翻譯日本作品，直到後來流亡日本期間，才以《日本短篇小說集》（署高汝鴻選譯，商務印書館 1935 年 12 月版）的翻譯了卻了一樁心願。所選 15 位作家 19 篇作品中，有白樺派志賀直哉的《正義派》、《真鶴》，里見弴的《雪的夜話》。有島武郎 1919 年完成的長篇小說《一個女人》，中文譯本的出版是 60 餘年以後的事情[26]，但在郁達夫 1921 年 7 月 27 日脫稿的小說《南遷》裏，就曾經通過一個細節向讀者露了一次面：主人公坐電車時，「在洋服包裏拿出了一冊當時新出版的日本的小說《一婦人》（Aru Onna）來看了。」郁達夫在 1925 年 3 月 12 日、13 日《晨報副鑴》上發表《生活與藝術》（上、下）時，附言中說：「這一篇《生活與藝術》，是到武昌後編譯的第一篇稿子。預備做近來打算編的《文學概說》的緒言的。……此稿所根據的，是有島武郎著的《生活與藝術》的頭上的幾章。」1927 年 8 月由商務印書館出版的郁達夫《文學概說》，從整體框架到主要觀點，與有島武郎 1920 年 5 月至翌年 4 月連載於《文化生活研究》上的論著《生活與文學》多有相似之處，有相當大的編譯成分。[27]郁達夫還為孫百剛翻譯的倉田百三劇作《出家及其弟子》作序。六幕劇《出家及其弟子》，表現的是情欲追求同宗教信仰的糾葛與融合。日本鐮倉時代淨土真言宗始祖親鸞的兒子善鸞因戀愛之事被父親逐出後，內心異常苦惱，親鸞的得意弟子唯

---

[26] 《葉子》，謝宜鵬、卜國鈞譯，湖南人民出版社 1984 年版。

[27] 關於郁達夫與有島武郎的關係部分，參考劉立善《日本白樺派與中國作家》第 88-93 頁，遼寧大學出版社 1995 年 3 月版。

圓，為使親鸞父子和解，多次去木屋町規勸善鸞，其間自己對善鸞情人淺香的夥伴楓產生愛情，他沒有加以壓抑而是任其發展，與楓結婚並引其皈依佛門，藉以說明情欲同信仰是可以相容的。親鸞從唯圓所為回想起自己早年的世俗生活經歷與體驗，對他有所認同，並在臨終前與長期斷絕父子關係的兒子相會，寬恕了兒子過去的一切，然後無憂無慮地安然逝去。劇作獨闢蹊徑地在宗教與情欲的衝突中肯定了情欲的力量及其價值，弘揚人道主義精神和自由戀愛思想。郁達夫在序中用革命追求比附宗教信仰，意在說明即使在革命潮流洶湧澎湃之際，人性的基本權利與個人的感情自由也不可一概抹殺。這在很長時間裏被視為模糊認識的作品闡釋，其實正可以說深得白樺派之三昧。倉田百三被翻譯的不僅這一部劇作，還有徐祖正譯評論《愛與認識的出路——失了戀的人的道路》（《莽原》第 2 卷第 10 期，1927 年 5 月 25 日）等。

　　五四時期，在日本文學的翻譯中，從文體之豐富（小說、散文、詩歌、雜文、理論、文藝批評、戲劇等均有之）與數量之大來看，白樺派都堪稱翹楚，翻譯熱潮一直持續到 30年代。據不完全統計，白樺派作品專集譯為中文出版的，1927年底以前有前述 6 種，1928-1949 年在 19 種以上，如有島武郎《宣言》（綠蕉譯，上海啟智書局 1929 年）、《有島武郎論文集》（任白濤譯，上海神州國光社 1933 年）、《有島武郎散文集》（任白濤譯，上海標點書局 1934 年）、《有島武郎集》（沈端先譯，中華書局 1935 年）、《有島武郎與蒂爾黛的情書》（周曙山譯，貴陽交通書店 1949 年），武者小路實篤《母與子》（崔萬秋譯，上海真善美書店 1928

年）、《愛欲》（章克標譯，上海金屋書局 1928 年）、《武者小路實篤戲曲集》（崔萬秋等譯，中華書局 1929 年）、《孤獨之魂》（崔萬秋譯，中華書局 1929 年）、《忠厚老實人》（崔萬秋譯，真善美書店 1930 年）、《四人及其他》（王谷魯、徐祖正譯，南京書店 1931 年）、《第二的母親》（周作人譯，啟明書店 1937 年）、《日本人二尊宮德及其他》（曹曄譯，上海政治月刊社 1943 年）、《青年人生觀》（東方文化編譯館譯，上海東方書局 1945 年），志賀直哉《範某的犯罪》（謝六逸譯，現代書局 1929 年）、《志賀直哉集》（謝六逸譯，中華書局 1935 年）、《焚火》（葉素譯，上海天馬書店 1935 年）、《轉生》（錢稻孫譯，北京近代科學圖書館 1939 年）、《一個人》（上海三通書局 1941 年）[28]。

（二）廚川白村

中國文學理論批評雖然源遠流長、自成體系，但無論是與中國自身的文學創作相比，還是同西方文學理論相比，其理論建構的傳統都相對薄弱，面對雨後春筍般蓬勃生長、面貌煥然一新的五四新文學，顯得力所不及，急需新鮮的理論批評話語。在這一背景下，文壇的理論興趣大增，匆匆地從異域輸入種種文學理論。據《中國新文學大系‧史料索引》卷所錄，新文學第一個十年，共翻譯理論著作 25 種，其中譯自日本的就有 10 種，加上未收錄的 5 種，共有 15 種之多。而其中，廚川白村一人就占了 4 種。

---

[28] 參照王向遠《二十世紀中國的日本翻譯文學史》，北京師範大學出版社 2001 年 3 月第 1 版。

廚川白村（1880-1923），文學評論家、英國文學學者。著有《近代文學十講》（1912）、《文藝思潮論》（1914）、《出了象牙之塔》（1920）、《苦悶的象徵》（1921）、《近代戀愛觀》（1922）、《英詩選譯》等。早在 1919 年 11 月 1 日，《新青年》第 6 卷第 6 期就發表了朱希祖翻譯的《文藝的進化》，為了便於讀者理解作者的觀點，後面還附錄了一篇題為《自然派與晚近新文藝比較上美醜的問題》的譯文。羅迪先翻譯的《近代文學十講》（上海學術研究會 1921 年 2 月版）是五四時期最早面世的日本文學譯著。樊仲雲《文藝思潮論》在 1924 年商務印書館初版問世之前，曾在《文學周報》（1923 年 12 月 24 日第 102 期起）連載，發生了廣泛的影響。《文學周報》第 128、129 期（1924 年 6 月 30 日、7 月 7 日），還發表了仲雲譯《文藝創作論》。《苦悶的象徵》有新潮社代售 1924 年魯迅譯本與商務印書館 1925 年豐子愷譯本。魯迅譯本在單行本出版之前，第一、第二兩部分譯文曾陸續發表於 1924 年 10 月 1 日至 31 日《晨報副鐫》。實際上，這一著作的翻譯不止於此。據當時一位讀者說，1921 年上海《時事新報‧學燈》曾經刊出過明權翻譯的《苦悶的象徵》前兩部分《創作論》、《鑒賞論》；魯迅也從《東方雜誌》第 21 卷第 20 號（1924 年 10 月）上見過仲雲節譯的同一著作的第三篇（題為《文藝上幾個根本問題的考察》）[29]。1927 年《民鐸》第 8 卷第 4 號還刊登了任白濤的《苦悶的象徵》的縮譯。1924 年至 1925 年之交，魯迅

---

[29] 參見魯迅《關於〈苦悶的象徵〉》及所附讀者來信，《魯迅全集》第 7 卷，第 243-247 頁。

翻譯的廚川白村評論集《出了象牙之塔》，陸續發表於《京報副刊》與《民眾文藝周刊》等，1925 年 12 月，由北京未名社出版單行本。魯迅還從《走向十字街頭》譯過廚川白村的《西班牙劇壇的將星》（《小說月報》第 16 卷第 1 號，1925 年 1 月）、《東西之自然詩觀》（《莽原》半月刊第 2 期，1926 年 1 月 25 日）。其他單篇翻譯見之於《小說月報》的還有任白濤譯《宣傳與創作》（15 卷 10 號）、仲雲譯《病的性欲與文學》（16 卷 5 號）、《論勞動文學》（16 卷 6 號）與《文藝與性欲》（16 卷 7 號）等。《小說月報》摘引廚川白村的話語作為「卷頭語」也有多次。

　　稍後一點出版的廚川白村中譯本，有夏丏尊譯《近代戀愛觀》（開明書店 1928 年版）、綠蕉、大杰譯《走向十字街頭》（上海啟智書房 1928 年版）、黃新民譯《歐洲文藝思想史》（廈門國際學術書社 1928 年版）、沈端先譯《北美印象記》（金屋書店 1929 年版）、夏綠蕉譯《歐洲文學評論》（大東書局 1931 年版）與《小泉八雲及其他》（上海啟智書房版）、汪馥泉譯《文藝思想論》（上海民智書局）等。廚川白村的論著還被收入幾種文論選集中，如《病的性欲與文學》、《文學與性欲》、《演劇與觀客》、《東西之自然詩觀》，收入韓侍桁編譯的《近代日本文藝論集》（北新書局 1929 年版）。

　　以理論與批評竟能得到五四文壇如此厚愛者，廚川白村堪稱第一人。要說文藝理論大家，西方更多，即以日本而言，在廚川白村之前也有坪內逍遙、高山樗牛、長谷川天溪等，但都沒有獲得廚川白村這樣的殊榮。這究竟是什麼原因呢？

最根本的一點就在於「人」：廚川白村的文藝理論與批評以及社會文明批評，出發點與落腳點都在「人」上面。《近代文學十講》從表層看講的是近代文學思潮的變遷，但深層則滲透了對近代「人」的發展的關注與透視。尼采學說的崛起，近代人內心的懷疑不安，自我中心的個人主義，自我的覺醒與自我的解放，個人主義與婦女問題，物質主義對人的自由意志的否定，個人主義與現實的衝突及其帶來的苦悶，消極個人主義的悲哀，內部生活的苦痛與肉欲，原始野性與現代頹廢，本能的暴露與人生的反省，死與愛，人的心理解剖，靈與肉的衝突，等等，均有剴切的分析。讀罷此書，在理清了西方近代文學發展脈絡的同時，也可明瞭西方近代以來「人」的走向及其坎坷。廚川白村也講藝術技巧，但他不像坪內逍遙在《小說神髓》裏那樣就技巧而講技巧，而是在「人」的深廣背景下講怎樣表現人的深層世界。這就是為什麼《小說神髓》在五四文壇受到冷落而廚川白村大受歡迎的根本原因。

　　廚川白村的許多文學觀點給國人帶來啟迪。譬如《病的性欲與文學》（仲雲譯），接受了西方關於性欲與文藝之關係的研究成果，並予以深入的闡發。他認為，在病態心理現象中，尤以與性欲有關的東西在文藝上的表現不可勝數，譬如狄屈羅（Diderot）的《修道女》、巴爾扎克的《金目女郎》、高采（Gautier）的《Madomoiselle de Maupin》、左拉的《娜娜》等，都描寫了女性的同性戀；描寫男性同性戀的作品，不論古今東西，也有很多，如日本井原西鶴的《男色大鑒》、平出氏的《近古小說題解》中提到的《秋夜長物語》、《鳥部山物語》、《松帆浦物語》、《嵯峨物語》等。譯者譯到

此處，禁不住插入「譯者按」：「此種作品在我國小說中亦甚多，如《品花寶鑒》便是其中描寫的最淋漓盡致的。此外如《聊齋志異》、《野叟曝言》中，亦頗不少。」在譯介廚川白村與西方相類觀點之前，讀者由於缺少科學的觀念，對傳統文學中的這類題材要麼帶著獵奇的心理鑒賞，要麼板著道德的面孔排斥。現在得到科學的啟悟，才能夠給予正確的解釋。廚川白村等的觀點，不僅使人們在回顧傳統文學題材時有了具有科學洞察力的眼光，而且也有助於新文學作家——如郁達夫、盧隱、丁玲等人——在創作中以新的視角觀照這類現象，以客觀的態度著力表現生活真實與心理真實，摒棄了傳統文學中那種玩賞或貶抑的態度。

唯美派的人性觀誇大了自然本性的地位與作用，把官能享樂視為人生的至境。自然派的人性觀表現出兩種傾向：一種是靈與肉二元對立觀，一種是靈肉一元觀。前者以長谷川天溪為代表，他說：「我直接瞭解的現實，就是靈與肉。理想派重靈輕肉，以征服肉體來作為其最高的理想，因而他們迴避了肉體方面的描寫。就是描寫，也常常把它表現為惡德。因為他們把肉體作為惡，作為醜，而執著於無用的理想。所以我們自然派無論如何也必須以肉征服靈。」[30]後者以岩野泡鳴為代表，他認為「靈與肉之間聯繫點是不清楚的」，它們不是二元，也不是協同的，而本來就是一個東西[31]。這

---

[30] 長谷川天溪：《排除邏輯的遊戲》，《近代文學評論大系》第 3 卷，第 81 頁。

[31] 岩野泡鳴：《神秘的半獸主義》，參見吉田精一《自然主義研究》下卷，第 289 頁。

兩種傾向儘管有所區別，但歸宿則一，這就是對「肉」的肯定進而實現「肉」的真實描寫。應該承認無論是唯美派還是自然派，其人性觀都有其進步的意義，都曾為「人的文學」的艱難崛起而立過功勛。但人之所以為人，實在是因在自然的基礎上有著複雜的精神機制，偏執於任何一端都不可能達到對人的本質性的把握。廚川白村充分認識到這一點，他在《文藝思潮論》中指出：「靈與肉，聖明的神性與醜暗的獸性，精神生活與肉體生活，內的自己與外的自己，基於道德的社會生活與重自然本能的個人生活，這二者間的不調和，人類自有思索以來，便是苦惱煩悶的原因，焦心苦慮要求怎樣才能得到靈肉的調和，此蓋為人類一般的本能，而亦是伏於今日人文發達史的根本的大問題。」[32]《文藝思潮論》在描述西方文藝思潮史正是採用了這種靈肉對立而求調和的框架。周作人在《人的文學》及散文、雜文中所表現出來的靈肉一致觀，其來源之一就是廚川白村的這部《文藝思潮論》。

　　《苦悶的象徵》將靈肉對立而求調和的理論框架引入創作論與鑒賞（批評）論，並納入了柏格森的生命哲學與弗洛伊德的精神分析學，從而得出結論說，人生皆苦悶，因生命力的向上涌動無時不受到種種壓抑，但文藝也正由此發生——「生命力受了壓抑而生的苦悶懊惱乃是文藝的根柢」[33]，文藝並不只是外在地表現人的命運、人的性格、心境與行為，更是文藝家苦悶的宣泄，即生命力的一種表現。廚川白

---

[32]　廚川白村：《文藝思潮論》，樊從予譯，商務印書館 1924 年版，第 11 頁。

[33]　轉引自魯迅《〈苦悶的象徵〉引言》，《魯迅全集》第 10 卷，第 232 頁。

村的論著是創造性的，正如魯迅所說：「伯格森以未來為不可測，作者則以詩人為先知，弗羅特歸生命力的根柢於性欲，作者則云即其力的突進和跳躍。這在目下同類的群書中，殆可以說，既異於科學家似的專斷和哲學家似的玄虛，而且也並無一般文學論者的繁碎。」[34]中國傳統文論雖然也注意到文學表達個人感情的功能，但是重視教化的社會功能觀顯然占有壓倒優勢。在這種背景下，廚川白村的文學觀對於國人來說顯得分外新鮮而具有震撼力與感召力。

廚川白村的創造性還在於，他的文學論已觸及人的本體論。這樣一種新鮮而深刻的文學論－人論，對於生命力勃發而感到重重困厄因而有大苦悶的五四時代來說，自然而然地會激起熱烈的反響，成為理論批評建構的重要基石與創作的理論資源。郭沫若在《暗無天日之世界》（1922年）中說：「文藝本是苦悶的象徵，無論它是反射的或是創造的，都是血與淚的文學。……個人的苦悶，社會的苦悶，全人類的苦悶，都是血淚的源泉。」《〈西廂〉藝術上的批判與其作者的性格》中也說，作家「唯其有此精神上的種種苦悶才生出向上的衝動，以此衝動以表現於文藝，而文藝尊嚴性才得確立」。郁達夫這個時期的創作幾乎全是苦悶的宣泄。尤其是《銀灰色的死》可以明顯見出廚川白村的《年輕的藝術家之群》的影響。田漢早在留學東京時的1920年3月18日，就曾與鄭伯奇同去京都白村府上拜訪廚川白村。他在《白梅之園的內外》[35]中說，廚川白村與松浦一「各有所苦，各有很

---

[34] 同上。
[35] 《少年中國》第2卷第12期，1920年6月15日。

深的覺悟，所以發出來的言論，都能多少觸人性（Human nature）之真」。田漢也是「自我表現」的文學的主張者與實踐者，他的《文學概論》（1927 年）「文學的起源」一章中，大段地引述了廚川白村的原文，作為建構理論批評的理論前提。[36] 在五四文壇上，作為一個流派而言，同廚川白村關於文藝是「內在生命的表現」的主張「血緣」最近的，當屬創造社這支浪漫派。

魯迅對廚川白村的認識算不上早，直到廚川白村在關東大地震引起的海嘯中遇難後，他才認真地注意起這位文藝評論家、社會批評家來。一旦發現廚川白村的價值，熱情便陡然升高，並且保持很久。《苦悶的象徵》於 1924 年 2 月由日本改造社出版，魯迅於 4 月 8 日購進日文版書，9 月 22 日夜開譯，10 月 10 日夜即譯畢，可謂神速。他翻譯《苦悶的象徵》時，聽得豐子愷也有譯本，但沒有為此中止，而是一直譯了下去，並以此作為北京大學、北京女子師範大學講課的輔助教材。莘莘學子如饑似渴，魯迅也就邊譯邊印，把清樣發給學生。魯迅在課堂上還有許多精彩的闡發，所以即使在書印出之後的 1926 年，因反抗學校當局封建家長式的管制不得已而罷課的女師大學生，也還是以不能聽到魯迅講授《苦悶的象徵》而深表惋惜[37]。到了 1927 年夏，他在知用中學講演時，仍是把《苦悶的象徵》作為推薦書目。魯迅還在文章、信件中多次談到這部著作。作為啟蒙主義思想家，

---

[36] 創造社與田漢的關係，參照王向遠《二十世紀中國的日本翻譯文學史》，北京師範大學出版社 2001 年 3 月版。

[37] 參見《兩地書・二七》，《魯迅全集》第 11 卷，第 86 頁。

魯迅勇於承擔啟蒙的社會責任，但與此同時，他作為一個忠實於自己個性的文學家，又從來不憚於表現自己的大苦悶。五四新潮初起時創作的新詩《愛之神》與《隨感錄四十》，間接或直接地表露了他婚姻生活的不幸與心底的憧憬，《野草》則是他在五四落潮期與舊式婚姻行將終結、簇新愛情始見萌生的交錯期，絕望與希望交織、猶疑與決斷糾葛、苦悶與解脫相爭等複雜心境的象徵表現，甚至可以這樣說：魯迅是 20 世紀上半葉最富於個性色彩也最具典型意義的「苦悶的象徵」。

魯迅對廚川白村的關注，不僅因為他是一個具有獨創性的文藝理論家，而且因為他還是一位犀利、深刻的社會批評家。廚川白村以戰士的姿態，「於本國的微溫，中道，妥協，虛假，小氣，自大，保守等世態，一一加以辛辣的攻擊和無所假借的批評。」這同樣引起了一向關注國民性改造的魯迅的強烈共鳴，「覺得有『快刀斷亂麻』似的爽利，至於禁不住稱快」。在魯迅看來，廚川白村對微溫、中道、妥協、虛假、小氣、自大、保守等世態的批評，「尤其是凡事都做得不上不下，沒有底力；一切都要從靈向肉，度著幽魂生活這些話」[38]，「他所狙擊的要害，我覺得往往也就是中國的病痛的要害；這是我們大可以借此深思，反省的。」[39]為了引這藥方來醫中國的痼疾，魯迅很快將《出了象牙之塔》譯出（1924 年 10 月 17 日託人購到手，1925 年 2 月 18 日即譯畢）。

---

[38]　《〈出了象牙之塔〉後記》，1925 年 12 月 14 日《語絲》第 57 期。
[39]　魯迅：《〈觀照享樂的生活〉譯者附記》，1924 年 12 月 13 日《京報副刊》。

　　廚川白村的文藝批評與社會批評顯然是入世的，其多元性的文學觀即使有時表面上看來有一點超然物外，但其最終指歸也往往還是人生與社會的真實表現。《小說月報》第 16 卷第 5 號摘引《苦悶的象徵》作為「卷頭語」的一段，就是這樣：「文藝是生命底絕對自由的表現，是我們離開了社會生活，經濟生活，勞動生活，政治生活中的善惡利害等一切價值判斷，而不受一點抑壓作用的，純真的生命表現。所以道德的或罪惡的，美的或醜的，利益的或不利益的，都是在文藝的世界裏所不問的。人間具有神性，同時又具有獸性和惡魔性；因此在我們的生活中，與美的一面同時具有醜的一面，也是不能否定的事。在文藝的世界裏，與對醜而特別顯示美，對惡而特別高唱善的作家底可貴同樣，近代文學上所特別多的惡魔主義的詩人，——例如波獨來爾（Baudelaire）似的『惡的華』底讚美者，以及自然派中的獸欲描寫的作家，也各有充分的存在的意義。不過文學不以 moral 為必要條件，同樣，也當然不以 immoral 為必要。因為這是像上文所也曾說過的，立在全然離去『實際的』世界中所通用中的一切的價值判斷的立場上的 non-moral。」編者似乎是想借此來為本期雜誌刊載廚川白村的《病的性欲與文學》來作鋪墊，或者為文壇譯介頹廢主義與唯美主義作品和創作中的審醜現象做一點合理性的說明。

　　最迫切的需求選擇最適宜的對象，從而形成譯介熱點並產生強烈的影響效應。但文化熱點並不等同於生活中的流行色一般的時髦。時髦的東西與社會無意識相關，喜新厭舊是其典型特徵，熱得找不出什麼理性軌迹，熱起來一陣風，熱

過了難尋蹤影。而文化熱點則是理性參與的理性選擇，來之不易，去之亦不易，熱的持續時間較長，而且在熱浪退去之後，也能在經典文化的鏈條上與社會心理及社會生活中見到其深刻的積澱。「人的文學」譯介中的熱點就是這樣含蘊豐富、影響深遠的文化熱點。

三、眼力：著眼點與模糊點

（一）著眼點

五四文壇擇取日本文學的總的著眼點在「人」上面，具體說來，主要有以下四點：

第一、弘揚人道主義的愛心。

中國幾千年等級森嚴與殘酷無情的封建專制，嚴重摧殘了民族性格與文學品格，儘管美好與善良在巨石利劍下頑韌地生長起來，但無可否認的是已經帶上了累累創傷。溫情被冷漠封鎖，言志為載道所困厄。所以《文學研究會叢書緣起》才呼籲文學「用深沈的人道的心靈，輕輕地把一切隔閡掃除掉」，「喚出人類一體的福音，使得壓迫人的階級，也能深深地同情於被壓迫的階級。」[40]這種希冀雖然不無「人」之初的天真，但無疑是真誠而熱切的。新文學前驅者一面在創作中培育著人道的愛心，一面放眼海外汲取愛的甘霖。《一個小小的人》、《金魚》、《鄉愁》、《深夜的喇叭》、《兩條血痕》等，汲取的是其浸入了人道情懷的淡淡的哀傷。《少

---

[40] 《中國新文學大系‧史料索引》，上海良友圖書公司 1936 年 2 月 15 日初版，第 73 頁。

年的悲哀》、《到網走去》、《南京的基督》等,汲取的是其對底層社會的深切同情。江口渙《峽谷的夜》裏,中學生夜行峽谷時忽聞令人毛骨悚然的女人的嬉笑與發抖的啜泣,見到鬼一樣的人並遭到她的襲擊,經受了極大恐懼之後,才知道這裏面包含著一個年輕女性被棄於丈夫、又死別於幼子的悲劇;《阿末的死》則在同情底層社會不幸的同時,鞭撻了令人心寒的冷漠。魯迅為這些人間的慘劇所震撼,將其翻譯介紹給中國讀者。田漢譯《菊池寬劇選》所選四部劇本有三部表現的是人道主義愛心。《屋上的狂人》裏,面對喜歡呆在屋頂上的瘋子,父母苦惱不堪,主張把他拉下來,強行治療,弟弟末次郎則認為,與其強迫他去接受那種只見折磨病人而未見什麼效果的所謂治療,不如讓他呆在屋頂上保持美與快樂的幻覺。作品婉轉地批評了人們對瘋子的世俗偏見,謳歌了手足之情。《父歸》表現帶有寬恕色彩的父子之愛:父親 20 年前拋棄妻兒,與一女子私奔,老來生活無著、落魄歸來,善良的次子主張奉養,而備受磨難、曾經與母親在絕望中自殺未遂的長子賢太郎最初不肯原諒,拒不相認,最後終於被弟弟、妹妹與母親的同情與愛所打動,去尋找羞愧而去的父親。作品對父親當年放棄家庭責任、只圖自己享樂的極端利己主義有所批判,而對兒女們寬宏大量的愛與恕道則予以讚美。田漢雖然在《菊池寬劇選序》中徵引了日本評論家藤井真澄與林癸未夫對《父歸》的批評,對人情味不無微詞,並在他所領導的舞臺演出中對原作的結尾做了改動,沒有讓賢太郎跑出去找回父親,但他之所以譯出這部劇本,主要動機顯然不是出於批判人情味裏的「毒汁」,而

是對其人情之美的無意識認同。從田漢修改結尾的演出效果來看，「大部分觀眾都隨著父親感傷沈痛的台詞泣不可抑」，而被修改成不去尋找父親的賢太郎則所獲同情甚少。[41]在田漢譯本《父歸》之前，1921 年就已有過方光燾的譯本《父之回家》，其主題深得國人的共鳴可見一斑。《海之勇者》表現了鄰人之愛：兄長已為救助風暴中的漁民而獻身，而今末次郎得知海邊又有漁船因風浪過大而無法靠岸，便毅然前往搭救，而且搭救的還是在利益上與這個漁村有衝突的穢多漁民，但末次郎以大愛大勇去救人，以生命譜寫了永恒的人道主義犧牲精神的頌歌。胡仲持所譯菊池寬劇本《復仇以上》與魯迅所譯小說《復仇的話》為同一題材，作品所表現的寬恕勝過了《父歸》，主人公知道父親死之慘狀的時侯，便立志復仇。當他費盡周折終於尋到仇人時，卻發現他早已改邪歸正，對當年的暴行深有悔意，於是將殺父之仇化解了斷。芥川龍之介的《蜘蛛之絲》取材於佛教故事，犍陀多在墮入地獄之前曾經救過一隻蜘蛛，所以釋迦牟尼給他放下一根蛛絲，想把他救出地獄。但犍陀多沒有慈悲之心，只顧自己逃命，絕不許其他罪人跟著他攀爬蛛絲，結果釋迦牟尼以蛛絲斷開徹底懲罰了他。這個帶有濃郁宗教色彩的果報故事，肯定的是人道主義博愛。《一個青年的夢》雖然作為劇本來說，藝術欠佳，缺少緊張的情節或心理衝突，語言議論色彩過重，難於搬上舞臺，也不大容易讓人產生閱讀的審美怡悅，但因其表現了人類之愛的博大胸襟，仍被魯迅所看重。《文

---

[41]　據田漢回憶，轉引自王向遠《二十世紀中國的日本翻譯文學史》，北京師範大學出版社 2001 年 3 月第 1 版，第 148 頁。

學旬刊》第 52 期（1922 年 10 月 10 日）刊出的一篇對話中，G「以為凡是描寫愛的文學都是好的，不管是個人的愛也好，人類的愛的也好」，這可以說是道出了當時讀者對人道主義愛心的渴求。

　　第二、批判封建專制。

　　封建專制與人的解放、個性解放水火不相容，要獲得人的解放與個性解放必須勇於直面並反抗封建專制。五四一代切身感受到這場肉搏的尖銳性與嚴重性，從現實鬥爭的需要出發向異域借取武器。日本近代文學的元老森鷗外，早在1890 年就發表了短篇小說《舞女》，而後雖眷戀於官場，創作時斷時續，還是留下了諸如《青年》、《雁》、《魚玄機》、《高瀨舟》等數量可觀的重要作品。然而，1923 年 6月出版的《現代日本小說集》中收入的卻是《遊戲》、《沈默之塔》。如果說翻譯前一篇是出於介紹「餘裕」派風格的考慮的話，那麼，選擇《沈默之塔》則是看中了它反抗專制的戰鬥精神。作品寫的是派希族（一種拜火教徒）從革命黨的運動中認定「洋書」危險，於是漫無邊際地把社會主義、自然主義、個人主義等統統化入危險的範圍，不僅殺掉那些竟敢看「危險的洋書」的少壯者，而且還將屍體鎮在塔裏。森鷗外 1910 年 11 月發表的這篇寓言體小說，是對天皇迫害社會主義者的「大逆事件」[42]的抗爭。中國的文化專制與政

---

[42] 1910 年 5 月，日本政府以莫須有罪名，逮捕數百名社會主義者，並以陰謀暗殺天皇的「大逆罪」對其中 26 人起訴。次年 1 月，判處 24 人死刑，2 人有期徒刑。1 月 24 日，幸德秋水、宮下太吉等 12 人被處決，其他 12 人改為無期徒刑。

治專制一樣有著悠久的歷史，秦始皇的焚書坑儒、清朝的文字獄自不必說，新文化運動興起以來，亦屢屢發生因文獲罪的事件，如1919年8月《京報》被封，同年10月北京《國民公報》被禁停刊等，讓人仍能感受到文化專制的陰雲籠罩。《沈默之塔》雖然從藝術上看，議論多於描敘，與其說是小說，毋寧說更像雜文，但其主旨正切合了新文化運動反專制的需求，所以魯迅將《沈默之塔》譯介過來，「正可借來比照中國」[43]。

　　武者小路實篤1913年6月創作了一個劇本，題為《嬰兒屠殺中的一小事件》，描寫的是：耶穌降生後不久，希律王下令殺盡本地兩歲以內的小孩。專制不僅殘殺無辜，而且瘋狂的屠殺也戕賊了人性。一士兵成了殺人狂，越殺越想殺；一個因孩子被殺而發瘋的婦女給這個士兵尋找孩子當幫手，她指著床底下藏匿的孩子說：「為什麼不殺？為什麼單殺我的小孩呢？」那個孩子的父親不願孩子落在別人手裏，遂以他那因憤怒、恐怖與愛而顫抖的雙手掐死了自己的孩子。他痛苦地自責：「就是這樣，我仍舊還是不能抵抗罷？我為什麼對於希律王不想反抗的呢，眼看著比自己的生命更可愛的小孩被殺？我真是一個愚夫。」他怒視著士兵離去的方向，不知是對士兵還是對自己大聲說：「你記著罷！」[44]這的確是一個令人驚心動魄的悲劇。這篇作品周作人早在《白樺》雜誌上讀過，留有印象。1926年3月18日，段祺瑞命令其衛隊向到執政府和平請願的平民開槍射擊，並用大刀鐵

---

[43]　《〈沈默之塔〉譯者附記》，載1921年4月24日《晨報·副刊》。
[44]　周作人譯文，載《語絲》第77期，1926年5月3日。

棍追打砍殺，造成死者 47 人、重傷 155 人、輕傷 300 餘人的大慘案。「三‧一八」慘案發生以後，周作人「心中感到一種說不出的抑鬱，想起這篇東西，覺得有些地方，頗能替我表出一點心情」，於是將它譯了出來，發表在《語絲》第77 期（1926 年 5 月 3 日）。他在譯後附記中說得十分清楚：「我譯這篇的意思，與其說是介紹武者小路君的著作，還不如說是我想請他替我說話。」這樣，他山之石就不僅成為可以攻玉的借鑒，而且當作了阻擊敵人的滾石飛彈。如要考察新文學陣營對「三‧一八」慘案的反應，在注意到魯迅的《無花的薔薇之二》、《記念劉和珍君》、周作人的《關於三月十八日的死者》、林語堂的《悼劉和珍楊德群女士》、朱自清《執政府大屠殺記》等檄文的同時，不可忽略《嬰兒屠殺中的一小事件》這樣的翻譯。

第三、肯定人性的價值與發掘人性的深層世界。

從明代中葉濫觴的啟蒙思潮三起三落，到晚清時自然人性觀在學理層面已經占有一席之地，但在文學世界裏尚未站穩腳跟。所以，五四時期，不僅通過翻譯廚川白村等在理論上汲取營養，而且翻譯了不少肯定人性權利的作品。中國傳統社會的女性禁錮尤其嚴重，肯定女性的人性權利的作品也就得到格外的重視。五四文壇翻譯日本近代「人的文學」首選與謝野晶子為女性權利辯護的評論《貞操論》，便與此大有關係。1926 年，又有開明書店出版張嫻譯《與謝野晶子論文選》。志賀直哉小說《老人》的主人公 54 歲喪妻，4個月後即娶比他長女小 1 歲的使女，一道看戲、看相撲、洗溫泉，年輕的妻子使他梅開二度，青春煥發，事業上也有開

拓。65 歲辭職回家，養育孫女，剩餘精力蓋了房子拆，拆了房子再蓋。69 歲時妻子亡故，他不甘寂寞，又娶一個歌妓為妾，約定 3 年後即分手。3 年到期，歌妓雖有情夫，但要求續住一年，老人欣然同意。歌妓生一兒子，於是她又要求延長一年。下一年，女人懷了第二個情夫的孩子，老人感到了強烈的嫉妒，祈禱著死。但他終於沒死，看著第二個孩子出生，這次他要求妾再留 1 年。老人 75 歲亡故。這篇作品，乍看起來是對老人的諷刺，其實包含著人性肯定的意義，肯定老人的性愛權利和生存欲望。1926 年湯鶴逸翻譯此篇的動機即在後者。

在人性表現方面，最讓人感到耳目一新的是對人性深層世界的開掘。在這方面新思潮派作品頗具代表性。菊池寬（1888-1948）被較早介紹過來的作品是《三浦右衛門的最後》，被俘的武士三浦右衛門被敵人殘忍地一個部分一個部分地砍去，固然讓人看出所謂武士道的殘忍，但另一方面，三浦右衛門一反武士道「視死如歸」的傳統，頑強地回答要活，也足以見出人間生命意志的堅韌來。魯迅看出：「菊池氏的創作，是竭力的要掘出人間性的真實來。一得真實，他卻又憮然的發了感嘆，所以他的思想是近於厭世的，但又時時凝視著遙遠的黎明，於是又不失為奮鬥者。」為此，他稱許這位作家敢於對武士道施以斧鉞的「勇猛」，表示「我也願意發掘真實，卻又望不見黎明，所以不能不爽然，而於此呈作者以真心的讚歎。」[45]

---

[45] 魯迅：《〈三浦右衛門的最後〉譯者附記》，《新青年》第 9 卷第 3 號，1921 年 7 月。

　　新思潮派更有代表性的作家芥川龍之介（1892-1927）的作品，最早譯過來的是《鼻子》，其次是《羅生門》。這兩篇都是歷史題材的小說，作者「取古代的事實，注進新的生命去，便與現代人生出干係來」[46]。這「新的生命」就是對人性的深刻洞察。兵荒馬亂，民不聊生，遍地餓殍，於是人的惡本性便暴露出來。《羅生門》裏，老婦從死人頭上拔頭髮，武士從老婦身上剝衣服。從作品裏可以看出武士道德假面具的剝落，也可以看出戰爭給人間帶來的災難，還可以領悟到人性中本來就存在著令人恐懼的惡，一旦條件具備，惡魔就會出來作祟。值得注意的是這幾篇作品都是魯迅翻譯的，可見魯迅對人性洞察的關注。《阿富的貞操》（謝六逸譯）裏，女傭阿富在戰事將臨的紛亂中回店裏尋找老闆娘的寵物貓大花，進來躲雨的乞兒老新對她一度動了佔有欲，經過一番撕扯之後，當老新以打死大花來要挾阿富「報答報答」他時，阿富拋落了手裏的剃刀，順從地從廚房走進茶間去，解下身上的小倉帶，仰身躺在席子上，準備向老新獻出自己處女的貞操，表面上看，這一描寫是在批判男性的施暴傾向與阿富為了主人的寵物不惜「獻身」的奴性，實際上，在敘事深層，則通過阿富在特定情境中先抗拒後順從的曖昧表現，表現了少女對平素有異樣好感的男性（她有過感覺，老新不是一個平常的乞兒）的不便言明的渴求；而老新卻不知是良知復蘇，還是政治使命感抬頭，抑或其他什麼緣故，對已經順從的阿富連指頭也沒有碰一下，男女主人公前後心理

---

[46]　魯迅《〈羅生門〉譯者附記》，1921 年 6 月 14 日《晨報副刊》。

行為的反轉揭示出人性的複雜。《藪中》（章克標譯）描寫的情節更為撲朔迷離。圍繞著一個殺人案件，七個相關人物出自不同立場有不同的講述。武士在眼看著妻子被強盜強暴之後，到底是被強盜殺害，還是被妻子所殺，抑或是因羞辱激憤而自殺，始終是一個未解之謎。作者以冷靜的筆觸對人之心理的微妙性與人性的複雜性展開了入木三分的刻畫。這些作品為中國文壇帶來了一個過去在文學中未曾熟識的世界，不僅使人感到新鮮，更加讓人受到震撼。

第四、追求個性的獨立價值與健康發展。

由於痛感民族性格中個性意識的單薄與獨立人格的欠缺，五四文壇在向異域尋求新聲時，注重個性主題的擇取。志賀直哉的《清兵衛與葫蘆》的少年主人公清兵衛，對葫蘆情有獨鍾，喜愛收藏、加工，在小小的葫蘆上寄託審美情思。可是他的這個愛好與才能，非但沒有得到父親與老師的肯定，反而被看作邪門歪道，受到百般貶抑、壓制。只有古董店老闆與富豪才知道這種藝術品的價值，以重金購買。清兵衛的藝術天分在葫蘆上受到壓抑，又轉而向繪畫方面發展，儘管仍然免不了要聽父親的嘀嘀咕咕。這篇作品以受壓的狀態正面表現了個性的價值，因而得到周作人的喜愛，1921年9月就翻譯發表出來。有些作品，刻畫的則是個性意志薄弱、自尊自信匱乏的人格，其中寄予了作者的婉諷或鞭撻。譬如國木田獨步《女難》的主人公修藏，以賣卜者所謂的女難之命取代個人意志，像俄底浦斯逃避殺父娶母的命運一樣逃避一個又一個女人，結果被命運所捉弄，成為無家可歸、四處流浪的盲人。這篇看似社會性不強的作品，因其揭示了

五四所關注的個性問題而引起注意，由夏丏尊翻譯過來。中國的個性解放，面臨著重重障礙，這些障礙不僅來自封建專制的因襲勢力及其細胞組織——家庭專制，而且緣於已經滲入民族文化心理結構與個人性格系統的儒家「克己」傳統。無條件地臣服於皇權、父權與禮教，無限制地克制自己的本能、欲望、感情與思想，「克己」就變成了自虐，雖然肉身苟活於人世，但精神已死如枯槁。這是絕大的精神悲劇。中國封建歷史漫長，近代落後挨打，在互為因果的鏈條上就與這種精神悲劇密切相關。五四一代對此有著痛徹骨髓的體悟，譯介了不少這種從否定性角度表現個性主題的作品，諸如《某夫婦》（武者小路實篤）、《別宴》（谷崎精二）等，藉以批判「性格軟骨症」。

　　個性的缺損在專制社會有著極大的普遍性。日本近代文學不僅通過典型人物的塑造來剖析這種症狀，而且也通過群體的表現來批判這種國民性弱點。菊池寬的劇本《輿論》就是這方面的一部代表作。劇中敘述了一個悲慘的故事：一支商隊來到某地休息，商隊隊長是一個老年男子，其妻是用五粒金剛石和六顆黑珍珠買來的美女，二人相差 30 歲。美妻身上名貴的胸飾，分明顯示著隊長對她的寵愛，可是為了防止逃走，又給她腳上戴著結實的銀鎖，分不清到底是嬌妻還是女奴。美女唱著哀怨和希冀的歌，圍觀者極為同情，恨不能將那商隊隊長踏死，救美女於倒懸。一年之後，商隊又來此地，老人不見了，美女開鎖自由了，與她相伴的是一個年輕男子與一幼兒。一年前對美女命運深表同情的圍觀者，此時轉而忿忿於那美女竟敢向那老者提出離婚，斥責美女忘恩

負義、刻薄、淫蕩，結果一陣亂石將其斃命。這時又有女人對死者可憐起來。誠然，不能否認圍觀者的暴行中有嫉妒的成分，但根子在於他們每個人都沒有獨立的價值判斷能力。雖然有時人類同情弱者的類本能會發生作用，但最終的價值準則還是封建道德，而且是「一犬吠影，百犬吠聲」。當他們覺得美女可憐時，只有空灑一掬同情之淚，而一旦認定美女之所為違背封建婦德時，則採用暴力致之於死地。一個人個性欠缺已很可怕，多數人個性欠缺必然會釀出無數吃人的悲劇。劉大杰譯《輿論》（收入上海北新書局 1927 年版《戀愛病患者》，該劇本集收《戀愛病患者》、《妻》、《時間與戀愛》、《模仿》等 5 部劇本），即出於對這一主題的認同。

在東方社會，個性的權利常常與性愛自由緊密相關，捍衛個性的權利方可獲得甜蜜的愛情，放棄個性的權利則往往要品嚐失戀的苦果。《妹妹》（武者小路實篤）、《秋》（芥川龍之介）等作品，就表現了這樣的主題，《戀愛病患者》（菊池寬）則抨擊了侵犯子女個性權利的封建家長。五四文壇對這類作品表現出很大的興趣，並在自己的創作中給予熱烈的呼應。個性價值的堅持與個性的發展，必然會遇到利己與利他、生命意志與道德意志等的糾葛。《最後列車》（加藤武雄）、《新生》（島崎藤村）等深刻地表現了這種糾葛及其帶來的迷惘與痛苦。五四時期個性解放的主要任務是從封建專制（包括家長專制）、封建禮教及滲入骨髓的異化人格下解放自我，而利己與利他、生命意志與道德意志（合理的）的矛盾還沒有充分表現出來，因而五四時期對這類作品注意比較晚，而且沒有投入多少力量去譯介，除了魯迅等少

數先驅者以其特殊的敏感創作出幾篇寥寥可數的作品之外，並沒有在文壇上引起足以與日本相應相稱的廣泛的共鳴來。

（二）模糊點

「人」的著眼點使五四文壇準確地把握了日本近代文學的主潮，推進了自身「人的文學」的歷史進程。但是，畢竟有著不同的主客觀條件，因而在擇取中出現了一些模糊點甚至盲點。

夏目漱石（1867-1916）可以說是日本近代文學主潮的代表作家，從 1905 年的《我是貓》到《哥兒》、《三四郎》、《後來的事》、《門》、《心》等，直到 1916 年的未完成之作《明暗》，凝聚了他對日本近代化進程中人的精神發展的深刻思索與複雜感情。其作品濃郁的時代氛圍、深厚的思想容量與獨創的藝術品格使其具備了經典價值，因而受到日本讀者普遍而持久的喜愛。但是，值得注意的是五四文壇對夏目漱石的反應卻不甚熱烈，甚至可以說相當冷淡。截至 1927 年底，夏目漱石的作品沒有出過中文本的個人專集，收入多人合集的只有《現代日本小說集》中的《掛幅》與《克萊喀先生》，散見於報刊上的譯文也只有《夢》等數量很少的幾篇。1929 年以後，才斷斷續續有《草枕》（崔萬秋譯，上海真善美書店 1929 年；郭沫若譯，上海美麗書店 1930 年；李君猛譯，上海益智書店 1941 年）、《文學論》（張我軍譯，開明書店 1932 年）、《夏目漱石集》（章克標譯，收《哥兒》與散文《倫敦塔》、《雞頭·序》，開明書店 1932 年）、《夢十夜》（烟三吉等譯，1934 年）、《三四郎》

（崔萬秋譯，中華書局 1935 年）、《心》（古丁譯，新京
（即長春）滿日文化協會 1938 年）等幾種，另有《貓的墓》、
《火鉢》與《文鳥》分別收入《近代日本小品文選》（1929
年 5 月）、《現代日本短篇杰作選》（1934 年 4 月）。五
四文壇的反應如此冷淡與夏目漱石的重要地位極不相稱。這
種現象如何解釋呢？是因為他的重要作品大多為中長篇，五
四新文學隊伍行色匆匆無暇顧及嗎？未必。島崎藤村的《新
生》上下卷都能翻譯出版，為什麼夏目漱石的長篇小說卻嫌
長呢？是因為夏目漱石已於 1916 年故去，人與作品都過時
了嗎？經典性的作品具有超越時間的恒久生命力，與夏目漱
石的小說《門》同年發表的《到網走去》與《沈默之塔》等
都已經譯了過來，那麼，為什麼夏目漱石的《我是貓》等堪
稱經典的作品卻沒有人譯呢？

　　我們還是來看一看譯介者的看法與選擇吧。周作人在
《日本近三十年小說之發達》中把夏目漱石作為非自然主義
文學最有名的作家來介紹：「他所主張的，是所謂『低徊趣
味』，又稱『有餘裕的文學』。」《我是貓》「很是詼諧，
自有一種風趣。」「自然派說，凡小說須觸著人生；漱石說，
不觸著的，也是小說，也一樣是文學。」「漱石在《貓》之
後，作《虞美人草》也是這一派的餘裕文學。晚年作《門》
和《行人》等，已多客觀的傾向。描寫心理，最是深透。但
是他的文章，多用說明敘述，不用印象描寫；至於構造文辭，
均極完美，也與自然派不同，獨成一家；不愧為明治時代一
個散文大家。」看來，周作人看重的是夏目漱石的「餘裕派」
的特點與文體建樹。重視「人」的內涵的周作人，對夏目漱

石其人其文所體現的深刻的人之意蘊強調不夠，反倒津津樂
道於夏目漱石實際上並不怎麼「餘裕」的「餘裕派」特點，
不能不說是一個遺憾。1922 年 7 月，周作人在紀念森鷗外
去世的隨筆中，說森鷗外的「遊戲」態度「與夏目漱石的所
謂低徊趣味可以相比，兩家的文章清淡而腴潤，也正是一樣
的超絕，不過森氏的思想保守的分子更少，如在《沈默之塔》
一篇裏可以看出。」[47]聯繫到 1918 年的講演，周作人對夏目
漱石的看法可以縷清了，他認為夏目漱石文體自成一家，風
格代表一個流派──「餘裕派」，但思想較為保守。這恐怕
是周作人不譯夏目漱石作品的一個重要原因。

　　那麼，選譯了夏目漱石作品的魯迅又是怎樣看待這位思
想家、文學家的呢？留學時期，魯迅最愛看的日本作家是夏
目漱石和森鷗外，夏目漱石的《我是貓》、《漾虛集》、《鶉
籠》、《永日小品》、《文學論》都買了來，又為讀他的新
作《虞美人草》，訂閱《朝日新聞》，隨後單行本出版時又
去買了一冊。1935 年岩波書店開始出版《漱石全集》的最
終版以後，魯迅還通過上海內山書店陸續購買，去世前十天
購得 1936 年 9 月出版的第 14 卷。問題在於五四時期魯迅究
竟以怎樣的眼光看待夏目漱石呢？談到這個問題，論者通常
引以為據的是《現代日本小說集》中《關於作者的說明》。
但日本學者小川利康對這些「說明」是否魯迅所作提出質
疑，依筆者所見，疑得不無道理。因為關於夏目漱石的說明
的確與周作人在《日本近三十年小說之發達》所述頗為相

---

[47]　周作人《森鷗外博士》，1922 年 7 月 26 日《晨報副刊》。

近。即便假定為魯迅所作，那麼可以說他接受了周作人的觀點，或者說與周作人「不謀而合」。不管哪一種情況，以1908 年前後「餘裕派」和自然派對壘時對夏目漱石的一段話來說明夏目漱石的創作態度與創作面貌，都未免有以偏概全之嫌。事實上，《關於作者的說明》對《哥兒》、《我是貓》的評價，即「輕快灑脫，富於機智，是明治文壇上的新江戶藝術的主流，當世無與匹者」，據考證，這並非原創，而是借鑒了大町桂月對《我是貓》的評論（大町桂月說作為江戶趣味的特徵是輕快灑脫，觀察奇警，《我是貓》就「具有江戶趣味，高尚優雅是它的優點」）。1917 年前後，日本文壇對夏目漱石有了新的認識，可惜《關於作者的說明》對此並未采納或加以注意。當然，話說回來，若以那樣的說明來看《掛幅》與《克萊喀先生》，倒也恰切，因為魯迅選譯的這兩篇著實「餘裕」、「低徊」得可以。《掛幅》寫大刀老人非常眷愛一幅祖傳的珍貴的唐人古畫，但要在亡妻周年忌日為她立一塊石碑，因經濟拮据不得不變賣這幅古畫。經過一番奔波，終於如願，但對那幅畫仍然放心不下，後來去買主家看見古畫掛在啜茗室裏，才放下心來。《克萊喀先生》的主人公生活凌亂，不修邊幅，做事任性使意，不計功利，為了編成一部超越前人的《莎翁字典》，寧可拋棄大學的文學講席，以便騰出工夫到不列顛博物館；給外國學生答疑，少有苛刻的批評，但常常離題萬里，不知所云；商定課酬時沒有分毫不讓的慳吝，但時或以種種理由讓學生預付課酬。這位克萊喀先生，有幾分隨意又有幾分執著，有幾分天真又有幾分狡猾，刻畫這樣一個性格，在作者來說，似乎並

無什麼微言大義，只不過是在帶有野趣的性格中寄託一點幽默而已。這兩篇作品只能說是夏目漱石文化品味的一種流露，而遠遠未能代表夏目漱石深邃的文化靈魂。

《我是貓》借貓的眼睛來看人類社會，尤其是日本近代社會，是一部潑辣而俏皮的文化諷刺小說。貓是作者的代言人，也是日本近代覺醒之自我的象徵。貓初登場時，可憐兮兮的無家可歸，它的記憶裏沒有榮華富貴，甚至沒有生辰籍貫，只有被虐待的慘痛與恥辱。但它學會了思索，心中燃起了對未來的希望之光。不久，它的個性意識覺醒起來，並漸漸形成了平等意識，進而對虛偽的傳統道德與盲目摹仿中的迷失展開了批判。這部帶有寓言色彩的小說對個性覺醒歷程的描寫，以及對東方國家近代化初期盲目引進西方精神文化、價值失衡的現狀所流露出的焦慮與批判精神，曾經引起過魯迅強烈的共鳴。可是到了五四新文化啟蒙運動高漲之際，當務之急是引進西方文化中最具現代性的部分，而對現代性予以反思的後現代精神則一時提不到議事日程上來。夏目漱石愛情三部曲的最後一部《門》裏，宗助與朋友安井之妻阿米被一場意想不到的感情風暴襲倒，愛情的生命意志戰勝了友情的道德意志，他倆的結合以安井的痛苦離去為代價。他們原以為幸福會永遠與之相伴，但實際上他們總感到仿佛被什麼幽靈跟隨著，心靈並不安寧。當忽聞鄰家邀安井做客、並邀宗助作陪時，宗助頓時方寸大亂，急避山門中修禪十日，總算躲過了這場「災難」，但對於他們來說，恐怕永遠也無法擺脫超我——道德意志——的折磨。夏目漱石後期作品中這種個人主義與人道主義衝突的深刻內涵，對於高

張個人主義旗幟的五四時期來說，顯得過於超前，不易讀懂或讀得懂而不願接受。另外，從藝術風格來看，夏目漱石越到後來越平和沖淡，而五四時期的主調則呈現為狂飆突進式的高亢激越；於是夏目漱石被五四文壇冷淡了，兩篇短小之作的譯介不過是出於對於元老的禮節性考慮。直到新文化落潮後，當魯迅再度陷入難耐的苦悶與彷徨時，夏目漱石的精髓才在他的《野草》、《彷徨》及雜文、書信中得到幽幽的回應。

　　芥川龍之介的情況也頗耐人尋味。這位新思潮最重要的作家自從 1916 年短篇小說《鼻子》受到夏目漱石的熱情鼓勵與廣為介紹後，在日本名聲鵲起。但在中國文壇，相當一段時間裏，反響並不熱烈。周作人在《日本近三十年小說之發達》裏連芥川龍之介的名字都沒有提及。1921 年 5、6 月，《晨報副刊》發表了魯迅翻譯的《鼻子》與《羅生門》及兩篇《譯者附記》。1926 年 4 月 10 日《小說月報》第 17 卷第 4 號刊出夏丏尊譯述的《芥川龍之介氏的中國觀》，是芥川龍之介 1921 年訪華寫下的遊記與人物印象記，有《第一瞥》、《上海城內》、《戲臺》、《章炳麟氏》、《鄭孝胥氏》、《南國的美人》、《滬杭車中》、《西湖》、《蘇州》、《南京》、《蕪湖》、《北京雍和宮》、《辜鴻銘先生》、《什剎海》。1926 年 7 月 25 日《東方雜誌》第 23 卷第 14 期刊出夏丏尊翻譯的《秋》。1927 年 2 月 10 日《小說月報》第 18 卷第 2 號刊出湯鶴逸翻譯的《山鴫》。截止 1927 年 7 月 24 日芥川龍之介自殺，大概僅此而已。這位傑出作家的自殺倒是一石激起千重浪，人們似乎此時才認識到芥川龍之

介的價值，中國文壇掀起一陣芥川龍之介熱。1927 年 8 月
21 日出刊的《文學周報》第 5 卷第 3 期，在刊出黎烈文翻
譯的小說《蜘蛛之絲》的同時，還發表了他 7 月 27 日寫於
日本的《海上哀音——聞芥川龍之介之死》，文中說：「在
新思潮派的三柱（菊池寬，久米正雄，芥川龍之介）中，我
最景仰的是芥川氏。不但如此，在現代日本許多作家中，我
最愛讀的也就是芥川氏的作品。」「芥川氏創作很謹嚴，在
日本現代一般作家中，從量的方面說，芥川氏要比較算少
的。但因此他的作品差不多篇篇都成為有價值，簡直有世界
的價值。他不曾像菊池寬一樣濫造出許多無聊的通俗的長
篇，這是他的幸事，同時也愈成其偉大。」這一看法在一定
程度上代表了中國文壇對芥川龍之介認識的轉折。同年 9 月
出刊的《小說月報》第 18 卷第 9 號，開闢了「芥川龍之介
專輯」，集中推出「芥川氏創作十篇」（指小說：江煉百譯
《地獄變相》、鄭心南、梁希杰譯《開化的殺人》、顧壽白
譯《影》、謝六逸譯《阿富的貞操》、胡叴章譯《龍》、周
頌久譯《開通的丈夫》、夏韞玉譯《奇譚》、夏丏尊譯《湖
南的扇子》、鄭心南譯《南京的基督》、黎烈文譯《河童》
（第 10 號續完）；謝六逸譯「芥川氏小品四種」：《尾生
的信》、《女體》、《英雄之器》、《黃粱夢》；「芥川氏
雜著兩種」：訒生譯《小說作法十則》、宏徒譯《雋語》；
另有芥川龍之介像、芥川龍之介家庭、芥川龍之介遺墨、鄭
心南《芥川龍之介》、芥川龍之介年表、介紹《芥川龍之介
集》的補白等。鄭伯奇也在《洪水》第 3 卷第 34 期（1927
年 9 月 16 日）發表《芥川龍之介與有島武郎》。1927 年 12

月，上海開明書店推出魯迅等譯的《芥川龍之介集》，收《鼻子》、《羅生門》、《秋》、《袈裟與盛遠》、《藪中》、《南京的基督》、《湖南的扇子》、《手巾》等小說與《中國游記》、《絕筆》等散文。而後，有《芥川龍之介小說集》（湯鶴逸譯，北平文化學社 1928 年 7 月，收《一塊土》、《秋山圖》、《黑衣聖母》、《阿格尼神》、《魔術》、《山鴨》、《金將軍》、《棄兒》、《女》、《蛛絲》及《芥川龍之介自殺時致某舊友的手札》），《河童》（黎烈文譯本，商務印書館 1928 年，上海文化生活出版社 1936 年；馮子韜（馮乃超）譯本，上海三通書局 1941 年），《芥川龍之介集》（馮子韜譯，上海中華書局 1934 年 9 月，收《母親》、《河童》、《將軍》、《某傻子的一生》），《某傻子的一生》（馮子韜等譯，上海三通書局 1940 年）；除此之外，丘曉滄譯《現代日本短篇傑作集》（上海大東書局 1934 年）亦收有芥川龍之介的《猴子》、《三個窗》。

　　芥川龍之介那麼長時間受冷落，主要原因在於他之所長是對人性深層世界的冷靜解剖，並且藝術表現比較含蓄，而在五四高潮期，中國文壇最願意、也最容易接受的則是人道愛心與個性主義的主題及明暢的藝術風格，五四後期才逐漸認識到人性深層解剖的價值。作為最早的譯介者的魯迅，雖說意識到芥川龍之介的某些獨特價值，但也難免有誤讀之處。譬如《鼻子》，魯迅在《譯者附記》[48]中說：「他的作品所用的主題，最多的是希望已達之後的不安，或者正不安

---

[48]　此文與《鼻子》譯文一同刊於 1921 年 5 月 11 日《晨報副刊》，《鼻子》到 5 月 13 日連載完。

時的心情，這篇便可以算得適當的樣本。」文學作品本是具有多義性的審美中介，它給讀者以想像的廣闊空間。《鼻子》這樣的傑作，尤其如此。也許魯迅在新文化運動高潮將要過去之際，已經感受到「希望已達之後的不安」，「或者正不安時的心情」了吧，所以才有如此的評價。以筆者所見，《鼻子》諸多涵義中最重要的是個性獨立精神。禪智和尚的長鼻子之苦惱主要的不是由不便造成，而是由他以別人的評價為基準，不斷地折磨自己所造成的。其次是批判眾人以咀嚼他人的痛苦為樂事的冷漠與殘忍。這篇作品很容易讓人想起那則父子倆與驢子的寓言。五四時期本來正是個性高張的黃金時節，不知為何魯迅對《鼻子》的個性主題反而忽略了。也許在他看來，芥川龍之介在日本文壇上要算一個愛探索人自身及其生存狀態的深度型作家，於是，只注意尋繹其玄妙、超越的意義，反而忽略了其質樸、現實的意義層面。

　　對芥川龍之介的誤解，即使到了多量翻譯之後仍有發生。侍珩在開明書店 1929 年 6 月初版的《現代日本小說》序文《現代日本文學雜感》中，嘲諷說「夏目漱石稱讚他的《鼻子》之後，假若他肯再看第二次或第三次的時候，他不會後悔麼？」在侍珩的眼裏，「大概現代日本的文學作家中沒有一個人是當得起藝術家這種名稱。假若說是稍有例外時，第一個那便是有島武郎了。」有島武郎固然值得稱許，但是芥川龍之介難道只是文字美好、構造精練，而藝術態度除了《南京的基督》之外別無可取，甚至讓人懷疑他是否具有藝術家的良心嗎？侍珩批評說：「這位作家對於藝術的缺少真實的態度，也表現得清清楚楚。他的作品是很能給讀者

一時的興奮的，但是它們決經不住深思。你若是一細細地琢磨起來，它們的架子將要完全倒毀。」這種批評實在讓人不敢苟同。馮子韜在作為《芥川龍之介集》序言的《芥川龍之介的作品作風和藝術觀》中，也對夏目漱石對他的認識與期待表示懷疑，諧謔地說「的確像他自知之明一樣，也許有人因讀他的作品而打哈欠呢」。1935 年，巴金在《幾段不恭敬的話》中說，「除了形式以外他的作品還有什麼內容嗎？我想拿空虛兩個字批評他的全作品，這也不能說是不適當的。」如果說五四前期的誤讀與漠視主要是出於歷史文化進程的差異的話，那麼 30 年代的尖銳批評則恐怕還有另外的原因，諸如芥川龍之介的《中國遊記》、《長江遊記》中存在著有傷於中國人自尊心的文字，日本普羅文學否定芥川龍之介的影響[49]等等。

即使是對翻譯較多的作家，由於文化背景的差異，五四文壇的認識也與被譯者本體或多或少存在著一些距離。譬如有島武郎的《一個女人》，女主人公葉子形象是日本近代化過程中個性解放趨勢及困境的一個縮影，凝聚著作者關於個性主義與人道主義、女性解放與社會解放等問題的深邃思索。在敘事結構的大氣與綿密、語言的多彩而雋永等方面，也表現出作者融會日本傳統與西方優長的寬闊胸襟與獨出機杼的藝術個性。但這樣一部日本近代文學中不可多得的經典之作，五四時期卻沒有翻譯。與有島武郎多有共鳴的魯迅，也只是在講演《娜拉走後怎樣》與小說《傷逝》裏對有

---

[49]　參見王向遠《二十世紀中國的日本翻譯文學史》，第 145-146 頁。

島武郎提出的問題做了一點呼應，而沒有把《一個女人》譯介給讀者的打算。這大概因為五四文壇從整體上來說還沒有走到對個性解放局限性進行深刻反思這一步，而隨後新興起來的革命文學思潮對個性解放又采取了絕對化的否定態度。

有島武郎感情充沛而道德感強，個性追求執著而人道情懷寬厚，這使得他的生涯中平添了許多痛苦。就此而言，《一個女人》也是創作者自身矛盾困惑的折射與痛苦的宣泄。他的感受與思考不僅投射於文學創作，而且見之於對外國文學的評介之中。早在 1906 年留美時所寫的《易卜生雜感》（1908 年 4 月發表）中，有島武郎就曾對這位個性獨異的挪威劇作家多有同感，1919 年所作《盧勃克和伊里納的後來》，對易卜生劇作《死人復活時》（潘家洵譯為《我們死人再醒時》）裏的道德意志與生命意志的衝突表現出特別的關注。雕塑家盧勃克發現了絕世的模特伊里納，伊里納也看準了盧勃克是能夠表現天賦之美的巨匠。於是為了這窮苦無名的青年藝術家，也為了自身美的對象化，她「不但一任其意，毫無顧惜地呈現了妖豔的自己的肉體而已，還從親近的家族朋友（得到擯斥），成了孤獨。」[50]當名為《復活之日》的雕塑──伊里納稱之為盧勃克與她之間的「愛兒」完成在即時，盧勃克溫存地握住了她的手。她以近乎窒息般的緊張，期待著愛情的表白。然而，聽到的卻是：「『現在，伊里納，我才從心裏感謝你。這一件事，在我，是無價的可貴的一個插話呵。』插話──當這一句話將聞未聞之間，伊里納便從盧勃克眼中

---

[50] 引文為魯迅譯文。

失了踪影了。」盧勃克以此傑作獲得盛名，但在傑作創作過程心心相印的對象卻無從尋覓，創作的靈感也隨之而逝。後來已近老境的盧勃克，以其盛名與巨富，娶了妙齡美女瑪雅為妻，但二人之間總有難以消除的隔閡，並無真正的幸福可言。等到與伊里納不期邂逅，聽到伊里納表達怨艾之情，盧勃克才意識到是自己當時的想法導致了伊里納的離去。他說：「我當時以為你是決不可碰到的神聖的人物的。那時侯，我也還年青。然而總有著一樣迷信，以為倘一碰到你，便將你拉進了我的肉感底的思想裏，我的靈魂就不乾淨，我所期望著的事業便難以成就了。這雖然在現在，我也還以為有幾分道理⋯⋯」而在伊里納看來，藝術的工作第一，然後才輪到人，這是怎樣的愚蠢而殘忍！當他們試圖上山頂尋回當年的愛之激情時，卻不幸遇上了雪崩。由《復活之日》產生的愛情終於未能復活。盧勃克與伊里納愛情的陰差陽錯，反映了男女兩性對愛情的理解與處理方式的差異。在有島武郎看來，這部作品的主題是「男人為了事業而捨棄愛，其結果即是悲劇的命運」[51]。藝術家的使命與「人」的生命欲求、藝術中的美與生活中的愛的矛盾，究竟應該怎樣協調，易卜生「竟謙虛地將解釋這可怕的謎的榮譽，託付我們，而自己卻毫無眷戀地沈默了。將來的藝術，必須在最正當地解釋這謎者之上繁榮。」有島武郎之所以對這部劇作深感興趣，並對「解謎」在藝術發展中的作用給予如此之高的期待，是因為在他的生涯中，多次遇到這種矛盾的挑戰，每每以道德的力

---

[51]　有島武郎：《近代生活的解剖》，轉引自劉立善《日本白樺派與中國作家》，遼寧大學出版社 1995 年 3 月第 1 版，第 348 頁。

量壓抑了自己對愛的生命欲求。1916 年夫人病逝後，在悲痛的另一面，他也感到了從婚姻束縛中解脫出來的感情自由。他認為，以婚姻為中心的家庭必然束縛個性的自由，即使產生了非融為一體不可的愛情，結婚也會妨礙彼此的自由與愛情的永續，只有雙方彼此擁有絕對的自由，才能考慮共同生活。所以，雖有美麗而聰穎的年輕女性一個又一個走近身邊，他一直未考慮再婚。出色的女記者波多野秋子的痴情使他感受到攝魂動魄的意劫，產生了奇異的愛情火花，但是，當他從秋子口中聽說其丈夫波多野春房仍然愛著她，就為掠人之所愛而感到強烈的自責，再次努力用道德意志壓抑愛情的生命意志，他在給秋子的信中，表示異常珍視這段戀情，說這恐怕是自己最後的戀愛生活，要把它永遠珍藏在心中，希望從此結束他們之間的交往，並說應該向波多野春房道歉。[52]雖說下了如此決心，但頑韌的生命意志使戀情一時難以徹底了斷。事實上，波多野春房對妻子有的只是佔有欲而非真情，他自己與兩個女演員的桃色新聞在報端鬧得沸沸揚揚，當刺探出妻子的婚外情之後，他卻勃然大怒，向有島武郎索取巨額撫養費與教育費，否則以將二人送上法庭相要挾。有島武郎看清了波多野春房的真面目，倒是堅定了與秋子的愛情，但要他拿「贖金」來換取鍾愛的秋子，這在他的人格來說，絕對不能接受。為了表明愛情的純潔與堅定，他們毅然選擇了情死。有島武郎終於以愛的意志戰勝了道德意志，與秋子一道以衷心的喜悅微笑著共赴瑤池，譜寫了一曲

---

[52]　參見安川定男《悲劇の知識人：有島武郎》，日本新典社 1990 年第 6 版，234-257 。

淒婉而瑰麗的愛情絕唱，為易卜生提出的難題做出了一個悲壯的回答。有島武郎追求的是帶有形而上色彩的自由戀愛，而五四時期所力爭的則是現實生活中的婚姻自由，自由戀愛的目的是結婚，一旦達到目的，便不再奢求戀愛的自由。在這一點上，有島武郎對於五四時期來說，大為超前。「生命誠可貴，愛情價更高，若為自由故，兩者皆可拋。」殷夫翻譯的這首裴多菲詩之所以很容易被中國人接受，一則因為中華民族的救亡圖存是當務之急，二則中國文化傳統在愛情與事業的選擇中顯然偏重於事業。在中國人看來，有島武郎其人其文有愛情至上色彩，這不能不在一定程度上成為接受的障礙。魯迅對有島武郎之死一直緘默不語，或許與此有關。直到 1928 年易卜生誕生一百周年之際，魯迅才選譯了有島武郎的《盧勃克和伊里納的後來》，也許在經歷過吶喊期的激越與徬徨期的沈思之後，魯迅對有島武郎的生與死、人與文加深了帶有同情的理解。

　　上述種種隔膜、距離，屬於異文化接受過程中不可避免的誤讀。其發生的原因是多方面的，文本本來就有多義性、歧異性、空白性，接受方面也自有其主觀傾向性、歷史局限性以及各種複雜性。儘管在擇取中有種種誤讀，但是，五四文壇還是從日本近代「人的文學」中找到諸多契合點，這種契合在中國文學現代化進程之初留下了深深的印痕。

第四章

易卜生熱

　　20 世紀初葉，諾貝爾文學獎仿佛對挪威分外青睞，這個位於斯堪的納維亞半島西部的北歐小國，30 年間，竟有比昂松（1903 年）、漢姆生（1920 年）、溫塞特（1928 年）三人獲獎，其獲獎人數僅次於法國與德國。可是，不知何故，與比昂松（又譯般生）同時代的易卜生，這位當時就已經獲得世界性聲望的挪威作家，卻與諾貝爾文學獎無緣。不過，文學影響大小的主要動力源並不在於是否獲獎，而是在於文學本身的精神內涵與藝術魅力。五四時期，比昂松、漢姆生雖然也有譯介，如比昂松的劇本《新聞記者》（卞爾生著，沈性仁譯，《新青年》第 7 卷第 5 號、第 8 卷第 1 號、第 9 卷第 2 號）、《新結婚的一對》（般生著，冬芬譯，《小說月報》第 12 卷第 1、3 號）、小說《鷲巢》（般生著，蔣百里譯，《小說月報》第 12 卷第 7 號），沈雁冰的《腦威寫實主義前驅般生》（《小說月報》第 12 卷第 1 號）、《腦威文豪哈姆生獲得一九二〇年的諾貝爾文學獎金》（同上）、《哈姆生最近作的井旁婦人》（《小說月報》第 12 卷第 5 號），還有包以爾的小說《卡列曼森在天上》（冬芬譯，《小說月報》第 13 卷第 4 號）等，但比起易卜生來，則相形見

紕。打開當時重要的報紙雜誌，很容易看到對易卜生的翻譯、介紹、評論及徵引，易卜生的影響已經不限於文學，他的名字簡直成為女性解放與個性精神的象徵。1925 年 6 月，沈雁冰撰文說：「這幾天，上海戲劇協社正在公演易卜生的名著《傀儡之家》（又名《娜拉》）。易卜生和我國近年來震動全國的『新文化運動』是有一種非同等閒的關係；六七年前，《新青年》出『易卜生專號』，曾把這位北歐的大文豪作為文學革命、婦女解放、反抗傳統思想……等等新運動的象徵。那時侯，易卜生這個名兒，縈繞於青年的胸中，傳述於青年的口頭，不亞於今日之下的馬克思和列寧。總而言之，易卜生在中國是經過一次大吹大擂的介紹的。」[1]其實，「易卜生熱」不止於出現在新文化運動高漲時，而且貫通於整個五四時期，其熱效應更是綿延長久。

一、譯介與演出

易卜生（Henrik Ibsen，1828-1906），大約從 1847 年開始寫詩，後結集成《詩集》，但其主要藝術建樹則是戲劇創作，從 1850 年以筆名布林約爾夫・布亞梅出版第一部劇作《凱蒂琳》[2]起，到 1899 年底最後一部劇作《咱們死人醒來的時候》問世，一共出版了 25 部劇本。《布朗德》（1866）

---

[1] 沈雁冰：《譯譯〈傀儡之家〉》，1925 年 6 月 7 日《文學周報》第 176 期。
[2] 本章論述易卜生時所用的作品譯名基本上根據人民文學出版社 1995 年版《易卜生文集》8 卷本，但像《國民公敵》這樣的作品則依五四時期的譯法，引文中的譯名依照原文，引文的前後文所使用的譯名亦或依照原文。

受到國外的好評，1871 年，他的作品在國外已經有人開始研究，1872 年，《青年同盟》等劇本有了德文譯本，隨著《社會支柱》（1877）、《玩偶之家》（1879）、《群鬼》（1881）與《國民公敵》（1882）等劇的陸續問世，易卜生贏得了廣泛的世界聲譽，繼德文之後，劇本被翻譯成法文、俄文等多種文字，成為暢銷書，並在德國、英國、丹麥、挪威、法國、美國等國舞臺上演，反響熱烈，易卜生被公認為戲劇天才。

　　隨著易卜生在西方影響的不斷擴大，制度文明、物質文明與精神文明全面向西方看齊的日本自然注意到易卜生的價值。1892 年，日本近代文學先驅坪內逍遙開啟了介紹易卜生的先河，1893 年，易卜生劇作《玩偶之家》與《國民公敵》的不完整的日文翻譯在雜誌上刊出，1901 年有完整的日譯本問世，另外，一部分知識份子也通過英譯本、德譯本讀到易卜生的作品。1906 年易卜生的逝世，促成了長達六七年的易卜生熱，1907 年 2 月，柳田國男、岩野泡鳴、長谷川天溪、田山花袋、正宗白鳥、島崎藤村等成立了易卜生會，每月舉行一次易卜生作品討論會，討論《群鬼》、《羅斯莫莊》、《海達·高布樂》、《野鴨》、《小艾友夫》等，討論情況在《新思潮》雜誌連載，在當時頗有啟蒙作用。易卜生作品及外國關於易卜生的評論被翻譯、介紹過來許多，先在報刊上連載，而後出版單行本，如《咱們死人醒來的時候》、《建築師》、《海達·高布樂》等。從 1909 年起，《約翰·蓋勃呂爾·博克曼》、《玩偶之家》等相繼被搬上日本舞臺。[3]

---

[3]　參照藤木宏幸《ィプセン》，收《欧米作家と日本近代文学》第三卷《ロシァ·北欧·南欧篇》，教育出版センタ-，1976 年 1 月 5 日初版。

　　1902 年至 1909 年留學日本的魯迅，正趕上由西方波及日本的易卜生熱。易卜生勇於向庸眾宣戰的個性鋒芒恰與他那「尊個性而張精神」的「立人」追求相契合，自然而然地為他所欣賞與接受。魯迅在 1925 年 6 月 16 日所寫的《雜憶》中回憶說，清末，「在一部分中國青年的心中，革命思潮正盛，凡有叫喊復仇和反抗的，便容易惹起感應。」所以，援助希臘獨立的英國詩人拜倫，波蘭的復仇詩人密茨凱維支、匈牙利的愛國詩人裴多菲等，較為人們所知。而德國的霍普德曼、蘇德曼、易卜生，「這些人雖然正負盛名，我們卻不大注意。」這裏所說的「我們」，是就心中「革命思潮正盛」者整體而言，實際上，1906 年棄醫從文、立志做「精神界之戰士」的魯迅，當時已經注意到易卜生個性精神的價值。他在 1907 年撰寫、1908 年發表於東京《河南》月刊的兩篇文章中，就留下了對易卜生的深刻認識。《摩羅詩力說》裏，把易卜生與拜倫聯繫起來談：「伊氏生於近世，憤世俗之昏迷，悲真理之匿耀，假《社會之敵》以立言，使醫士斯托克曼為全書主者，死守真理，以拒庸愚，終獲群敵之謚。自既見放於地主，其子復受斥於學校，而終奮鬥，不為之搖。末乃曰，吾又見真理矣。地球上至強之人，至獨立者也！其處世之道如是。」魯迅稱讚「摩羅詩人」「無不剛健不撓，抱誠守真；不取媚於群，以隨順舊俗；發為雄聲，以起其國人之新生，而大其國於天下。」易卜生當屬所讚之列。在《文化偏至論》中，魯迅再次稱許易卜生：「其所著書，往往反社會民主之傾向，精力旁注，則無間習慣信仰道德，苟有拘於虛而偏至者，無不加之抵排。更睹近世人生，每託平等之

名，實乃愈趨於惡濁，庸凡涼薄，日益以深，頑愚之道行，偽詐之勢逞，而氣宇品性，卓爾不群之士，乃反窮於草莽，辱於泥塗，個性之尊嚴，人類之價值，將咸歸於無有，則常為慷慨激昂而不能自已也。如其《民敵》一書，謂有人寶守真理，不阿世媚俗，而不見容於人群，狡獪之徒，乃巍然獨為眾愚領袖，借多陵寡，植黨自私，於是戰鬥以興，而其書亦止：社會之象，宛然具於是焉。」尼采易卜生諸人，「皆據其所信，力抗時俗，示主觀傾向之極致」，易卜生之所描寫，「以更革為生命，多力善鬥，即逆萬眾不懾之強者也」。《社會之敵》與《民敵》均為日文譯法，即《國民公敵》，看得出，當時的魯迅對這一劇本已經相當熟悉，而且對其捍衛與弘揚個性精神的主題乃至易卜生的精神特徵把握得十分準確。只是當時中國正醞釀著推翻滿清統治的政治革命，以個性解放為標誌的精神革命尚未提到主要議程上來，先驅者不能不品嚐苦澀的寂寞。

　　國內也有人注意到易卜生在海外的影響。1908 年，仲遙在《學報》第十期上發表《百年來西洋學術之回顧》，文中介紹「伊布孫為哪威自然派之大家，其作含有一種之社會觀」。介紹雖嫌簡單，卻也指出了易卜生社會劇的寫實特徵及其獨特的社會觀內涵。20 世紀第一個十年，在國人的海外遊記與關於西方劇場的介紹中，也提到過易卜生的戲劇。1914 年，陸鏡若在《俳優雜誌》創刊號上發表《伊蒲生之劇》，稱易卜生為「著作大家」、「莎翁之勁敵」、「劇界革命之健將」，「其文章魄力，亦足以驚人傳世」。同時，還介紹了易卜生五十歲後的十一部劇本：《人形之家》（《玩

偶之家》)、《亡魂》(《群鬼》)、《民眾之敵》(《國民公敵》)、《鴨》(《野鴨》)、《羅思媚而思後姆》(《羅斯莫莊》)、《海上之美人》(《海上夫人》)、《海答加蒲拉》(《海達‧高布樂》)、《棟梁》(《社會支柱》)、《小哀約夫》(《小艾友夫》)、《約翰加布立兒布林克芒》(《約翰‧蓋勃呂爾‧博克曼》)、《復活之時》(《咱們死人醒來的時候》)。[4]

　　陸鏡若對易卜生的關注,應該追溯到春柳社在日本所受的影響與演劇活動。1906 年,留學於東京美術學校的李叔同與曾孝谷共同發起了中國留日學生的文藝團體春柳社。1907 年,春柳社先後公演了法國小仲馬的《茶花女》(第三幕)、美國斯托夫人的《黑奴籲天錄》(曾孝谷據林琴南、魏易翻譯的小說改編)及《生相憐》、《畫家與其妹》等兩出小戲,1908 年、1909 年又以申酉會等名義演出過《鳴不平》和《熱淚》等劇。因清廷駐日公使館恐懼演劇鼓動革命情緒,以演戲的學生一律撤消官費資格相威脅,禁止留學生演劇,到辛亥革命前夕,陸鏡若等春柳社同人大多相繼回國。留日期間,陸鏡若參加過坪內逍遙、島村抱月創辦的文藝協會,對易卜生產生興趣。回國以後,他一度出任過革命後的都督府秘書,後於 1912 年初發起組織新劇同志會,1914 年在上海掛出了「春柳劇場」的招牌。那時,陸鏡若很想上演《娜拉》和《野鴨》,同人們也曾有過半開玩笑的想法,要把《海達‧高布樂》搬上舞臺,因為他們覺得海達玩弄手

---

[4]　　參照阿英《易卜生的作品在中國》,《文藝報》1956 年第 17 期。

槍，會有良好的戲劇效果。但因為當時維持劇場正常運營每天晚上要換新戲，無暇排演大型劇目，再則同人擔心觀眾很難理解易卜生，怕費力不討好，結果都未能如願。然而，他始終放不下搬演易卜生劇作的希冀。1915年夏，他去杭州，晚上演戲，白天在西泠印社翻譯劇本，譯完了易卜生的《海達·高布樂》等劇。只是因為積勞成疾，貧病交加，同年9月，這位雄心勃勃、才華橫溢的年輕戲劇家（1885-1915）竟猝然身亡，稿本未見出版。[5]

新文化運動之前的易卜生評介，魯迅所見深刻但只是集中於一點，且刊布在海外留學生雜誌，讀者有限，其他則要麼包含在對西方的一般性介紹中，要麼偏重於戲劇貢獻，難得窺見易卜生的整體風貌。劇本翻譯姍姍來遲，這一切皆因中國接受易卜生的時機尚未成熟。待到新文化運動蓬勃興起，個性解放成為時代潮流，易卜生的價值才被覺醒的中國所認識，易卜生的劇作始得大張旗鼓地翻譯過來。

易卜生劇本的中文翻譯，最早見之於1918年6月15日出版的《新青年》第4卷第6號。此號為「易卜生專號」。這是《新青年》問世以來、乃至新文學刊物的第一個作家專號，也是《新青年》月刊期間唯一的專號[6]，正如《易卜生主義》開篇所說「大吹大擂的把易卜生介紹到中國來」。「易卜生號」上刊出《娜拉》（羅家倫譯第一、二幕，胡適譯第

---

[5]　參見歐陽予倩《自我演戲以來》，中國戲劇出版社1959年版，第56、67頁。

[6]　《新青年》1923年6月15日改為季刊後，出過「共產國際號」與「國民革命號」，1925年4月22日改為不定期刊後出過「世界革命號」。

三幕)、《國民之敵》(陶履恭譯,《新青年》共四期載完)、《小愛友夫》(吳弱男譯,《新青年》分二期載完)。劇本之前有胡適的《易卜生主義》,劇本之後有袁振英的《易卜生傳》。可謂設計精心、陣勢壯闊。1916 年,留學歐洲的宋春舫歸國之初,就在北京大學文科開設「歐洲戲劇」課,又在《世界新劇譚》[7]一文中,簡要評介了易卜生等三十幾位歐美近世戲劇家,稱「歐洲近世劇家當推易卜生 Ibsen 為鼻祖,易腦威人也,名震環球,沒後其徒遍全歐」。《新青年》第 5 卷第 4 號(1918 年 10 月 15 日)上,宋春舫的《近世名戲百種目》中,有中文譯名的易卜生劇作有《娜拉》、《國民之敵》、《雁》(即《野鴨》)。在他的《世界名劇談》中列出的《世界百大名劇表》裏,易卜生的作品除了當時已經譯為中文的《娜拉》、《國民之敵》、《小艾友夫》之外,還有《布朗德》、《培爾·金特》、《群鬼》、《野鴨》、《羅斯莫莊》、《海達·高布樂》。1918 年 10 月,陳嘏翻譯的《傀儡家庭》,作為說部叢書第三集第五十一編,由上海商務印書館初版印行,1920 年 10 月再版,為易卜生劇作第一個中文單行本。

　　1919 年 5 月 1 日,《新潮》第 1 卷第 5 號發表潘家洵譯《群鬼》。同年 8 月 26-29 日,《晨報副刊》載有評介文章《易卜生之戲曲》。

　　1920 年的《小說月報》,全年連載周瘦鵑的譯本《社會柱石》。同年 11 月,楊熙初譯《海上夫人》編入共學社

---

[7]　收《宋春舫論劇二集》,上海生活書店 1936 年 3 月。引文標點為引者所加。

的文學叢書，由商務印書館出版，劇本前面有譯者寫的《引言》；1922 年 8 月第 3 版。

1921 年 8 月，潘家洵譯、胡適校《易卜生集》第一冊列入世界叢書，商務印書館初版，1926 年 6 月 4 版，收《娜拉》、《群鬼》、《國民公敵》，前有譯者寫於 1921 年五四紀念日的《易卜生傳》，後面附錄胡適的《易卜生主義》。同年 10 月，周瘦鵑譯《社會柱石》，編為說部叢書第四集第五編，分訂兩冊，由商務印書館出版。前有張舍我《社會柱石序》，序中說他自己曾經譯過易卜生第二部行世的劇本《遺恨》，是討論戀愛問題的。從序中的英文來看，當是易卜生創作的第七個劇本《海爾格倫的海盜》，若論出版而言，的確是第二部。但中文版《遺恨》，未見其書。1921 年 10 月 1-31 日，巫啟瑞譯《建築師》載《晨報副刊》。11 月，伊卜森著、林紓、毛文鍾譯為小說的《梅孽》（《群鬼》），由商務印書館列入說部叢書第四集第十三編出版。

1922 年 10 月，《晨報副刊》連載上沅《過去二十二戲劇名家及其作品》，其二十二為《伊卜生與「傀儡之家」》。

1923 年 1 月 5 日-3 月 14 日，巫啟瑞譯《少年同盟者》載《晨報副刊》。1923 年 6 月，潘家洵譯、胡適校《易卜生集》第二冊，由商務印書館列入世界叢書初版，收《少年黨》（《青年同盟》）、《大匠》（建築師），前有譯者寫於 1922 年 6 月 16 日的《序》。1929 年，連同第一集在內的五個劇本收入萬有文庫，分五冊裝訂再版。

1924 年 2 月 11 日-3 月 8 日，楊敬慈譯《野鴨》載《晨報副刊》。

1925 年 4 月 19 日、26 日、5 月 3 日，歐陽予倩譯《傀儡家庭》，刊於《國聞周刊》第 2 卷第 14、15、16 期。

1926 年，劉伯量譯《羅士馬莊》，北京誠學會初版；1930 年 2 月 16 日由上海學術研究會總會再版。

1927 年 12 月，徐鵒荻譯《野鴨》付印，1928 年 1 月由上海現代書局出版。

1927 年 5 月，袁振英編《易卜生社會哲學》，上海泰東圖書局初版，1928 年 7 月再版。這本書是據 1925 年 2 月至 5 月編者在廣東國立大學演講稿整理出來的。卷一內容是從易卜生劇作中擷取材料，看其對各種社會現象的揭露批判，如虛偽的信仰、偽善的政治家和資本家、腐敗的報紙、銹蝕的婚姻與家庭等，同時發掘其對建設未來的新社會的積極主張，如愛情奠基、個人奮鬥、社會改造、女性解放等。卷二結合作品進一步闡釋易卜生的女性主義、個人主義、浪漫主義、唯實主義與象徵主義等。卷三為易卜生的著作，略寫。

1928 年 3-5 月，潘家洵譯《海得加勃勒》（《海達・高布樂》），刊於《小說月報》第 19 卷第 3、4、5 號。同年 3 月 20 日，《大公報・文學》發表了題為《易卜生誕生百周年紀念》的長篇文章，《國聞周報》第 5 卷第 12 期予以轉載。

1928 年 4 月，劉大杰《易卜生研究》由商務印書館初版。這本書是中國人全面評介易卜生的第一本專著。第一章詳細地介紹易卜生的生平；第二章分韻文時代、旅居時代、歸國以後三個階段評介易卜生的作品；第三章描述與評論易卜生的思想與作品的影響；第四章為了突現易卜生的意義，介紹易卜生以前的歐洲文壇；此外，還單設一章，介紹易卜

生的同時代作家般生的生涯與藝術。最後，附錄有兩篇文章，一是胡適的《易卜生主義》，二是從英文轉譯過來的 Xiane 的《真娜拉》，介紹《娜拉》的人物原型。以增進讀者對易卜生個性精神與批判精神的理解。

1929 年 10-12 月，潘家洵譯《我們死人再醒時》，載《小說月報》第 20 卷第 10-12 號。同年，上海春潮書局初版印行林語堂譯《易卜生評傳及其情書》，收勃蘭兌斯的《易卜生傳》和易卜生晚年寫給少女 Emiruie Bardach 的 12 封書信；上海大東書局 1940 年再版。

1931 年 9-12 月，潘家洵譯《博克門》（《約翰·蓋勃呂爾·博克曼》），載《小說月報》第 22 卷第 9-12 號。

1937 年，沈佩秋譯《娜拉》，由上海啟明書局出版。

1938 年 4 月，孫熙譯《社會棟梁》，列入世界文學名著叢書由商務印書館出版；1938 年 7 月，孫熙譯《野鴨》同樣列入世界文學名著叢書，由商務印書館出版。

1939 年，孫熙譯《海妲》（《海達·高布樂》），商務印書館出版。

1941 年 8 月，上海金星書店出版《易卜生戲曲全集》：其中有芳信譯《傀儡家庭》、石靈譯《鷹革爾夫人》（即《厄斯特羅特的英格夫人》），據《鷹革爾夫人》版權頁，尚有《小約夫》與《羅斯麻商》（《羅斯莫莊》）兩種正在印刷中。

1943 年，馬可譯《總建築師》出版。

1945 年 1 月，鄔侶梅譯《赫達夫人傳》（《海達·高布樂》），重慶文治出版社初版。

　　1947 年，翟一我譯《傀儡家庭》（英漢對照譯注），由南京世界出版社出版。

　　1948 年 6 月，上海永祥印書館初版印行沈子復譯《易卜生選集》：1、《玩偶夫人》；2、《鬼》（《群鬼》）；3、《海婦》（《海上夫人》）；4、《卜克曼》（《約翰·蓋勃呂爾·博克曼》）；5、《建築師》。

　　另外，胡伯恩編譯《娜拉》，新生命大眾文庫，世界文學故事之八，新生命書局版，但出版時間不詳。

　　外國的易卜生評論與傳記，除了前面提到的勃蘭兌斯的著述之外，還有許多，諸如 1922 年 1-4 月北京《晨報》社發行的《戲劇》月刊第 2 卷第 1-4 號，連載日本宮森麻太郎的《近代劇大觀》，其中有《易卜生·約翰·亨利克傳略》、《易卜生名劇之一：〈傀儡家庭〉》（以上周建侯譯）、《易卜生名劇之二：〈群鬼〉》、《易卜生名劇之三：〈民眾之敵〉》（以上龔漱滄譯）、《易卜生名劇之四：〈建築師〉》（劉蘅靜譯）《易卜生名劇之五：〈海之夫人〉》（龔漱滄譯）、《易卜生名劇之六：〈社會的柱石〉》（陶鐵梅譯）；1928 年 1 月 10 日《小說月報》第 19 卷第 1 號，載有日本有島武郎的《盧勃克和伊里納的後來》（魯迅譯）；1928 年 8 月 20 日《奔流》第 1 卷第 3 期的「H. 伊孛生誕生一百年紀念增刊」，載有挪威 L. Aas 的《伊孛生的事迹》（梅川譯）、英國 Havelosk Ellis 的《伊孛生留念》（郁達夫譯）、有島武郎的《伊孛生的工作態度》（魯迅譯）、R. Ellis Roberts 的《Henrik Ibsen》（梅川譯）等；1929 年 11、12 月，廣東戲劇研究所出版發行的《戲劇》第 1 卷第 4、5 期上，也有

胡春冰翻譯的 Thomas H. Dickinson 所著《現代戲劇大綱》的第六章《亨利克‧易卜生》、第七章《劇場之解放》，文中系統地介紹了易卜生的生平與戲劇事業及其文化背景、世界影響；1932 年，瞿秋白還發表了恩格斯論易卜生的信的譯文。

　　小說、詩歌、散文一旦發表就直接與讀者見面，而劇本除了少數只供閱讀之外，多數則是為上演而創作的，只有通過舞臺與觀眾見面才算完成了它的藝術流程。易卜生有過長期的劇院工作經歷，其戲劇實踐可以與莎士比亞、莫里哀相比，所以，其話劇動作性強，而且舞臺布景裝置比較簡單，適於舞臺演出。但因其均為大型多幕劇，對於五四時期基礎薄弱的話劇舞臺來說，一時不易駕馭，因此舞臺演出比劇本翻譯滯後幾年。1923 年 5 月 5 日，北京女子高等師範學校理化系女生在新明戲園首演《娜拉》，但劇場效果並不理想。第一幕娜拉與姬婷的長篇對話時，觀眾就已頗多露出不耐煩的神氣，第二幕未完就有一些觀眾陸陸續續退場了，看到終場的觀眾寥寥無幾。究其原因，一是娜拉對人格尊嚴與女性權利的要求，不能為一些思想守舊者所接受；二是由於話劇在中國演出的歷史較短，一般觀眾尚未養成欣賞話劇的審美習慣，不懂得既然演戲為什麼不唱不舞而只是一個勁兒地說，臺上動作或語言看似略有異常時，台下便有鼓掌聲，甚至還有叫好聲；三是學生演出技藝尚不成熟，越發使新穎的樣式顯得生澀；四是女扮男妝演郝爾茂等男角，與女性演女角之自然反差較大，影響演出效果；五是劇場構造不完美，新明戲園不適應話劇的演出要求，臺上的聲浪被分散掉，而台下的聲浪卻被保住而且擴大；六是觀眾的不文明──一些

觀眾像看傳統戲劇一樣評頭品足、閒聊打趣，臺上悲傷哭泣，台下反而出現笑聲，加之與朋友打招呼、咳嗽聲、談話聲、怒罵聲連成一片，據熟悉劇情的陳西瀅說，他坐在樓下台前十五排以內，竟連一個字也聽不清，劇場效果可見一斑。[8]隨著話劇表演導演與舞美燈光經驗的積累、觀眾群體的擴大及其欣賞水平的提高，易卜生劇的舞臺演出效果逐漸好轉起來。

北京人藝戲劇專門學校停辦以後，大約在 1924 年，萬籟天等二十六名人藝劇專學生組織了一個「廿六劇學社」，公演了一次《娜拉》。據說，警察當局只允許演出第一幕，於是學生們便決定在幕與幕之間不落幕布，一氣把全劇演完，仿佛它只是一場獨幕劇。因為警官不熟悉這部話劇的結構，不知道自己上了當，竟允許觀眾看完了全劇。[9]1925 年，上海戲劇協社上演《傀儡家庭》。1927 年，在北方享有盛名的南開新劇團排演了《國民公敵》，原準備在南開學校二十三周年校慶日公演，不料開演前突然遭到禁止，原因荒唐至極：駐在天津的直隸督辦軍閥褚玉璞，自動「對號入座」，說有個姓易的文人竟敢編劇攻擊他為「國民公敵」，如此「反動」劇本絕對不許上演。第二年即 1928 年 3 月 20 日為易卜生誕辰百周年紀念，南開新劇團將《國民公敵》改名為《剛愎的醫生》，終於搬上舞臺。這年的 10 月 17 日為南開學校

8　參照陳西瀅《看新劇與學時髦》，《晨報副刊》1923 年 5 月 24 日。
9　參照（挪威）丹尼爾·哈康遜、伊麗莎白·埃德著、王忠祥譯《易卜生在挪威和中國》，《易卜生文集》第 8 卷，人民文學出版社 1995年 12 月第 1 版，第 426 頁。

二十四周年校慶，新劇團又上演了《傀儡家庭》。這兩部名
劇都按照原本翻譯排演，在學校禮堂各演出了兩天，反響熱
烈，天津婦女協會認為後者對於提倡女權頗為有利，曾請南
開新劇團為它募集經費舉行過一次演出。1928 年，田漢與
洪深、朱穰丞、應雲衛等在上海聚會紀念易卜生誕辰百周
年，此後不久，決定上演《群鬼》，只是由於種種原因未能
演成。倒是熊佛西主持的國立北平大學戲劇系，組織學生在
藝術學院禮堂公演了《群鬼》。1930 年 5 月，天津現代劇
社也演出過這一劇目。

　　1935 年 1 月 1 日到 3 日，在南京陶陶大戲院由磨風劇
社演出了章泯導演的《娜拉》。演出大獲成功，震動了南京
劇壇。他們本來準備去上海演出，不料女主角王蘋被封建家
庭關在家裏，不能成行。禍不單行，她所任職的學校當局又
開除了她的小學教員職務，理由是「拋頭露面，有傷風化，
不能為人師表」。輿論嘩然，南京各報一片批評之聲，國民
黨文化官員張道藩不得不出面調解，結果王蘋複職，並獲准
繼續從事戲劇活動。左翼劇聯決定三八婦女節再度公演《娜
拉》，然而就在三八節前夕，特務竟然竄入排演場，抓走了
導演瞿白音和演員舒強等人，《娜拉》不得已而停演。[10]1935
年 6 月底，上海業餘劇人協會在金城大戲院第一次公演的劇
目也選擇了《娜拉》，藍蘋、金山與趙丹分別扮演娜拉、赫
爾曼和柯洛克，章泯導演，獲得了很大的成功。陳鯉庭在長
達萬言的評論中說：「從開始到幕落，有什麼在抓住了我們

10　參照葛一虹主編《中國話劇通史》，第 143 頁。

的深處，令人屏著氣息沈浸在這玩偶家庭中呢？像這樣催眠狀態的酣暢，除非真摯的藝術作品是難得經驗到的，然而《娜拉》使我經驗了——就我個人說，是自看話劇以來的奇蹟。走出戲院時，不由不感動地說，難得的好戲呀！」[11]同年，濟南民教館、上海智仁勇劇社、光華劇社等也演出了這一劇目，因此 1935 年被稱為「娜拉年」。在抗戰爆發之後的戰爭背景下，易卜生劇作的演出銳減。十幾年之中，上演的劇目與次數寥寥可數：國立戲劇專科學校與上海市立實驗戲劇學校分別演出過《群鬼》，歐陽紅櫻等與陪都劇藝社分別在成都、重慶演出過《娜拉》。

二、認同與接受

　　五四時期，易卜生迅速升溫，意味著中國對這位此前冷落了十幾年的戲劇家與思想家的認可與接受。但一則由於易卜生本身的豐富性，二則由於接受者眼光的差異性，五四視野裏的易卜生呈現出多種價值。

　　自然，個中免不了誤解。如林紓最初就曾把易卜生誤為德國人，而且把劇本《群鬼》譯成小說《梅孽》，這個譯名也反映出譯者對作品的理解。「從譯者看來，Ibsen 的作意還不過是這樣的——『此書用意甚微：蓋勸告少年，勿作浪遊，身被隱疾，腎宮一敗，生子必不永年。……余恐讀者不

---

[11]　陳鯉庭：《評〈娜拉〉之演出》，1935 年 6 月 29 日-7 月 1 日《上海民報》。

解，故弁以數言。』」[12]《群鬼》固然有父親因生活荒淫無度而給兒子留下遺傳病的情節線索，但其主旨則在於：一個女人如果不是無所畏懼地爭取個人的權利，而是以忍辱負重為代價維持虛偽的家庭榮譽，一個人如果不敢直面社會的醜惡勇敢抗爭，而是一味敷衍竭力掩飾，最後勢必遭受意想不到的打擊。可是，女性的權利、個性的尊嚴、個人同社會的對抗，這些精神內涵對於林紓來說，是難以理解與接受的，他的解讀顯然沒有擺脫傳統文人勸戒小說的窠臼。

周瘦鵑在《社會柱石・引言》裏，稱易卜生為「從十九世紀以來，他好像文藝界上一輪明月，明光四照，直要掩沒了莎士比亞。因為他每一劇中，都有一種主義，一個問題，都有他一把悲天憫人的辛酸眼淚，隨處揮灑」。《社會柱石》「攻擊偽君子，真是筆下有刀，十分刻毒，也十分痛快。我著手譯時，仿佛聽得易卜生的靈魂在那裏大聲疾呼道：『全世界的偽君子啊，快大家摸摸良心，揭開假面具來罷。』」周瘦鵑早慧敏感，16 歲時就曾將一篇記述法國某將軍的戀愛故事改編成五幕劇本《愛之花》，《小說月報》發表後，由春柳劇場改編為話劇上演過。青年時期，未婚妻的家長嫌貧愛富而毀棄了婚約，給他留下了刻骨銘心的失戀創痛。所以，他不僅在創作中多有纏綿悱惻、哀感頑艷的愛情篇什，諸如《恨不相逢未嫁時》、《此恨綿綿無絕期》、《遙指紅樓是妾家》等，被視為鴛鴦蝴蝶派的代表作家，而且其譯著《歐美名家短篇小說叢刊》（中華書局 1917 年 2 月初版）

---

[12] 魯迅《編校後記》，《奔流》第 1 卷第 3 期，1928 年 8 月 20 日。

等，亦有哀情之作。在新文化運動高潮中，他能夠譯出《社
會柱石》，且對易卜生的「主義」與「問題」有所認識，可
以見出鴛鴦蝴蝶派作家的與時俱進和易卜生被認同的普泛
性，但關於「悲天憫人的辛酸眼淚」「隨處揮灑」的看法，
恐怕是有較多的主觀投射，同易卜生有相當的距離。易卜生
固然有悲天憫人之作，但當其進入到表現問題與主義的成熟
期以後，主要指向則是個性主義價值，而非人道主義價值。
倒是潘家洵 1921 年五四紀念日所寫《易卜生傳》[13]的結尾切
中了易卜生的特點：「他在著作裏表現人生的時候決不肯放
鬆一點，絕少寬恕，容忍，偏私，或是感情用事的地方。」

　　易卜生劇本的中文翻譯由新文化運動的前哨陣地《新青
年》率先推出，並非偶然。因為《新青年》「要擁護那德先
生，便不得不反對孔教，禮法，貞節，舊倫理，舊政治；要
擁護那賽先生，便不得不反對舊藝術，舊宗教；要擁護德先
生又要擁護賽先生，便不得不反對國粹和舊文學。」[14]而易
卜生恰恰是偶像的堅決反對者。正如魯迅 1928 年在《奔流》
第 1 卷第 3 期《編校後記》裏所說：「因為 Ibsen 敢於攻擊
社會，敢於獨戰多數，那時的介紹者，恐怕是頗有孤軍被包
圍於舊壘中之感的罷，現在細看墓碣，還可以覺到悲涼，然
而意氣是壯盛的。」

　　胡適以長篇文章《易卜生主義》為「易卜生號」鳴鑼開
道，又與羅家倫合譯《娜拉》，在時代的召喚之中亦有個人

---

[13]　收潘家洵譯、胡適校《易卜生集》第一冊，商務印書館。
[14]　陳獨秀：《本志罪案之答辯書》，《新青年》第 6 卷第 1 號，1919 年
　　　1 月 15 日。

動因。留學美國期間，胡適經女友韋蓮斯介紹，讀了易卜生的所有劇作，特別愛看《人民之敵》。他於 1914 年曾用英文寫過一篇《易卜生主義》，在康乃爾大學哲學會上宣讀。《新青年》上的長文即是那篇英文稿的增訂稿。他之所以對易卜生如此青睞，與個人的包辦婚姻有很大關係。他於 1904 年 1 月（12 歲剛過）即由母親包辦與江冬秀訂親，留美時雖與美國姑娘韋蓮斯心心相印，但不忍讓含辛茹苦將他帶大的寡母傷心，只得忍痛割愛，1917 年與江冬秀完婚。然而，在他心底始終保持著對韋蓮斯的愛情。他自己無力掙脫舊式婚姻的鎖鏈，遂對敢於向社會挑戰的易卜生格外欽敬，對勇於爭取個性權利的娜拉十分贊賞。

「易卜生主義」本是西方人的概括，胡適的《易卜生主義》顯然接受了西方的影響，但也糅進了個人的體悟，在一定程度上代表了新文化陣營的易卜生觀。文章中提到易卜生的九部劇作及書信，徵引《我們死人再生時》，說明易卜生的寫實主義；例舉《娜拉》、《群鬼》、《社會的棟梁》與《羅斯馬莊》，說明對家庭道德與社會勢力之虛偽與腐敗的揭露；《雁》說明社會對人的自由個性的摧折，《社會的棟梁》、《博克曼》與《國民公敵》，說明輿論的盲目，《國民公敵》尤其說明少數的價值；《海上夫人》說明自由的可貴，個性選擇的自由與個人負責的關係。在他看來，易卜生的可貴之處有三點：一是實行寫實主義；二是強調個性獨立，反對專制，反對多數的輿論；三是主張充分發展個性，「須使個人有自由意志」，「須使個人擔干系，負責任」。其中，關於寫實主義的闡釋相當充分。「人生的大病根在於

不肯睜開眼睛來看世間的真實現狀」，「易卜生的長處，只在他肯說老實話，只在他能把社會種種腐敗齷齪的實在情形寫出來，叫大家仔細看。」易卜生揭露出家庭裏面的怯懦、自私自利、慣於倚賴的奴隸性、裝腔做戲的假道德等四大惡德及其惡果，批判了違背人情事理的僵死法律、虛偽宗教、陳腐道德等三大社會勢力。在說到社會上所謂「道德」不過是許多陳腐的舊習慣時，胡適特別例舉說：「正如我們中國的老輩人看見少年男女實行自由結婚，便說是『不道德』。為什麼呢？因為這事不合於『父母之命，媒妁之言』的社會習慣。」言辭之中，透露出作者無法擺脫包辦婚姻的苦澀與憤懣。後來，胡適又與表妹曹誠英傾心相戀，無奈禁不住江冬秀大鬧不休，他只好鳴金收兵。也許正因為有了刻骨銘心的愛情與遺憾，他才始終不渝地推崇易卜生主義，而且越往後越看重其個人主義的價值。他在 1930 年 11 月所寫的《介紹我自己的思想》[15]一文中，談到《易卜生主義》時，強調的重點便從寫實主義轉到個人主義：「易卜生最可代表十九世紀歐洲的個人主義的精華，故我這篇文章只寫得一種健全的個人主義的人生觀。這篇文章在民國七八年間所以能有最大的興奮作用和解放作用，也正因為它所提倡的個人主義在當日確是最新鮮又最需要的一針注射。」「娜拉拋棄了家庭丈夫兒女，飄然而去，只因為她覺悟了她自己也是一個人，只因為她感覺到她『無論如何，務必努力做一個人。』這便是易卜生主義。」「把自己鑄造成器，方才可以希望有益於

---

[15]　收入《胡適論學近著》一集，卷五。

社會。……把自己鑄造成了自由獨立的人格，你自然會不知
足，不滿意於現狀，敢說老實話，敢攻擊社會上的腐敗情形，
做一個『貧賤不能移，富貴不能淫，威武不能屈』的斯鐸曼
醫生。」「他大膽的宣言：『世上最強有力的人就是那最孤
立的人！』這也是健全的個人主義的真精神。」「這個個人
主義的人生觀一面教我們學娜拉，要努力把自己鑄造成個
人；一面教我們學斯鐸曼醫生，要特立獨行，敢說老實話，
敢向惡勢力作戰。」胡適的生涯，除了婚姻生活首鼠兩端、
最終個性意志屈從於社會意志、現代道德退讓給傳統道德之
外，可以說基本上是遵循著易卜生主義的軌道，在其日記、
論著與《終身大事》等創作中，留下了易卜生主義的濃重投影。

　　早在留學時期就對易卜生十分欽敬的魯迅，到了五四時
期，對易卜生敢於堅持個性、破壞偶像的價值一如既往地加
以首肯。如《隨感錄四十六》（1919 年）就正面引用了易
卜生《國民公敵》裏醫生的話——「世界上最強壯有力的人，
就是那孤立的人。」魯迅與胡適十分欣賞斯鐸曼醫生的同一
句話（譯文略有不同），反映出五四一代對易卜生個性主義
的高度認同。易卜生在魯迅的精神世界與文本世界裏，已經
成為重要的動力源。《再論雷峰塔的倒掉》（1925 年）稱
許易卜生等「軌道破壞者」，「不單是破壞，而且是掃除，
是大呼猛進，將礙腳的舊軌道不論整條或碎片，一掃而空」。
同年所作的小說《傷逝》裏，男女主人公在追求自由戀愛的
途中，就從易卜生、泰戈爾與雪萊那裏汲取力量。《論睜了
眼看》（1925 年）同《猛進》第 19 期虛生的《我們應該有
正眼看各方面的勇氣》相呼應，批判「不敢正視各方面，用

瞞和騙，造出奇妙的逃路來，而自以為正路」的國民性弊端，以及由此生發出來的「瞞和騙的文藝」，也正與胡適在《易卜生主義》中關於寫實主義的闡釋相通，只是魯迅首肯易卜生的批判力量更為徹底，批判中國傳統文化的態度更為激烈。在五四一代啟蒙者那裏，個性主義的大力提倡是以國民性批判為背景的，他們要通過包括國民性改造在內的思想革命來拯救民族危機，自然而然就會向易卜生去尋求精神支持。《我們現在怎樣做父親》（1919 年），在論及應該建立幼者本位道德時，以《群鬼》裏歐士華因父親生活放蕩而患有先天性梅毒以致走到生命盡頭為例，來說明父輩的不負責任「便是子孫滅亡的伏線，生命的危機」，並進而指出，「可怕的遺傳，並不只是梅毒；另外許多精神上體質上的缺點，也可以傳之子孫，而且久而久之，連社會都蒙著影響」。對於同一劇本的同一情節，林紓所理解的是告誡道德自律，而魯迅則著意於喚起個人的責任意識。隨著時代的發展，魯迅還從易卜生劇作中引申出劇作者未曾涉及的問題。五四時期，有些人把《群鬼》與《海上夫人》視為《玩偶之家》的續篇，認為這兩部劇是易卜生假定娜拉似的女性如果沒走會怎樣，如果丈夫給了她出走的自由她又會怎樣。這些看法把易卜生劇作聯繫起來思考，自然不無道理，但魯迅在講演《娜拉走後怎樣》（1923 年）中，則從娜拉出走以後可能的幾種結局——墮落或者回來、抑或餓死，提出了女性的經濟權問題。魯迅的思想演進疊印著現代中國的歷史軌跡。

　　個性一旦覺醒，就會重新觀察世界、回顧歷史、省視自身，發現許多原來習以為常的事物竟存在著各種各樣的問

題，進而探求解決這些問題的方向與方法。易卜生是一位思想家型的劇作家，他進入成熟期以後的劇作，每一部都切中至少一個重要的問題，如怎樣看待女性的個性權利與家庭地位、掌握真理的孤獨者如何面對庸眾、理想的追求在現實生活中究竟具有多大的可能性、個人權利與關愛他人是否能夠協調一致、生命意志與道德意志究竟應該如何協調等，這是他在西方引起轟動、在中國獲得共鳴的重要原因。五四時期關注人道關懷、個性價值、女性解放以及與此密切相關的婚姻戀愛等問題，所以對易卜生表現這些題材的劇作特別感興趣。

　　《新青年》最先推出的《娜拉》、《國民之敵》與《小艾友夫》三部譯作，正包含著新文化運動中最震撼人心的幾個主題線索——女性解放、個性主義與人道主義。這種選擇本身就具有象徵意義。五四時期，《娜拉》之所以譯本數量多達 4 種，在外國劇作翻譯中首屈一指，也是五四時期唯一一部搬上舞臺、被人們談論得最多的易卜生劇，就是因其既能使關注女權者從中聽到爭取女權的理想召喚，又能夠讓個性解放的渴求者感受到個性主義的撼人力量。胡適在《新青年》「易卜生號」上為袁振英《易卜生傳》所作的「編者按」中，稱「此劇仍點寫社會之詐偽，及名分心，攻擊家庭制度；寫婦人之地位，如愛鳥之在金籠。其表明家庭之罪惡，發展女子之責任：其光榮權利，不在訓夫教子，乃在乎己身之獨立及自由。」「婚姻制度之矯揉造作，家族名分之妄說盲從，皆足為人類之桎梏！此娜拉之所以痛罵一切也！當娜拉之宣布獨立；脫離此玩偶之家庭；開女界廣大之生機；為革命之天使，為社會之警鐘；本其天真爛漫之機能，以打破名分

之羈絆,得純粹之自由。正當之交際,男女之愛情,庶幾維繫於永久,且能真摯!處今日家族婚姻制度之下,男女愛情,必無永久純一之希望;徒增社會之罪惡耳!且家庭中之惡濁空氣,青年子女,日夕所呼吸;其不日趨下流者鮮矣!易氏此劇,真足為現代社會之當頭棒,為將來社會之先導也。」潘家洵《易卜生傳》[16]裏也說,「《娜拉》劇的第三幕後半段可以抵得一篇婦女人格的獨立宣言書」。娜拉成為女性解放與個性解放的一個共名,給現代文學乃至現代文明建設以深遠的影響。

　　《國民公敵》與《群鬼》均有兩種譯本,社會反響也較大。《國民公敵》的主人公斯鐸曼醫生,發現並確認本市浴場竟有有害細菌後,堅決反對繼續開發,以防貽害公眾。這部劇本在五四時期受到歡迎,不僅因其旗幟鮮明地弘揚個性主義精神,批判庸眾的目光短淺、盲目崇信權威與無特操等國民性弊端,而且斯鐸曼醫生是以科學檢驗報告作為依據,這一點也同五四時期高漲的科學思潮十分吻合。《群鬼》裏,阿爾文太太家裏兩代人「鬧鬼」,阿爾文荒淫無度,其子歐士華「鬧鬼」鬧到無意之中險些與同父異母妹妹亂倫的地步。舊制度舊觀念之鬼不僅毀了父子兩代,而且彌漫在整個社會,侵入到阿爾文太太的心靈。她聽從自己從前喜歡過的知己曼德牧師的勸戒,為了上帝的意志與女人的體面,犧牲了自己的美麗青春、婚姻幸福與所有理想。劇中沈鬱的悲劇力量深深地打動了向舊制度舊觀念宣戰的五四一代。袁振英

---

[16]　收潘家洵譯、胡適校《易卜生集》第一冊。

在上海泰東圖書局 1927 年 5 月版的《易卜生社會哲學》裏，對五四時期與易卜生的這種共鳴做了清楚的說明：「易卜生是一個少年的思想家，適合於現代的新思潮，……中國的惡社會底勢力，還是很大，不知有多少的青年人，做他的犧牲，易卜生主義實在是戰勝這種萬惡的環境的很好的工具。」胡適曾應留學朋友們的請求，用英文寫成獨幕劇《終身大事》。後來有幾個女學生要排演，才把它譯成中文。可是，因為戲裏的田女士自己選擇愛人，這幾位新學校的女學生，竟沒有人敢扮演田女士。「況且女學堂似乎不便演這種不很道德的戲！」[17]所以劇本又回來了，直到 1919 年才在《新青年》面世。由此可見當時的中國，封建習俗的桎梏是如何沈重。正是在這種背景下，易卜生才顯示出同傳統抗爭的現實意義。

　　易卜生劇作的譯介，也強化了五四時期的問題意識，推動了「問題小說」、「問題戲劇」的興盛。向培良在上海泰東圖書局 1928 年版的《中國戲劇概評》中提到，直接應易卜生而起的社會問題劇有很多，除了《終身大事》之外，還有熊佛西的《青春底悲哀》、《新人的生活》，歐陽予倩的《潑婦》、《回家以後》，郭沫若的《卓文君》、《王昭君》，汪仲賢的《好兒子》，侯耀的《棄婦》、《復活的玫瑰》，蒲伯英的《闊人的孝道》、《道義之交》，陳大悲的《幽蘭女士》、白薇的《琳麗》等，其中有些能夠明顯見出《娜拉》、《社會支柱》、《群鬼》等劇的影響痕迹。問題小說則更多，幾乎所有的新小說家都寫過問題小說，代表性的作家作品有

---

[17]　參見洪深《中國新文學大系・戲劇集・導言》。

羅家倫的《是愛情還是苦痛》，葉紹鈞的《這也是一個人？》、《苦菜》、《隔膜》，冰心的《斯人獨憔悴》、《莊鴻的姊姊》、《去國》、《超人》，王統照的《沈思》、《微笑》，廬隱的《一封信》、《靈魂可以賣麼》，許地山的《命命鳥》等。這些作品涉及了五四時期人們關注的許多社會問題、家庭問題、倫理問題及心理問題等，雖然多數只是提出問題，而沒有借助藝術想像給出答案，而且在藝術上也相當稚嫩，但為新文化運動提供了助力，也鍛煉了新文學作家把握現實的眼光與描寫現實的能力。

易卜生為五四文壇所看重，還有一個不容忽略的原因，這就是話劇建設的藝術需求。中國擁有源遠流長的戲劇傳統，唐宋時期流行的滑稽戲（參軍戲），主要由參軍、蒼鶻兩個角色作滑稽的對話或動作，引人發笑，有時用以諷刺朝政或社會現象，應該說這種戲劇形式多少有一點與外國的話劇相似。但中國傳統戲劇主要是講究唱、念、做、打的各種樣式的歌舞戲。以人物對話為基本構成形式的新劇（1928年定名為話劇），其誕生並非參軍戲的復興，而是對日本新劇——西方話劇的移植。中國話劇的發展後來自覺不自覺地從傳統汲取養分，但在初興之際，要想使話劇在中國生根、發芽、成長、結果，首先必須從翻譯外國劇本入手。易卜生問題意識強，而且有多年的編導經驗，因而其劇本情節集中，脈絡自然，焦點突出，時間場景一般較為固定，結構嚴謹，一般被稱為團塊式結構（或稱閉鎖式結構），比起莎士比亞式的多條情節線索交叉發展、場景時間較少限制的開放式結構，與中國傳統戲劇結構較為接近；布景簡潔，人物不

多，個性鮮明，對話巧妙，正好用來作為中國話劇創作的範本。洪深在《中國新文學大系・戲劇集・導言》中，就這樣回顧說，「易卜生的戲劇，很快地有許多被譯成中文；而在創作方面，有若干的作家，不僅是把易卜生劇中的思想，甚而連故事講出的形式，一齊都摹仿了。」當然，比起精神汲取來，藝術上的借鑒、吸收要顯得滯後一些。余上沅、梁實秋等後來對此都有批評。梁實秋說，「在新文學運動當中，無疑的易卜生的思想比他的藝術贏得更大的注意。這在新文學運動方面來看，頗像是一個損失，因為抓到了易卜生的思想，可是沒有抓到易卜生的藝術，所以對於新劇便沒能有什麼大的益處。」[18] 這一批評的前半段是符合實際的，後半段則有苛刻失實之嫌。事實上，在以心理張力結構戲劇情節、設置戲劇懸念、情境逼真、打破大團圓結局、通過對比刻畫人物、豐富的潛臺詞、象徵、寓意的運用、簡潔的舞臺設計、場面調度與舞臺形象塑造等方面，中國話劇都從易卜生戲劇中有所汲取。只是因為戲劇是一門涉及劇本、表導演、舞臺美術等多方面的綜合藝術，成熟的標志《雷雨》、《上海屋檐下》等來得較晚，易卜生的藝術影響不大容易被確認。

易卜生戲劇的思想鋒芒與藝術魅力，對五四時期的戲劇家具有巨大的吸引力。春柳社與新劇同志會成員歐陽予倩，早就期盼著參與易卜生劇的譯介和搬演。五四新文化運動興起之後，他積極參加戲劇改良的討論。1924 年，他被朋友約出去散步時給帶到一個熱情過分的女人家，小姐一再表示

---

[18] 《梁實秋論文學》第三輯《偏見集・現代文學論》，臺灣時報文化出版事業有限公司 1980 年 8 月 30 日再版。

好感，而歐陽予倩卻毫不動情，因為他那時候是「一腦門子的易卜生」[19]。翌年赴東北演出期間，他終於完成了翻譯《傀儡家庭》的夙願。1920 年 2 月 29 日，田漢在寫給郭沫若的信中表示要做「中國未來的易卜生」[20]。雖然他後來的劇本表現出濃郁的浪漫主義色彩，但敏銳的問題意識與強烈的社會責任感顯然打上了易卜生的烙印。留美後期在哈佛大學專攻戲劇的洪深，1922 年春學成回國時，同船的蔡廷干老先生問他，「你從事戲劇的目的是什麼？還是想做一個紅戲子，還是想做一個中國的莎士比亞？」他的回答是：「我都不想，如果可能的話，我願做一個易卜生。」[21]據他看來，易卜生的戲劇比莎士比亞更切合中國的實際。他「在寫劇的諸方面，從目的內容到技術，都曾向易卜生學習。」[22]焦菊隱也有同感：「莎氏所寫的都不是我們所能見到的事物，易氏所寫的，都是我們親眼看見的，是親身所臨到。所以，莎氏的戲劇雖重要，易卜生的戲劇對我們更有關係，更重要。」[23]五四時期，寫實主義、浪漫主義、唯美主義、象徵主義等思潮競相湧動，從莎士比亞到席勒再到蕭伯納、王爾德、斯特林堡、梅特林克等劇作家的作品均有翻譯介紹，但若論影響當首推易卜生。正如熊佛西所說：「五四運動以後，易卜生對於中國的新思想，新戲劇的影響甚大，他對於中國文藝界

---

[19] 歐陽予倩：《自我演戲以來》，第 82 頁。

[20] 田漢：《致沫若》，《三葉集》，上海亞東圖書館 1920 年 5 月出版。

[21] 收《中國話劇運動五十年史料集》第一輯，中國戲劇出版社 1958 年 2月第 1 版，第 109 頁。

[22] 《論者謂易卜生非思想家》，1948 年 11 月《文訊》第 9 卷第 1 期。

[23] 焦菊隱：《論易卜生》《晨報》1928 年 3 月 26 日。

的影響不亞於托爾斯泰、高爾基，尤其對於戲劇界的影響至深，我敢說：今日從事戲劇工作的人幾乎無人不或多或少受他的影響。」[24]後來成為傑出戲劇家的曹禺，在中學時代就讀完了英文的易卜生全集，參加過南開新劇團的《國民公敵》、《娜拉》的演出，扮演娜拉，頗受好評。[25]。他晚年回憶自己之所以開始對戲劇及戲劇創作產生興趣、感情，「是受了易卜生不少的影響。……我為他的劇作謹嚴的結構，樸素而精煉的語言，以及他對資本主義社會發出的銳利的疑問所吸引」。[26]

三、熱中之冷

易卜生劇作共有 25 部，胡適《易卜生主義》一文提及《我們死人再生時》、《娜拉》、《群鬼》、《羅斯馬莊》、《社會的棟樑》、《雁》、《博克曼》、《國民公敵》、《海上夫人》等 9 部劇作，稍後，宋春舫所開外國名劇目亦有 9 部劇作，除了與胡適提及的相重疊的之外，還有《小艾友夫》、《布朗德》、《培爾・金特》、《海達・高布樂》。也就是說，五四初期，除去通過國外渠道直接瞭解之外，即使僅僅從胡適與宋春舫的介紹中，至少也可以知曉易卜生上述 13 部劇作。但實際上，五四時期只翻譯過來 10 部[27]，而

24　《論易卜生》，《文潮月刊》第 4 卷第 5 期，1948 年 8 月 1 日。

25　參照葛一虹主編：《中國話劇通史》，文化藝術出版社 1997 年 12 月第 3 次印刷，第 108-109 頁。

26　《紀念易卜生誕辰 150 周年》，《人民日報》1978 年 3 月 21 日。

27　《海爾格倫的海盜》只見譯者張舍我言及，而未見書或版本著錄，陸

且翻譯過來的劇作種數多少不等，影響大小有別。為何出現
這種情形？且先來看易卜生劇作翻譯情況的分段匯總（數字
僅為中譯本的種數，而非印行版次數）：

劇　本	五四時期	1928-1949 年
《娜拉》	4	5
《國民公敵》	2	
《群鬼》	2	1
《建築師》	2	1
《青年同盟》	2	
《社會支柱》	1	1
《野鴨》	1	2
《海上夫人》	1	2
《小艾友夫》	1	1
《羅斯莫莊》	1	1
《海達‧高布樂》		3
《咱們死人醒來的時候》		1
《厄斯特羅特的英格夫人》		1
《約翰‧蓋勃呂爾‧博克曼》		2

這裏固然有譯者選擇的個體性，但綜合起來分析，還是
能夠見出一定的整體性。

易卜生的戲劇創作，大致可以分為三個階段。[28]第一階
段是民族浪漫主義時期，劇作雖有對現實弊端的抨擊、對庸

鏡若譯《海達‧高布樂》亦未見成書，故均未統計在內。
[28]　參照劉大杰《易卜生研究》；王忠祥《易卜生和他的文學創作》，《易
卜生文集》第 1 卷，人民文學出版社 1995 年版。

俗生活的嘲諷、對卓異個性的贊譽，但韻文體裁所表現的，主要是歷史演義與道德審視，帶有濃郁的傳奇色彩，洋溢著激情的浪漫氛圍。1934 年 7 月，魯迅在回憶故人韋素園時，提到一位好友曾對著韋素園咯起血來，韋慌張失措地用了愛和憂急的聲音命令道：「你不許再吐了！」魯迅那時想起了易卜生浪漫主義時期的劇作《布朗德》[29]。劇中主人公牧師布朗德，從一個地方到另一個地方向受苦受難的人們布道，要求人們摒棄世間所宣揚的宗教教義，反對世俗舊習，崇信真正的上帝。他嚴以律己到了苛酷的程度，願意為拯救人們的靈魂、醫治世上的病症而犧牲一切。為此，他因母親不肯奉獻全部財產而不願給她臨終安慰和祝福；為了滿足教民的需求，他將患上重病的妻兒留在高寒山區，結果妻兒病逝，只剩下他孑然一身。他帶領一群教民上山去尋找理想的境界，人們承受不了饑渴寒累的煎熬，加上村長的挑撥，教民終於對他的理想產生了懷疑，棄他而去，只有「瘋」姑娘葛德追隨他，然而，最後葛德射「鷹」的槍聲引發了雪崩，布朗德與葛德為雪崩所埋葬。韋素園是未名社成員，致力於文學翻譯，譯有果戈理小說《外套》、北歐詩歌小品集《黃花集》等。韋性格認真而激烈，當局壓迫，文壇紛爭，使其病體難以支撐，年僅 30 歲便英年早逝。魯迅把韋素園與布朗德聯繫起來，流露出對易卜生劇作獻身精神的體認，也見得出對劇中人物主觀迂執的微哂。就劇本而言，布朗德的理想雖然高遠，但其宗教狂熱到了不近人情的程度，這種精神意

---

[29]　魯迅：《憶韋素園君》，1934 年 10 月上海《文學》月刊第 3 卷第 4 號。

旨同五四時期的人性覺醒個性解放要求有著不小的距離。易卜生第一階段的 11 部浪漫劇作或多或少都有類似問題，所以，在五四時期看不見一部中譯本。只是到了 1941 年，才有一種《厄斯特羅特的英格夫人》譯本問世。

五四時期的易卜生翻譯集中在他的第二階段的創作，即現實主義色彩強烈的社會問題劇。其中《娜拉》最熱，《國民公敵》、《群鬼》次之，原因如前所述，在於這幾部作品的內涵與鋒芒恰恰同個性解放、女性解放的時代潮流相契合。

沈雁冰曾提出與其介紹《群鬼》，不如介紹《少年團》（即《青年同盟》），因為「中國現在正是老年思想與青年思想衝突的時代，young generation 和 old generation 爭戰決勝的時代。」[30]實際上，易卜生的第一部散文劇《青年同盟》，其主旨不是青年與老年的衝突，而是譏刺有些年輕的投機者打著正義的幌子謀求一己私利。劇中青年律師史坦恩斯郭（據潘家洵《少年黨》譯本）滿嘴「自由」的高調，儼然「希望的種子」，激烈地抨擊「腐敗勢力的鬼」，實則利用「少年黨」撈取政治資本，其「目的是將來做到國會議員，或內閣閣員，並且娶一個有錢、有名人家的女兒」。即使其投機嘴臉被揭穿之後，將來或許還會捲土重來、飛黃騰達，因為只有「靠不住的人才能做政客」。該劇因為完全揭破虛偽的面紗，直面謊言背後的真實，1869 年 10 月 8 日在挪威首都克立斯替阿尼遏劇院上演時，激起了強烈的反響。自由黨傾向的觀眾竟大罵喝彩的保守黨傾向的觀眾不是東西。10 月

---

[30]　沈雁冰：《對於系統的經濟的介紹西洋文學底意見》，《時事新報・學燈》1920 年 1 月 3、4 日。

20 日第二次上演，舞臺監督希望這場演出能夠平安進行，不料更甚，兩面竟有劇烈的搏鬥，只好閉幕熄燈，場中非常混亂[31]。在狂飆突進的五四時期，青年正是時代大潮的弄潮兒，投機的青年借新潮謀私利的醜劇雖亦有之，但畢竟尚未走上前臺，因而《青年同盟》雖然有了兩種譯本，但在社會上影響並不大。《社會支柱》僅有一種譯本，而且也沒有譯者期待的廣泛影響，原因與此相類，其主旨是對虛偽者私德的揭露，而對庸眾盲目崇拜偶像的批判則不那麼顯眼。

第二階段的劇作中，只有《皇帝與加利利人》未譯，這並非偶然的遺漏，而是因為它與其他五種現實主義的社會問題劇迥然有別，是哲學歷史劇。這一劇作動筆於第一階段、完成於第二階段，歷史題材中充滿了宗教糾葛，帶有一點哲學的玄思色彩，因而沒有被五四時期所接納。

易卜生第三階段的 8 部劇作具有濃厚的象徵主義色彩。曾有論者籠統地說易卜生的這部分劇作在五四時期受到冷遇。其實，雖然整體上不像社會問題劇那樣反響強烈，五四時期只翻譯出版 5 部，但個中亦有區別。《海上夫人》的女主人公艾梨達是燈塔管理員的女兒，出生和生長在海邊，自小酷愛大海。她在少女時代曾偶然認識了陌生的海員莊士頓，莊遠走高飛之前與她匆匆交換了訂婚戒指，來過三封信後就音訊杳無。孤獨而無奈的艾梨達雖然嫁給了房格爾醫生，搬到城裏居住，但難以忘懷大海與海邊的初戀。她向丈夫坦率地告白了過去的婚約。莊士頓突然回來要求踐約，房

---

[31] 參照劉大杰《易卜生研究》，商務印書館 1928 年 4 月初版，第 29、30 頁。

格爾與他發生衝突。艾梨達希望由她自己自由選擇。而一旦
得到丈夫許可，「未來的世界」就對她失去了吸引力，她覺
出了丈夫的可愛，決定繼續這平淡而充實的婚姻生活。這部
劇本情節並不複雜，既無感天動地的悲劇氛圍，也沒有輕快
戲謔的喜劇色彩，但因其表現了女性的自由意志與婚姻生命
力的關係問題，所以喚起了國人的共鳴。胡適、茅盾等人，
在文章中對艾梨達的自由選擇予以肯定[32]。《海上夫人》第
一個中譯本的譯者楊熙初在「引言」中明確地指出：「《海
上夫人》所給我們的教訓：第一就是婚姻是兩性共同生活，
第二就是婚姻須憑自由意志，第三就是結婚須自家擔負責
任。」潘家洵在《易卜生傳》中也認同《海上夫人》的思想：
「個性若能自由發展，結果是快樂康健的生活；個性若被阻
遏摧折，結果是煩惱萎靡的生活。」婚姻生活中的男女平等、
自由意志與個人負責，這正符合五四的時代要求，因而《海
上夫人》1920 年即被翻譯過來，兩年之間就印行了三版，
影響頗大。大海成為一些作品中理想的象徵，女主人公艾梨
達也成為女性解放、個性解放話題中出現頻率較高的人物形
象。孫俍工的短篇小說《海的渴慕者》與《命運》等，就可
以明顯見出易卜生的影響。

　　《建築師》的主人公索爾奈斯並非科班出身，但他憑藉
天賦聰穎、非凡毅力和孜孜不倦的努力，終於成為建築界的
權威，可是到了後來逐漸變得心胸狹窄、懷疑、膽怯、嫉妒、
恐怖，害怕年輕一代超過自己，想方設法控制、阻礙年輕人

---

[32]　參見胡適《易卜生主義》、茅盾《譚譚〈傀儡之家〉》。

的發展。為了實現十年前許給少女希爾達的諾言，顯示自己雄風猶在，他不顧自己的暈眩病，拿著一個大花環，攀上剛建成的高樓屋頂，把花環掛在風標上，結果頭暈使他跌落殞命。索爾奈斯之死寓示著個人能力的侷限性——任何個人也不可能永遠佔據歷史舞臺，也昭示了與年輕人為敵到頭來只會受到無情的懲罰，還蘊涵著一個哲學命題——理想與現實之間存在著永恒的矛盾。《建築師》五四時期有兩種譯本，或許是因為人們從中感悟到一點進化論的意味，尤其是青年從中汲取同守舊勢力對抗的勇氣和信心，藉以宣泄對攔路者的憤懣和憎惡。但對其象徵意義的理解恐怕有所欠缺。《大匠》的譯者潘家洵就過分強調劇本的寫實性，他在《易卜生集》第二冊《序》中認為，這部劇「可以說是建築師索爾奈斯的精神歷史，亦就可以說是易卜生自己的精神歷史，換句話說，就是作者自己心象的剖析。」作品折射出作者的心象並非妄談，但更為重要的是劇作家以這樣的情節、人物，表現自己對現實生活與歷史發展的深邃思索，還有劇作家本身未必意識到的潛層意蘊。五四時期雖然崇尚理性，但主要還是激情時代，對這樣的深層問題缺乏共鳴的基礎，所以《建築師》譯本的受冷落就不足為奇了。到了 1946 年 9 月 5 日沈子復寫永祥印書館版《建築師》譯本《後記》時，對這部劇作就有了新的看法：《建築師》主人公的性格顯示了徬徨於超現實的環境與現實世界之間的痛苦，他試圖跟一個心愛的姑娘去造一個不可知的空中城堡，躲在那裏逃避煩惱，但人作為社會的動物，不可能找著一個桃花源，做一個與世無關的超人。沈子復進而看到易卜生從宗教劇到社

會問題劇再到象徵劇的侷限性，把希望寄托在希爾達所屬的年輕一代身上。

四幕劇《羅斯莫莊》以挪威政黨紛爭為背景，描寫了政治鬥爭背後的個人動機與複雜的人物性格，具有豐富的內涵。給莊園主人料理家務的呂貝克小姐，用心理暗示引誘未能生育的羅斯莫太太自殺，掃除了自己與莊園主人羅斯莫結合的障礙。然而當羅斯莫決定要她來填補太太的空白時，她卻因良心譴責的「心病」而斷然拒絕，加上政敵揭發她的身世打亂了她的心理平衡，她當眾承認是她引誘太太走上了自殺之路。羅斯莫一怒之下，拂袖而去，後又回來，兩人相互傾訴了愛的心聲，最後一道高高興興地摟抱著跳下了太太殞命的水車溝。精神分析學的創始人弗洛伊德從心理視角切入，認為此劇表現的是：人在勝利在望時，承受不住心理能量的急劇爆發，反倒走向崩潰。胡適在《易卜生主義》裏提及這部劇的是宗教被用來作為政治工具的社會功利性。中文譯者劉伯量看取的則是黨派紛爭中的惡濁與理想人物的高尚。他在 1923 年 7 月 19 日寫於柏林的《羅士馬莊・小引》中，介紹了易卜生對挪威政黨紛爭的失望，在易卜生看來，各黨派固執己見，各行其事，決非國家之福，他甚至憤慨地說挪威所住的不是二百萬人，簡直是二百萬貓犬。《小引》評價道：「全劇用意致為精深，非僅表顯政治一端的感想。然政治情勢實是全篇背景，黨派的惡毒，寫得非常生動。羅士馬自然是此劇的主人翁，他是志氣堅定立意向上的人，即狐媚險詐如呂貝加的女子，與他同處，也被他的人格感化而視死如歸，他真是一個在易卜生理想中的人物。」對於五四

時期來說，弗洛伊德的心理分析結論顯得單一而玄遠，到了30 年代，才有陳西瀅極力推崇此劇是「最委曲微妙的心理劇」[33]。劉伯量關於「黨派惡毒」「人物高尚」的看法，也不大容易獲得普遍認同，因為當時社會抨擊的鋒芒所指主要是封建勢力而非現代黨派；胡適所見倒是切中新文化運動需求，可惜只是片言隻語的例證，而非深入全面的闡釋。所以，《羅斯莫莊》中譯本出版後，幾乎沒有什麼反響。

　　《小艾友夫》與《野鴨》在五四時期各有一種譯本。對於《小艾友夫》，當時人們只看重女主人公從執著於個人享樂到願把母愛獻給那些無家可歸的孩子們的轉變，而沒有注意到個人權利與關愛他人、個性主義與人道主義的二律悖反。關於《野鴨》，胡適與潘家洵從中看到的是社會環境對自由個性的摧折，這可以說代表了當時的一般認識。至於格瑞格斯按照自己主觀確認的「理想的要求」行事，說出了雅爾馬妻子基納和老威利通姦懷孕後出嫁的真相，竟引發了雅爾馬女兒自殺的悲劇，這一事與願違的結局所寓含的象徵意義，整部作品對雜色社會與複雜人性的深刻透視，以及令人迷惘的宿命氛圍，當時多數人則未能予以充分的注意。因為五四時期理想熱情高漲，啟蒙先驅與覺醒的一代自信只要向著理想的目標勇往直前，就一定能夠如願以償。當然，也有人留意到易卜生晚年劇作的複雜性。譬如袁振英在《易卜生社會哲學》中，就指出《野鴨》與《羅斯莫莊》揭示出真理的流露反而會帶來痛苦，在他看來，這是

---

[33]　陳西瀅：《易卜生的戲劇藝術》，武漢大學《文哲季刊》第 1 卷第 1 號，1930 年 4 月。

一種虛無主義，一種向腐惡勢力、陳規陋習與一切痛苦挑戰
的虛無主義。[34]

　　易卜生第三階段的劇作還有 3 部，五四時期之後才有中
譯本在《小說月報》（1928、1929、1931）上面世。一部是
《海達・高布樂》，女主人公海達在蜜月中就對自己的婚姻
產生了極度的不滿，倍加思念從前的戀人。她因愛生妒，毀
掉了戀人與情敵合作的書稿，又慫恿戀人自殺，最後自己也
自殺了局。再一部是《約翰・蓋勃呂爾・博克曼》，主人公
博克曼早年為了財富與地位，竟把戀人轉讓給同夥，而自己
與擁有大量遺產者結婚。他野心勃勃，欲攀財富與權力的頂
峰，但因挪用銀行巨款被監禁 8 年，出獄後本想東山再起，
8 年後卻仍然毫無起色，妻子厭惡他，兒子也棄他而去，並
且是與父親過去的情婦聯袂出走，博克曼絕望地倒下。這兩
部劇有幾分像是通常帶有浪漫色彩的道德劇，欲望過度膨
脹，最後遭到了命運的懲罰。這種色調的劇作難以被五四時
期認同是可以理解的。

　　最值得注意的是易卜生的「戲劇收場白」《咱們死人醒
來的時候》。這部劇作的主要情節是：在雕塑家魯貝克尚在
窮苦無名時，適逢天生麗質的絕世模特愛呂尼。少女愛呂尼
為了玉成魯貝克的藝術事業，毫無顧惜地將嬌豔的裸體呈現
在雕塑家面前，而且寧可被親友拋棄。她以美麗的身姿與心
靈賦予魯貝克以靈感，終於使他完成了象徵最理想的女人覺
醒的《復活日》。在雕塑過程中，愛呂尼的愛情覺醒起來，

---

[34]　參見《易卜生社會哲學》卷二第五章《易卜生底虛無主義》。

傾心愛戀上了雕塑家，可是當傑作完成、愛呂尼滿心期待他愛的表白時，魯貝克卻用一句「我真心感激你」把愛呂尼推下絕望的深淵，愛呂尼從此遠走他鄉，放蕩不羈。名聲大震的魯貝克娶了另外一個女人，可是婚後不久就對妻子感到厭倦，創作也沒有新的突破。多年以後，魯貝克與愛呂尼邂逅，魯貝克這才明白自己的真正所愛原來在愛呂尼這裏，他反省自己從前的想法──如果對模特發生了感官欲望，就會褻瀆自己的靈魂，完不成藝術事業──仍然覺得頗有道理，但也意識到摧折了彼此相愛的兩顆愛心，代價未免沈重。兩人向山上攀去，希望重新開始他們的幸福生活，不料被突如其來的雪崩所埋葬。這部劇作以有幾分蒼涼的筆調表現了事業與愛情、合理的社會意志與合情的生命意志的衝突，個中融入了作家本人的生命體驗，也蘊涵著關於人生的深邃思考，而且結構緊湊，性格豐滿，語言含蓄而真切，氣氛緊張而流暢，真可以稱之為易卜生的絕唱。此劇在西方很受重視，日本也較早地出版了日譯單行本。然而在中國，大概是由於封建勢力與個性解放的矛盾特別突出，事業與愛情的矛盾就顯得過於玄遠，所以，這部劇作很長時間未能得到足夠的重視與充分的理解。胡適在《易卜生主義》開篇引用劇中男主人公的臺詞，只是用來說明易卜生極盛時期的寫實主義創作方法。《新青年》「易卜生號」發表的《易卜生傳》也提到這部劇作，編者胡適在為之所加的按語中，還簡要敘述了劇本的情節。但關於男女主人公「逃匿於深山窮谷之間，為終身之戀愛」結局的敘述有誤，至少有些模糊，對其豐富而深刻的內涵同樣未能深入探索。直到 1927 年，魯迅才通過翻譯有島

武郎的文章《盧勃克和伊里納的後來》（載 1928 年 1 月《小說月報》第 19 卷第 1 號），來曲折地表示他對此劇的認同和對易卜生後期作品價值的肯定。1929 年，始有潘家洵的中文翻譯，也是 20 世紀上半葉唯一的譯本。

　　《海達·高布樂》原作 1890 年出版，1891 年在德國、丹麥、挪威公演，有些讀者與觀眾樂於在劇中尋找「奧秘和象徵」，但易卜生本人作過不以為然的解釋，他說自己注意的是「刻畫真實的活生生的人」，並且「時常和海達·高布樂一起散步」，他自己也曾有過「大致相同的經歷」。[35]其實，何止於《海達·高布樂》，在易卜生其他具有象徵色彩的劇作中，也無不內涵著心理現實與社會現實問題。但是，象徵劇涉及社會與個人、理想與現實、男性與女性、社會意志與生命意志等多重關係的廣闊視野，尤其是人性的深層探詢與生命的本質求索，加之含蓄、隱晦的象徵手法，對於喜歡單刀直入解決現實社會問題的五四時期來說，一時顯得難以完全把握，於是，要麼敬而遠之，要麼僅僅取其現實層面予以認同。這樣一來，比起社會問題劇來，象徵劇就顯出一點冷落了。不止於劇本的翻譯，而且舞臺演出更是如此，從五四時期到 40 年代，中國舞臺上始終看不見易卜生的象徵劇。

　　由於新文化運動的精神需求與文學革命的文體建設需要，五四時期形成了易卜生熱的文化景觀。但由於文化背景的差異，易卜生戲劇在五四時期的中國不可能得到與歐洲一樣的認同，即使是最熱的社會問題劇也不例外。在戲劇協社

---

[35]　參照潘家洵譯《海達·高布樂》《題解》，收《易卜生文集》第 6 卷，人民文學出版社版。

上演《娜拉》時，沈雁冰就曾擔心劇作中的細節與複雜的情緒，會被「粗心的觀者」忽略過去，不能領受《娜拉》的全部美妙。他「疑心易卜生的作品要在中國得到普遍的歡迎，或許為時尚早罷？」[36]的確，當時人們只注意女權與個性問題，而對易卜生所著意表現的包括兩性心理差異等幽微的人性深層問題與藝術創造的奧妙，則缺乏深入的體悟。《娜拉》尚且如此，那麼，易卜生的全部劇作，該有多少未解的玄機，該有多大未曾涉足的空間，只能留待後人。

---

[36]　沈雁冰：《譚譚〈傀儡之家〉》，1925 年 6 月 7 日《文學周報》第 176 期。

第五章

兒童文學翻譯

　　在悠久的中國文學史上，先秦文獻裏能夠看到一些生動有趣的寓言故事，也保留了一點淳樸稚拙的童謠，後來的歷代文學中也不乏饒有童心童趣的作品。但是，若就為兒童創作成為普遍性的自覺意識和兒童文學形成一個獨立的文體而言，還要說是始自 20 世紀初葉。現代意義上的中國兒童文學的萌生與成長，與外國兒童文學翻譯有著十分密切的關係。五四前後，安徒生、格林、王爾德、愛羅先珂、小川未明等人的童話，拉封丹、萊辛、克雷洛夫等人的寓言，卡洛爾的《阿麗思漫遊奇境記》、科洛迪的《木偶奇遇記》、亞米契斯的《愛的教育》等兒童文學名著大批地譯介進來；國家與地區涉及丹麥、德國、義大利、英國、法國、荷蘭、俄國、日本、阿拉伯等，種類包括童話、神話、傳說、故事、童謠、寓言、畫書、插圖、兒童詩、兒童劇、音樂故事、科學小說、科學小品等，這些譯介為中國文壇打開了一個新奇絢麗的兒童文學天地，兒童乃至成人從中汲取精神營養和品味審美怡悅自不必說，作家也從中獲得了兒童文學創作的範型和藝術靈感產生的媒質。可以說沒有外國兒童文學翻譯，就沒有中國現代兒童文學。

一、安徒生童話翻譯

　　近代外國兒童文學的翻譯，可以追溯到 1875 年由美國教會學校清心書院在上海創刊的《小孩月報》，這份畫報上譯述了伊索、拉封丹、萊辛等人的寓言。最早的單行本，大概是 1888 年天津時報館的線裝本《海國妙喻》（《伊索寓言》，張亦山譯）。1917 年以前，林紓翻譯中屬於兒童文學或與兒童文學關係密切的作品至少有 11 種，如英國斯尉夫特《葛利佛利葛》（1897 年，一名《海外軒渠錄》，今通譯為斯威夫特《格列佛游記》），《伊索寓言》（1903 年），英國達孚《魯濱遜飄流記》（1905 年，作者今譯笛福；早在 1898 年，就有沈祖芬的節譯本《絕島飄流記》問世），美國包魯烏因《秋燈談屑》（作者今譯鮑德溫，此書中有故事十五篇，其中的《織綿拒婚》、《木馬靈蛇》為荷馬史詩中的奧德賽歸家和木馬計兩個故事）。[1]周桂笙的兩卷《新庵諧譯》（1903 年），集中翻譯了童話和寓言。卷一有《一千零一夜》、《漁者》，節譯自《天方夜譚》；卷二有《貓鼠成親》、《狼羊復仇》等，譯自《伊索寓言》、《格林童話》、《豪夫童話》等書。此外，還有飲冰子（梁啟超）與披發生（羅普）譯法國焦士威爾奴《十五小豪杰》（1903 年，即儒勒·凡爾納《兩年的休假》），魯迅譯儒勒·凡爾納《月界旅行》（1903 年）、《地底旅行》（1906 年），奚若譯《天方夜譚》（1906 年），商務印書館編譯

---

[1]　關於林紓翻譯兒童文學的情況，參照朱自強《中國兒童文學與現代化進程》，浙江少年兒童出版社 2000 年 12 月第 1 版，第 104-111 頁。

所譯《希臘神話》（1907 年），包天笑譯義大利亞米契斯的《馨兒就學記》（即《愛的教育》，1910 年）、法國馬洛的《苦兒流浪記》（1915 年）等教育小說。

上述翻譯可謂「長幼咸宜」，在譯者來說，大多也並非單為兒童而譯。專為兒童編譯、而且頗具規模的，當首推商務印書館 1908 年 11 月開始發行的《童話》叢書。作為叢書總題的「童話」，是一個直接從日語移植過來的概念，其意義較為寬泛，大體相當於五四時期的兒童文學。這套叢書出至 1923 年 9 月（含再版），共 102 種作品，外國作品約佔 63％，其中有《大拇指》、《紅帽兒》、《玻璃鞋》等童話，《三問答》、《木馬計》等神話，《鷹雀認母》、《麻雀勸和》等寓言，《絕島飄流》、《小人國》等小說。編輯者孫毓修，根據不同年齡段的兒童的心智特點，並注意聽取兒童的意見，選擇與之相適應的內容、字數及表述方式。這的確表現出一定的兒童文學自覺意識。但由於傳統的影響，在選擇時偏重教育性和現實性，而對帶有幻想精神的神怪故事有所疏遠，並且每一冊的前面或是結尾，總是加之以各種冠冕堂皇的教訓。趙景深就曾談起過自己幼時對《童話》叢書教訓性的不滿：「兒童對於兒童文學，只覺它的情節有趣，若加以教訓，或是玄美的盛裝，反易引起兒童的厭惡。我幼時看孫毓修的《童話》，第一二頁總是不看的，他那些聖經賢傳的大道理，不但看不懂，就是懂也不願去看。」[2]作品只署編譯者名，不署原作者名，譯作是譯述性質，帶有明顯的

2　　轉引自王泉根評選《中國現代兒童文學文論選》，廣西人民出版社 1989 年 8 月第 1 版。

加工色彩，而且白話裏亦夾雜著文言，編譯中流溢出舊文學的筆調。這樣看來，五四之前的兒童文學翻譯，尚未完全做到以兒童與原著為本位，如此翻譯同完型意義上的兒童文學翻譯顯然還有一段距離。曾經參與過一段編譯工作的茅盾，1935 年回顧說，那時「翻譯的時候不免稍稍改頭換面，因為我們那時很記得應該『中學為體』的。」「『五四』時代的兒童文學運動，大體說來，就是把從前孫毓修先生（他是中國編輯兒童讀物的第一人）所已經『改編』（retold）過的或者他未曾用過的西洋的現成『童話』再來一次所謂『直譯』。我們有真正翻譯的西洋『童話』是從那時候起的。」[3]

　　從翻譯態度到翻譯語體再到譯文語調，最初顯示出兒童文學本色的應該說是周作人翻譯的安徒生童話《賣火柴的女兒》（《新青年》第 6 卷第 1 號，1919 年 1 月 15 日）。原著中小女孩困境中淒美的想像與溫馨的人道主義氛圍，作品的兒童視角與詩性文筆，都被譯者以清新流暢的白話文準確地傳達出來。篇末還簡要地介紹了安徒生童話的創作情況及其特點——以兒童的眼光觀察事物，以詩性筆觸寫出極自然的童話。周作人翻譯《賣火柴的女兒》，並非偶然。一方面，有賴於新文化運動喚起了人的覺醒——其中包括對人性與個性、女性與兒童獨立人格的承認與尊重；另一方面，也與周作人的思想、性格、情趣、知識結構密切相關。他早年即對作為兒童文學源頭之一的民間文學懷有濃厚的興趣，從英譯本《天方夜譚》將阿里巴巴故事譯出，更名為《俠女奴》，

---

[3]　江：《關於「兒童文學」》，《文學》第 4 卷第 2 號，1935 年 2 月 1 日。

發表在 1904 年出版的《女子世界》第 8 至 12 期上，翌年由女子世界社出版單行本。留日期間，受到西方與日本的兒童研究、兒童文學理論與創作的影響，對兒童文學產生了濃厚的興趣。1909 年 3 月出版的《域外小說集》，收有周作人譯淮爾特（王爾德）的《安樂王子》。同年 7 月《域外小說集》第二集出版，末頁登出將陸續出版的篇目預告，其中有懷爾特（王爾德）的《杜鵑》、安兌然（安徒生）的《寥天聲繪》（《無畫之畫帖》）和《和美洛斯壟上之華》（《荷馬墓上的薔薇》）。但由於第一二集銷路不佳，《域外小說集》未能繼續出版，預告也就未能兌現。隨著時間的推移，周作人對於兒童、童話文體與兒童文學獨立價值的認識逐漸加深，1912 年前後，發表《童話研究》、《童話略論》、《兒童研究導言》等文，對兒童的分期及其身心特徵與童話淵源及其分類均有論列。1913 年 9 月在《童話略論》中提及安徒生，1913 年 12 月在《叒社》叢刊第 1 期發表《丹麥詩人安兌爾然傳》，略述安徒生生平及創作簡況，指出安徒生所著「小說傳奇尚多，顧其天才所見，乃在童話小品，今古文人，莫能與競也」。稱讚其第一部童話「取民間傳說，加以熔鑄，皆溫雅美妙，為世希有」；並參照挪威波亞然的《北歐文學評論》，肯定「其所著童話，即以小兒之目觀察萬物，而以詩人之筆寫之，故美妙自然，可稱神品」；「其辭句簡易如小兒言，而文情菲亹，歡樂哀愁，皆能動人。且狀物寫神，妙得其極，其敘鵝鴨相語，使鵝鴨信能人言，殆必爾矣。他如一草一石，一針一帶，亦各具性情，不能相假。」文中談及《小克勞斯與大克勞斯》（亦譯為《貪痴》）、《火

刀匣》（即《火絨匣》）、《醜小鴨》、《公主》、《雪後》、《人魚》、《鸛》、《牧豕人》、《跳娃》、《一莢五豆》、《阿來路克阿亞》（即《鎖眼阿來》）、《無畫畫帖》、《皇帝之新衣》等 13 種，稱安徒生借《皇帝之新衣》「深刺趨時好而熏世論者」，還從《無畫畫帖》中選譯「第十四夜」，以顯其「珠玉」之「異彩」。最後，豔羨歐洲與日本對安徒生的譯介，感嘆「中國尚鮮有知之者」。

　　不知是受到周作人的啟發，還是出於自己的發現，劉半農據《皇帝的新衣》翻譯改寫成《洋迷小影》，在《中華小說界》第 7 期上發表。劉半農在譯者引語中說「是篇為丹麥物話大師安德生氏（1805 年至 1875 年）原著，名曰《皇帝之新衣》，陳義甚高，措辭詼諧」，可見對安徒生的地位與價值有所認識，但把這篇作品歸入「滑稽小說」，卻顯露出編譯者對童話的特質尚乏準確的體認。

　　雖然周作人對安徒生的推介並未喚起廣泛的共鳴，全文照譯的「直譯」尚無市場，他翻譯的安徒生童話《公主》也未見發表，然而，周作人的童話情結難以忘懷。他於 1914 年 1 月在《紹興縣教育會月刊》發表《徵求紹興兒歌童話啟》，徵集兒歌童話。1916 年至 1917 年在《叒社》叢刊第 3、4 期發表的《一簣軒雜錄》裏，除了《荷馬史詩》、《條頓神話》、《英國俗歌》、《日本之俳句》、《日本之盆踴》、《波蘭之小說》、《日本之浮世繪》之外，有《外國之童話》，述及採集編輯自民間的格林童話，「假其舊式，以抒新思」的「文學童話」，如法國陶耳諾夫人、英國鏗斯來、凱洛爾所作，摩陀那爾特寄予神秘主義的《幻景記》，荷蘭亞覃「託

覃思於麗文，淵微曲妙」的《小約翰傳》，法國孟代的《紡輪小話》，英國淮爾特的《榴實之家》、《安樂王子》，「各國童話，靡不自具特色，足以見風物人情，而以俄國之穠厚瑰奇為最」。若論個人影響，「安兌爾然最有名，作書若干卷，各國傳譯殆遍」。接著，又有專門一節《安兌爾然》，為前述《丹麥詩人安兌爾然傳》的摘要，稱其「童話取材，不離天然，蟲言鳥語，莫不可親，至足以涵養童心，進於優美，而教訓所予，尚其次焉」。

　　新文化運動的興起，在給文學帶來劃時代變化的同時，也給安徒生童話乃至整個外國兒童文學翻譯帶來了歷史性的契機。1917 年 2 月，周瘦鵑譯《歐美名家短篇小說叢刊》（中華書局初版）下卷，收有安徒生的《斷墳殘碣》，且有作者簡介與肖像。同年 6 月，孫毓修編譯的《海公主》也由商務印書館推出。1918 年 1 月，中華書局出版了陳家麟、陳大鐙翻譯的安徒生童話《十之九》，收《火絨篋》、《飛箱》、《大小克勞勢》、《翰思之良伴》、《國王之新衣》、《牧童》。1917 年 4 月從紹興來到北京的周作人，近距離受到新文化運動氛圍的濡染，多年的思想準備與知識積累大有英雄用武之地，創造的激情與靈感砰然迸發。當年 9 月，以古希臘諦阿克列多斯的牧歌第十的翻譯及題記（1918 年 2 月 15 日刊於《新青年》第 4 卷第 2 號時題為《古詩今譯》）開始了用白話文翻譯與寫作的歷程。他在書鋪上見到《十之九》後給予高度關注，於同年 9 月在《新青年》第 5 卷第 3 號發表《隨感錄二十四》（收入《談龍集》時改題為《安得森的〈十之九〉》），說「我自認是中國的安黨，見了大為

高興」，但正所謂愛之深恨之切，他對譯書中的錯誤更加不能容忍，一一剔抉。他在文章中，再次表明了對安徒生童話的地位與特點的認識：「他獨一無二的特色，就止在小兒一樣的文章，同野蠻一般的思想上。」他還回顧了自己對安徒生童話的認識過程：「我們初讀外國文時，大抵先遇見格林（Grimm）兄弟同安得森（Hans Christian Andersen）的童話。當時覺得這幼稚荒唐的故事沒甚趣味；不過因為怕自己見識不夠，不敢菲薄，卻究竟不曉得他好處在那裏。後來涉獵民俗學（Folk-lore）一類的書，才知道格林童話集的價值：他們兄弟是學者，採錄民間傳說，毫無增減，可以供學術上的研究。至於安得森的價值，到見了諾威波耶生（Boyesen）丹麥勃蘭特思（Brandes）英國戈斯（Gosse）諸家評傳，方才明白：他是個詩人，又是個老孩子（即 Henry James 所說 Perpetual boy），所以他能用詩人的觀察，小兒的言語，寫出原人——文明國的小兒，便是系統發生上的小野蠻——的思想。」他再次感嘆：「除中國以外，他的著作價值，幾乎沒有一國不是已經明白承認。」

也許對《十之九》譯文的不滿意促使周作人很快譯出了《賣火柴的女兒》，這是周作人自 1913 年介紹安徒生以來第一次完整翻譯其童話，也是中國用白話文原原本本地翻譯安徒生童話的處女作。後來，由於日本、俄國、希臘等國作品翻譯占去了周作人的大量時間，安徒生童話的翻譯在他來說不算多（《皇帝之新衣》收入 1921 年上海群益書社版《域外小說集》），但他為安徒生童話準確生動的中文翻譯開啟了源頭，而且他在多篇文章中對安徒生童話的特點及其在世

界童話中的地位的評價，代表了中國文壇對安徒生童話的認識水平。在 1922 年 4 月 9 日《晨報副刊》上發表的關於童話的信中，他將安徒生與王爾德的童話的差別歸之於「純樸與否」。「王爾德的作品無論是那一篇，總覺得很是漂亮，輕鬆，而且機警，讀去極為愉快，但是有苦的回味，因為在他童話裏創造出來的不是『第三的世界』，卻只在現實上覆了一層極薄的幕，幾乎是透明的，所以還是成人的世界了。安徒生因了他異常的天性，能夠複造出兒童的世界，但也只是很少數，他的多數作品大抵是屬於第三的世界的。這可以說是超過成人與兒童的世界，也可以說是融和成人與兒童的世界。……我相信文學的童話到了安徒生而達到理想的境地，此外的人所作的都是童話式的一種諷刺或教訓罷了。」對其他童話的批評或有不盡公允之處，但對安徒生童話的高度評價不能不說對中國的安徒生翻譯與兒童文學創作確有推動作用。

從小曾是個「孫毓修迷」的趙景深（1902-1984），在南開中學讀書期間，通過《新青年》上周作人的譯介知道了安徒生童話的價值，找來一本英譯本，開始翻譯發表在《少年雜誌》、《婦女雜誌》等刊物。魯迅對安徒生童話相當熟悉，大概也與周作人的影響有關。1921 年 8 月 6 日，他在給周作人的信裏，談到《婦女雜誌》的約稿時，還念念不忘早年擬訂《域外小說集》續集計劃時所預定的《無畫之畫帖》，並希望「此後再添童話若干，便可出單行本矣」。

隨著新文化運動的深入發展，兒童問題越來越被重視，從 1921 年起，報刊雜誌紛紛發表安徒生童話譯文。由於婦

女和兒童的天然聯繫，《婦女雜誌》上發表的安徒生譯文較
多。如學勤譯《玫瑰花妖》（1921 年，7 卷 1 號，另有味辛
譯文載《民國日報‧杭育》）、《頑童》（7 卷 3 號，另有
徐調孚譯文載《民鐸雜誌》6 卷 1 號），紅霞譯《母親的故
事》（7 卷 5 號，另有鄭振鐸譯文載《兒童世界》1 卷 4 號），
趙景深譯《苧麻小傳》（7 卷 6 號）、《鸛》（7 卷 8 號）、
《一莢五顆豆》（7 卷 11 號）、《惡魔和商人》（7 卷 12
號）、《安琪兒》（8 卷 2 號）、《祖母》（8 卷 12 號）、
《老屋》（9 卷 3 號）、《柳下》（10 卷 1 號），伯懇譯《老
街燈》（7 卷 7 號），石麟譯《一滴水》，仲持譯《她不是
好人》（8 卷 3 號），天賜生譯《一對戀人》（10 卷 11 號，
顧均正譯為《情人》，載《時事新報‧學燈》），顧均正譯
《大克勞斯和小克勞斯》（11 卷 1 號）、《夜鶯》（11 卷
4 號），汪延高譯《飛塵老人》（11 卷 2 號）。再如《文學
週報》，有余祥森譯《無畫的畫帖》（76、77 期），徐名
驥、顧均正譯《女人魚》（105-108 期），岑麟祥譯《快樂
的家庭》（120 期），徐調孚譯《雛菊》（135、136 期，1922
年 12 月 31 日《晨報副刊》有 CF 女士譯《雛菊花》），顧
均正譯《荷馬墓裏的一朵玫瑰花》（188 期，濟甫譯文載《民
國日報‧覺悟》），《時事新報‧學燈》有胡天月譯《公主
和豌豆》（1921 年 9 月，另有味辛譯文載《民國日報‧杭
育》）、顧均正譯《襯衫頸圈》，《民國日報‧覺悟》有士
元譯《雪人》、《梨花》，《兒童故事》有嚴既澄譯《蕎麥》，
《兒童世界》有嚴既澄譯《醜小鴨》（3 卷 1 號），《東方
雜志》有胡愈之譯《堡寨上的風景》（13 卷 7 號），《民

眾文藝周刊》有荊有麟譯《王的新衣》（11 號，1925 年 3 月 3 日），《虹紋季刊》有趙景深譯《世界最可愛的玫瑰》、焦菊隱譯《松樹》（1923 年第 1 期）。

1925 年為安徒生誕生 120 周年、逝世 50 周年，五四文壇掀起安徒生譯介熱潮。1925 年 8 月 16 日出刊的《文學周報》186 期，實際上是紀念專號，刊出 5 篇文章：徐調孚《「哥哥，安徒生是誰？」》、顧均正《安徒生的戀愛故事》、趙景深《安徒生童話裏的思想》、徐調孚《安徒生的處女作》、沈雁冰譯《文藝的新生命──布蘭特斯〈安徒生論〉第一節的大意》，此外，還有關於安徒生的 7 幅插圖。

文學研究會的大型刊物《小說月報》給予安徒生以更多的關注。此前有《縫針》（14 卷 5 號）、《拇指林娜》（14 卷 8 號）、顧均正、徐名驥譯《蝴蝶》（14 卷 11 號）、顧均正譯安徒生《凶惡的國王》（15 卷 7 號）、高君箴譯《天鵝》（15 卷 10 號）、桂裕譯《蝸牛與薔薇叢》（16 卷 1 號）、顧均正譯《飛箱》（16 卷 4 號）。

1925 年 8、9 月，《小說月報》第 16 卷第 8、9 號闢為「安徒生號」上、下兩期。西諦在第 8 號《卷頭語》中說：「安徒生是世界最偉大的童話作家。他的偉大就在於以他的童心與詩才開闢一個童話的天地，給文學以一個新的式樣與新的珠寶。他所用的文字是簡易的如談話似的文字。當他動手寫童話之前，先把這童話告訴給小孩子聽，然後才寫在紙上，所以能創出一種特異的真樸而可愛的文體。」從《卷頭語》可以看出，關於安徒生童話文體的體認已經成為五四文壇的共識。「安徒生號」（上）有顧均正的《安徒生傳》、

安徒生自敘性的《我作童話的來源和經過》（趙景深譯）、《安徒生逸事（四則）》（趙景深譯）、《安徒生評傳》（博益生著，張友松譯），安徒生作品有 10 篇：徐調孚譯《火絨箱》、《牧豕人》，傅東華譯《幸福的套鞋》，趙景深譯《豌豆上的公主》、《牧羊女郎和打掃烟囱者》、《鎖眼阿來》、《燭》，西諦譯《孩子們的閑談》，岑麟祥譯《小綠蟲》，顧均正譯《老人做的總不錯》，西諦《安徒生的作品及關於安徒生的參考書籍》，趙景深根據安徒生童話改編的童話劇《天鵝》。「安徒生號」（下）有關於安徒生的傳記與藝術評述：《安徒生及其出生地奧頓瑟》（C. M. R. Petersen 著，後覺譯）、《安徒生的童年》（《我的一生的童話》第一章，焦菊隱譯）、《安徒生童話的藝術》（安徒生《我的一生的童話》第一章，焦菊隱譯）、《安徒生童話的藝術》（勃蘭特著《安徒生論》第一章，趙景深譯）、顧均正《「即興詩人」》、《安徒生童話的來源和系統》（安徒生著，張友松譯），顧均正、徐調孚《安徒生年譜》，安徒生童話有 11 篇：胡愈之譯《踐踏在麵包上的女孩子》，樊仲雲譯《茶壺》，顧均正譯《樂園》、《七曜日》、《一個大悲哀》，西諦譯《撲滿》、《千年之後》、《鳳鳥》，沈志堅譯《雪人》，梁指南譯《紅鞋》，季贊育譯《妖山》。此外，文基譯述的童話《列那狐的歷史》從第 8 號開始連載，還有每期必有的《文壇雜訊》與《最後一頁》，與《小說月報》的其他作家專號相比，「安徒生號」容量更大，可謂純粹的童話專輯。

　　安徒生童話，給予小讀者以充分的尊重，承認他們的獨立人格，認同他們特殊的閱讀需求，這種體現在童話內涵與

文體上的兒童觀，對於中國來說是異常新鮮的，因而，人們對安徒生的熱情並未因誕辰與忌辰的過去而減弱。《小說月報》第 18 卷第 6 號，在《近代名著百種》欄目中，徐調孚仍然撰文介紹安徒生的《童話全集》，稱贊安徒生用向小孩們講述的句法和語調寫童話，善於把歌聲、圖畫和鬼臉潛伏在字裏行間，敘述富於趣味；並且借用戈斯《安徒生傳》裏的話，肯定「安徒生特殊的想像，使他格外和兒童的心思相親近。小兒正如野蠻人，於一切不調和的思想分子，毫不介意，容易承受下去；安徒生的技術大半就在這裏，他能很巧妙的把幾種毫不相干的思想，聯結在一起。」「兒童看人生，像是影戲：忘恩負義，擄掠殺人。單是並非實質的人形。當著火光跳舞時，映出來的有趣的影，安徒生於此等處，不是裝腔作勢的講道理，又敢親自反對教室裏的修身格言，就是他的魔力的所在。他的野蠻思想使他和育兒室裏的天真爛漫的小野蠻相親近。」徐調孚說，「總之，安徒生以『永久的孩子』的資格，擺脫了『成人』的因襲觀念的束縛，而自己創造出他真正的文學的童話，這便是他超越一切別的童話作家的地方。」

安徒生既注意廣泛地汲取民間童話的營養，更充分地發揮自身的創造性。他的童話代表作遠遠超越了民間童話的一些簡單化的模式，在童話所表現的精神內涵與文體的藝術形制及手法上面，都有前無古人的創新。《醜小鴨》、《海的女兒》等篇，其意旨已經進入到個性與人道的終極價值及其相互衝突的深刻層面，有些精神線索在幾十年以後崛起的現代派文學中才見接續。他那諦聽天籟的敏感與悟性，他那多

彩而精妙的詩性筆觸，創造了舒展而靈性的審美境界，讓那些素有偏見的人從此對兒童文學不敢小覷。五四文壇在認識到安徒生童話的兒童本位價值的同時，也意識到了這一文學瑰寶的審美普遍意義。《小說月報》第 14 卷第 5 號（1923年 5 月）上，鄭振鐸便曾就高君箴譯《縫針》發表編後附記，指出「大概他的童話，都是奇幻而富於興趣，而所含的意思又是很深沈的；兒童固然讀之而喜，而同時卻也可以使老人讀之深思」。同卷第 8 號，在 CF 女士譯《拇指林娜》後面，鄭振鐸又稱許這篇作品「文字幽婉而富於詩趣，什麼人讀了都是要為之移情的，好像我們已隨了拇指林娜離了這個穢惡的人間而到另一的美靜的花的蟲的世界裏去。這似乎是安徒生特具的偉大的感動力。」正是這種「偉大的感動力」，帶來了安徒生童話翻譯的豐收。

五四時期結集出版的安徒生童話中譯本，繼陳家麟、陳大鐙譯《十之九》之後，有：

趙景深譯《無畫的畫帖》，上海新文化書社 1923 年 8月初版，1929 年 6 月改題《月的話》由上海開明書店出版。

林蘭、CF 女士合譯《旅伴》，北京新潮社 1924 年 10月初版，收《旅伴》、《醜小鴨》、《牧豕郎》、《小人魚》、《打火匣》、《幸福家庭》、《縫針》、《小尼雪》、《雛菊》、《拇指林娜》、《真公主》等 11 篇，前 5 篇為林蘭譯，後 6 篇為 CF 女士（即張近芬）譯。

林蘭譯《旅伴及其他》，上海北新書局 1925 年 10 月初版，1927 年 8 月再版，收 12 篇，前 11 篇與前書相同，另加一篇《克魯特霍潘》。

　　安徒生總共寫有 170 餘篇童話、14 部小說、800 首詩歌、數十篇遊記、3 部自傳、詩劇及大量書札、日記等。五四時期所譯均為童話與自傳，童話至少在 60 篇以上，名篇基本上翻譯過來。安徒生童話有的借助於民間童話的題材、形象、情節、框架和語言，在此基礎上生發、改造、重構，有的則完全是別出心裁的新創。其中固然有的篇章帶有或濃或淡的教育意味，但最具安徒生特色、也最讓國人感到新鮮而感佩的，是那些充分體察並表現出兒童所特有的「野蠻」思想與觀察視角、切合兒童心理特徵與審美趣味的匪夷所思的作品。拇指林娜上天入地的奇詭歷程，打火匣呼喚怪犬的奇異功能，妖山上光怪陸離的情景，皇帝「穿新衣」而裸行的荒唐可笑，另一個皇帝把金拖鞋掛在夜鶯脖子上的愚昧「賞賜」，小人魚的形體變化、美麗情操與淒楚愛情……這一切讓兒童是怎樣的為之傾心！從五四時期譯本數目較多的一些篇目即可看出這一異文化接受的價值取向，如《豌豆上的公主》（6 種譯本，以下只注數目）、《雛菊》（4）、《荷馬墓裏的一朵玫瑰花》（3）、《火絨匣》（3）、《女人魚》（3）、《快樂家庭》（3）、《牧豕人》（3）、《縫針》（3）、《拇指林娜》（2）《皇帝的新衣》（2）、《大克勞斯和小克勞斯》（2）、《玫瑰花妖》（2）、《飛箱》（2）、《牧羊女郎和打掃烟囱者》（2）。飽含人道主義溫馨的《賣火柴的女兒》，只有一種譯本，這可能與周作人翻譯得較早而且較好有關，但大概也由於人們（包括譯者）更願意從安徒生這裏看到兒童獨特的東西。具有巨大磁性的還有安徒生童話那適應兒童的講述語體。正如安徒生的好友艾・左林的

回憶中所說：「安徒生給乾巴巴的話語注入了生命。他不說『孩子們坐進馬車，然後離父母而去。』而是說『孩子們坐進了馬車。再見，爸爸！再見，媽媽！』鞭子揚起，『駕，駕！』他們出發了。」當這種講述語體與生動美妙的文筆融為一體時，安徒生童話的文體就與其內涵一道生成了非常誘人的審美魅力。

安徒生童話的價值一旦為中國所認識，便引起了持久的熱情。五四時期過後不久，又有多種譯本，如趙景深編輯的《安徒生童話集》，上海新文化書社 1928 年 6 月初版，收《小伊達之花》、《豌豆上的公主》、《柳花》、《堅定的錫兵》、《松樹》、《世界上最可愛的玫瑰》、《自滿的蘋果樹枝》、《鋼筆和墨水瓶》、《跳的比賽》、《雛菊》、《陀螺和皮球》、《火絨匣》、《國王的新衣》、《白鵠》等 14 篇，前面還有《安徒生的人生觀》、《安徒生評傳》。趙景深譯《安徒生童話新集》，上海亞細亞書局 1928 年 9 月初版，收《牧羊女和打掃烟囪者》、《鎖眼阿來》、《豌豆上的公主》、《燭》、《鸛》、《惡魔和商人》、《一莢五顆豆》、《苧麻上的傳》等 8 篇。顧均正譯《夜鶯》，開明書店 1929 年 7 月初版，收《夜鶯》、《領圈》、《玫瑰花妖》、《小克勞斯和大克勞斯》、《情人》、《拇指麗娜》、《飛箱》等 7 篇。

進入三四十年代，上述譯本多有再版，而且仍有多種新譯本問世，如謝頌義譯《雪後》，開明書店 1930 年 5 月初版；顧均正譯《小杉樹》，開明書店 1930 年 8 月初版，收 7 篇；趙景深譯《皇帝的新衣》，開明書店 1930 年 8 月初

版，收 10 篇；徐調孚譯《母親的故事》，開明書店 1930 年
8 月初版收 8 篇；徐培仁譯《安徒生童話全集》（1、2、3
卷），上海兒童書局 1930 年 9 月、1931 年 7 月、1931 年
10 月初版，分別收 6、6、9 篇；趙景深譯《柳下》，開明
書店 1931 年 8 月初版，收 9 篇；顧均正譯《水蓮花》，開
明書店 1932 年 5 月初版，席滌塵譯《安徒生童話集》（上、
下冊），上海世界書局 1933 年初版，共收 10 篇；過昆源譯
《小杉樹》，世界書局 1933 年 5 月初版，收 10 篇；江曼如
譯《牧猪奴》，世界書局 1933 年 5 月初版，收 6 篇；過昆
源譯《雪人》，世界書局 1933 年 6 月初版，收 11 篇；甘棠
譯《安徒生童話》（1、2 冊），商務印書館 1934 年 2 月初
版，共收 8 篇；朱名區譯《雪女》，汕頭市立第一小學校出
版部 1936 年 6 月初版；張家鳳譯述《安徒生童話全集》（上、
下冊），上海啟明書局 1939 年 11 月初版，共收 60 篇；黃
風譯《安徒生童話集》（上、下冊），長春博文印書館 1942
年 6 月初版，篇目、版權頁和書脊題名與前書完全相同；陳
敬容譯《醜小鴨》，上海駱駝書店 1948 年 4 月初版，收 6
篇；范泉據英譯本翻譯縮寫《安徒生童話集》，上海永祥印
書館 1948 年 5 月初版，收 6 篇；陳敬容譯《天鵝》，駱駝
書店 1948 年 7 月初版，收 7 篇。[4]

　　20 世紀上半葉，安徒生童話都是從英文、日文或其他
國家文字轉譯過來的，直到 1955 年才有葉君健直接從丹麥
文翻譯過來的中文本，除了人民文學出版社出版的葉君健譯

---

[4]　另有嚴大椿譯《不死的靈魂》，上海大夏書店 1935 年以前版，據生活
　　書店 1935 年版《〈生活〉全國總書目》。

本之外，還有林樺從丹麥文翻譯的《安徒生童話故事全集》
（中國少年兒童出版社 1995 年 9 月第 1 版）。

二、其他兒童文學翻譯

外國兒童文學猶如浩瀚的海洋，五四文壇一旦確立了兒
童本位觀，認識到兒童文學的特點及其價值，便如饑似渴地
汲取，廣收博取地譯介。鄭振鐸在談到《兒童文學》雜誌的
用稿時就說：「一切世界各國裏的兒童文學材料，如果是適
合兒童的，我們都是要儘量的采用的。」[5] 這段話道出了五
四文壇敞開胸襟迎迓外國兒童文學的態度與實情。

從童話發生學來說，先有世世代代口耳相傳，可以說是
集體創作的無名氏童話，即本色的民間童話；後有經學者採
錄、復述、整理的民間童話，也稱中間狀態童話；再後才有
作家創作的童話。最早結集成書的民間童話故事有兩部，一
部是《伊索寓言》，另一部是《列那狐故事》。歸於希臘人
伊索名下的《伊索寓言》，由耶穌會傳教士於明代末年開始
傳入中國，法國傳教士金尼閣口述、中國傳教士張賡筆記的
譯本《況義》，於 1625 年（明天啟五年）刊行，收寓言 22
則。晚清有嚴培南、嚴璩口述、林紓筆述的《伊索寓言》，
1903 年 9 月商務印書館出版，收 298 則。五四時期，譯文
多散見於報刊，或收入各種集子，如周作人譯《鄉間的老鼠
和京都的老鼠》就收入《兒童劇》。單獨成書出版的只有孫
毓修編譯的《伊索寓言演義》（商務印書館 1915 年初版，

5　鄭振鐸：《第三卷的本志》，《兒童文學》第 2 卷第 13 期。

1917 年再版，收寓言 133 則）。上海世界書局 1933 年 9 月初版楊鎮華譯《伊索寓言》收 311 則，篇數超過了嚴林譯本。

　　《列那狐故事》是中世紀法國民間長篇故事詩，其來源悠遠、廣泛，12 世紀就已經發現一些用拉丁文寫成的禽獸故事詩在歐洲傳播，經過代代相傳，不斷擴充，融會了希臘、羅馬、北歐、日爾曼以及東方諸古國的動物故事，到 14 世紀中葉在法蘭西形成了以列那狐為主人公的長達 10 萬餘行、由 27 組故事連綴成的法文諷刺童話詩。作品裏的主要角色被賦予人格化色彩，鮮明的個性中寓含著濃郁的社會性，昏庸的獅王影射國王，雄狼等強大的動物寓指豪門權貴，雄雞等小動物代表平民百姓，中心角色列那狐則是新興市民階級的象徵。列那狐狡點詭詐，雖然欺凌弱小動物讓人憎其自私殘忍，但敢於反抗強權、勇於爭取權益，卻也令人不敢小覷；尤其是它那足智多謀、懲治對手、化險為夷、絕處逢生的智慧與手段，簡直讓人情不自禁地欽佩，充溢其中的機智與幽默令人忍俊不禁。獅王以正義的名義要處死列那狐，而最後卻成了列那狐借刀殺人的工具，還決定派任列那狐為大元帥，其倒錯悖謬頗具反諷意味。《列那狐故事》的深層意蘊與五四時期反抗強權、個性解放的時代精神有相合之處，加之這隻異域的狐狸同中國傳統文學中或狡猾陰險或善於變作美女以媚惑男人的形象迴異其趣，所以被譯介過來，並受到讀者的喜愛。文基譯述《列那狐的歷史》，《小說月報》第 16 卷第 8-12 號連載，共登 5 期，44 則故事。譯者在正文之前說，自己讀了這部書，「覺得異常的可愛」，「最可愛最特異的一點，便是善於描寫禽獸的行動及性格，

使之如真的一般；還有它引進了許多古代的寓言，如熊的被騙，緊夾在樹縫中，狼的低頭看馬蹄，被馬所踢，等等，而能夠自由的運用，使之十分的生動，也是極可使我們贊美的」。「為取便於中國的兒童計，此書採用『重述』法。但所刪節的地方並不多。」另一種英譯本為了不讓狡猾者得志，竟刪節了三分之二，把結局改作列那狐被處死刑，「大快人心」。文基認為：「編譯兒童書而處處要顧全『道德』，是要失掉許多文學的趣味的。」所以他選擇的翻譯底本，是個故事比較完整的英文本。本期《小說月報》「最後一頁」也稱贊《列那狐的歷史》「是一篇極有趣味的禽獸史詩，其中包含不少古代的寓言，而不見其綴合的縫痕，真可算是一部有趣的大著。」從這部作品的選擇與譯者編者的評價中，可以看出五四時期對兒童文學價值的判斷中，趣味性與知識性佔有重要地位，而道德教訓則屈尊讓位，並且道德標準本身也趨於多元化了。文基譯本，1926 年 6 月由開明書店結集初版印行，插圖 31 幅。此外，還有歌德根據同一傳說創作的《狐之神通》（君朔譯），商務印書館 1926 年 8 月初版。《列那狐故事》與《狐之神通》原文均為敘事長詩，中文本都譯為散文故事。[6]

　　法國拉封丹寓言也有多人翻譯，如《小說月報》從第 17 卷第 1 號開始連載張若谷譯拉風夕納（拉封丹）寓言，

---

[6]　據賈植芳、俞元桂主編《中國現代文學總書目》（福建教育出版社 1993 年 12 月第 1 版，第 697 頁），有李菶通譯 Thorhton W. Bugeso 著《列地狐歷險記》，商務印書館 1925 年 8 月初版，不知是否《列那狐故事》的另一仿作的譯本，因未見書，今存疑。

共 12 期，有《二友人》、《雄雞與愚人》、《貓與黃狼及野兔》、《狼變成牧童》、《牧童與羊群》、《山生子》、《蘇格拉底的話》、《牧牛與蛙》、《獅出征》、《死神與窮漢》、《鳶與黃鶯》、《狂與愛》、《溪流與河水》、《牡狗與他同伴》、《約挪與孔雀》、《兔與鷓鴣》、《雛雞與貓及幼鼠》、《遣往亞歷山大的獸群》、《橡樹與荻蘆》、《獅子老了》、《狼狐聚訟於猴前》、《象與周比特的猴子》、《死神與臨死人》、《大言不慚的遊歷家》、《蟬與蟻》、《婦女與秘密》、《二鴿》、《不忠實的受託人》、《百頭龍與百尾龍》等多篇。徐調孚翻譯的《狐狸和葡萄》（《小說月報》16 卷 12 號），大概就是後來人們常用的「酸葡萄」之說的源頭：

> 一隻狐狸差不多要餓死了，
> 窺伺著架棚上的葡萄，
> 葡萄的外形都已熟透了，
> 穿著他們的誘惑的、赤褐的外皮，
> 他極喜把他們來充饑；
> 但是他不能把他們攫得，
> 因為葡萄生得太高，力不能達，
> 「他們是酸澀的，」他說，「像這樣的東西
> 盡可以給狗吃，如其他們歡喜，」
> ──他這樣的寬慰自己，豈不勝於哀啼？

法國的兒童文學譯本，還有 CF 女士譯孟代童話集《紡輪的故事》，上海北新書局 1924 年 5 月初版，1926 年 3 月再版，1927 年 4 月 3 版，收譯者序、英譯者序、孟代《紡

輪的故事》（包括《睡美人》、《三個播種者》、《公主化鳥》、《鏡》、《冰心》、《致命的願望》、《可憐的食品》、《錢匣》等 14 篇），書末附作者的《失卻的愛字》、格林的《睡美人》及周作人《讀紡輪的故事》等 3 篇論述本書的文章；穆木天譯 A. France（法朗士）長篇童話故事《蜜蜂》，泰東圖書局 1924 年 6 月初版，1927 年 10 月 3 版；顧均正譯保羅・繆塞童話《風先生和雨太太》，開明書店 1927 年 5 月初版；稍後，有戴望舒譯貝洛爾童話集《鵝媽媽的故事》，開明書店 1928 年 11 月初版，收《林中睡美人》、《小紅帽》、《蘭須》、《穿靴的貓》、《仙女》、《灰姑娘》、《牛角的呂蓋》、《小拇指》。

　　中間狀態童話以德國《格林童話》為代表。格林兄弟均為語言學教授，他們把從各種途徑獲得的材料忠實地記錄下來，做了一定的加工整理，但基本上沒有脫離民間童話的範疇。他們對民間童話的採錄、整理、加工與出版，對於繼承與發揚德意志民族文化遺產起到了積極的作用，也促進了歐洲乃至全世界對民間童話的重視、發掘、流傳與利用。正是由於受到格林兄弟的啟迪，周作人等開始注意匯集古代典籍記載的與未經著錄但在民間流傳的童話、傳說，並作為精神啟蒙與文學研究的材料。周作人也曾翻譯格林童話，如《稻草與煤與蠶豆》、《大蘿卜》等。譯本有王少明譯、格爾木兄弟《格爾木童話集》，開封河南教育廳編譯處 1925 年 8 月初版，前有譯者的《格氏兄弟小史》，收《六個僕人》、《苦兒》、《鐵韓斯》、《兄弟三人》、《大蘿卜》、《裁縫游天宮》、《雪姑娘》、《小死衣》、《鬼的使者》、《月

亮》等 10 篇。德國兒童文學還有鄭振鐸翻譯的萊森（今譯萊辛）寓言，初發《小說月報》等刊物，如《驢與賽跑的馬》、《夜鶯與孔雀》、《狼在死榻上》、《獅與驢》、《二狗與羊》、《狐》、《荊棘》、《夜鶯與百靈鳥》、《梭羅門的鬼魂》、《伊索與驢》、《弓手》、《有益的東西》、《象棋中的武士》、《盲雞》、《銅像》、《群獸爭長》、《獅與虎》、《周比特與馬》、《鳳鳥》、《夜鶯與鷹》、《麻雀》、《貓頭鷹與覓寶者》、《米洛甫士》、《赫克里士》、《驢與獅》、《羊》、《仙人的贈品》、《馬與牛》、《鴨》、《麻雀與鴕鳥》、《驢與狼》等。鄭振鐸譯《萊森寓言》，於 1925 年 8 月結集由商務印書館初版，1927 年 1 月再版，收寓言 33 則。

　　義大利也有出色的寓言，達‧芬奇寓言即是其代表。但也許是由於達‧芬奇的藝術成就遮蔽了他的寓言，而伊索寓言、萊森寓言、克雷洛夫寓言的名氣更大，所以對達‧芬奇寓言少有譯介。五四時期影響最大的義大利兒童文學，是夏丏尊翻譯的亞米契斯的教育小說《愛的教育》。在兒童文學中，教育色彩往往與其讀者效應成反比，但《愛的教育》例外。這部作品 1886 年發表後，立即轟動了義大利文壇，頭兩個多月，再版 40 餘次還照樣告罄。到 1904 年，已印 300 版。1913 年，發行量達 100 多萬冊，對於當時只有 3000 萬人口左右的義大利來說，堪稱奇蹟。1910 年，包天笑曾以《馨兒就學記》為題譯過此書。1921 年 5 月 10 日，《文學周報》創刊伊始，就在第 1 號刊出張晉從這部著作中選譯的《仁善的小孩》。1920 年，夏丏尊得到日譯本，這位早已

是二子二女之父，且執教過十餘年的篤厚之人，一邊讀一邊流下了感動與慚愧的淚。為了讓更多的讀者也能從中得到靈魂的淨化，讓愛甘霖普降、滋潤教育園地，他把它由日文、並參照英文本轉譯過來，1923 年先在《東方雜誌》上連載，開明書店 1926 年 3 月初版，1927 年 1 月再版，1928 年 9 月5 版，到 1935 年 11 月，開明書店已經印到 20 版，1949 年3 月修正本出至 19 版。其暢銷程度，連譯者都未曾預料到。1946 年譯者逝世後不久，他的老友王統照說，這部譯著「似乎比二十年來各書局出版白話所譯西洋文學名著的任何一本都銷得多」[7]。除此之外，三四十年代至少還有 7 種中文譯本。這部作品的義大利語原名為《心》，英譯本音譯為《考萊》，下標「一個義大利小學生的日記」；日譯本一種為《真心》，另一種為《愛的學校》；夏丏尊斟酌再三，終以《愛的教育》為題。這部以第一人稱為敘事者的長篇小說，以「我」在四年級一年的學習生活的經歷、見聞、感受為經，穿插幾個長篇故事，表現愛的主題——親子之愛、師生之情、朋友之誼、愛國之情、同情弱者之心，對因犯罪而受過懲罰的真心悔過者人格的尊重，等等。雖是教育小說，但日記體真切地表現了兒童的心理世界與成長過程，穿插的長篇故事或曲折跌宕扣人心弦，或壯烈雄奇蕩氣迴腸，無論是平凡的生活，還是傳奇的故事，博愛的情愫灌注其間，顯得溫潤和煦，更兼義大利的風土人情，平添審美魅力。所以不僅適宜於原作者所預設的 9 歲至 13 歲的兒童閱讀，而且對於大一點的

---

[7]　王統照：《丏尊先生故後追憶》，收夏丏尊《愛的教育》，譯林出版社 1997 年 3 月第 1 版。

少年乃至成人也頗具吸引力。葉至善在《序譯林版〈愛的教育〉》（譯林出版社 1997 年版）中就回顧說，他當小學生時就讀這部小說，把書中的人物作為學習的榜樣；後來當了中學教師，又把這部小說看作教育孩子的指南。這不只是他自己的個案，「《愛的教育》一出版就受到教育界的重視和歡迎，可以說超過了任何一種《教育學》或《教育概論》。」「許多中學小學把《愛的教育》定為學生必讀的課外書，許多教師認真地按照小說中寫的來教育他們的學生。」「有一位王志成先生還作了詳細的記錄，後來寫了一本《愛的教育實施記》，一九三零年由開明書店出版。」社會效應如此巨大，究其原因，主要是新文化運動促進了人道主義的傳播和教育觀念的轉變，《愛的教育》適應了新的時代需求；同時也暗合了中國傳統文化中溫良恭儉讓的價值觀。歷史就是這樣在新與舊的交織錯雜中發展的。今天看來，這部作品也不是絕對沒有問題。譬如每月故事之二《倫巴第的小哨兵》裏，義大利騎兵小隊軍官動員男孩兒上樹瞭望，當他意識到危險，有一種驚恐感襲上心頭時，仍然鼓勵孩子繼續上。敵人的槍彈飛來後，他一邊要孩子下來，一邊還要孩子觀察左邊的敵情，結果孩子中彈犧牲。無論軍人向孩子怎樣表達敬意，獻身是怎樣的光榮，但在當時的情形下，是否一定要一個孩子承受犧牲的風險，今天不是不可質疑的。又如另一個每月故事《佛羅倫薩的小抄寫員》，小主人公五年級學生，只有 12 歲，已上了年紀的父親不僅要完成自己那份早已太多的本分工作，還要幹些謄寫的額外工作，為此他往往要熬到深更半夜。兒子提出替父親抄寫被拒絕後，每夜等父親上

了床他悄悄地抄寫，粗心的父親竟然不知道，反而嚴厲責備因睡眠嚴重不足而身體與學習每況愈下的兒子。過了三個月，父親才知道了真情，稱讚這個「天使般的孩子」——如此壓抑自我，是否值得肯定也應該重新思考。當然，原作產生於義大利民族復興運動的背景下，意在培養品德高尚的「好市民」，以建設現代民族國家，其動機是可以理解的。但以犧牲個體為代價，同個性主義的現代倫理價值形成了尖銳的矛盾。所以，今天的孩子大概很難有二三十年代讀者那樣的熱情。

　　比起《愛的教育》來，另一位義大利人科洛迪的童話《木偶奇遇記》則完全是另外一種風格。《木偶奇遇記》最初在雜誌發表時題名《木偶的故事》，出版單行本時改名《皮諾喬奇遇記》，是 19 世紀教育童話、成長童話的經典，義大利至少銷行 260 個版本，英語譯本至少也有 115 種。主人公的成長過程確有教育色彩，但這個小木偶集調皮、貪玩、倔強、輕信、撒謊、容易狂妄與自尊、義氣、知恩圖報、渴望友情等於一身的矛盾性格，刻畫得栩栩如生，兒童很容易從中體認自我，感到親切，並且領略淘氣的情趣、冒險的刺激和超越的快感，因而這部童話贏得了一代代小讀者的喜愛。也許是由於皮諾喬的放浪無形同中國人喜歡的「乖孩子」標準相差太遠，所以翻譯較晚，直到 1927 年 1 月開始，才有徐調孚譯《木偶的奇遇》在《小說月報》第 18 卷上連載，1928 年 6 月，結集為《木偶奇遇記》由開明書店初版發行。「皮諾喬」（Pinocchio）的義大利語原意是「小松果」，這顆清香的「小松果」在中國的廣為人知，還要說是 20 世紀

後半葉教育空前普及以後的事情，而一旦結識，便永遠珍藏在讀者的童年記憶裏。

　　英國王爾德作為在西方廣有影響的唯美主義代表作家，新文學陣營很早就給予關注。1915 年 10 月，《青年雜誌》創刊第二期就開始連載王爾德喜劇《意中人》，改稱《新青年》後，從第 2 卷第 1 號又開始連載悲劇《弗羅連斯》。1917 年 2 月，陳獨秀在《文學革命論》中呼喚「自負為中國之虞哥左喇桂特郝卜特曼狄鏗士王爾德者」出現。五四時期，王爾德劇作《溫德米爾夫人的扇子》、《莎樂美》等有多種譯本，如前者有《扇》、《遺扇記》、《扇誤》及改編本《少奶奶的扇子》，後者有田漢、陸思安和裴配岳、徐葆炎等譯本。長篇小說《道連・格雷的畫像》、詩歌與散文亦有譯介。

　　王爾德同時也是西方重要的童話作家。1888 年出版的《快樂王子及其他故事集》，收童話《快樂王子》、《夜鶯和薔薇》、《自私的巨人》、《忠實的朋友》、《了不起的花炮》；1891 年推出第二個童話集《石榴之家》，收《少年國王》、《西班牙公主的生日》、《星孩》、《漁夫和他的靈魂》。王爾德童話數量不多，但特色鮮明，以優美的文筆表達對於美麗的精神境界與生活理想的不懈追求，在西方童話中自成一格。童話《安樂王子》早在 20 世紀初就進入了周作人的視野，譯文收入 1909 年版《域外小說集》。到五四時期，隨著兒童文學文體意識的普遍確立，王爾德童話的價值逐漸為人們所認識，翻譯與評介多了起來。穆木天在《新潮》等刊物發表《自私的巨人》等譯文，1922 年 2 月

結集為《王爾德童話》由上海泰東圖書局初版，收《漁夫與他的魂》、《鶯兒與玫瑰》、《幸福王子》、《利己的巨人》、《星孩子》。此外，有鄭振鐸譯《安樂王子》（《兒童世界》第1期）、《少年皇帝》（《兒童世界》第3期）、《自私的巨人》，收入高君箴、鄭振鐸譯述《天鵝》（商務印書館1925年1月初版）；伯懇譯《星孩兒》，《婦女雜誌》第7卷第9號；覺先譯本，《民國日報》；蓮青譯本，1922年5月北京《中華新報》；胡愈之譯《鶯兒與玫瑰》，《東方雜志》第17卷第8號；朱樸譯《利己的巨人》，《東方雜志》第18卷第8號；趙景深譯《馳名的起花》，1922年7月9-12日《晨報副刊》；尺棰（林徽因）譯《夜鶯與玫瑰》，1923年12月1日《晨報五周年紀念增刊》。五四時期之後，由寶龍譯《王爾德童話集》，上海世界書局1932年11月初版，收《西班牙公主的生日》、《漁夫和他的靈魂》之外的7篇。

　　評論與研究方面，有沈澤民的《王爾德評傳》（1921年5月10日《小說月報》12卷5號）、張聞天、汪馥泉的《王爾德介紹》（連載於1922年4月3、4、6、7、8、10、11、13、14、16、17、18日《民國日報·覺悟》）、周作人的《王爾德童話》（1922年4月2日《晨報副刊》）、趙景深的《童話家之王爾德》（1922年7月15、16日《晨報副刊》）等。在西方，王爾德是一個評價上頗有歧異的作家，在中國也不例外。沈澤民的《王爾德評傳》，雖然肯定其「著作在藝術一方面，他那種華美的文采，豐富的想像是有不朽的價值的」，其趣味的敏感與非常的口才勝過蕭伯納，但對傳主的人格──如對唯美主義的刻意招搖與酒醉後

誹謗某侯爵被監禁兩年以及導致他銀鐺入獄的私生活問題等——頗有微詞，「至於他在文字中所表現的享樂主義的傾向和藝術無上主義的僻見，對於世道人心及文學本質上的影響」，也認為「很有討論的餘地」。在他看來，王爾德「是一個個人主義者。缺乏同情的性質使他不能成為『為人生』的藝術家；自我的觀念過強使他成為乖僻的王子」。關於童話，只是說「《安樂王子》是諷刺的短篇神話，很富於社會的同情，而仍不失其為唯美主義者的本色」。這些評價，一方面看得出文學研究會以寫實的手段達到為人生的目的這一文學主張對沈澤民的影響，另一方面也透露出一點這位後來的革命者的思想底色。而作為文學研究會發起人之一的周作人，卻沒有糾纏於對王爾德人格與帶有頹廢色彩的的唯美主義的評價，而是肯定了其詩性童話的另類價值。稍後加入文學研究會的趙景深，在《童話家之王爾德》中，也是正面的評價較多。此文雖然發在「傳記」欄目，但在傳記內容之外，更多的則是翻譯的介紹與評論。除了對王爾德童話的概況、創作動因、原著出版及中文翻譯情況做一通覽之外，對未譯的幾篇，亦介紹了梗概。趙景深認為，王爾德這九篇作品之所以能被稱為童話，只是其文體在故事的連續性、想像的奇詭性、擬聲的使用等方面，頗合於童話體裁，其實內容所表現的並不是兒童的說話，而含有成人的對於社會的哀憐。並且他的文字，多豐麗的辭藻，我們只能把它當作散文詩去鑒賞。文中徵引胡愈之的話說，「他那種奇美的想像，怪異的天才，不可思議的魔力，唯有詩和童話中，最來的明顯，所以我們要研究唯美主義的王爾德，切不可不看他的詩

和童話咧！」穆木天在他所譯的《王爾德童話》上也說王爾德的九篇作品只是童話體的小說，願人拿他當作散文詩去看。如此看來，王爾德的詩性童話特徵得到了五四文壇的準確體認，這對於拓展兒童文學視野、推動中國兒童文學在寬廣的道路上前進無疑是有積極意義的。但是，中國傳統哲學的實踐理性色彩與五四時期的現實主義思潮，使得當時國人對王爾德的認識有所遮蔽或誤解。當時英國對王爾德的道德評價乃至懲處帶有一定的歷史侷限性姑且不論，即以他所竭力張揚的唯美主義來說，也並非盡如五四時期人們所理解的那樣超然物外或者頹廢墮落。實際上，他那「為藝術而藝術」的主張是針對「為金錢而藝術」的觀點提出的，其獨異姿態對於「現代」社會無孔不入的物化與拜金傾向不失為一種救治的方劑。並且，王爾德童話在華美的衣裳下，掩映著指向社會不公、人間不平、自私、卑鄙、殘暴等人性弊端的批判鋒芒，這方面與安徒生童話頗有相似之處。他在談到自己的童話集時就曾表示，他創作童話是「試圖以一種遠離現實的方式反映當代生活」[8]。諸如《自私的巨人》、《快樂王子》、《少年國王》等，王爾德童話每每將美與醜、善與惡、真與偽、大度與狹隘、同情與冷漠、苦難與享樂等加以互襯與對比，在真善美的追求中表達對假惡醜的鞭撻。王爾德童話之所以能夠引人注意，這當是不應忽略的重要原因。

　　另一位英國人卡洛爾（L. Carroll），也是享譽世界的兒童文學作家。他的童話《阿麗思漫遊奇境記》（1865年），

8　轉引自韋葦《外國童話史》，河北少年兒童出版社 2003 年 2 月第 1 版，第 109 頁。

在夢境中展開奇幻的世界。小主人公愛麗斯落入幽長的兔子洞，喝了混合味道的藥，吃了一塊小蛋糕，變得忽大忽小。在這裏，她看見了從未見過的非常可愛的花園，觀察到老鼠、鸚鵡、鴿子、小鷹、渡渡鳥、毛毛蟲、獅身鷹、假海龜、魚僕人、柴郡貓、公爵夫人、梅花士兵、紅心國王們構成的社會。在這個童話世界，怪誕裏每每潛藏著常情，滑稽中時或蘊涵著真理，荒誕不經的想像、強詞奪理的辯白和化解困境的幽默，充滿了童心與童趣，令人忍俊不禁。詼諧幽默的語調，古怪而新鮮的說話方式，穿插其間的文字游戲、打油詩、雙關語等，都賦予作品一種別致的美感。這部童話比王爾德童話問世早，早就風靡英語世界，並且在西方有多種譯本。也許是因為它那匪夷所思的夢境構思與錯落跌宕的表述方式，同中國傳統思維模式、想像空間與表述方式相距太遠，所以介紹到中國要比王爾德童話略遲。而一旦確立了兒童文學文體意識，這一奇書則很快被翻譯並接受。趙元任譯本，上海商務印書館 1922 年 1 月初版，1926 年 6 月第 4 版。到 1949 年，這部童話已重版 17 次之多。三四十年代另有中文譯本至少三種。初譯本由趙元任來承擔，並非偶然。如果不是這位語言學家具有深厚的中西文造詣，恐怕難以完全領悟作品中對於中國人來說顯得過於委婉甚或不無艱僻的文字表達方式。

初譯者趙元任給予此書以高度評價：「我相信這書的文學的價值，比起莎士比亞最正經的書亦比得上，不過又是一派罷了。」初版本問世之時，正值整理國故思潮初興。本來，整理國故是在外來文化的強勢衝擊下，民族文化頑強生命力

的內在要求，文化轉型期對外來影響與民族傳統關係的自行調整。但也使得一些守舊文人仿佛從中看出一點復古的希望，重彈西方的一切先進的東西皆為中國古已有之的老調。在這一背景下，西林在《現代評論》第 1 卷第 16 期發表《國粹裏面整理不出的東西》，書評中說，「這本書原著裏面的好處，是中國國粹裏面整理不出的東西；這東西的口味是中國人一向沒有──或沒有發達──的口味」。「我說中國國粹裏面整理不出的東西，這話讓國粹先生們聽了，一定要罵我武斷，這話也許是武斷了，不過中國國粹裏面整理不出的東西多得很。從黃帝征蚩尤時所用的指南針，我們整理不出無線電來；從諸葛亮用的木牛流馬，我們整理不出摩托車來；所以如果從中國舊有的滑稽，詼諧，聰明，俏皮，諷刺，戲謔裏面整理不出 Humor 來，我想也沒有什麼稀奇。《阿麗思漫遊奇境記》原著裏面最重要的元素，就是 Humor 這東西。」西林高度評價的 Humor，後來經林語堂譯為「幽默」並得到廣泛認可，成為一個漢語新詞。幽默是一種寬厚而不失正義感的心態，一種表面溫暾、實則犀利的眼光，一種含而不露的微笑，一種較深層次的審美。所以，這部童話就不僅贏得了兒童的喜愛，而且也吸引了成年讀者。趙元任在譯序中，注意到此書的幽默特點，指出：「《阿麗思漫遊奇境記》又是一部笑話書，他的意思在乎沒有意思，……中國話就叫不通。不通的笑話，妙在聽聽好像成一句話，其實不成說話，看看好像成一件事，其實不成事體。……要看不通派的笑話也是要先自己有了不通的態度，才能嘗到那不通的笑味兒。」他在譯著的扉頁上引錄孟子所言：「大人者，不失

其赤子之心。」既是對成人讀者群的期待，也流露出對此書魅力的深信。周作人讀到趙元任譯本，稱讚這是一本很好的書，寫出《〈阿麗思漫遊奇境記〉》，推薦給孩子們與童心未泯的大人們。文中說，「在『沒有意思』這一點上，似乎很少有人能夠趕得上加樂爾的了。然而這沒有意思決不是無意義，他這著作是實在有哲學的意義的。」他還進而闡釋道，「對於精神的中毒，空想——體會與同情之母——的文學正是一服對症的解藥。」所以，他向心態尚未完全「化學化」的大人們，尤其是已為或將要為人父母師長的大人們推薦這部作品。他還希望其姊妹書《鏡中世界》也能夠早日問世。1929 年 4 月，程鶴西翻譯的這部續集，由上海北新書局初版印行，遂了卻了周作人的一個心願。英國兒童文學翻譯還有高君箴譯愛特加華士《天真的沙珊》（《小說月報》第 16 卷第 2-6 號連載等。

　　在俄羅斯文學備受青睞的五四時期，其兒童文學自然也受到重視。早在 1899 年 12 月至 1900 年 5 月，就曾被美國傳教士林樂知和伍廷旭翻譯發表過的克雷洛夫寓言（《狗友篇》、《猴魚篇》、《狐鼠篇》，見上海《萬國公報》第 131-136 冊連載的《俄國政俗通考》），此時仍有多篇重譯或新譯在《小說月報》、《小說世界》、《民眾文藝周刊》等刊物上發表。高君箴、鄭振鐸譯述《天鵝》（商務印書館 1925 年 1 月初版），收克萊洛夫寓言《驢子與夜鶯》、《天鵝梭魚與螃蟹》、《箱子》及梭羅古勃童話《獨立之葉子》、《鎖鑰》等。李秉之選譯《俄羅斯名著》（第一集，上海亞東圖書館 1925 年 12 月初版），也收有克雷洛夫寓言《橡樹與蘆葦》與托爾斯泰的《高加索的囚俘》等。

　　托爾斯泰的兒童文學作品，有劉靈華譯《托爾斯泰短篇》，上海公民書局 1921 年 7 月初版，分寓言、印度寓言、雜記三部分，收《老馬》、《首尾分家》、《猴拾豆》、《智羔》、《鼠訪友》、《熊捕盜》等 61 篇；常惠譯托爾斯泰著《兒童的智慧》（初載《晨報副刊》1922 年 7 月 1-21 日，1926 年由上海北新書局結集出版），共 21 篇，如《宗教》、《戰爭》、《慈善》、《祖國和國家》、《愛侮辱你的人》等，以戲劇體的小小說（亦可視為小品）結構，從兒童視角看出成人世界習以為常的一些荒謬可笑之處；唐小圃譯《托爾斯泰兒童文學類編》（商務印書館，前三編未見書）第 4 編《民話》上、下冊，商務印書館 1923 年 7 月初版，收《發遣》、《朝拜聖地》、《蠟燭》、《禍源》等 4 篇民間故事；唐小圃譯《托爾斯泰兒童文學類編》第 5 編《小說》，商務印書館 1923 年 7 月初版，1927 年 7 月再版，收《高加索的俘虜》和《耶耳馬克遠征》兩篇小說。後來，唐小圃還譯有《托爾斯泰寓言》，由商務印書館出版。

　　唐小圃在俄國兒童文學翻譯上頗為活躍，他編譯的《俄國童話集》，規模宏大，共 6 冊，收童話 24 篇，上海商務印書館 1924 年 5 月初版。《文學周報》第 149 期上的《俄國童話集》廣告說：「俄國人民素具強毅卓絕之特性，而俄國的童話便是構成此種特性的材料。唐先生為有名之童話作家，最近更選譯俄國童話二十四篇輯為此集，每篇取材均寓有深意，不僅富有興趣而已。」1925 年 1-7 月，唐小圃還在《小說世界》上發表譯文多篇，其中有鐸米利耶夫寓言 10 篇（9 卷 1 號）、克魯伊洛夫（克雷洛夫）寓言 103 篇（9

卷3號-10卷13號連載）、伊資邁洛夫寓言8篇（11卷2-4號）。俄國兒童文學翻譯還有高爾基的童話《大義》，收周瘦鵑譯《歐美名家短篇小說叢刊》下卷（中華書局1917年2月初版）；胡愈之譯陀羅雪維支《東方寓言集》，開明書店1927年11月初版，收《寓言的寓言》、《喀立甫與女罪犯》、《赫三怎樣落下了褲子》、《錯打了屁股》、《雨》、《豬的歷史》等6篇。魯彥譯俄國馬明西皮雅克著《給海蘭的童話》，狂飆社1927年11月初版，收《長耳朵斜眼睛短尾巴的大膽的兔子》、《小蚊子》、《最後的蒼蠅》、《牛乳兒麥粥兒和灰色的貓滿爾克》、《是睡覺的時候了》。《小說月報》上載有高君箴編譯的俄國民間傳說《白雪女郎》（15卷2號），西諦（鄭振鐸）譯高加索寓言《被騙的狐》、《狐與鷺鷥》（16卷6號），西諦譯高加索民間故事《乞丐》（17卷1號）、《漁夫的兒子》（17卷2號）等。第12卷號外《俄國文學研究》刊有夏丏尊譯、日本西川勉的《俄國的童話文學》，文中評介了枯來（克雷）洛夫的動物寓言，特米托利哀夫的童話《鶯與蛇》、《白鳥與鶯》等，普希金的《漁夫與金色魚底故事》、《薩爾騰王底故事》、《僧侶與其僕底故事》、《死王女與七勇士底故事》、《金色雞底故事》，托爾斯泰的《兩個農夫》、《惡底出處》、《穀倉底鼠蛇底頭與尾》、《盲人與象》（翻新印度故事）等，乞呵夫（契訶夫）的《渴睡的頭》（簡述梗概）、《烟草》，梭羅古勃《發好香的名字》、《翼》、《蠟燭》、《蛙》等。其中《渴睡的頭》、《蛙》等簡述梗概，如《漁夫與金色魚底故事》的梗概：「一個極善良的漁夫，有一天網了一尾黃

金色的魚。魚發出人的聲音，來說：『放了我，謝你很大的代價。』漁夫說：『不要什麼代價。』就把魚放了，回去了。到了家裏和魚婆說起這事。大受婆子的埋怨。婆子先叫漁夫到金色魚那裏去討新的鹽盤來，第二次說要木造小屋，第三次說要想做貴族的夫人，第四次說要做女王。這些要求，都圓滿答應了。後來又要想做了王，叫金色魚來做侍從，到了這裏，他們的地方，依舊變了小土舍了。」梗概敘述之後，作者評論說：「篇中描寫善良漁夫底好心，私欲成魔的婆子底欲心，再夾入五回變化的海描寫，是詩趣很深的作品。」雖然這篇優美的童話詩的審美韻味在梗概敘述中大打折扣，但其主旨倒也如實傳達出來。

　　愛羅先珂在俄國文學史與世界童話史上都算不上名作家，但是，魯迅從日本《讀賣新聞》上江口渙的文章中，瞭解到俄國盲詩人愛羅先珂因同情社會主義而在日本受辱與被驅逐的遭遇，深表同情，遂對他關注起來，開始讀他的作品。1922 年 2 月，愛羅先珂到北京，3 月應邀擔任北京大學世界語教授，在京期間，住在魯迅、周作人共居的八道灣家裏。人未見得是聞人，文也未必是名篇，但魯迅同這位盲人作家敏感而熾熱的博愛之心、激越而深沈的抗爭精神產生了深深的共鳴。他先是翻譯愛羅先珂的童話，邊譯邊在報刊上發表，1922 年 7 月結集為《愛羅先珂童話集》，由商務印書館初版印行。這個集子收魯迅譯《狹的籠》、《魚的悲哀》、《池邊》、《雕的心》、《春夜的夢》、《古怪的貓》、《兩個小小的死》、《為人類》、《世界火災》，還有愈之譯《我的學校生活的一斷片──自敘傳》、《為跌下而造的塔》，

馥泉譯《虹之國》。接著，又翻譯了三幕童話劇《桃色的雲》，1923 年 7 月北京新潮社初版，1926 年上海北新書局再版。魯迅還譯過愛羅先珂的《世界的火災》、《「愛」字的瘡》、《紅的花》、《時光老人》，先在《小說月報》等處發表，後結集為《世界的火災》，商務印書館 1924 年 12 月初版。此外，東方雜誌社還編有愛羅先珂作品集《枯葉雜記及其他》，收胡愈之譯《枯葉雜記（上海生活的寓言小品）》、夏丏尊譯《恩寵的濫費》、《幸福的船》，商務印書館 1924 年 4 月初版。

　　與安徒生童話相比，愛羅先珂童話的構思沒有那樣輕靈飛動，而是顯得相當沈雄凝重；與王爾德童話相比，愛羅先珂童話的色彩沒有那樣斑斕華美，而是顯得有些質實樸拙；與卡洛爾童話相比，愛羅先珂童話的語調沒有那樣詼諧幽默，而是顯得十分嚴肅峻切。愛羅先珂童話帶有典型的俄羅斯色彩──粗獷、雄渾、沈實、厚重。如《狹的籠》，通過動物園籠中老虎的叢林生活回憶與籠中生存體驗的對比，表達對自由的渴望和對奴役的憤懣；《魚的悲哀》描寫鯽魚對命運的恐懼，藉以呼喚愛與和平。愛羅先珂童話創作的預設讀者與其說是兒童，毋寧說是成人；作為童話而言，它也許算不得上乘之作。以魯迅對文學的敏感與造詣，何嘗不知。但他之所以要翻譯，「不過要傳播被虐待者的苦痛的呼聲和激發國人對於強權者的憎惡和憤怒而已，並不是從什麼『藝術之宮』裏伸出手來，拔了海外的奇花瑤草，來移植在華國

的藝苑。」[9]並且，魯迅從愛羅先珂童話緊張而凝重的情境和語調中，確也發現了童話的本質性因素：「我覺得作者所要叫徹人間的是無所不愛，然而不得所愛的悲哀，而我所展開他來的是童心的，美的，然而有真實性的夢。這夢，或者是作者的悲哀的面紗罷？那麼，我也過於夢夢了，但是我願意作者不要出離了這童心的美的夢，而且還要招呼人們進向這夢中，看定了真實的虹，我們不至於是夢游者（Somnambulist）。」[10]不知是出自於個人閱讀的感受，還是啟迪於譯者的提示，有讀者與愛羅先珂產生了強烈的共鳴。1922 年 12 月 14 日至 17 日《晨報副刊》，連載齊天授的評論《讀愛羅先珂的童話》。文中說：「溫柔而近於母性之淚珠結晶的詞句，富於美麗的詩趣的形式，可以說是他的作風的特具的一種性格。……假如中國人尚有淚，我想這幾篇童話，不能不引起青年人們之同情的淚。……我是一個青年──我讀了詩人的作品，他的淚引起我的淚，而且我的生命之園裏的花之葉，受了淚珠之光之照耀，有些活潑的樣子。並且使我知道『淚之文學』，是何等偉大呀！他引著我找了另一個世界，這個世界，不是現實，不是精神，是超出這二個的另一的世界呵！青年們！假如你們有淚，而且讀了詩人之作品淚更多，那麼我希望你們潛藏著；大家起來，聚淚成海，澎湃著，流瀉著，澆可憐的民眾呵！」

　　《桃色的雲》有了更多動物、植物與風雪等自然精靈的參與，而且童話劇的體裁也使其較之《愛羅先珂童話集》裏

---

[9]　1925 年 6 月 16 日作《雜憶》，收《墳》。
[10]　《愛羅先珂童話集·序》。

的作品多了一點靈動之氣。但是，人與其他自然之物的對照結構，仍能清晰地看出作者的社會文化批判精神，年輕土撥鼠追求理想的執著與獻身也分明折射出作者的生命價值取向。魯迅是一位社會責任感十分強烈的作家與思想家，向以思想深邃、鋒芒犀利著稱，連翻譯童話也要選擇充溢著使命感的愛羅先珂童話。但即便是衝鋒陷陣的戰士，也需要哪怕片刻的休息，正如他在《狂人日記》、《阿Q正傳》、《為了忘卻的記念》、《病後雜談》等憂憤深廣的小說雜文之外，也有《鴨的喜劇》、《社戲》、《從百草園到三味書屋》等輕靈活潑的作品一樣，他翻譯的童話中也有不那麼沈重的作品，荷蘭作家望・藹覃的長篇童話《小約翰》即是。

　　還是在留學時的1906年，他在東京神田舊書店，從《文學的反響》半月刊上偶然看見《小約翰》第五章德語譯本，非常神往，跑了兩家書店，沒有這書，託丸善書店向德國去訂購，三個月後得以如願。因為自己愛看，又願意別人也看，於是不知不覺地就想譯成中文。但是，一則為生活而輾轉奔波，為文學事業與思想啟蒙而殫精竭慮，二則德文本翻譯起來有相當的難度。直到1926年7月，在決定離開北京之前，魯迅邀請曾經幫他譯過《工人綏惠略夫》的老友齊宗頤，幫他譯出了草稿。翌年因營救被捕學生無效，魯迅憤而辭去中山大學一切職務。離開廣州之前，整理《小約翰》譯稿，1927年6月14日譯稿「全書具成」。1928年1月由北京未名社初版印行，終於了卻了魯迅這樁二十年的夙願。饒有意味的是這部譯著的翻譯草稿與整理成型，都是在決定離開一地、準備奔赴另一地的間隙完成的，翻譯對於他來說，仿佛戰鬥生活中間的休憩。

　　德文本賽赫博士序文說，這部童話是一篇「象徵寫實底童話詩」。魯迅在《〈小約翰〉引言》裏對這一評價表示認同，並進一步闡釋說它是「無韻的詩，成人的童話。因為作者的博識和敏感，或者竟已超過了一般成人的童話了。其中如金蟲的生平，菌類的言行，火螢的理想，螞蟻的平和論，都是實際和幻想的混合。我有些怕，倘不甚留心於生物界現象的，會因此減少若干興趣。但我預覺也有人愛，只要不失赤子之心，而感到什麼地方有著『人性和他們的悲痛之所在的大都市』的人們。」[11]遠古的傳說、武俠小說與神魔小說都可以說是廣義的成人童話，《小約翰》則是中國傳統文學中未曾見過的富於童心童趣的成人童話。旋兒身材嬌小、苗條、穿著淺藍的衣裳，白的旋花的冠戴在金黃的頭髮上，肩旁還垂著透明的翅子，肥皂泡似的千色地發光。小約翰遇見旋兒，自己跟著變得很小而輕了，能夠抓住旋兒的透明的藍衣，輕易地、迅速地飛上去；能夠在一根蘆幹上爬上去，「安靜地掛在碧綠的蘆幹之間的，葦雀的搖動的窠巢裏睡眠，雖然葦雀也大叫，或者烏鴉報凶似的啞啞著。他在瀟瀟的大雨或怒吼的狂風中，並不覺得恐怖，他就躲進空樹或野兔的洞裏去，或者他鑽在旋兒的小氅衣下，如果他講童話，他還傾聽他的聲音。」小約翰還能夠讓火螢帶路，去野兔的洞裏赴會──蝙蝠倒掛在大堂進口充當裝潢兼報信者，蜥蜴充當司儀，蝦蟆和老鼠站起後腳來高高地跳舞，樹蝸牛與土撥鼠也來湊熱鬧。旋兒藍色的小氅衣，能夠蓋了他自己與約翰，野

---

[11]　最初刊於 1927 年 6 月 26 日《語絲》周刊第 137 期時，題為《〈小約翰〉序》，收入單行本時改題為《小約翰·引言》。

兔主動讓他倆枕著它蒙茸的毛上。野兔會把長耳朵當手巾，用右前爪將它從頭上拉過來，拭乾一滴淚⋯⋯

　　同奇詭的構思與曼妙的意境相諧，文中有朝露般新鮮的比喻，詩一樣的語言與情愫：「於是樹林顯得很疲倦，──它只是還能夠沈思，並且生活在古老的記憶裏。一片藍色的霧圍住它，有如一個夢挾著滿是神秘的絢爛。還有那明晃晃的秋絲，飄泛在空氣裏懶懶地迴旋，像是美麗的，沈靜的夢。」「單在霉苔和枯葉之間的濕地上，這是就驟然而且曖昧地射出菌類的奇異的形象來。許多胖的，不成樣子而且多肉，此外是長的，還是瘦長，帶著有箍的柄和染得亮晶晶的帽子。這是樹林的奇特的夢。」「於是在朽爛的樹身上，也看見無數小小的白色的小幹，都有黑的小尖子，像燒過似的。有幾個聰明人以為這是一種香菌。約翰卻覺得一個更好的：那是燭。它們在沈靜的秋夜燃燒著，小鬼頭們便坐在旁邊，讀著細小的小書。」如此新奇美麗的形象世界，蘊涵著多重意味。如小約翰與旋兒、榮兒、穿鑿的結識，其實是一個人從童年到青年再到中老年的生命歷程。兒童天真純潔，希望並相信世間一切都是美麗無瑕的；青年充滿了生命活力，渴求熾烈的愛情；中老年世事洞明，領略到人間的諸多不如意。穿鑿雖口惡，但揭示了人間真實的醜惡：貌似可愛的微笑背後，可能潛藏著虛浮、嫉妒、無聊、誆騙和作偽。再如作品對成人世界的某些價值體系提出質疑，打破人類中心主義的一統天下，還自然以與人類平等的主人地位──「女人們手裏拿著籃子和傘，男人們頭上戴著高而硬的黑帽子。他們幾乎統是黑的，漆黑的。他們在晴明的碧綠的樹林裏，很顯得特殊，

正如一個大而且醜的墨污，在一幅華美的圖畫上。」「灌木被四散衝開，花朵踏壞了。又攤開了許多白手巾，柔順的草莖和忍耐的霉苔是嘆息著在底下擔負，還恐怕遭了這樣的打擊，從此不能復元。」「雪茄的烟氣在忍冬叢上蜿蜒著，凶惡地趕走它們的花的柔香。粗大的聲音嚇退了歡樂的白頰鳥的鳴噪，這在恐怖和忿怒中唧唧地叫著，逃向近旁的樹上去了。」歌聲嚇跑了烏鴉、野兔。旋兒說那蒼白男人：「凡他所說的，都是謊。」那男人說：上帝為了他們的聚會，使太陽這樣快活地照臨。唱歌之後，人們從籃子、盒子和紙兜裏，拉出各種食物——麵包、香橙、瓶子，攤開了許多紙張。旋兒召集他的同志們——蠅、胡蜂、蝦蟆、青蟲、螞蟻、十字蜘蛛，聯手進攻這宴樂的團體。於是，男人們和女人們都慌忙從壓得那麼久了的霉苔和小草上跳起來，最後狼狽地退走，留下了一堆紙、空瓶子和橙子皮，「當作他們訪問的無味的遺踪。」有些人還要惡得多，壞得多——「他們常常狂躁和胡鬧，凡有美麗和華貴的，便毀滅它。他們砍倒樹木，他們的地方造起笨重的四角的房子來。他們任性踏壞花朵們，還為了他們的高興，殺戮那凡有在他們的範圍之內的各動物。他們一同盤據著的城市裏，是全都污穢和烏黑，空氣是渾濁的，且被塵埃和烟氣毒掉了。他們是太疏遠了天然和他們的同類，所以一回到天然這裏，他們便做出這樣的瘋癲和凄慘的模樣來。」這些描寫簡直就是作者對踐踏自然的現代社會弊端的揭發與指斥。「在人類裏忍受著你的無窮的悲哀，煩惱，艱窘和憂愁。每天每天，你將使你苦辛，而且在生活的重擔底下嘆息。他們會用了他們的粗獷，來損傷或窘

迫你柔弱的靈魂。他們將使你無聊和苦惱到死。」這對自然的哀憐之中其實也隱含著對人類自身的憫恤。「一個不可解的，不能抗的衝動，就引著人類向那毀壞，向那警起他們而他們所不識的大光的幻像那裏去。」這分明是對人類的警告。約翰為自己生在人類而自慚形穢，傷感哭泣。旋兒勸慰他可以永遠和她在一起，在最密的樹林裏盤桓，在曠野和森林上、遠方的陸地和海面上飄泛，穿著蜘蛛織成的帶翅的絲衣，靠花香為生，在月光下和妖精們跳舞。這又是人類與自然和諧相處的美好前景。《小約翰》從一定意義上說，是一部關於選擇的童話──選擇什麼樣的生活態度，選擇什麼樣的生存方式，選擇什麼樣的發展前景。作者早 1887 年就發表了如此美麗寓含深刻的童話，可見其高度的敏感與深邃的洞察。魯迅之所以對它「一見鍾情」，二十年之久難以忘懷，翻譯出來才於心寬慰，恐怕不僅是喜愛它的童心童趣，更是緣於深層意味的強烈共鳴吧。五四時代思潮對傳統文化表現出壓倒優勢的態勢，但在兒童文學翻譯的世界裏，則和老子的「道法自然」、萬物和諧思想、莊子的物我一體、安時處順的思想獲得認同與回歸。

　　近代以來，在西方的影響下，日本思想界、文學界「人」的意識和與此密切相關的「兒童」意識逐漸確立，因而日本古代非自覺狀態的兒童文學，得到重視、搜集與整理。五四文壇注意到這一動向，予以翻譯介紹。如周作人發表在 1923 年 2 月 11 日《晨報副刊》的《歌咏兒童的文學》，介紹了日本高島平三郎從短歌、俳句、川柳、俗謠、俚諺、隨筆中編選的關於兒童的篇章、竹久夢二作畫的《歌咏兒童的文

學》，文中譯介了清少納言《枕之草紙》記「可愛的事物」時說及兒童的《瓜子臉的小孩》等。其中有：「留著沙彌髮的小孩，頭髮披在眼睛上邊來了也並不拂開，只微微的側著頭去看東西，很是可愛。」又如《小說月報》第 18 卷第 4 號載有謝六逸《日本傳說十種（附解說）》。再如《小說世界》第 15 卷（1927 年 1-6 月）載有查士元譯日本童話《鼠之嫁女》（第 7 期）、《雄鹿占夢》（第 10 期）、民間傳說《一寸法師》（第 9 期），日本五大傳說《桃太郎》（第 16 期）、《切舌鳥》（第 17 期）、《猴蟹之戰》（第 18 期）、《開花老祖》（第 19 期）、《劈啦山》（第 20 期）。再如鄭振鐸據日本古代神話故事《竹取物語》譯述的《竹公主》，商務印書館 1927 年版，收《月宮》、《五公子》、《釋迦之石鉢》、《寶玉樹枝》、《火鼠衣皮》、《燕巢裏的貝殼》、《龍珠》、《富士山之烟雲》。

　　近現代日本兒童文學的翻譯量更大。如《小說月報》就有張曉天譯秋田雨雀童話《佛陀的戰爭》（15 卷 7 號）、童話劇《牧神與羊群》（15 卷 11 號），秋芸譯、木村小舟《兔兒的衣服》（16 卷 11 號），蘇儀貞譯、益田甫四幕童話劇《循環爭鬥》（《小說月報》16 卷 10 號）等。《佛陀的戰爭》敘寫古代印度甲乙兩國為爭一座小山戰爭連綿不斷，死傷無計其數，幾千年的大樹化為灰燼，鬱鬱蔥蔥的青山變成不毛之地，兩國田野全部荒蕪，傷殘孤寡，貧弱不堪，而小山仍是歸屬不定。直到一位僧人到兩國苦口婆心陳說利害，兩國才化干戈為玉帛，若干年後，山復泛青，鄰邦如兄弟一般和諧相處。秋田雨雀是一位社會色彩頗濃的作家，這

篇作品文體是童話，但恐怕更適宜於成人閱讀。《循環爭鬥》倒是童趣十足的作品，蒼蠅、蜘蛛、螞蟻、蜉蝣，幾種小動物之間形成一個生物鏈。它們各自為了一己的生存，有狡猾，有爭鬥，有自得，有失落，民間諧趣中糅合了一點進化論，兒童視野裏帶有幾分喜劇色彩。

　　童話文學史專家一般認為，如同安徒生的童話創作代表了童話的現代自覺一樣，小川未明的童話創作標誌著日本兒童文學自覺意識的確立，也代表了 20 世紀上半葉日本兒童文學的發展水平。小川未明一生寫了童話 780 篇，《童話全集》有 12 卷，僅在 20 年代出版的童話集就有《紅蠟燭和人魚故事》（1922 年）、《巧克力天使》（1924 年）、《小川未明選集》（1925-1926 年）、《野玫瑰》、《玻璃宮殿》（1929 年）等。五四時期翻譯得最多的日本兒童文學就是小川未明的創作，而張曉天當屬最重要的譯者。他的譯文最初散見於《小說月報》上，如《蜘蛛與草花》（15 卷 2 號）、《種種的花》、《懶惰老人的來世》（15 卷 6 號）、《教師與兒童》（16 卷 1 號）、《小的紅花》（16 卷 11 號）、《魚與天鵝》（16 卷 12 號）等。張曉天譯小川未明童話 30 年代始結集出版，如《紅雀》、《魚與天鵝》，上海新中國書局 1932 年 1 月初版；《雪上老人》，新中國書局 1932 年 9 月初版。其他譯者也參與小川未明作品的翻譯，如《文學周報》上有姜景苕譯小川未明《赤魚與小孩》（第 167-168 期，1925 年 4 月 6、13 日）、《花與少年》（197 期，1925 年 10 月 31 日）等。30 年代出版的幾種日本童話集就收有小川未明作品，如孫百剛輯譯《先生的墳》（開明書店 1932

年 1 月初版）、許亦非輯譯《現代日本童話集》（現代書局
1933 年 11 月初版）、錢子衿編譯《日本少年文學集》（兒
童書局 1934 年 6 月初版）等。

　　小川未明的童話本真的童心與濃郁的詩意渾然一體，描
摹自然與刻畫心理細緻微妙，真切的自然畫面中氤氳著浪漫
或神秘的氣氛，清新、親切的感受與聯想中流溢出深摯的生
命之愛與淡淡的人生哀愁，個性十分鮮明。如《蜘蛛與草
花》，蜘蛛以替草花清除蚊蠅為由在小草花身上織網，其實
不過是要滿足一己的私欲，最後險些將草花最要好的朋友蝴
蝶粘住，等蝴蝶再來看望草花時，可憐的小草花已經枯死。
這一篇表現纖弱的生命也有自己的價值，也有自己之所愛與
所憎；強者以幫助弱者為名實際上是為其自己謀取私利，最
後受傷的還是弱者。又如《種種的花》，篇中的堇花聽到小
鳥的鳴囀而想瞻仰鳥兒的風采，可是失望而終；木瓜花嚮往
蝴蝶也終於未能見到便凋落；蒲公英花雖說有幸與美麗的蝴
蝶談笑玩耍，可是當大馬走來，蝴蝶獨自飛去，而蒲公英花
遭受踐踏的厄運。這一篇表現希望的難於實現與生命的無
常。再如《小的紅花》，生長在懸崖中部岩蔭裏的撫子花，
面前是茫茫的大海，底下是洶湧的波濤，白刃般的碎沫飛濺
吼叫，蜜蜂不來，蝴蝶不來，撫子花不堪寂寥孤淒。一隻迷
路的蝴蝶來到這裏，給撫子花講曠野上群芳繽紛、蜂蝶飛舞
的情景，撫子花愈加煩惱。一隻小鳥飛來說：「你是頂幸福
的花呀！不必那樣煩惱！」撫子花以為小鳥不過是因憐憫而
來安慰她罷了，仍舊寂寞度日。海風冷了起來，但撫子花有
山崖可以背風，比別處暖和，所以還是青枝綠葉。從前來過

的那隻蝴蝶又來這裏，一副悲慘落魄的樣子，告訴她，在暴風的摧折下，百花凋零，蝴蝶死的死，傷的傷。夜晚，懸崖上也冷了起來，翌日清晨，這只蝴蝶氣絕墜落，撫子花焦躁萬分，期盼太陽快來照臨。童話篇幅不長，但撫子花的生存體驗描寫得細緻入微。在這些篇章裏，流露出日本傳統審美心理──「物の哀れ」（對自然萬物生命的深切愛憐與幽幽感傷）──的底蘊，同西方兒童文學的風格迥異其趣。

　　東方兒童文學的翻譯以國別論，較成規模的除了日本之外，就是印度。泰戈爾的兒童詩童心純真、風格清新，是「泰戈爾熱」的重點，其盛況前面已有評介，在此不再贅述。印度寓言也受到重視。《小說月報》第 15 卷第 11、12 號連載西諦翻譯的 48 篇《印度寓言》，譯者在譯文前的按語中說：「印度是寓言的最初發源地；被稱為寓言之父的希臘的伊索有人以為他是很受印度的影響的。流傳於中國的印度寓言曾有《百喻經》的一種，其中有許多很好的寓言。現在我再把這幾十首介紹近來，在這幾十首裏面，有許多是極機警可愛的，有許多是含意極深的諷刺──雖然寫作於許多年代之前，卻還好像是正對著現代的人而發的。我個人很愛他們。」這批寓言譯自英譯本，有《猴與鏡》、《群獸的大宴》、《藍狐》、《蛇與鸚鵡》、《井中的盲龜》、《劍與剃刀及皮磨》、《二愚人與鼓》、《體質好的與體質壞的》、《狐與蟹》、《象與猴》、《麻雀與鷹》、《鼓與兵士》、《狐與熊》、《聰明人與他的兩個學生》、《貓頭鷹與烏鴉》、《烏鴉與牛群》、《孔雀、鵝與火雞》、《鐵店》、《虎與兔》、《隱士與他的一塊布》、《孔雀與狐狸》、《富人與樂師》、《聰

明的首相》、《幸運仙與不幸仙》、《貓頭鷹與他的學校》、《蟲與太陽》、《鳶與烏鴉及狐狸》、《貓頭鷹與回聲》、《騾與看門狗》、《海與狐狸及狼》、《獅與少獅》、《群豬與聖者》、《四隻貓頭鷹》、《獅及說故事的狐狸》、《國王與滑稽者》、《伐樹人與樹林》、《狼與山羊》、《主人與轎夫》、《公羊與母羊及狼》、《聖者與禽獸》、《烏鴉與蛇》、《獸與魚》、《農夫與狐狸》、《幸運的人與努力的人》、《鷺鷥與蟹及魚》、《愚人與熱病》、《蓮花與蜜蜂及蛙》、《獅與象》。後來，西諦又從《百喻經》中翻譯印度寓言，同樣刊登在《小說月報》上，有《雇請陶器匠》、《斫樹取果》、《治禿》、《氈與駝皮》、《僕人守門》、《五人共使一婢》、《樂工》（16 卷 6 號），《愚人與牛乳》、《愚人食鹽》（16 卷 10 號）。《文學周報》第 290 期（1927 年 11 月 13 日）也有顧均正譯印度披爾派寓言《老鴉狐狸與蛇》。

　　科普作品與科學小說，其對象雖然不止於兒童，但兒童是其基本讀者群，因而往往被納入兒童文學史範疇。五四時期的外國文學翻譯中，科普作品與科學小說也佔有一定的比重。1917 年 1 月至 4 月，《學生雜誌》連載茅盾據英國科幻小說家威爾斯的《巨鳥島》譯寫的《三百年後孵化之卵》。此後幾年間，《學生雜誌》上又刊出茅盾獨自譯寫的科幻小說《二十世紀後之南極》，與其弟沈澤民合譯的科幻小說《兩月中之建築譚》（美國洛賽爾・彭特作）、科學小說《理工學生在校記》等。法國昆蟲學家法布耳的十卷《昆蟲記》（1879 年至 1910 年出版），對昆蟲的生活狀態與生存本領做了生

動的描寫與精闢的闡釋。這部巨著在世界範圍內廣有人緣，兒童尤其喜歡。周作人1923年1月26日在《晨報副刊》發表《法布林昆蟲記》，稱讚法布耳「用了觀察與試驗的方法，實地的記錄昆蟲的生活現象，本能和習性之不可思議的神妙與愚蒙」，敘述「又特別有文藝的趣味，更使他不愧有昆蟲的史詩之稱」，因而「希望中國有人來做這翻譯編纂的事業」。同年6月25日，他翻譯的法布耳《愛昆蟲的小孩》，發表在《婦女雜誌》第9卷第9號上。8月，他又在《晨報》連續發表《昆蟲記》譯文《蝙蝠與癩蝦蟆》（4日）、《蜂與蟻》（7日）、《蜘蛛的毒》（25日）。魯迅在1925年4月24日《莽原》周刊第1期上發表的雜文《春末閒談》中，徵引法布耳《昆蟲記》第1卷裏關於細腰蜂（節腹泥蜂）用神奇的毒針麻痺青蟲給幼蜂作食料的內容，來比喻人世間的精神麻痺術，批判愚民文化。1925年3月29日，在寫給徐炳昶的信中談到思想啟蒙時，仍然念念不忘法布耳。他說，思想啟蒙當從知識份子開始，而「要看皇帝何在，太妃安否」的民眾，則「俟將來再談。而且他們也不是區區文字所能改革的」。「單為在校的青年計，可看的書報實在太缺乏了，我覺得至少還該有一種通俗的科學雜誌，要淺顯而且有趣的。可惜中國現在的科學家不大做文章，有做的，也過於高深，於是就很枯燥。現在要Brehm（勃萊姆，德國動物學家——引者注）的講動物生活，Fabre（法布耳——引者注）的講昆蟲故事似的有趣，並且插許多圖畫的」[12]。從1924

---

[12] 收《華蓋集》。

年起，魯迅就通過各種方式陸續購置《昆蟲記》十餘次，現存魯迅藏書中，《昆蟲記》僅日譯本就有三種。生命的最後一年，他還從歐洲郵購英譯本，計劃與三弟周建人合譯出來，可惜未能如願。周氏兄弟的夙願到了 30 年代始漸次得以實現，陸續有《法布林科學故事》、《昆蟲故事》、《昆蟲記》等節譯本面世，至於十卷中文全譯本則是 2001 年才由花城出版社推出的。

　　李小峰據英譯本翻譯的丹麥愛華爾特科學童話《兩條腿》，先在《晨報副刊》上連載，後由北新書局於 1925 年 5 月初版，1927 年 12 月印行第 5 版。這個譯本得到了周氏兄弟的大力支持，魯迅用德譯本校改過，周作人為之作序。《兩條腿序》充分肯定了這部科學童話的價值：「自然的童話妙在不必有什麼意思，文學的童話則大抵意思多於趣味，便是安徒生有許多都是如此，不必說王爾德等人了。所謂意思可以分為兩種，一是智慧，一是知識。第一種重在教訓，是主觀的，自勸戒寄託以至表述人生觀都算在內，種類頗多，數量也很不少，古來文學的童話幾乎十九都屬此類。第二種便是科學故事，是客觀的；科學發達本來只是近百年來的事，要把這些枯燥的事實講成鮮甜的故事也並非容易的工作，所以這類東西非常缺少，差不多是有目無書，和上邊的正是一個反面。《兩條腿》乃是這科學童話中的一種佳作，不但是講得好，便是材料也很有戲劇的趣味與教育的價值。」誠如周作人所說，《兩條腿》是講人類生活變遷的童話，提供了豐富而生動的文化人類學知識：人類從生育、撫養到教育的生命過程，從採集到狩獵再到農耕的生產方式，從樹居

到穴居再到地面上築屋居住的生活方式，從利用天然工具到製造工具，從茹毛飲血到學會用火，從與狗、牛、馬等建立互利共存關係到對無辜動物的濫捕濫殺。因而可以看作文化人類學的兒童文學讀物。這部童話的特色還在於把人類作為自然界的一種動物——當然是高級動物——來寫，在這個意義上說，《兩條腿》是一篇本色的動物故事。「普通的動物故事大都把獸類人格化了，不過保存他們原有的特性，所以看去很似人類社會的喜劇，不專重在表示生物界的生活現象」；而《兩條腿》則「把主人公兩條腿先生當作一隻動物去寫，並不看他作我們自己或是我們的祖先，無意有意的加上一層自己中心的粉飾。……寫人類生活，而能夠把人當作百獸之一去看，這不特合於科學的精神，也使得這件故事更有趣味。」

　　《兩條腿》中譯本有一個饒有意味的小引《童話的故事》，為德譯本所無，而英譯本有，大約是英譯者麥妥思所加，李小峰把它一並翻譯過來：許多年以前，真理忽然躲開了世界。人民察覺時，大為驚恐，立刻派出五個聰明人去尋覓真理。十年之後，各自回來，每個人都大叫真理已被他們找到了。第一個人說是科學，第二個人說是宗教，第三個人說是愛情，第四個人說是金錢，第五個人說是酒。五個聰明人開始互相攻訐、以至毆打。正在打得不可開交、遠方的人們為真理已裂成碎片而悲嘆時，一位小姑娘跳躍而來說，她尋到真理了——真理正坐在世界的中央，在一片碧綠的草地裏。大家跟隨而去，見到碧綠的草地裏，確實坐著一個人，他的額上極光純，像是不知道罪惡似的；他的眼光深沈而嚴

屬，像是深知全球的心；他的嘴張著，現出最愉快的笑容，但又深藏著悲哀，非筆墨所能形容。他的手像母親的一般柔軟，又像君主的一般強壯，他的足緊踐地上，然而不致踏碎一朵花。他還有大而柔軟的翅膀，像晚間飛翔的鳥兒。他發出響亮的聲音喊道：「我是真理！」人們認出這人原來是童話。儘管五位聰明人帶著他們的信徒繼續戰爭，直到震動地球的中心，但是，有智慧的老者，有熱誠的青年，有慈愛的女性，更有整千整萬大眼的兒童，都留在了「童話」所在的草地上。顯然，這是在拜物教與科學萬能思想流行的背景下，對童話價值的體認與強調。童話的確揭示了一些不願為人們所承認的真理。《兩條腿》在講述人類歷史的過程中，對人類自我中心、無限擴張的趨勢就表示出深切的擔憂，對人類僅僅為了自己的審美——頭上插鳥羽——而傷害鳥的行為，以鳥的名義進行批評，以獅子的口吻批判人類為了自己而奴役其他動物。「饑餓不知法律。」倘為生存，相噬是可以理解的——動物界生存法則的默認，而如果不是如此，僅僅是為了滿足無限擴張的欲望或宣泄無來由的仇恨，就傷害、甚至殘害其他動物。則是不能認同的。最後，被關進籠子裏的獅子威風不減的怒吼與對哈巴狗的鄙夷，多少有一點倡導個性尊嚴與批判奴性的深層意味。

與《兩條腿》相類的譯著還有杜伯的長篇兒童故事《巢人》，講述人類巢居時代的生活情況。鄭振鐸在前記中也高度評價這種書對於兒童的價值：「一方面是給他們以故事的趣味，一方面是給他們以科學的知識。而對於中國素未受科學洗禮的兒童尤有重大的價值。」鄭振鐸執筆譯述並在他主

持的《兒童世界》第4卷連載，後鄭振鐸調離，由該刊編輯
何其寬續譯，1924年由商務印書館出版時改名為《樹居人》。

　　五四時期的外國兒童文學譯介還有許多，僅《小說月報》
15、16、17卷就有西諦譯Mrs.Eiiza Lee Fellen的兒童詩《停
著呀，停著呀，可愛的水》（15卷3號），高君箴譯《奇
異的禮物——北歐的神話》（16卷1號），徐調孚譯挪威民
間故事《為什麼熊是短尾巴的》（16卷4號），紉秋女士
譯M. H. Wade著印度的神仙故事《惡漢樂斯和三個火堆》
（17卷1號）等。《文學周報》上也多有刊載，如CF女士
譯法國Theo Phile Gansier童話《夜鶯之巢》（第109-110期），
何小旭譯荷蘭故事《傷心的狐》（第260期），均正譯《狐
狸做牧童》（第262、263期合刊）、等。另外，如《民眾
文藝周刊》第9號，刊出江震亞譯Frearick Dielman的兒童
小說《蒂姆的鴿子》，《小說世界》第11卷第5-7期連載
唐小圃轉譯海木尼節魯寓言10篇等。京報附設之第四種周
刊《兒童》第1-49期，除了第27期為表現「五卅慘案」的
「滬案特刊」以及另外兩期之外，每一期都有兒童文學的翻
譯，有的多達5篇，幾近二分之一。共約80餘篇次，有兒
童文學理論，如日本高木敏雄的《童話的研究》第九章《童
話裏的滑稽趣味》，有童話名篇，如安徒生的《醜小鴨》，
格林的《雪兒》（即白雪公主），王爾德的《誠實的朋友》，
吉卜林的《象的孩兒》，還有古希臘神話故事，如《太陽之
神阿波洛》等。從這個刊物上外國兒童文學的譯者——馥
琴、子美、庸揆、築夫、子書、傅倩予、陳永森、隋樹桂、
李健吾、耿文濂、張蕙之、翁麟聲、楊令德、陳永澤、張希

濤、正璧、陶秉衡等——來看，並非只有名家參與這項工作，
兒童文學翻譯已經成為許多人積極參與的一項事業。

　　兒童文學翻譯取得了顯著的成績，從結集出版的情況也
可見一斑。《文學研究會叢書》共 107 種，其中譯著 61 種，
含童話翻譯與改編 5 種。徐調孚為世界書局主編了一套「世
界少年文學叢刊」，包括安徒生、保羅·繆塞、薩克萊、史
蒂芬生等人的兒童文學名著與挪威、印度的民間故事。據不
完全統計，1917-1927 年，結集出版的兒童文學譯作，有孫
毓修等人的童話編譯 12 種，忠實於原著的翻譯或譯述在 27
種以上。[13]此外，有些兒童文學集子兼收創作與翻譯，如葉
紹鈞、徐志摩等著譯《牧羊兒》（上海商務印書館 1925 年
4 月初版），除了葉、徐等人的童話創作之外，就收有曉天
譯小川未明童話《蜘蛛與草花》、《種種的花》、《懶惰老
人的來世》，安徒生童話《凶惡的國王》（顧均正譯）、《拇
指林娜》（CF 女士譯）、《蝴蝶》（徐調孚譯）；《現代
文學類選》（上海世界書局 1926 年 9 月初版），除了泰戈
爾、吉卜林、托爾斯泰、葉聖陶等人的小說、武者小路實篤、
郭沫若等人的戲劇、胡適等人的詩歌、梁啟超、蔡元培、周
作人等人的散文之外，還收有愛羅先珂、小川未明等人的童
話 4 篇。有些譯文集所收作品包括兒童文學，如周作人《點
滴》（北京新潮社 1920 年 8 月初版），收安徒生《賣火柴
的女兒》；東方雜誌社編《近代英美小說選》（商務印書館
1924 年 4 月初版），收王爾德的《鶯和薔薇》、《巨漢與

---

[13] 1921 年，中華書局出版由徐傅霖（卓呆）主編的《世界童話》，多達
50 種。

小孩》；又如李簡譯英國極姆斯包爾文著《泰西三十軼事》，常州華新書社 1925 年 5 月初版，收西洋歷史故事、名人軼事、童話、寓言等。

除了作品翻譯之外，還有一些經典與新作的介紹。前者如《小說月報》第 17 卷分九期連載顧均正的《世界童話名著介紹》，介紹了英國吉卜林《莽叢集》、英國加樂爾（卡洛爾）《鏡裏世界》，英國巴萊《彼得班恩》、英國伊溫夫人《猿及其他》、英國阿爾登《鐘為什麼響》、義大利科羅狄《匹諾契奧的奇遇》（現通譯為《匹諾曹的奇遇》）、美國托斯克頓《空想的故事》、英國印澤羅《仙女莫泊薩》、英國蓋替夫人《自然的喻言》、法國貝洛爾《鵝母親的故事》、法國微拉綏夫人《美人與野獸》、挪威阿斯皮爾孫、摩伊合著《挪威民間故事》。後者如沈雁冰發表於《小說月報》第 15 卷第 1 號《海外文壇消息》欄目的《最近的兒童文學》。文章中，介紹了多種適應不同年齡、不同性別的兒童的作品。適宜於低齡兒童的，有瑪格萊忒·巴克爾的《黑貓及補鍋匠的老婆》、安娜與迪爾溫·派列細合著的《只有蟋蟀的大腿那麼高》、勃斯東的《星光奇書》、蓋脫的《本溪與洛賓奈太》等美麗神異的神仙故事類作品；適宜於較大一點的女孩子的，有耶拿金的《瑪提葛蘭的選擇》、葛底斯的《皮麗·勃令達》、勃蘭脫·達爾的《葛萊上學》、伯訥的《白黎崖的提娜》、西門的《靜美的家》、巴西的《最快活的學校》等；適宜於較大一點的男孩子的，有蒲忒勒的《三角形帆鼻頭的約翰》、喜物司的《十字軍中的童子》、亞歷山大的《森林中的長牙客》、米勒的科學小說《蘇門答臘的人猿

和探險童子》、席司的科學小說《少年的無綫電報生及其任務》；費先編的《兒童詩歌》。沈雁冰指出，雖然現代似乎還沒有產生安徒生那樣偉大的兒童文學作家，但是現代兒童自有其幸運，這就是「並不缺乏新穎的可讀的讀物，尤其是年長些的孩子常能得到從前所沒有的兒童科學小說」。

三、兒童文學翻譯的特點

　　由於身體發育、生活閱歷、知識積累、認知能力與感悟能力等方面的原因，兒童對文學讀物有其特殊的要求。早在清末，已有人對此有所認識。1908 年，《小說林》雜誌主編徐念慈在《余之小說觀》第八節「小說今後之改良」中，就對當時所出小說沒有可以供小學生閱覽的狀況表示不滿，希望「今後著譯家所當留意，宜專出一種小說，足備學生之觀摩。其形式，則華而近樸，冠以木刻套印之花面，面積較尋常者稍小。其體裁，則若筆記，或短篇小說，或記一事，或兼數事。其文字，則用淺近之官話；倘有難字，則加音釋；偶有艱語，則加意釋；全體不愈萬字，輔之以木刻之圖畫。其旨趣，則取積極的，毋取消極的，以足鼓舞兒童之興趣，啟發兒童之智識，培養兒童之德性為主」[14]。孫毓修在《童話》叢書編譯與編撰過程中，曾經在適應兒童需求上做過努力。「每成一編，輒質諸長樂高子，高子持歸，召諸兒語之，諸兒聽之皆樂，則復使之自讀之。其事之不為兒童所喜，或句調之晦澀者，則更改之」，以期使兒童「甘之如寢食，秘之為鴻寶」[15]。

---

[14]　1908 年 10 月《小說林》第 9、10 期。
[15]　孫毓修《〈童話〉序》，轉引自朱自強《中國兒童文學與現代化進程》，

　　但從總體來看，清末民初兒童文學翻譯未能充分體現兒童特點，如硬加上去的成人化教訓色彩，有違兒童趣味的譯法，背離原著神韻的改編等。京報附設之第四種周刊《兒童》第四十期（1925 年 9 月 24 日）開始連載正璧重譯的《葛林童話集》（即《格林童話集》）時，《重譯者引言》對此有所批評：「德國葛林的童話，從前的中國孩子，已經看過不少了。然而大都是從商務印書館編的童話裏看來的，那種童話，完全是重編，不是翻譯，不但失去原作的風味，又加上許多無謂的討厭的訓話，在現在已不適用了。我現在將美國桀姆士（James H. Fusset）的譯本，逐篇重譯出，按原本次序投登。此本雖只有二十篇，然而大都是富有趣味，而合於多數兒童的脾胃的。」

　　五四時期，隨著對兒童體認的逐漸深化，兒童文學翻譯吸取過去的經驗教訓，從選材到翻譯方法、裝幀印刷諸方面越來越貼近兒童世界。

　　從翻譯選材開始，譯者就考慮到不同年齡段兒童的不同需求。1926 年，開明書店決定出版「世界少年文學叢刊」。其主要對象是 10 歲到 15 歲的少年期，也兼顧到 6 歲到 10 歲的幼兒後期。主持者徐調孚在帶有創刊詞性質的《一個廣告——世界少年兒童文學叢刊》[16]中，把叢書文類分為九種：（一）童話，即描寫、敘事與抒情並重、有創作者個性風格的創作童話，如安徒生、王爾德的童話作品，羅斯金的《金河王》、科洛提的《木偶的冒險》、金司萊的《水孩》、拉

浙江少年兒童出版社 2000 年 12 月第 1 版，第 131 頁。
16　《文學周報》第 255 期，1926 年 12 月 17 日。

綺爾洛孚的《尼爾奇遇記》等。（二）故事，指「民間童話」、「原始社會的文學」、「口述的文學」，經文人記錄下來的，如格林童話等。（三）小說，如《魯濱遜漂流記》、《堂吉呵德》、《格列佛游記》等，其中有兒童極喜歡的材料，但翻譯出來直接給孩子似乎不甚相宜，遂加以極忠實的謹慎的重述。（四）各民族的神話及神話題材的創作。（五）傳說，保存在史詩裏的與流傳與民間的傳說。（六）寓言。（七）兒歌。（八）兒童劇。（九）名著述略。「有許多偉大的作品，文辭甚為深奧，但其豐富的題材，常為兒童所喜閱！於是我們把它重述作較為簡易閱讀的故事，如莎士比亞的戲曲，有幾篇便是適宜於用這個方法的。」文中說：「幼兒期以奇異幻想為尚，所以童話，故事，兒歌等是適宜於這期的；少年期為浪漫的情緒發達之期，故小說，神話，傳說等是最適宜的了。」這種對兒童特點的自覺體認影響到一些作品翻譯時的處理。如安徒生童話《火絨匣》敘兵士殺女巫，只有兩句：「於是她割去她的頭。她在那裏躺著。」而在陳家麟、陳大鐙譯本《十之九》中則插入了道德訓誡的旁白：「忍哉此兵。舉刀一揮。老巫之頭已落。」《大小克勞思》與《翰思之良伴》等篇裏也有多處刪改。周作人在《隨感錄二十四》（即《安德森的十之九》）中徵引戈斯的論述，說安徒生能夠在童蒙未開的「野蠻」的底色上，巧妙地把道德上的不調和表現出來，如《火絨匣》中士兵殺了女巫非但未受懲罰，反倒獲得好運；《飛箱》中商人的兒子，對於土耳其公主的行為，也不正當；小克勞斯對大克勞斯的行為，也不符合現今的道德標準，但在孩子幼稚的心靈裏並不計

較。安徒生的魔力在於不是裝腔作勢地講道理，而是敢於反抗教室裏的修身格言，與孩子天真爛漫的小野蠻思想親近。周作人說：「其實小兒看此『影戲』中的殺人，未必見得忍；所以安得森也不說忍哉。」《十之九》譯文中插入的旁白抹殺了童話中本有的「野蠻思想」。後來的多種譯本則未加增刪，如實翻譯。又如《兩條腿》英譯本有《兩條腿征服風》、《兩條腿征服電氣》、《兩條腿征服蒸氣》、《兩條腿的將來》等四章，德譯本原本沒有，李小峰最初全部翻譯過來登在《晨報副刊》上，結集出版時，慮及寫風和電氣等處太凶險，而且不很自然，恐怕對兒童心理產生不利影響，所以沒有收入。取捨與否的標準，在於是否符合兒童心理實際及其成長需求。

外國兒童文學除了童謠、詩歌、故事、童話、戲劇、寓言、小說、格言、圖畫等一般文體之外，還有一些諸如歌曲、滑稽畫等對於中國兒童來說更其新鮮的樣式。五四時期可謂海納百川，有容乃大。如《小說月報》第 15 卷第 6 號就刊出了落花生（許地山）翻譯的一篇別致的「帶音樂的故事」《可交的蝙蝠和伶俐的金絲鳥》。故事是一個童話：

> 舊時，在綠蘭地方（音樂），正在羅霍令小川邊（音樂），有只可交的蝙蝠（音樂）飛，一時高，一時低，那時黑雲集於夏天（音樂）。
>
> 「要起風了，」可交的蝙蝠細說完（音樂），飛入農家（音樂），那裏大人（音樂）正在關窗。
>
> 可交的蝙蝠（音樂）擠入那最後一個未曾關的

窗，正在大人（音樂）未關嚴以前。他藏在一張椅後；等他們出去了，他飛出來繞著飛，繞著飛，打擊天花板做耍，真是快樂。

忽然有一道光入來，（音樂）跟著一陣雷（音樂）很大聲，把伶俐的金絲鳥嚇醒了（音樂）。在那籠內（音樂）。

「你是誰？」金絲鳥問。（音樂）

「係朋友，」蝙蝠細聲說，（音樂）且飛繞得很快，使金絲鳥（音樂）注神望著他。

第二道光又來（音樂），第二聲雷又發（音樂），但這蝙蝠（音樂）飛得一陣高，一陣低，繞來，繞去。

「幫助我出了這籠罷。」（音樂）金絲鳥私語著（音樂）。「我也想飛。」

蝙蝠於是（音樂）飛到籠邊（音樂），把籠門去了，放金絲鳥出來（音樂）跟著蝙蝠繞飛著，一會高，一會低。

但金絲鳥（音樂）不慣飛他飛到房角，迷糊了，撞在一個玻璃瓶上，玻璃瓶碎為一萬塊。

呵，你說那金絲鳥多麼害怕呀（音樂）！

一陣光（音樂），一陣雷（音樂），下雨了（音樂）。呵，雨大了（音樂）！

有個大人（音樂）跑入來，看見蝙蝠（音樂），快跑出去。

金絲鳥（音樂）歇在房角一個鏡框上，蝙蝠還（音樂）飛得高，飛得低，繞來，繞去。

兩個大人（音樂）帶了掃帚進來，且把窗門開了，要趕蝙蝠出去（音樂）。

可是他飛高，飛低，又飛得快，他們打不著他。

「來吧，」他叫金絲鳥（音樂），「這是很好玩底，」但是金絲鳥（音樂）在架上只顧打震。

一道光（音樂），一陣雷（音樂），下雨（音樂），呀，雨真大（音樂）！

「請罷，再會，」蝙蝠這樣說完了（音樂），從窗門出去。於是大人們（音樂）把窗關嚴了（音樂），回頭坐在椅上喘氣。

金絲鳥（音樂）慢飛到金籠邊（音樂），鼓著翅膀，快飛入去（音樂）「我最喜歡這樣，」他好好地說，「我喜歡這樣。」

「德奇，籠門開了，」一個大人這樣說（音樂），到籠邊快把籠門關了，「真奇怪，他不飛出來。」金絲鳥（音樂）咯咯地叫「啁啁。」

大人們去了（音樂）以後，金絲鳥（音樂）飛到

籠邊試開那門（音樂），「我要使這門從此嚴關了，」他自己柔和地叫。「我不能使他們用掃帚趕我。」

又一道光（音樂），又一陣雷（音樂），又下雨（音樂），呵，雨真大呀（音樂）！但是金絲鳥（音樂）把頭藏在翅膀底下，在金籠裏睡著了（音樂），那時蝙蝠（音樂）把他底身體掛在陰地，正在做金絲鳥底夢（音樂）。

田莊一切的都靜了（音樂）。

這則「帶音樂的故事」，特殊之處在於：敘到蝙蝠、金絲鳥與大人的動作與心理時，以及風、雷、雨出現的場合，文字中間便穿插著五線譜標記的音樂，共 64 個樂段。音樂與故事情節緊密配合，成為審美情境的組成部分。譯者還特意在篇末加注說：「這種『樂的故事』，講時最好用鋼琴和，自能表出各句底象徵。很有意思。講時不彈，講中插彈。」在音樂和語言的相諧共振之中，蝙蝠的勇敢進取和金絲鳥的怯懦退縮刻畫得栩栩如生，具有五四時代意義的個性主題隱含其中，兒童當受到潛移默化的熏陶。這種新穎的藝術樣式無疑也令國人耳目一新。

兒童文學翻譯所用的語體，早在清末就已有講故事的口語體，當然那時的白話語體，一方面因刻意追求俗白而少了文學應有的醇厚韻味，另一方面時或夾雜著一點文言，或留有文言語調。到了五四時期，白話語體全面取代了文言語體，「譯筆

務使淺顯，使適宜於才讀過幾年書的孩子的自閱。」[17]這已經
成為兒童文學翻譯界的共識。兒童文學較之一般的成人文學，
往往多一點擬聲詞、擬態詞，翻譯中儘量予以呈現出來。陳家
麟、陳大鐙翻譯的安徒生童話《火絨匣》（收《十之九》），
從語體到標點都帶有舊式翻譯的痕迹，「小兒語」未能照樣翻
譯出來，如首段的譯文是：

> 一退伍之兵。在大道上經過。步法整齊。背負行李。
> 腰掛短刀。戰事已息。資遣歸家。於道側邂逅一老巫。
> 面目可怖。未易形容。下唇既厚且長。直拖至頷下。見
> 兵至。乃誘之曰。汝真英武。汝之刀何其利。汝之行李
> 何其重。吾授汝一訣。可以立地化為富豪。取攜其便。

周作人在《隨感錄二十四》中，對此提出批評：「誤譯
與否，是別一問題，姑且不論；但勃蘭特斯所最佩服，最合
兒童心理的『一二一二』，卻不見了。把小兒的言語，變了
大家的古文，安得森的特色，就『不幸』因此完全抹殺。」
他復原其「小兒語」的譯文是：

> 一個兵沿著大路走來—— 一，二！一，二！他背
> 上有個背包，腰邊有把腰刀；他從前出征，現在要回家
> 去了。他在路上遇見一個老巫；她很是醜惡，她的下唇
> 一直掛到胸前。她說，「兵阿，晚上好！你有真好刀，
> 真大背包！你真是個好兵！你現在可來拿錢，隨你要多
> 少。」

---

[17] 徐調孚：《一個廣告——世界少年兒童文學叢書》。

　　兩相比較，不僅有文言白話之別，而且後者的語態、語調更能見出兒童文學特色。周作人譯日本柳澤健原《兒童的世界（論童謠）》，裏面有幾首小學三四年級兒童所作的詩歌，表現出兒童世界裏所獨具的色彩、音響與光線，如《夢》：「晚上做了一個夢，海燕呀，／深紅的腳的海燕。／或者來了罷，沙山外／出去看時，只是風呀，／只是拂林的風，／純青的，純青的／只是冬天的天空。」又如《嬰兒》：「從肚皮裏噗的（落地），呱，呱，呱。／乳汁什麼，想喝一口呀！」譯者在文後《附記》中說：「大抵在兒童文學上有兩種方向不同的錯誤，一是太教育的，即偏於教訓，一是太藝術的，即偏於玄美，教育家的主張多屬前者，詩人多屬後者；其實兩者都是不對，因為他們都不承認兒童的世界。」周作人很早就認識到兒童的世界的個性特徵，並且在兒童心理與兒童文學研究方面有著深厚的造詣，因而在翻譯中能夠把原作中兒童的視角、兒童的句式、兒童的語態，惟妙惟肖地傳達出來。

　　白話取代文言作為文學載體是五四新文學的重要標誌之一，但作為文學語言的白話並不等同於作為日常言語的白話，文學語言從日常言語中汲取鮮活的養分，並且加以提煉，同時從古代文學語言中有所繼承，古今雅俗融會一體，才有清新活潑與典雅醇厚兼而有之的新文學語言。翻譯文學與新文學創作携手相援、同步發展，兒童文學翻譯所用的語體便能見出新文學語言的豐富多彩。如周作人譯《賣火柴的女兒》：「伊的小手，幾乎凍僵了。倘從柴束裏抽出支火柴，牆上擦著，溫溫手，該有好處。伊便抽出一支。嚓的一聲，火柴便爆發燒著了。這是一個溫暖光明的火。伊兩手籠在上

面，正像一支小蠟燭，而且也是一個神異的小火光！女兒此時覺得仿佛坐在一個大火爐的前面，帶著明亮的銅爐腳和銅蓋。這火燒得何等好！而且何等安適！但小火光熄了，火爐也不見了，只有燒剩的火柴頭留在手中。」「……但次日清早，女兒仍舊坐在拐角上，靠著牆，兩頰緋紅，口邊帶著笑容，——在舊年末夜凍死了，新年的太陽起來，照在一個小死尸上！這孩子坐在那裏，冷而且硬，手裏拿著火柴，其中一把，已經燒過了。旁人說，『伊想自己取暖。』但沒有人知道伊看見怎樣美景，也不知道伊在怎樣的靈光中同伊祖母去享新年的歡樂去了。」用語貼近原著，質樸而生動，準確地傳達出安徒生筆下小女孩的生存困境、天真的想像與淒楚的命運。而魯迅譯《小約翰》，清新而典雅的語言則呈現出原著奇幻而美妍的風姿，如同樣是關於光的一段描寫：「那光是怎樣地華美呵！這漲滿了全樹梢，並且在草莽間發閃，還灑在黑暗的陰影裏。這又充滿了全天空，一直高到蔚藍中，最初的柔嫩的晚雲所組成的處所。」「從草地上面望去，他在綠樹和灌木間看見岡頭。它們的頂上橫著赤色的金，陰影裏懸著天的藍鬱。」如果說前一種樸素風格切近了兒童天真未鑿的原始態審美心境的話，那麼，後一種絢麗風格則可以啟動兒童的詩性思維。

文學翻譯中每當遇到一些生僻的名物時，往往要加上注釋，兒童文學翻譯，譯者在這方面尤其費神。如魯迅為愛羅先珂童話劇《桃色的雲》作《記劇中人物的譯名》，解釋了一些動植物名稱及「遞送夫」的翻譯來由，並順便介紹了土撥鼠的習性及其在作品中的地位。《小約翰》也有相類的《動植物譯名小記》，譯者為了譯得準確而且易懂，不惜氣力，

多方查詢。這些文字不僅具有知識性，有助於讀者開闊視野，理解作品，而且平添一種自然的生趣，使讀者獲得豐富的審美潤澤。周作人從格林童話、伊索寓言、法布耳昆蟲故事、美國諾依思與布蘭支萊童話、美國房龍《古人》、英國湯姆生《自然史研究》中選譯一些適宜於兒童的篇章，以《土之盤筵》為總題，於 1923 年 7、8 月及 1924 年 1 月發表在《晨報副刊》。為讀者著想，除了文字的流暢之外，每一篇都有說明性的附記，惟恐譯文「多生硬的地方」，提醒「如有父師想利用這些材料者，望自加融化，以期適用」。兒童文學翻譯作品發表的方式也力求有利於兒童閱讀，如《木偶的奇遇》在《小說月報》連載時，從第二次開始，每一次都有「告新讀者」，簡述前一段故事，以便讓新讀者瞭解故事脈絡，老讀者接上線索。

　　為了準確傳達外國兒童文學的體式與神韻，譯者多採用忠實於原著的直譯法，但為了方便中國兒童閱讀，也有的譯者採取譯述的辦法。如鄭振鐸在他主持的《兒童世界》（1922年 1 月 7 日創刊，商務印書館出版發行）上發表的《竹公主》等 30 多篇童話，其中絕大部分是譯述的外國童話。他就此說明道：「童話為求於兒童的易於閱讀計，不妨用重述的方法來移植世界重要的作品到我們中國來。」[18]所謂重述，不是直譯，而是譯述，比意譯還要通俗化、口語化，有一些創作成分。他「相信小學校的用書，不應採用直譯的方法」（《兒童世界》4 卷 1 期），因為「兒童看的書，與成人看的不同，

---

[18]　鄭振鐸：《天鵝·序一》，商務印書館 1925 年 1 月初版。

所以對兒童文學的介紹，我向來不用直譯的方法」（《兒童世界》3 卷 12 期）。但對於「價值甚高，含義又深，程度較高的兒童都很喜歡看」（《兒童世界》4 卷 1 期）的大師創作的童話（而非民間童話），如安徒生、王爾德等人的童話，則予以直譯。選擇直譯還是譯述，與原作的性質及其版本有關，目的是為了兒童。《木偶的奇遇》義大利文本當時沒有人能譯，就由徐調孚用兩種英譯本參照著譯述，「但對於原書的情節，風格，仍極忠實地保存著。」就連人物的外號也忠實地翻譯過來，如木匠的外號，徐調孚譯為「櫻桃先生」，80 年代任溶溶則譯作「櫻桃師傅」；其鄰人蓋比都的外號，徐調孚譯為「栗米蛋糕」，而任譯本譯為「老玉米糊」。後者顯然考慮到了中國的語境，而前者則忠實於原著。顯而易見，這種尊重原著神韻與風格的譯述同五四之前那種以傳統道德為標準任意增刪的重述有著很大的不同。

中國素有插圖傳統，所謂「圖書」，即緣自書中有圖，小說、戲曲中的插圖尤為豐富多彩，圖文並茂，相映成趣。近代以來，隨著西方印刷技術與插圖出版物的傳入，中國的插圖傳統得到繼承與發展。兒童對圖畫有一種天然的親緣關係，在識字以前便能夠看圖，學會閱讀之後仍喜歡圖畫，從中領略妙不可言的審美情景。因而外國兒童文學作品中有大量的插圖。五四時期在翻譯外國兒童文學時，對插圖十分看重，報刊與出版社發表與出版兒童文學譯作時總是盡可能多地配發插圖。如《小說月報》「安徒生號」（上）選用《拇指林娜》中的三色版畫《她向田鼠求一粒穀》、安徒生像、立於丹麥奧頓瑟之安徒生銅像、安徒生童話裏的人物（群像

兩幅）、安徒生與他的父親（安徒生看父親做鞋的情景）、安徒生的剪紙（3 幅）、安徒生童話的插圖（《豌豆上的公主》、《牧豕奴》、《鎖眼阿來》等 3 幅）、安徒生的出生地、安徒生的死地、安徒生立影，共 15 幅；「安徒生號」（下）選用《樂園》三色版圖、安徒生銅像（安徒生給孩子講故事）、安徒生圖書館、安徒生圖書館的內部、安徒生半身影像、安徒生的剪紙（7 幅）、安徒生畫《房子都手携手跳舞了》、安徒生童話的插圖《小孩把草皮割下雛菊恰恰留在中央》、《老女巫誘兵士去爬樹》、《街上的孩子戲弄這些窠裏的鸛鳥》、《少年水手的寶藏在大海的邊涯》、《朝臣找到了夜鶯》、《影子的來訪》、《母親在紡麻》、《蕎麥都因雷擊而頭焦了》等 17 幅，共 30 幅。再如《小說月報》在連載《木偶的奇遇》、《列那狐的歷史》等童話時，也用了多幅插圖。《列那狐的歷史》選用插圖《獅子，百獸之王》、《他來了，如一個隱士一樣》、《把熊緊緊的夾在樹縫中》、《列那狐將被絞死》、《他們議決舉白魯因為國王》、《於是克瓦叫道：「救命呀，巴林，救命呀！」》、《列那叫巴林羊把克瓦的頭顱送給國王》、《驢與獵犬》、《見他飛奔出洞》、《它用橄欖油擦他全身》、《狐窺便用毛松松的尾巴打他的臉》、《他得了大光榮大名譽》等 12 幅插圖，這些插圖配合文字，把列那狐狡點頑韌的性格與絕處逢生的遭際形象地呈現出來。《阿麗思漫遊奇境記》、《兩條腿》等許多童話譯本，也都注意從外文本中選取插圖。周作人就特別稱許趙元任譯《阿麗思漫遊奇境記》「他的純白話的翻譯，注音字母的實用，原本圖畫的選入，都足以表現忠實於他的

工作的態度。」

　　保證印刷質量是對出版物的一般要求，對於主要面向兒童讀者的兒童文學翻譯作品，人們尤其希望印製精美。周作人在評介穆木天譯《王爾德童話》時，指出個別名詞翻譯的失誤之後說，「使我最不滿意的卻是紙張和印功的太壞，在看慣了粗紙錯字的中國本來也不足為奇，但看到王爾德的名字，聯想起他的主張與文筆，比較攤在眼前的冊子，禁不住發生奇異之感。我們並不敢奢望有什麼插畫或圖案，只求在光潔的白紙上印著清楚的黑字便滿足了，因為粗紙錯字是對於著者和譯者——即使不是對於讀者——的一種損害與侮辱。」徐調孚在為開明書店版《世界少年文學叢刊》做宣傳時就表明編譯者的態度：「我們認為粗紙錯字的印刷，對於讀者是一種侮辱，尤其是兒童。我們在這裏將儘量地加入美麗的插圖，印刷和裝幀，都以美觀為前提。」[19] 這套叢書的問世雖然大半是在 1927 年以後，但在 1926 年規劃時，在選材、譯法、印刷、裝幀、插圖等方面對兒童特點的充分考慮，可以說代表了五四時期兒童文學翻譯特點體認的成熟。

---

[19]　《一個廣告——世界少年文學叢刊》，《文學周報》第 255 期，1926年 12 月 17 日。

第六章

俄羅斯文學翻譯

　　從 20 世紀初開始，就已陸續有中國人翻譯的俄羅斯文學作品問世，如戢翼翬譯普希金《俄國情史》（即《上尉的女兒》，上海大宣書局 1903 年），吳檮譯萊蒙托夫《銀鈕碑》（《當代英雄》中的一部分，上海商務印書館 1907 年），德國禮賢會傳教士葉道勝牧師（原名格納爾）和中國人麥梅生譯《托氏宗教小說》（收托爾斯泰 12 篇宗教題材小說，香港禮賢會 1907 年），吳檮譯高爾基《憂患餘生》（即《該隱和阿爾喬姆》，上海《東方雜誌》4 卷 1 期，1907 年），吳檮譯契訶夫《黑衣教士》（商務印書館 1907 年），周作人譯契訶夫《莊中》（即《在莊園裏》，東京《河南》第 4 期，1908 年），天蛻譯高爾基《鷹歌》（即《鷹之歌》節譯，東京《粵西》第 4 期，1908 年），馬君武譯《心獄》（即《復活》，上海中華書局 1914 年），天笑生譯契訶夫《六號室》（即《第六號病房》，上海有正書局 1915 年），陳家麟口譯、林紓筆述托爾斯泰《羅刹因果錄》（商務印書館 1915 年），劉半農譯《杜瑾納夫之名著》（即屠格涅夫晚年寫的四首散文詩，上海《中華小說界》，1915 年），陳家麟、陳大鐙譯契訶夫短篇小說集《風俗閒評》（上下冊，

收《一噎致死》、即《小公務員的死》，《囊中人》、即《套中人》等 23 個短篇小說，中華書局 1916 年），等等。但與同期英、法文學的翻譯相比，數量上遠遠不及。究其原因，同中國乃至世界對俄國的認識密切相關。

1917 年，「二月革命」與「十月革命」相繼爆發，尤其是後者給俄國帶來了劃時代的變化，也給全世界帶來了巨大的震動。中國重新打量這個過去並不十分瞭解的近鄰，對俄羅斯文學的興趣陡然上升，從中發現了許多相契之處，也受到新鮮的刺激與深刻的啟迪，譯介熱情高漲起來，俄羅斯文學的翻譯出現了一個嶄新的局面。

一、五四盛況及其原因

《新青年》創刊伊始，刊出的第一種文學譯作就是俄羅斯作品——屠格涅夫的《春潮》。1917 年揭起「文學革命」大旗之後，俄羅斯文學翻譯的覆蓋面不斷擴大，有名家托爾斯泰、屠格涅夫、陀思妥耶夫斯基，也有新秀梭羅古勃、庫普林、但兼珂等。舉凡當時有影響的報刊，諸如《民國日報·覺悟》、《時事新報·學燈》、《晨報副刊》、《京報副刊》、《東方雜誌》、《文學周報》、《學生雜誌》、《太平洋》、《新中國》、《語絲》等，都有較多的俄羅斯文學的翻譯介紹。《小說月報》尤為突出。這個大型刊物在 1921 年以前就有契訶夫等俄羅斯作家的作品翻譯，沈雁冰主持全面改革之後，成為新文學的重要陣地，俄羅斯文學翻譯更是佔有重要位置。12 卷 1 號「譯叢」欄目有 8 人的作品，其中，俄

羅斯作家就有 3 人：郭克里（果戈理）、托爾斯泰、安德烈夫（安特列夫）。12 卷 2 號「譯叢」欄目 5 人中有俄羅斯作家 2 人：柴霍甫（契訶夫）、高爾該（高爾基）。從 12 卷 1 號到 16 卷 1 號，除了 15 卷 8 號與 15 卷號外《法國文學研究專號》之外，每期都刊有俄羅斯文學作品或評介，就連兩期《泰戈爾號》也不例外。16 卷 2 號到 18 卷 12 號，也有百分之六十刊有俄羅斯文學作品。七年間，關於外國文學的專欄有十幾個，俄羅斯文學就占了 4 個。1921 年 9 月，《小說月報》還以 12 卷號外的形式出刊了改革以來的第一個專號《俄羅斯文學研究》。內容有論文，如鄭振鐸《俄國文學的啟源時代》、俄國沙洛維甫著、耿濟之譯《十九世紀俄國文學的背景》、日本昇曙夢著、陳望道譯《近代俄羅斯文學底主潮》；有傳記，如耿濟之《俄國四大文學家合傳》（果戈理、托爾斯泰、屠格涅夫、陀思妥耶夫斯基），沈雁冰《近代俄國文學家三十人合傳》（萊蒙托夫、赫爾岑、岡察洛夫、迦爾洵、安特列夫等），魯迅《阿爾志跋綏甫》等作家傳記；有關於俄羅斯文學理論批評、詩歌、童話文學及作家地位的評介等 10 篇；「譯叢」收翻譯小說 25 篇、劇本 1 部、詩歌 3 篇；附錄 4 篇：周作人《文學上的俄國與中國》（轉錄《新青年》）、沈澤民《克魯泡特金的俄國文學論》、《布蘭兌斯的俄國印象記》、明心《俄羅斯文藝家錄》；俄羅斯美術作品 4 幅，文學家藝術家攝影 11 幅。不僅《小說月報》如此重視，而且當時其他影響較大的雜誌與文學副刊，如《晨報副刊》、《京報副刊》、《民國日報‧覺悟》、《時事新報‧學燈》等，凡是有翻譯文學的，俄羅斯文學也都占有顯著位置。

　　從 1917 年到 1927 年，報刊上發表的單篇數量之多，難以數計。僅從報刊連載或結集出版的情況來看，俄羅斯文學堪稱蔚為大觀。據初步統計[1]，包括俄羅斯作品的翻譯合集在 9 種以上，如周瘦鵑譯《歐美名家短篇小說叢刊》（中華書局 1917 年 2 月）、胡適譯《短篇小說》（上海亞東圖書館 1919 年 10 月）、周作人輯譯《點滴》（北京新潮社 1920 年 8 月）、魯迅、周作人、周建人譯《現代小說譯叢》第一集（商務印書館 1922 年 5 月）等。1917 年至 1927 年，翻譯文學單行本大約 500 種，其中俄國 91 種；尤其是 1921 年以後，俄國文學翻譯增勢迅猛，達 85 種，超過清末以來一直領先的英國（1921-1927 年 68 種），一躍居於首位。

　　其中，俄羅斯譯作合集在 16 種以上，如沈穎等譯《俄羅斯名家短篇小說第一集》（北京新中國雜誌社 1920 年 7 月）、葉勁風譯《俄羅斯短篇杰作》（上海公民書局 1921 年 7 月）、孫伏園等譯《熊獵》（商務印書館 1925 年 1 月）、耿濟之、夏丏尊合譯評論集《俄國詩壇的昨日今日和明日》（商務印書館 1925 年）、李秉之選譯《俄羅斯名著》（第一集）（上海亞東圖書館 1925 年 12 月）、董秋芳譯《爭自由的波浪》（上海北新書局 1927 年）等。

　　從作家個人作品集的中譯初版本與中長篇連載來看，契訶夫在 11 種以上，屠格涅夫不少於 12 種，托爾斯泰最多，至少有以下 24 種：朱世溱譯《克利米戰血錄》（中華書局

---

[1]　參照阿英編《中國新文學大系·數據索引卷》（良友圖書公司 1935 年）、賈植芳、俞元桂主編《中國現代文學總書目·翻譯文學卷》（福建教育出版社 1993 年 12 月）等。

1917 年 5 月）、林紓、陳家麟譯《社會聲影錄》（商務印書館 1917 年 5 月）、陳家麟、陳大鐙譯《婀娜小史》（即《安娜・卡列尼娜》，中華書局 1917 年 8 月）、程生、夏雷譯《生尸》（《小說時報》32 號，1917 年；文範村譯《活尸》，商務印書館 1921 年）、林紓、陳家麟譯《現身說法》（上中下 3 卷，即《幼年》、《少年》、《青年》，商務印書館 1918 年 11 月）、林紓、陳家麟譯《恨縷情絲》（上卷為《波子西佛殺妻》，即《克萊采奏鳴曲》，下卷為《馬莎自述生平》，即《家庭的幸福》，商務印書館 1919 年 4 月）、王靖譯《懺悔錄》（1920 年 8 月《新人》3、4 號）、張墨池、景梅九譯《懺悔》（1920 年 9 月自印，上海大同書局 1922 年再版）、耿濟之譯《黑暗之勢力》（商務印書館 1921 年 3 月）、沈穎譯《教育之果》（商務印書館 1921 年 4 月）、劉靈華譯《托爾斯泰短篇》（上海公民書局 1921 年 7 月）、張墨池、景梅九譯《救贖》（公民書局 1921 年 7 月）、新人社編譯《托爾斯泰小說集》（第 1 集，上海泰東圖書局 1921 年 8 月；第 2 集，泰東圖書局 1922 年 6 月）、瞿秋白、耿濟之譯《托爾斯泰短篇小說集》（商務印書館 1921 年）、孫錫麟等譯《托爾斯泰小說集》（泰東圖書局 1921 年）、鄧演存譯《黑暗之光》（商務印書館 1921 年）、耿濟之譯《藝術論》（商務印書館 1921 年）、耿濟之譯《復活》（商務印書館 1922 年 3 月）、侯述生、郭大中譯《托爾斯泰小說》（廣州美華浸會印書局 1922 年 8 月）、楊明齋譯《假利券》（商務印書館 1922 年 9 月）、唐小圃譯《托爾斯泰兒童文學類編》（商務印書館 1923 年 7 月）、胡貽谷譯《靈光的三笑》（上海青年協會書報部 1924 年 2 月）等。

　　出版界看好俄羅斯文學的市場前景，大力推進俄羅斯文學翻譯。商務印書館在這方面可謂獨佔鰲頭，先後推出多套俄羅斯文學翻譯叢書，如 1921 年問世的共學社叢書十卷本「俄國戲曲集」，收《巡按》（即《欽差大臣》，賀啟明譯，商務印書館 1921 年 1 月）、奧斯特洛夫斯基《雷雨》（耿濟之譯）、《村中之月》（前面已注明作者與譯者的，此處不再標出）、《黑暗之勢力》、《教育之果》、《櫻桃園》、《伊凡諾夫》、《萬尼亞叔父》（以上三部契訶夫作品均為耿式之譯）、《海鷗》（鄭振鐸譯）、史拉美克《六月》（鄭振鐸譯）。在最後一本《六月》的後面，鄭振鐸又發表了兩萬餘字的《作者傳記》，詳細介紹了六位俄國戲劇家的生平、創作，並發表了《俄國名劇一覽》，介紹了 40 種俄國戲劇。1921 年至 1923 年出版的另一套共學社叢書，收《托爾斯泰短篇小說集》，奧斯特洛夫斯基《貧非罪》（鄭振鐸譯）與《罪與仇》（柯一岑譯，即《孰能無過，孰能免禍》），《甲必丹之女》、《黑暗之光》、《活屍》、《前夜》、《父與子》、《復活》、安特列夫《比利時的悲哀》（沈琳譯述）、《柴霍夫短篇小說集》等。1923 年 11 月至 12 月推出東方雜誌社編、胡愈之、胡仲持、耿濟之等譯《近代俄國小說集》一至五冊；1924 年 5 月出版《俄國童話集》一至六冊。

　　從作品產生的時段來看，從古老的民間敘事詩，到 19世紀「黃金時代」的經典作品，再到十月革命後大氣磅礡的「赤色詩歌」與尚嫌稚嫩的「赤俄小說」；從文體來看，長篇、中篇、短篇小說、小小說，多幕劇，獨幕劇，抒情詩、敘事詩、寓言諷刺詩、散文詩，抒情散文、敘事散文，兒童

文學，文學理論與文學批評；從創作方法來看，現實主義、浪漫主義、象徵主義、新現實主義、未來主義等，都有翻譯介紹。涉及的俄國作家從普希金到馬雅可夫斯基，不下於50人。

俄羅斯文學的翻譯隊伍，既有此前就已步入譯壇的老將，也有五四文壇上十分活躍的名家，還有初出茅廬的新人，如林紓、陳家麟、魯迅、周作人、沈雁冰、瞿秋白、耿濟之、耿勉之、耿式之、周建人、沈澤民、鄭振鐸、郭沫若、陳望道、夏丏尊、王統照、張聞天、宋春舫、陳大悲、胡愈之、胡仲持、鄧演存、沈穎、靈光、鶴征、畢庶敏、葉毅、葉勁風、王錫鐸、胡根天、虛白、萬孚、叔衡、振亞、小柳、韞玉、劉靈華、張墨池、景梅九、孫錫麟、朱楔、王靖、唐小圃、範村、倉叟、配岳、松山、秋心等。

其中有直接從俄文翻譯者，如瞿秋白、耿濟之、耿式之、沈穎、韋素園、曹靖華等，也有通過其他語種轉譯者，如魯迅主要是以日文本為底本，參照德文本與俄文本，沈雁冰、鄭振鐸則是通過英文本來轉譯。一些青年學子不能直接閱讀俄文而熟諳其他外文，也努力通過其他語種來瞭解俄羅斯文學。當時在清華讀書的朱湘，就曾經向《小說月報》編者詢問英美可有專門研究翻譯俄國文學的雜誌、專門出版俄國文學譯本的公司，托爾斯泰最好的譯本及出版處詳細地址等。[2]

翻譯界、出版界與讀書界對俄羅斯文學的熱情如此高漲，實有其因。

---

[2] 《小說月報》13卷1號「通信」欄目。

　　俄羅斯，這個 16 世紀中葉迅速崛起的國家，其不斷擴張的歷史帶給中國無盡的傷痛。在中國人的歷史記憶中，俄羅斯總是抹不掉野蠻、冷酷與狡詐的陰影。但是，近代以來，列強以軍事、政治、經濟、科技與文化的強勢迫使中國人在屈辱中重新認識世界，倒是給國人全面認識俄羅斯提供了契機。1757 年，在中國與俄羅斯幾經繁難的領土交涉之後，建立了職在培養譯員的俄羅斯學館（亦稱俄羅斯文館）。1862 年京師同文館成立後，並入其中。同文館作為附屬於總理各國事務衙門的培養譯員的學校，先後開設英文、法文、俄文、德文、日文、算學、天文等館，1902 年併入京師大學堂後，同文館改辦譯學館，仍保留俄文專科。1912 年，外交部設立俄文專修館。俄文學校雖然開設得很早，但截止 19 世紀末，俄羅斯文學並未引起國人認真的注意，寥寥可數的幾篇中文翻譯，都是外國傳教士從英文本轉譯過來的。不過，由於陀思妥耶夫斯基、屠格涅夫、托爾斯泰、契訶夫等在歐美與日本受到重視，先後有了英、日等譯本，熟悉英文、日文的中國人從中領略到俄羅斯文學風貌，開始了中國人自己的轉譯。隨著俄語教育的加強與俄羅斯的世界影響的擴大，轉譯之外，也有了源自俄文的直接翻譯。國人最初是驚羨於俄國寓言的機警犀利，繼而慨歎於虛無黨小說對帝制的無畏反抗，進而震驚於普希金、托爾斯泰等偉大作家的博大深邃與安特列夫等文學新人的吊詭幽深。從俄羅斯文學中，中國人發現舊俄專制的國情與中國傳統社會是那樣的相似，「看見了被壓迫者的善良的靈魂，的酸辛，的掙扎；還和四十年代的作品一同燒起希望，和六十年代的作品一同感到悲哀。我

們豈不知道那時的大俄羅斯帝國也正在侵略中國，然而從文學裏明白了一件大事，是世界上有兩種人：壓迫者和被壓迫者！」於是認定「俄國文學是我們的導師和朋友」[3]。這樣一來，境遇共鳴與探求異質文化的驅動力越來越大。尤其是十月革命的爆發，成為這種驅動力的加速器。

　　正如瞿秋白所說：「俄國布爾什維克的赤色革命在政治上，經濟上，社會上生出極大的變動，掀天動地，使全世界的思想都受他的影響。大家要追溯他的遠因，考察他的文化，所以不知不覺全世界的視線都集於俄國，都集於俄國的文學；而在中國這樣黑暗悲慘的社會裏，人都想在生活的現狀裏開闢條新道路，聽著俄國舊社會崩裂的聲浪，真是空谷足音，不由得不動心。因此大家都要求來討論研究俄國。於是俄國文學就成了中國文學家的目標。……俄國國民性本來是極端的，不妥協的，前幾十年，國內思想變化的劇烈更是厲害。各國革命運動之前，思想的變化確也都有，可是從沒有像俄國這樣劇烈，所以俄國能從君主政體這樣的國家一躍而為社會主義的國家。這是可以在俄國文學裏看得出來的。」[4]「從第一次的十月革命到第二次的十月革命文學（一九一七年），一二十年之間，詩文界的『象徵』是很明顯的：幻想的烏托邦，孤寂的夢魘，任性者的狂呼，預覺者的囁嚅，受傷者的懺悔（反動），奮鬥者的回憶——『無產文化』的基礎，——無

---

[3] 　魯迅：《祝中俄文字之交》，1932 年 12 月《文學月報》第 1 卷第 5、6 號合刊。

[4] 　瞿秋白：《俄羅斯名家短篇小說集・序》，1920 年 3 月 16 日。

非是革命潮裏的反映。」⁵五四新文化運動的起因，就是近代以來在物質文化、制度文化改革屢屢受挫之後，嘗試從精神文化入手探索救亡圖存之路。中國啟蒙先驅者從俄國革命的成功獲得鼓舞，確認了由文學啟蒙到思想革命對於社會改革的必要性與迫切性，於是，大力引進因國情相似而為中國社會所急需、並且一般中國人易於感悟理解的俄羅斯文學。

俄羅斯文學最讓中國人感動的，是其深沈的人道主義精神。魯迅在為《豎琴》（上海良友圖書公司 1933 年 1 月版）所作《前記》中，回顧了五四時期新文學陣營對俄國「為人生」文學的認同。「為人生」既是一種創作態度，也是文本表現出來的主題指向，無論是描寫農民苦境，還是刻畫多餘人形象，抑或謳歌反抗精神，無論是嚴謹寫實，還是浪漫奇想，抑或流於神秘幽曲，總的來說主流是「為人生」，換言之，即人道主義精神。沈雁冰在《小說月報》11 卷 2 號的《編輯雜談》中，就表露出這種認同：「俄國近世文學全是描摹人生的愛和憐」，由此「發生一種改良生活的願望；所以俄國近代文學都是有社會思想和社會革命觀念」的。「俄人視文學又較他國人為重，他們以為文學這東西，不單怡情之品罷了，實在是民族的『秦鏡』，人生的『禹鼎』；不但要表現人生，而且要有用於人生。俄國文豪負有盛名者，一定同時也是個大思想家。」李大釗也認為，俄羅斯抒情詩之所以感人至深，「不在其排調之和，辭句之美，亦不在詩人情意懇摯之表示，乃在其詩歌之社會的趣味，作者之人道的

---

⁵　瞿秋白：《十月革命前的俄羅斯文學》。

理想，平民的同情」[6]。曉風在《介紹〈小說月報〉號外〈俄國文學研究〉》一文中充分地肯定了國別文學最先選擇俄國的作法：若論介紹一國文學，「卻要算俄國是第一個適當的國。因為俄國底近代文學史，幾乎全部充塞著人生的喊聲，與中國習俗適成反比，最能醫中國頑劣的作家底頭腦。」[7]鄭振鐸在《俄國文學史略》（《小說月報》14 卷 5 號）中，更是給予了富於詩意的表達：「俄國的文學，和先進的英國，德國及法國及其他各國的文學比較起來，確是一個很年輕的後進；然而她的精神卻是非常老成，她的內容卻是非常豐實。她的全部的繁盛的歷史至今僅有一世紀，而其光芒卻在天空絢耀著，幾欲掩蔽一切同時代的文學之星，而使之黯然無光。……俄國文學所以有這種急驟的成功，決不是偶然的事。她的真摯的與人道的精神，使她墾發了許多永未經前人蹈到過的文學園地，這便是她博人同情的最大原因。」鄭振鐸組織編譯出版《俄國戲曲集》，就是因為「俄國的各方面的黑暗悲慘的情況，也大概可以由此見其一斑」。他認為，演這些戲曲，「較之演《華倫夫人的職業》及《青鳥》等象徵派的戲，似乎於中國更為合宜，更為有益。」（《俄國戲曲集·敘》）五四文壇之所以對「為人生」如此傾心，是痛感於傳統文學因襲已久的三大弊端：一是視文學為高興時的遊戲或失意時的消遣的文學觀，迴避社會矛盾與人生痛苦；二是載封建綱常之道的功利觀，壓抑、扭曲人性與個性；三

---

[6]　李大釗：《俄羅斯文學與革命》，轉引自張鐵夫主編《普希金與中國》，岳麓書社 2000 年版，第 31 頁。

[7]　《民國日報·覺悟》，1921 年 10 月 18 日。

是流於鋪張誇飾、雕琢阿諛的審美觀，排斥真切深刻的寫實與平易通俗的趣味。在新文學先驅者看來，俄羅斯文學直面社會矛盾，洞察人性世界，反抗農奴制度，知識份子在關心底層社會的同時，不憚於自我反省，這正是救治中國文學弊端的良方。

俄羅斯文學猶如大草原一般宏闊、雄渾、蒼涼、悲愴的整體風貌，優秀作家千姿百態的獨特風格，對於中國讀者來說，也具有極大的吸引力。從機智而深邃、自然而近於鄉土的克雷洛夫寓言那裏，領略到古老的寓言文體竟然可以如此融會鮮活的民間色彩，灌注強烈的近代意緒。從普希金節奏明快而曲盡其妙的描敍、秀麗妍美而酣暢淋漓的抒情與豐麗純淨而清新平易的語言，看到了寫實與浪漫、典雅與淳樸的完美結合。在萊蒙托夫詩歌暴風雨下翻騰的大海一樣的氣勢對比之下，愈加感受到溫柔敦厚的中國傳統詩教的纖弱無力。別林斯基、杜勃羅留波夫、車爾尼雪夫斯基融會著激情與理性的理論批評，氣勢磅礴，一瀉千里，讓習慣了《文心雕龍》般精緻與評點式詩文評那樣隨意的中國人大開眼界。果戈理怪誕而冷峻的諷刺，陀思妥耶夫斯基近乎殘忍冷酷的心理剖析，托爾斯泰廣闊深遠的歷史視野、跌宕而舒展的結構方式，屠格涅夫小說精密的結構、優美的富於詩性的文筆與細膩傳神的女性把握功力，還有意味深邃、文辭婉麗的散文詩，契訶夫含淚微笑之幽默、抒情意味濃郁的心理描寫與精練準確的生活寫實，高爾基對底層社會的深切感知與出色描寫，安特列夫的懷疑眼光與陰冷色調、奇特構思與怪譎意象等等，都讓中國人感到十分新鮮和異常震撼。審美的新鮮

感和取彼之長創造新文學的急切願望，會同思想的感召力和對
於文學啟蒙功效的確信，促成了俄羅斯文學翻譯的繁盛局面。

二、回首「黃金時代」

　　俄羅斯文學可以追溯到 10 至 11 世紀之交的發軔期，但
真正標誌其成熟、並且為世界所認識的還要說是 19 世紀文
學，即普希金、萊蒙托夫、果戈理、別林斯基、屠格涅夫、
托爾斯泰、陀思妥耶夫斯基、奧斯特洛夫斯基、赫爾岑、謝
德林、迦爾洵等所代表的「黃金時代」。儘管 1912 年俄羅
斯未來主義者在《給社會趣味一記耳光》裏宣稱要把普希
金、陀思妥耶夫斯基、托爾斯泰等從現代生活的輪船上拋下
去，然而實際上，這些經典作家的思想探索與藝術創新已經
注入到俄羅斯文學血脈之中，成為後來文學發展的重要資
源。對於中國文壇來說，黃金時代一則是全面認識俄羅斯文
學的基礎，二則這一時代的代表作家是具有世界影響的大作
家，三則黃金時代所提出的課題在中國仍然具有現實意義，
所以，中國並未因其時間較早而疏遠，而是傾注了高度的
熱情。

　　鄭振鐸在《文學大綱》[8]第三十七章《十九世紀的俄國
文學》中述及「黃金時代」時，是以屠格涅夫、陀思妥耶夫
斯基與托爾斯泰作為代表的。但在追溯其起源時，則從普希
金說起。普希金，作為俄羅斯近代文學的奠基者，其人其文
（《葉甫蓋尼·奧涅金》）早在 1897 年梁啟超主持的清末

---

[8]　《小說月報》第 15 卷第 1 期開始連載，1927 年 4 月由商務印書館出版。

維新報《時務報》上，曾在日本人所寫《論俄人之性質》一文中有簡略的介紹。[9]1903 年，文開書店、大宣書局、小說林社三家分別推出留日學生戢翼翬從日文本轉譯的文言章回體《俄國情史斯密士瑪利傳》，括弧中注明「一名《花心夢蝶錄》」[10]。從黃和南為該書大宣書局版所作《緒言》來看，他所看重的是「兩人相悅之軼事」所表現出來的自由結婚的精神和忠貞不渝的愛情，同時稱讚小說紆徐曲折而簡潔明快的敘事筆法及中譯者傳達原作精神「靡不畢肖」的文筆。這種看法或許也可以代表當時一般讀者的認識。魯迅在1907 年所作的《摩羅詩力說》[11]一文中，對普希金的認識向前推進了一步：一是注意到普希金對於俄羅斯「文界始獨立」的奠基作用；二是肯定普希金早期「詩多諷喻」，揭露社會偽善，對國民性弱點「指摘不為諱飾」，接受拜倫的摩羅思想並將其傳遞給萊蒙托夫；三是贊揚《葉甫蓋尼·奧涅金》「詩材至簡，而文特富麗」。伴隨著認識的深化，1909 年至 1916 年，普希金的《俄帝彼得》（《彼得大帝的黑人》）、《神槍手》（《射擊》）、《棺材匠》、《雪婚記》（《暴風雪》）、《賭靈》（《黑桃皇后》）等小說，陸續由陳冷血、毋我、沈伯經、陳小蝶等人據其他文本轉譯為白話文，在《小說時報》、《香豔雜誌》、《小說大觀》等雜誌刊載。

　　五四文壇對普希金之於俄羅斯文學的重要意義已經取

9　參照陳建華《20 世紀中俄文學關係》，學林出版社 1998 年版，第 20 頁。
10　據賈植芳、俞元桂主編《中國現代文學總書目》，1993 年 12 月第 1 版，第 894 頁。
11　《河南》月刊第 2、3 號，1908 年 2、3 月。

得共識，凡是述及俄羅斯近代文學的，都要從普希金說起。1922 年，鄭振鐸在《俄國的詩歌》[12]中譽之為「俄國最重要的國民詩人」，說他「能夠完全脫離外來的影響，而用本土的樸質而正確的文字來敘述、描寫俄國的靈魂」。1923 年，鄭振鐸又在《俄國文學史略》中稱贊「普希金的詩才極高，格律極美備，敘述極自然。他是俄國的第一個國民文學家」。瞿秋白在寫於 1921 年至 1922 年旅俄期間的《俄羅斯文學史》[13]書稿中，也充分肯定普希金繼承俄羅斯民間文學的優秀傳統，真實地表現俄羅斯生活與俄羅斯精神，開闢了俄羅斯近代文學民族化、平民化、語言生活化的嶄新道路。這種認識高度只有在五四文學革命爆發之後才有可能達到，因為五四新文學正是以民族化、平民化、語言生活化作為努力的目標，有了自身的渴求，才有對普希金價值的發現。

　　本來，若論普希金的文學成就，詩歌要大於小說，共留下了 800 多首抒情詩和十幾篇敘事詩。但截止 1927 年底，見之於報刊的普希金詩歌翻譯，卻僅有《文學周報》第 270 期（1927 年 5 月 22 日）所刊載的孫衣我譯的《給詩人》、《無題》、《一朵花》等寥寥可數的幾首。如果說五四之前偏重小說，與晚清梁啟超大力強調小說的啟蒙功能有關，那麼為什麼到了五四時期，普希金詩歌仍然沒有得到與其地位相應的翻譯呢？一個重要的原因在於詩歌由於聲韻、節奏、分行等文體方面的因素很難翻譯。整個五四時期的詩歌翻譯

---

[12]　1922 年 2 月 1 日《民鐸雜誌》第 3 卷第 2 期。
[13]　這部書稿經瞿秋白同意，被蔣光慈刪改後作為《俄羅斯文學》的下篇——《十月革命前的俄羅斯文學》，於 1927 年出版。

不及小說翻譯，就與此有關。如果譯者本身就是詩人，進入另一種語言的詩歌世界還自有詩性相通的便利，如郭沫若、冰心、鄭振鐸等，自身就是詩人，所以能夠大量而且出色地翻譯歌德、拜倫、惠特曼、泰戈爾的詩歌。可是，俄文翻譯者中很少有詩人，要翻譯堪稱俄羅斯詩壇皇冠的普希金詩歌可謂難上加難。五四時期的當務之急是爭奪思想陣地，俄語翻譯者多為激進的啟蒙主義者，自然選擇了相對來說較為容易翻譯的小說，而對需要詩性溝通與時間打磨的詩歌翻譯則不能不暫時怠慢了。不獨普希金詩歌姍姍來遲，而且萊蒙托夫也是這樣，小說《當代英雄》的中譯本 1907 年問世，而其詩歌的翻譯也足足等了 20 年[14]。還有一個原因也值得注意，在五四時期的中國人看來，普希金的一些愛情詩柔美有餘而剛性不足，而《葉甫蓋尼・奧涅金》裏的愛情更顯得有幾分飄渺甚至奢侈，遠不能像在俄國那樣——無數女性動情誦讀，為之流涕嘆息。

　　這一時期的普希金翻譯，除了幾首詩之外，也有小悲劇《莫薩特與沙萊裏》（鄭振鐸譯，《小說月報》第 12 卷號外《俄國文學研究》），成績則主要在小說，如沈穎譯《俄羅斯名家短篇小說集》第一集（1920 年）中，收有《驛站監察吏》（《驛站長》）和《雪媒》（《暴風雪》）；《上尉的女兒》有了安壽頤的新譯本《甲必丹之女》（商務印書館 1921 年 2 月）；澤民譯《喬裝》，載 1923 年 4 月 11 日、18 日、25 日、5 月 16 日《婦女評論》第 87、88、89、91

---

[14]　瞿秋白在《赤都心史》中，介紹性地節譯了萊蒙托夫等人的抒情詩。

期；趙誠之譯《普希金小說集》（上海亞東圖書館 1924 年 12 月），收《一個驛站的站長》、《假農女》、《射擊》、《風雪》、《郭留興羅村的歷史》、《奚勒得沙裏》、《棺材匠》、《情盜》、《鑽形的王后紙牌》等。較之五四之前，一個重要的變化是開始了從俄文本的直接翻譯，上述作品均譯自俄文本。

　　譯者選擇普希金作品，主要著眼於以下三點：一是對於平民社會的小人物的命運寄予深切的同情，二是揭露封建農奴制度的黑暗，三是表現自由的愛情。瞿秋白在《序沈穎譯〈驛站監察吏〉》中，盛讚《驛站監察吏》「作者藝術上高尚的『意趣』，很能感動讀者，使作者對於貧困不幸者的憐憫之情，深入心曲」。[15]鄭振鐸在為《甲必丹之女》所寫的序言中，也特別讚揚了作品的「人道的思想」和「人道的情感」[16]。耿濟之為《甲必丹之女》所作序言，則以作者與友人對話的別致形式寫成。友人認為，這部作品「性質為歷史小說，其著者乃屬於浪漫派，其內容亦不過描寫兒女間之愛情，實為平淡無奇之作品」。他不解譯者為何要翻譯這一部。作者則認為普希金的歷史小說「能於日常各種瑣碎生活之中存時代之精神，而《甲必丹之女》一書尤能將蒲格撒夫作戰時代之風俗人情描寫無遺，可於其中見出極端之寫實主義。」[17]作為文學研究會發起人之一的耿濟之，對浪漫主義有所排

---

[15]　引自《瞿秋白文集‧文學編》第二卷，人民文學出版社 1986 年，第246 頁。

[16]　轉引自張鐵夫主編：《普希金與中國》，岳麓書社 2000 年 9 月第 1版，第 32 頁。

[17]　轉引自張鐵夫主編：《普希金與中國》，岳麓書社 2000 年 9 月第 1

斥，而對寫實主義分外青睞，這倒看得出一點流派色彩。其實，創作方法是寫實主義，還是浪漫主義，並不重要，重要的是藝術表現的精神內涵。《上尉的女兒》通過普加喬夫起義的描寫，揭露農奴制度的弊端，表現人民的反抗精神，這與五四時代的民主要求恰好吻合。作品中自由浪漫的「兒女間之愛情」，也正能夠喚起五四讀者的共鳴。所以，才有復譯本出現。

選擇普希金作品的三個著眼點，在整個俄國文學黃金時代的接受上具有典型性。

同樣是反映現實，普希金多出之以詩意的手法，對素材中的渣滓污穢有所過濾，而果戈理則「尋覓材料於人世的污泥中間，他把所有卑鄙齷齪的人物和可以使人憂愁，煩悶，笑謔，厭惡的事情一一用詼諧、諷刺的手筆描寫出來」[18]。這種粗獷犀利的諷刺文學恰合五四時期披荊斬棘、開闢新路的需求，所以，此前不被注意的果戈理作品被翻譯過來，受到歡迎。1920 年 7 月北京新中國雜誌社出版的《俄羅斯名家短篇小說》第一集收有耿濟之譯短篇小說《馬車》。對俄國官僚的腐敗與黑暗諷刺得痛快淋漓的名劇《巡按》（《欽差大臣》），經賀啟明從俄文翻譯過來，由商務印書館推出，並上演於北京一個臨時組織的「愛美劇」（業餘演出）的劇場，讀者與觀眾從劇情中的俄國官場怪現狀聯想到污濁不堪的中國官場，反響熱烈。

版，第 31-32 頁。

[18]　濟之：《俄國四大文學家合傳》，《小說月報》12 卷號外《俄國文學研究》。

　　果戈理有時也能「描寫刻畫『社會的惡』而又沒有過強的刺激。於平淡中含有很深的意境，還常常能與讀者以一種道德上的感動。」[19]瞿秋白翻譯過果戈理描寫僕人們好吃懶做的諷刺短劇《僕御室》，他所看重的是作者「描寫當時下流社會的情形很微細，又很平淡，可是能現出下流社會的真相。」[20]果戈理描寫小人物悲慘命運的經典作品《狂人日記》與《外套》也均有翻譯。鄭振鐸在《文學大綱》稱讚《狂人日記》「寫狂人心理極為深入而逼真，開後來心理分析的小說之先路」，作品由耿濟之譯為《瘋人日記》，商務印書館1925年1月出版。「詼諧中藏著隱痛，冷語裏仍見同情」（北新書局廣告語）的《外套》至少有三種譯本：葉勁風譯文收《俄羅斯短篇杰作》，公民書局1921年7月出版；畢庶敏譯文載《俄國文學研究》；韋漱園譯本，北新書局1926年9月出版。還是在《外套》譯文尚未問世時，沈雁冰就在《近代俄國文學雜談》[21]裏把這篇作品作為俄國人道主義文學的開端來重點介紹，指出它有三種特色：「一是描寫貧人的苦況，二是諷刺大官的妄作威福，三是貧弱者對於強暴者的報復。」在他看來，托爾斯泰、屠格涅夫等人的作品，雖然手法與果戈理有所不同，但人道主義卻一脈相承。

　　托爾斯泰可以稱之為黃金時代人道主義文學的集大成者，五四時期對托爾斯泰的評價最高，耿濟之在《俄國四大文學家合傳》中譽之為「俄國的國魂」、「俄國人的代表」。

---

[19]　1920年《曙光》第1卷第4期。
[20]　《僕御室·譯後記》。
[21]　《小說月報》11卷1、2號，1920年1、2月。

因而托爾斯泰作品翻譯得最多，不僅種數多，而且重譯也多。耿濟之讚揚《復活》「理想極高，描寫之藝術亦隨之而高」，「凡有情性之人讀之沒有不感泣的」。所以，他在已有馬君武譯本（《心獄》，中華書局 1914 年）的情況下，將此書重譯出來，商務印書館 1922 年、1923 年、1926 年連印三版，1935 年又印兩版。三四十年代還有羅洪編譯本（上海開華書局 1934 年）、張由紀譯本（上冊，上海達文書局 1938 年）、秋水譯本（下冊，上海啟明書局 1939 年）、高植譯本（重慶文化生活出版社 1943、1944 年，上海文化生活出版社 1946、1949 年）、任蒼丁縮寫本等。此外，還有根據這部名著改編的同名多幕劇，如田漢的六幕劇（上海雜誌公司 1936 年）、許幸之的五幕劇（上海國民書店 1939 年）、夏衍的六幕劇（重慶美學出版社 1943 年）等。

　　托爾斯泰的宏闊深邃喚起了眾多譯者的翻譯熱情。瞿秋白早期翻譯的幾篇托爾斯泰小說（收《托爾斯泰短篇小說集》，商務印書館 1921 年版），雖說其容量比不上《安娜·卡列尼娜》與《復活》那樣的鴻篇巨製，但也見得出深沈而博大的人道主義情懷。《三死》寫旅途中的三次死亡：第一次是執意要去外國治病的太太，終於不治而逝。第二次是驛站裏病死的老車夫，臨終前把鞋送給一個年輕車夫，希望將來替他買塊石頭以作紀念，可是待他死後一個月，年輕車夫仍沒有還願。在廚娘的催問下，年輕車夫才接受一老者的建議，砍樹做了個十字架。第三次死亡是樹之死，活樹的枝兒正傲然在死樹面前搖動著。作品寫將逝者對生命的留戀及對死後被善待的希望，寫弱者生命的脆弱與小人物的卑微，委

婉地諷刺生者對死者的「傲然」而少同情。作品裏沒有痛徹骨髓的大悲大慟，但對弱者的哀憫乃至對生命的憐恤給人一種難以言傳的感動。《伊拉司》的主人公勞苦幾十年終於成為大富翁，然而，兒子不成器，長子酗酒滋事，被人打死，次子娶了個悍婦，只知道爭家產。加上荒年與疫病，伊拉司七十歲時變成赤貧者，給鄰人當僕人。鄰人向客人炫耀自己的生活，從前的富翁伊拉司現在給他當了僕人。而伊拉司則說，自己千辛萬苦尋找了五十年的幸福現在終於找到了，不必再為財產與名利費神、爭吵。客人停止了輕浮的嘲笑，陷入了沈思。這篇作品不似中國傳統文學中常見的那樣善有善報否極泰來或者飛來橫禍釀成悲劇，而是波峰浪谷的大起大落使人變得豁達開朗起來，上升到新的人生境界，從而引導讀者與人物一道進行對生存質量與人生價值的深層思考。

《阿撒哈頓》描寫阿西利王阿撒哈頓攻打拉利亞王國破城之後，搶劫，焚燒，無所不為。一神人用幻術將阿撒哈頓變作被囚的拉利亞王，讓他體驗屈辱、痛苦與將死的恐懼。阿撒哈頓覺悟過來，把別人的生命看作和自己的一樣，赦放了所有囚虜，又免除死刑，並且毅然放棄了王位，去沙漠裏隱居，各處傳告說：「生命是唯一的，人要對於別人作惡，那就和對自己作惡一樣的了。」這篇寓言性的作品表現出勿作惡、愛人類的托爾斯泰主義。

如果說五四時期擇取托爾斯泰的重點是其永恒的人類之愛的話，那麼，從屠格涅夫看到的則是鮮明的時代色彩。屠格涅夫的作品帶有編年史性質，從《獵人筆記》到《羅亭》、《貴族之家》、《前夜》、《父與子》、《烟》、《處女地》，

看得見 19 世紀 40 年代至 70 年代俄國社會生活與思想變遷的軌迹。這對於同俄國有著諸多相似之處的中國來說，感到切近與親切。因此，五四時期屠格涅夫作品翻譯得較多，連載或出版單行本的就有：陳嘏譯《春潮》（《青年雜誌》1 卷 1-4 號連載）、陳嘏譯《初戀》（《新青年》1 卷 5 號-2 卷 2 號連載）、耿濟之譯《獵人日記》（《小說月報》12 卷 3 號-15 卷 11 號連載，中間有空期）、沈穎譯《前夜》（商務印書館 1921 年）、耿濟之譯《村中之月》（商務印書館 1921 年 3 月）、耿濟之譯《父與子》（商務印書館 1922 年 1 月）、郭鼎堂（郭沫若）譯《新時代》（即《處女地》，商務印書館 1925 年 6 月）、徐蔚南譯《屠格涅夫散文詩集》（24 篇， 1922 年 9 月 18 日-10 月 22 日《民國日報・覺悟》連載，中間有空期，單行本署徐蔚南、王維克譯，青年進步學會 1923 年 6 月）、李杰三譯《勝利的戀歌》（上海光華書局 1926 年 9 月）、仲雲譯《畸零人日記》（即《多餘人日記》，1926 年 11 月 21 日至 1926 年 12 月 25 日《文學周報》251 期至 295 期連載，中間有空期）、沈穎譯《九封書》（上海自由社 1926 年 12 月）、張友松譯《薄命女》（上海北新書局 1927 年 4 月）等。

　　《初戀》描寫父子倆戀上同一位小姐，這在中國有亂倫之嫌。但在作品裏，少爺弗拉基米爾對自己的初戀並不後悔，對父親也說不上憎恨，有的只是少年初戀的甜蜜與感傷、人生的嗟嘆。公爵小姐的美麗、機智、任性、魅力也自有迷人之處。但《初戀》之所以被譯者與《新青年》選中，恐怕主要不在這些地方，而是在於個人主義的精神。父親彼

得・瓦西里耶維奇認為意志決定自由，相信只要有了獨立而堅強的意志，就可以指揮一切，他對公爵小姐齊娜依達的追求即是其個人主義的實踐——他絲毫不顧及對妻子的傷害，更不考慮對兒子的創傷，執著地追求自己之所愛。齊娜依達的愛情觀也富於獨立精神：我不會愛上一個我瞧不起的人，我需要的是一個能使我折服的人……不要讓我捏在別人的手心裏，千萬不能！事實上，雖然她傾倒於瓦西里耶維奇，但並未絕對聽從他的指揮，而是選擇了自己的生活道路。《春潮》主人公薩寧有見義勇為的熱情，在法蘭克福及時搶救了少年埃米略，又勇敢地以決鬥的方式維護埃米略姐姐杰瑪的名譽，因而贏得了杰瑪的愛情。可是，他性格中亦有優柔寡斷、意志薄弱的另一面，當他去籌款準備成親時，被年輕妖艷、風流成性的貴婦瑪麗亞・尼古拉耶夫娜所誘惑，背信棄義，拜倒在石榴裙下，跟隨瑪麗亞赴巴黎，但在那裏品嚐的惟有瑪麗亞給他的屈辱，最後被棄如敝屣。如果說薩寧屬於那種優柔寡斷的「多餘人」的話，那麼，杰瑪則是一個真正具有獨立個性的可愛可敬的人物，她認清了未婚夫克呂貝爾的虛偽、自私之後，毅然決然地解除婚約。當得知被薩寧忘卻後，也沒有自暴自棄，而是勇敢地走上新的生活道路，過上了幸福的日子。當她接到薩寧的信後，還回信表現出足夠的寬宏大度。《新青年》從刊登《春潮》開始，緊接著又推出《初戀》，不僅預示出國人對現代戀愛婚姻的希冀，而且透露出對自由、平等、個性等一整套現代觀念的渴望。陳嘏在發表《春潮》時所加的《譯者按》中，已經注意到作品「乃咀嚼近代矛盾之文明，而揚其反抗之聲也。此

篇為其短篇中之佳作。崇尚人格，描寫純愛，意精詞贍，兩臻其極」。

　　由年輕一代張揚個性而引起父子兩代或平民知識份子與貴族之間的衝突，是俄國思想解放過程中的普遍現象，《父與子》、《村中之月》、《前夜》等就真實地反映了科學精神科學方法與舊習俗、現代風度與貴族習氣、個性意志與父母之命等衝突。五四時期面臨著同樣的問題，作家創作了不少這類題材的作品，外國文學中的同類題材自然會喚起國人的共鳴，因而這些作品被翻譯過來，義無返顧地為民族解放而獻身的新人形象與對舊有文明的強烈批判精神得到好評，而優柔寡斷、怯於行動的「多餘人」性格則受到批評。如田漢在《俄羅斯文學思潮之一瞥》[22]中，就稱許巴扎洛夫敢於否定舊物的虛無主義態度，批評羅亭是沙皇政府「暴壓出之畸形兒」，其「大言壯語滔滔若懸河」，可惜為「清淡之人，而非實行之人也」。鄭振鐸也在《父與子‧序言》中強調，《父與子》中的虛無主義與 1879 年至 1881 年年間所發生的虛無主義不同，「巴札洛夫的反抗思想是從科學思想發生出來的，他因為當時俄國的道德、宗教、國家等等一切皆建築在虛偽謬誤的基礎上，所以一切都要反對否認」。而1879 年至 1881 年年間的虛無黨卻不然。「他們不僅否認國家、宗教等等，並且也否認科學，乃至否認人類，否認生死。世人稱之為恐怖主義者，確是很對。」鄭振鐸還聯繫中國的實際說道：「中國現在也正在新舊派競爭很強烈的時候，也

22　《民鐸》第 1 卷第 6、7 號連載。

有虛無主義發生。但中國的巴札洛夫的思想卻是從玄學發端的，不是從科學發端的。他也否認一切，與巴札洛夫一樣，但卻比巴札洛夫更進一層。正與俄國後來的恐怖主義者一樣，連人類也一切否認，連生死也一切否認，並且也主張革命，但只是玄想的革命，不若恐怖黨之以流血為事。中國的泊威‧彼得洛委慈更是不行。他決沒有決鬥的勇氣，並且連辯論的思想也不存在頭腦中。遇到教訓欲發生的時候，就教訓了子代的人一頓，但卻不辯論。他的無抵抗與緘默把與反對的人衝突的事，輕輕的避免了。父子兩代的思想竟無從接觸。我看了這本《父與子》，我很有很深的嘆息。懦弱與緘默與玄想的人呀！思想之花怎麼不開放？我默默的祈禱，求他們的思想的接觸，求他們的思想的燦爛的火花之終得閃照於黑雲滿蔽之天空！」[23]看得出，五四新文學前驅者選擇什麼來翻譯，主要不是憑個人的興趣，而是著眼於社會文化改革的需求。也正是在外國文學的對照之下，才更清楚地認識了中國社會文化的弊端，加速改革的進程。

屠格涅夫自幼目睹母親專橫任性、虐待農奴，而從在他家當僕人的農奴身上感受到農民的善良與苦難，因而開始對農奴制產生厭惡，青年時代結識別林斯基之後，堅定了反抗農奴制的志向。《獵人筆記》就體現出這一思想傾向，揭露地主的殘暴與偽善，描寫俄國農民在農奴制下受盡侮辱與壓榨的苦境，也在雄渾壯闊的俄羅斯大自然的背景下，表現了農民淳樸的或殘缺的精神品質，暗淡的色調中不時閃露出對

---

[23] 1922 年 3 月 18 日《時事新報‧學燈》。

象人格的光芒與作者詩意的抒情。《小說月報》在連載《獵人筆記》期間，於 13 卷 3 號發表謝六逸《屠格涅甫傳略》[24]。文章稱贊這部作品「對於俄國當時的農民（奴）制下了根本的打擊」，「將屈服於農奴制束縛之下的有理性而可愛的人的實像，刻畫出來。同時又寫出地主的卑劣，喚起這制度所造成的惡意識。至於藝術方面，這本書也足稱上品，在那些短篇日記之中，所描寫的各個人物的性格，都是生氣盎然的，和自然美的描寫合在一起。因為（而）作者的意志，在這本作品裏，將侮辱、同情、驚嘆、深刻的悲哀等，順次的印象於我們了」。同期刊物上，譯者耿濟之在《獵人日記研究》中也說：「我在俄國諸大文學家中最愛屠格涅甫的作品，因為他的作品能在高超的藝術內曲折傳出社會的呼聲，反映時代的精神。」「《獵人日記》反抗農奴制度，最為激烈，影響於當時俄國社會者亦屬最大。」「俄國文學所以能富於人道的，同情的精神，而成為一種特殊的文學，就因為有那種共同的趨向，共同的目標」，即反對農奴制度。「『人生在世上，互相都是平等，大家全有肢體，大家全有理性和意志。』（耿濟之注：拉其柴夫語）這種理性和意志誰也不能奪去。農人既是個『人』，既有肢體，既有理性和意志，何以要做田主的『農奴』？何以他的自然權利——自由和平等——要受他人的剝奪？個性是神聖不可侵犯的，農奴的個性可以認為完全消滅，所以智識階級不能不加以拯救。」耿濟之認為《獵人筆記》之所以堪稱

---

[24]　《小說月報》13 卷 3 號。

傑作，在於它沒有把反抗農奴制的思想傾向表面化，而是能夠真實地描寫俄羅斯鄉村景象，準確地刻畫出農民的多種性格，以冷靜而帶有反諷的筆觸揭示出地主與農民之間的關係。

　　《獵人筆記》得到新文學前驅者感情與理性諸多層面的認同與肯定，同中國文學史上農村題材嚴重闕如的偏枯現象與中國農村社會的現實狀況密切相關。雖說中國傳統觀念素來重視農業，但奇怪的是：中國文學史，悠悠數千年，而表現農村、農民題材的作品卻少得十分可憐，偶或有之，也往往是隱士與被貶官者走馬觀花的「農家樂」，或是農民發跡以後施粥行善福蔭子孫金榜題名累世高官之類的「白日夢」，總之，同苦澀居多的普通農家生活甚為隔膜。為什麼會出現這種現象呢？因為處於社會底層的絕大多數農民從來沒有獲得過土地的權利，除了民間口傳文學之外，也從來沒有享有過書面文學的權利，充其量只是土地的附庸與書面文學的局外人。掌握書面文學權利的文人從來沒有把農民作為平等的對象來對待過。五四新文化運動中，西方的人權、民主、平等、自由等現代觀念浩浩蕩蕩地湧進中國，勞農神聖成為時髦的口號，這給農民與農村登上文學舞臺提供了良好的契機。屠格涅夫為農民與農村畫像，這一文學行為本身就讓國人感到新鮮，何況他對農奴制的批判態度是那樣的無畏與堅定，對農民的刻畫是那樣的飽含深情與逼真生動，對農村生活場景的描寫是那樣的栩栩如生，這就不能不讓中國新文學前驅者蕭然起敬、發生共鳴。五四新文學之所以能夠開闢鄉土文學的處女地，湧現出魯迅的《故鄉》、《社戲》

等優秀作品，拓展了中國文學的題材領域，一個重要的啟迪與範式就是《獵人筆記》。

　　黃金時代文學對俄羅斯專制社會的批判，不止於沙皇統治、農奴制度與官場黑暗，還有家庭專制。奧斯特洛夫斯基的《大雷雨》就是這方面的代表。耿濟之是中國從俄文中翻譯奧斯特洛夫斯基作品的第一人，1921 年他翻譯的《雷雨》由商務印書館推出。鄭振鐸在同年 5 月 29 日《文學旬刊》第 3 期「書報評論」欄目中，指出譯者「翻譯的藝術很好；雖非絕對的直譯，卻與原文非常的貼合，並且能把原文的精神充分的達出。」「這本戲所敘的事情非常的悲慘。他不是敘這個黑暗之國的政治上的殘酷，卻是敘它的社會上家庭上的殘酷。」富寡婦卜彭諾瓦虐待兒媳卜答鄰，商人提闊意虐待侄子鮑里司，最後，卜答鄰受虐不堪，由碼頭上墜下船頭而死，鮑里司則不得不遠赴西伯利亞。「在中國，這種殘酷的家庭更是到處皆是。我讀了這一本戲，竟覺得有無限的感慨，好像阿史德洛夫斯基這齣戲是特為中國人做的一樣。在俄國，大家看了這本描寫黑暗王國的戲，多慨然嘆息，仰首望太陽之出。而太陽終出了。我不知我們看了這本戲也要慨然嘆息，仰首望太陽之出麼？太陽也終要出來麼？」鄭振鐸的評論道出了中國接受《大雷雨》的根本原因。中國家文化源遠流長、根深蒂固，家之重要，正如《孟子・離婁上》裏所說：「人有恒言，皆曰天下國家，天下之本在國，國之本在家。」在中國傳統社會裏，社會的細胞不是個人而是家庭家族，個人的權利受到極大的壓制。《朱熹家禮》中說：「凡諸卑幼，事無大小，毋得專行，必咨秉於家長」。婚姻大事，

須聽父母之命，經濟命脈，更在家長手中。唐律規定，父母、祖父母甚至曾高祖在世，倘有別立戶籍，分異財產者，處以三年徒刑；卑幼不由尊長，私輒用當家財物者，予以鞭笞杖打。魏禧《日錄》甚至說：「父母即欲以非禮殺子，子不當怨，蓋我本無身，因父母而後有，殺之，不過與未生一樣。」這種荒謬絕倫的邏輯，在傳統社會竟然實行了幾千年，無辜被家長送官處死者不乏其人，被家長專制斷送了婚姻幸福、扭曲了心靈者又豈能以數字計！所以，五四時期家庭專制成為新文化運動衝擊的重點目標，像《大雷雨》這樣抨擊家庭專制的外國文學作品大受歡迎，揭露家庭專制弊害的新文學創作如雨後春筍，其中多有感人之作，如魯迅的《狂人日記》，冰心的《斯人獨憔悴》，田漢的《獲虎之夜》，馮沅君的《隔絕》與《隔絕之後》等，五四之後，這一主題線索繼續發展，並取得了更為可觀的成績，如：巴金的《家》、《憩園》、《寒夜》，曹禺的《雷雨》、《北京人》，白薇的《打出幽靈塔》，路翎的《財主底兒女們》等。

　　黃金時代的文學新人柯羅連科，少年失怙，家境貧寒，曾因政治犯嫌疑入牢，後流放到西伯利亞，經受過種種痛苦的煎熬。他追踪托爾斯泰、屠格涅夫，高揚人道主義與理想主義旗幟，作品情調溫馨，也受到五四時期的歡迎。1920年 6 月 25 日《東方雜誌》17 卷 12 號載有耿濟之譯《撞鐘老人》，同年 10 月《新青年》8 卷 2 號載有周作人譯《瑪加爾的夢》，1921 年 9 月，《小說月報》12 卷號外《俄國文學研究》載有鄭振鐸譯《林語》。單行本有張聞天譯《盲音樂家》（中華書局 1924 年 2 月；另有李秉之譯本《盲童》，

收入《俄羅斯名著》（第一集），上海亞東圖書館 1925 年
12 月；張亞權譯本《盲樂師》，商務印書館 1926 年 1 月），
周作人譯《瑪加爾的夢》（北新書局 1927 年 3 月）等。

　　瞿秋白在《十月革命前的俄羅斯文學》中，指出柯羅連
科的特點在於「適應已變的環境表現『廣愛』，在『人』裏
發現人性，對於尋求公道的人表熱烈的同情」。《瑪加爾的
夢》表現的就是對底層社會的同情。主人公瑪加爾是一位農
民，他竭力工作，卻不得溫飽。他常常想到「神聖的山」上，
去求得靈魂的救濟。耶誕節前夜，他夢見自己死去，被帶到
樹神大楊那裏，接受功過的裁斷。天平上罪惡的木盤竟重於
善良的金盤數十倍。大楊發怒，叫他來世充當教堂看守者的
馬抵罪。平素口訥的瑪加爾此時口若懸河，反駁說審判不公
平，他勞苦一世，受盡盤剝。天平上的金盤終於下沈了，瑪
加爾在夢境中得到了公平的待遇。

　　《盲音樂家》所表現的愛則更為宏闊，既有親子之愛，又
有兩性之愛，也有健全人對殘疾人的關愛，更有對一切不幸者
的憐愛，全篇猶如一部人道主義之愛的交響曲。盲童畢立克的
母親為了因勢利導培養兒子的音樂才能，買來鋼琴，重新彈奏
起久違了的音樂。舅舅曾經好鬥與不安定，參軍打仗，傳聞戰
死，鄉親們竟暗自慶幸。然而他因為對外甥的愛而改變了暴躁
的脾氣。畢立克在愛的陽光雨露沐浴下成長，度過了幾次心理
危機。尤其是當他得到愛情之後急欲看見愛他與他所愛的人，
陷入心理困境不能自拔時，舅舅帶他到寒風中瑟縮的盲人乞丐
那裏去，感受世界上還有更痛苦的人，他的心靈得到升華，在
人道主義博愛中獲得新生，不再自憐自愛、自怨自艾、折磨自

己也折磨他人，而是關心他人——親人及苦難者，用自己的藝術才賦義演來救助弱者。中國傳統文學中雖然不乏殘疾人奇才形象，但像這樣描寫盲童成長史的特殊教育小說，似乎還沒有。所以這部作品對於中國讀者來說，十分新鮮而富有意義。

《盲音樂家》深為中國讀者所喜愛，不僅因為其新穎的題材與深刻的主題，而且在於溫馨的主題意蘊寄寓在絢麗生動的藝術描寫之中。盲童對世界的感受寫得真切動人，如「在盲童，春天不過是種種離亂的聲音的滲入吧了。他聽到河水流動著的聲音。樺樹的枝在窗口前細語並且輕輕地打在玻璃窗上發出有節奏的音響。冰條從廊檐很快樂地掉在地上，發出數百種不同的音調。這些聲音蜂擁到室內，有時像一陣有色石子的射擊，有時像遠地雷聲的急驟的滾轉。忽然一陣鷺鷥的叫聲，打破了這不息的嘈雜，後來消滅下去似乎漸漸溶化在空氣中了。」關於自然與音樂的描寫，猶如韻律優美的散文詩。如「雪從田裏逃去了，細流，那春天的報告者，在他們小的石床上奏著甜蜜的音樂。」「田畝上披著裝滿野菊花的綠袍；小鳥歌唱著，樺樹的新鮮的嫩芽的甜味充滿在空氣中間。」「對於自然界清新與活潑的感情與陸思尼亞音樂的優美，都在從盲音樂家的手指上所彈出的勇敢的曲調中流露出來了。豐富的色彩，抑揚而且柔軟，有時伸起了讚美歌的莊嚴；有時衝出戀愛之歌的熱情與狂愛。有時可以聽到天空中雷雨的精神和草原上的和風與雪景上的狂風在相互交替著的聲音。」作者描寫得出神入化，譯者翻譯得惟妙惟肖。即使放在 21 世紀的今天，譯筆也堪稱一流，禁不住讓人感佩五四時期的翻譯在新文學創建過程中起到了多麼重要的作用。

　　1923 年 5 月，張聞天在美國加利福尼大學留學期間翻譯此篇後，寫下《科路倫科評傳——為〈盲音樂家〉的譯稿而作》（載 1923 年 6 月《少年中國》4 卷 4 期），文中把柯羅連科比作暴風雨之夜給饑餓的虎狼與寒冷包圍之中的長途旅行者帶來希望的火光，說「他在抑鬱與悲哀的中間還是不斷地為了正義替被壓迫的人類呼號著」。「在他的作品中間，我們到處可以感覺到藝術家的靈感與對於理想的熱望。他的上帝是人，他的理想是人道。他所要表現的是人生的痛苦的詩。他從人的立腳點上觀察一切，他所描寫的世界都是以人為中心，似乎這世界的存在完全是為了人。」「我們讀他的作品常常覺到悲哀與憐憫，美麗與端莊。他對於人物的描寫都非常真切。」「在他的作品中，不論怎樣黑暗的描寫，怎樣絕望的事，他總拿一種希望一種理想來安慰我們。他遠遠地擎起他的『小火』來引誘我們，使我們鼓起勇氣向前進行。但是要達到這一點火光，我們必須和罪惡奮鬥了。這是他和托爾斯泰的無抵抗主義不同的地方。」「但是科路倫科鼓吹反抗和當時虛無主義者不同。虛無主義者的反抗是由於絕望，他的反抗是由於不滿足。虛無主義者的反抗是為反抗而反抗，他的反抗是為改進現在的生活狀況而反抗。他眼睛裏世界上一切不是全惡的；現實不是常常而且永遠悲哀的。如其我們能夠永遠向著真善美做去，我們前途的光明實在是很偉大的。」

　　陀思妥耶夫斯基在黃金時代是一個特殊的存在。他 18 歲時，父親因虐待農奴而被農奴毆打致死，此事給他留下強烈的印象。28 歲時被捕，以在會上宣讀別林斯基致果戈理

的反農奴制的信等為「罪名」，被剝奪貴族身份，判處死刑。臨刑前卻聽到宣諭改處苦役的沙皇旨意，精神受到極大震動。四年苦役刑滿之後，又被迫到西伯利亞的另一個地方從軍五年。這些詭譎際遇和苦難生涯，給他的心靈打上了特殊的烙印，使他對人間的命運、社會最底層的性格與人的內心世界有了獨特的發現與深邃的思考。這樣，他在文學創作中，一方面，他站在底層社會的立場上，關注小人物的命運，尤其是以親身體驗與觀察逼真地刻畫了被損害者與被侮辱者及因道德瑕疵而為世人所不齒者的形象，揭示社會的貧富對立與社會不公問題，表達人道主義意緒；另一方面，執著於人物內心世界的深入挖掘，刻畫人物變化無常的微妙心理與錯綜複雜的多重性格，尤其是對病態心理做出了令人震悚的解剖。

　　正是由於陀思妥耶夫斯基作品的深邃幽曲，在俄羅斯為世人所認識不像托爾斯泰與屠格涅夫那樣迅捷，中文翻譯也相應較晚，而一旦認識到其價值，譯介便逐漸多了起來。1918年1月15日《新青年》4卷1號，刊出周作人翻譯的英國W. B. Trites 的評論《陀思妥夫斯奇之小說》。兩年多以後，有了作品翻譯。1920年5月26-29日，《民國日報》副刊《覺悟》連載喬辛煐譯短篇小說《賊》（即《誠實的小偷》，另有陳大悲譯文收商務印書館1925年1月版《熊獵》）；同年6月，《東方雜誌》第17卷11號刊出鐵樵譯《冷眼》（即《聖誕樹和婚禮》）；1921年《青年界》第1卷第5期刊出周起應譯《大宗教裁判官》（《卡拉瑪佐夫兄弟》節譯）；1922年《民鐸》1卷1期載太一譯《罪與罰》節譯本；1923

年版《近代俄國小說集》（一）收有仲持譯《聖誕樹前的貧孩子》；1924 年《學生雜誌》11 卷 9 號刊出售靈譯《孤女磊麗的故事》（《被侮辱與被損害的》節譯本）；1925 年《學生雜志》12 卷 3 號載售靈譯《在闊人的寄宿學校裏》（《少年》節譯本）；單行本有耿濟之譯《少年》（商務印書館 1923 年），韋叢蕪譯《窮人》（北新書局 1926 年 6 月）、白萊譯《主婦》（即《女房東》，光華書局 1927 年 4 月）、袁振英譯《牧師與魔鬼》（香港受匡出版部 1927 年）等。

　　1921 年 11 月 2 日《文學旬刊》第 19 號刊出一組文章：西諦《陀思妥以夫斯基的百年紀念》、愈之《陀斯妥以夫斯基年譜》、冰《陀斯妥以夫斯基帶了些什麼東西給俄國？》。冰（沈雁冰）在文章中指出，陀思妥耶夫斯基帶給俄國的禮物就是從濕漉漉的抹布生活中發現「人性的永久真實」。他希望國人注意這位大文學家。緊接著，《文學旬刊》第 20 號刊出《陀思妥以夫斯基作品一覽》。翌年 1 月，《小說月報》第 13 卷第 1 號「文學家研究」為陀思妥耶夫斯基專欄，刊出四篇文章：沈雁冰《陀思妥以夫斯基的思想》，小航《陀思妥以夫斯基傳略》，郎損《陀思妥以夫斯基的地位》，記者《關於陀思妥以夫斯基的英文書》，本卷還配有陀思妥耶夫斯基小影手迹共 11 幅。

　　郎損（沈雁冰）文章充分認識到陀思妥耶夫斯基的特點及其在俄國文學史上的地位，認為在近代俄國文學史上，陀思妥耶夫斯基開了新紀元：第一，是他的作風。「他能把寫實派中沒有幾人能說出來的現實的醜惡相，與浪漫派中沒有幾人想得到的理想的人格，混合在一部小說裏」。「他描寫

一個國，巨大的，有力的，蘊有無窮自然富源的國，但缺了安寧與平靜；一個國，被最驚人而可痛的衝突分裂破碎了的，但仍是熱烈地夢想著和諧與美麗；一個國和截絕一切生物的慘流相爭，但是仍舊看得見純潔的白光的幻想和發狂似的愉快。一方面不諱言而且極要言現實生活的至極醜惡，一方面又滿貯了希望，等候將來」。第二，是他對於「被損害者與被侮辱者」的博大深厚的同情。「與其說是同情，不如說是愛，更為確切些。他不教人愛什麼，卻教人以愛的本身；不論什麼都是要愛的。這樣的對於『被損害者與被侮辱者』的深厚的愛，方才是立於同等地位的人對人的同情心，而不是那些自命為慈善家侮辱他人人格的憐憫。」第三，病態心理的描寫，「簡直就引了讀者到這些精神病的人們的眼前，聽他們呻吟詛咒狂喊；同時卻又使人覺得這些精神病者的靈魂實在仍是健全的。」

沈雁冰的《陀思妥以夫斯基的思想》注意到陀氏思想有許多矛盾，譬如《死室的回憶》裏說俄國人的主要特點是對於公正的切望，而在《一個著作家的日記》裏卻又說俄國人的主要特點是甘於忍受苦痛了。他對於「痛苦」的見解，有時以純然人道主義者的見解來詛咒痛苦，有時卻又以宗教家的見解而說痛苦是罪惡的必要的責罰；他有時說不公平是害人的，有時又說是滋養磨礪精神力的。但又指出，充滿悖論的陀氏思想中，也有最為他始終篤守而且最有特色的，這就是他的性善論。他「不說人性有向善的本能，卻說人性的本質是善的，而且這善是不可磨滅的。『被損害』的人們或許會墮落到極卑污凶暴的生活裏，但他靈魂中的『神的火花』

是不會滅的。」文章引述《二我》（亦稱《戈略特庚》）裏的話說：「戈略特庚斷不肯受人侮辱，被人踏在腳下同抹布一樣。但是倘若有人要將他當作抹布……他那時就變成抹布。卻又非平常抹布，乃是有感情，通性靈的抹布。他那濕漉漉的褶疊中，隱藏著靈妙的情感。」文章接著說：「這濕漉漉抹布生活裏的永久的人性，他在這裏借戈略特庚寫出來的，簡直就是全個俄國人民的寫照。」「陀氏所描寫的那些『被侮辱者與被損害者』雖過了墮落的生活，然而靈魂永不至於墮落。」文章認為，「陀斯妥以夫斯基的思想或者確是偏的極端的；他的愛與犧牲的宗教或者竟如一二評論家所說，是歇斯叠里患者的幻想。這些關涉問題的永久性的話，我們現在不去講它也罷；我們就現在講現在，把陀氏的思想攤在面前，和現在人性的缺陷處比較著一看，總應該覺得陀氏的思想是人類自古至今的思想史中的一個孤獨的然而很明的火花。對於中國現代的青年，猶是一劑良好無害的興奮劑。他的對於將來的樂觀，對於痛苦的歡迎，他的對於無產階級的辯誣和同情，……——都是現代的消沈，退縮，耽安樂，自我的青年的對症藥。我們，中國的青年，這幾年來所見的黑暗，所受的痛苦，所犧牲的，比諸俄國青年在西伯利亞『死室』裏所受的，孰多孰少？恐怕一千分之一也沒有啊！然而我們社會中已有許多青年發出絕望的叫聲來，對於人生沒味了，甘心要把享樂的濃酒麻醉自己清醒的神經再裝著假睡了：這真太說不過去哩！讓我們來寶愛生命罷，不要隨他灰色的呆滯的過去；我們確信將來罷！社會改造的方式，陀氏曾言俄國不應抄西歐的舊法而應自創俄國的法式的，現在

不是已經明明放在那裏麼？此外我們還缺少了什麼？但是我希望我們不要誤會，也學著陀氏的論調，唱起什麼『支那主義』來；更不要誤會了他們的民族主義，唱什麼『西學為用，中學為體』，如果不致引起人來說中國有中國的改造方法，那就是我寫下這篇的大願望了。」沈雁冰稱許陀思妥耶夫斯基從「抹布」中發現人性的光芒、在絕望中尋求救贖的希望，正是希望中國現代青年從陀思妥耶夫斯基與「俄國的法式」——十月革命——獲得啟迪，覺醒起來、振作起來，努力爭取中國社會改造的成功。

意識到陀思妥耶夫斯基的價值之後，譯者不懼煩難，想方設法加以翻譯。未名社成員韋叢蕪以 Constance Garnett 的英譯本為主，參照 Modern Library 的英譯本譯出《窮人》，再由魯迅用原白光的日譯本做比較，以定從違，最後由另一名未名社成員韋素園用俄文本加以校定。魯迅經歷過辛亥革命前後大風大浪的激盪，不像年輕的沈雁冰那樣著眼於陀思妥耶夫斯基的理想召喚。他作為一個偉大的作家，對陀思妥耶夫斯基刻畫人物之妙與揭示靈魂之深有著更深的體悟。他在《〈窮人〉小引》中高度評價陀思妥耶夫斯基「寫人物，幾乎無須描寫外貌，只要以語氣，聲音，就不獨將他們的思想和感情，便是面目和身體也表示著。」「在駭人的卑污的狀態上，表示出人們的心來。這確鑿是一個『殘酷的天才』，人的靈魂的偉大的審問者。然而，在這『在高的意義上的寫實主義者』的實驗室裏，所處理的乃是人的全靈魂。他又從精神底苦刑，送他們到那反省，矯正，懺悔，蘇生的路上去；甚至於又是自殺的路。到這樣，他的『殘酷』與否，一時也

就難於斷定，但對於愛好溫暖或微涼的人們，卻還是沒有什麼慈悲的氣息的。」「凡是人的靈魂的偉大的審問者，同時也一定是偉大的犯人。審問者在堂上舉劾著他的惡，犯人在階下陳述他自己的善；審問者在靈魂中揭發污穢，犯人在所揭發的污穢中闡明那埋藏的光耀。這樣，就顯示出靈魂的深。」魯迅自身也可以說是「人的靈魂的偉大的審問者」。他在《狂人日記》裏，一方面讓狂人揭露出歷史上「仁義道德」的字縫裏寫滿了「吃人」，另一方面，又讓狂人自省「我未必無意之中，不吃了我妹子的幾片肉」，「有了四千年吃人履歷的我，當初雖然不知道，現在明白，難見真的人！」《阿Ｑ正傳》揭露出阿Ｑ性格中愚昧、保守、狡獪、精神勝利法等種種國民性弊端，同時也寫出底層社會對革命旁觀、憎惡、恐懼、希冀、快意、不平、投機等複雜心態，還揭示出阿Ｑ在赴刑場的路上從圍觀喝彩的人聯想到閃閃如鬼火的餓狼眼睛，意識到圍觀喝彩者又鈍又鋒利的眼睛比起又凶又怯的餓狼眼睛來更為可怕，因為它「不但已經咀嚼了他的話，並且還要咀嚼他皮肉以外的東西，永是不遠不近的跟著他走。這些眼睛們似乎連成一氣，已經在那裏咬他的靈魂。」這種來不及表達出來的覺醒，正是污穢中「埋藏的光耀」。這一刻畫足以同陀思妥耶夫斯基媲美。魯迅不僅寫出阿Ｑ性格的極大可能性，而且通過阿Ｑ被剝奪言語乃至生命的權利，讓那些「又鈍又鋒利」的眼睛化作詛咒和失望的輿論繼續追踪、咬嚙阿Ｑ的幽靈，來警醒國民。這正如魯迅所評價的陀思妥耶夫斯基那樣，「穿掘著靈魂的深處，使人受了精神底苦刑而得到創傷，又即從這得傷和養傷和愈合中，得到苦的滌除，而上了蘇生的路。」

三、緊追「白銀時代」

19 世紀末 20 世紀初，也就是大約在 1890 年至 1925 年前後，由於俄羅斯社會文化語境發生了巨大的變化，文壇隨之出現了五彩繽紛的新氣象：在文學主題上，人道主義雖然依舊動人心魄，但已經不再作為獨領風騷的主調，而是作為時代和聲的一個聲部；在創作方法上，象徵主義、未來主義等新興的現代主義異軍突起，同現實主義並駕齊驅，在現代主義與現實主義之間，亦有色調複雜的多種探索。文學史家把這一時期稱之為「白銀時代」[25]。

白銀時代的作家早在 1904 年就進入了國人的視野，到了五四時期，與白銀時代後半期相疊合，國人對白銀時代的感受更為切近，譯介更為自覺。白銀時代的代表性作家大部分都有作品翻譯過來，如契訶夫、高爾基、柯羅連科、安特列夫、契里珂夫、庫普林、阿爾志跋綏夫、路卜洵、梭羅古勃、布寧、勃洛克、盧那察爾斯基、愛倫堡等，有些作家如阿赫瑪托娃等，雖然作品暫未翻譯，但已有評介，為後來的翻譯做了準備。

契訶夫是一位承前啟後的代表性作家。他於 1880 年開始發表作品，1890 以前已有《萬卡》、《苦惱》、《草原》等優秀作品問世，但其戲劇和小說的經典之作大部分則創作於白銀時代。他的創作，既帶有濃郁的黃金時代現實主義風格，一絲不苟地寫實，可以說把現實主義的逼真、細膩、深

---

[25] 參照周啟超《白銀時代俄羅斯文學研究》，北京大學出版社 2003 年 6 月第 1 版，第 10 頁。

刻發揮到了極致；又呈現出白銀時代斑駁陸離的色調，其中不無象徵主義等現代派色彩。譬如《櫻桃園》與《海鷗》，主體意象及戲劇結構，都帶有象徵色彩，而生活細節描寫與心理世界開掘又分明見得出現實主義底蘊。再如短篇小說《一陣狂病》（耿式之譯，載《小說月報》13 卷 6 號），主人公法科大學生萬西里夫被朋友拉去逛妓女街，看到妓女的種種樣態，他的心情十分複雜，既有同情與氣悶，也有厭惡與鄙夷，還有好奇心與獵豔欲，道德感與性本能的激烈衝突使他陷入困惑仿徨之中，先是逃走，繼而獨自返回妓女街，喝了一大杯麥酒之後又逃也似地回到家中，在家裏不停地踱步直到天亮。早晨，朋友來看他時，見到他穿著一件撕成布條的襯衣，手指咬遍了傷痕，在屋子裏搖擺著，呻吟呼痛，被送到心理醫生那裏。作品不直接說人物心理怎樣，只是描寫他從手足無措到顛顛倒倒直至歇斯底里發作的過程，細密的紋理中投射著心理分析的冷峻與深邃。

　　契訶夫小說色調豐富、意蘊渾厚，深受人們喜愛，且以短篇取勝，給翻譯與發表帶來了便利。翻開五四時期的報紙雜誌，契訶夫作品出現的頻率甚至超過托爾斯泰。小說結集出版的有耿濟之、耿勉之譯《柴霍夫短篇小說集》（商務印書館 1923 年 1 月）、濟之等譯《近代俄國小說集》（三）（商務印書館 1923 年 11 月，所收 6 篇全部為契訶夫所作，也可以看作是契訶夫小說集）、濟之等譯《犯罪》（商務印書館 1924 年 12 月）、張友松譯《三年》（北新書局 1926年 12 月）、張友松譯《契訶夫短篇小說集》（上卷）（上海北新書局 1927 年 4 月）、趙景深譯《悒鬱》（上海開明

書店 1927 年 6 月）等。五四之前翻譯的契訶夫作品全都是小說，五四時期，由於話劇意識的覺醒與話劇運動的展開，急需引進外國話劇，契訶夫戲劇因而得到重視，1921 年商務印書館出版的「俄國戲曲集」十部劇作中，契訶夫的多幕劇就占了四部：《櫻桃園》、《伊凡諾夫》、《萬尼亞叔父》、《海鷗》；後來，又有多幕劇《三姐妹》（曹靖華譯，商務印書館 1925 年 8 月）與獨幕劇《求婚》（耿濟之譯，《解放與改造》2 卷 12 期）、《蠢貨》（曹靖華譯，1923 年 12 月 20 日《新青年》季刊第 2 期）、《天鵝之歌》、《紀念日》等中譯本面世。

　　契訶夫作品的大量翻譯，建立在對其創作個性的全面體認與高度評價基礎之上。鄭振鐸在《俄國文學史略》中關於契訶夫的認識與評價即可見一斑。關於題材，鄭振鐸指出：「柴霍甫敘寫人類天性在我們現代文明裏的失敗，尤其是敘寫知識階級在日常生活面前的失敗與破產，其所得之成績，幾乎沒有一個人能夠超過。」關於創作格調，鄭振鐸既看到他繼承了果戈理的「笑中之淚」，又注意到後期作品中，諷刺的鋒芒時為陰沈的憂鬱所掩抑，對小人物的悲憫融入了對社會歷史進程的深沈思索，尤為可貴的是他並沒有被憂鬱所壓倒。確信光明一定會到來，將來會有好日子。《伊萬諾夫》、《萬尼亞舅舅》與《櫻桃園》就表現出他的熱烈的嚮往。「古舊的櫻桃樹，被鐵斧丁丁的斫伐著，舊的人淒慘而至於悲泣，而新的人卻喜悅著，他們相信著新的園林，新的環境，新的希望與新的幸福。」鄭振鐸在《文學大綱》第三十七章《十九世紀的俄國文學》裏，再次強調「柴霍甫雖常為灰色

霧所包圍，卻始終並沒有棄卻對於將來光明的信仰。」五四之前，契訶夫作品的翻譯不出同情小人物與社會批判的範圍，而五四時期的翻譯選擇，則除了同情與批判之外，大大增加了對社會歷史進程的深沈思索與對未來的美好希冀，這正是因為五四是一個理性與理想交相輝映的時代，對文學提出了新的要求。此外，契訶夫短篇小說截取生活片段的巧妙與用筆的簡潔犀利，戲劇從日常生活中取材，以心理衝突構成戲劇衝突，也是五四時期大量翻譯的動因之一。

契訶夫與托爾斯泰一樣，觀察與表現人民生活，是出於人道主義的理想追求；陀思妥耶夫斯基從被損害者與被侮辱者身上發掘「抹布」裏的人性光芒，緣自他被沙皇專制從上層社會打入社會底層的巨大「落差」體驗；而白銀時代另一位現實主義的重要作家高爾基出身貧寒，在社會底層掙扎多年，觀察與描寫自己的同類幾乎可以說是他的社會本能。鄭振鐸在《俄國文學史略》中，把高爾基列入第九章「民眾小說家」，稱譽他是「許多民眾小說家中的最偉大者。他的作品是民眾小說中最完善的出產」。「他的短篇如《二十六男與一女》如《我的伴侶》等等，使我們一讀，情緒便立刻緊張起來，且立刻覺得驚奇不置，因為他已使我們見了從未見過的奇境與奇劇，如使我們久住城市的人登喜馬拉耶最高峰，看雲海與反映於雪峰之初陽；自然誰都會為之讚嘆不已了！他所描寫的男人與女人都不是英雄，而是流蕩者於草屋的住民，與一切所謂下等的人。實在的，在一切世界的文學上，像高爾基把平凡的人在平凡的境地上，描寫得如此新鮮如此特創，如此活潑有趣，把人類感情的變幻與競鬥，分析

得如此動人，如此好法，恐怕沒有第二個人。他實是一個大藝術家，一個詩人。」「他所愛的人物是『反抗者』，一個反抗社會而具有能力與堅強的意志的人。他的作品的呼聲是反抗的呼聲。俄國的作家，多帶宗教的氣息；他則把這個氣息一掃而空，使我們直接與一切事物的真相打個照面。他自己置於強的方面；他絕叫生活的權利。這是他新闢的境地。當二十世紀最初，俄羅斯革命的烏雲彌漫於天空時，高爾基的著作，實是下雨之前的雷聲。」關於高爾基的文體建樹，鄭振鐸除了肯定其短篇小說與契訶夫及柯羅連科一樣「大成功」之外，還說「他的戲曲也很著名，《沈淵》（At the Bottom，通譯為《底層》，也譯為《夜店》）尤足以使他成一個不朽的戲劇作家。」瞿秋白在 1921 年至 1922 年旅俄期間撰寫的《十月革命前的俄羅斯文學》[26]中，也認為高爾基「不僅止於顯示平民的人性，求高等階級的憐惜，更且進而指出平民的威力，足以顛覆高等階級的惡濁社會。」他早期所譯的兩篇高爾基小說，刻畫的都是有著形形色色弱點的小人物：《勞動的汗》的主人公因謊稱別人妻子與他有染而受到懲罰；《時代的犧牲》的男主人公是一個社會主義者，向一個虔誠的天主教女教徒求愛受挫。長達兩年的愛情與信仰的衝突使女教徒病倒，她請求陪護她的社會主義者講講生活，而這個愛她的男人卻對她不停地講社會政治。直到女子去世，兩個人也沒有消除由信仰產生的隔閡。高爾基顯然是要批評那種以所謂理性來壓抑感情的偏執。這一題材看似清淺，但對於強調

---

[26] 1927 年作為蔣光慈《俄羅斯文學》之下卷，由創造社出版，經蔣光慈刪改過。

人的感情權利的五四時期來說，卻正是雪中送炭。後來，瞿秋白又翻譯了高爾基富於反抗精神的作品。

　　高爾基有一篇寓言體短篇小說，題為《爭自由的波浪》。作品中，波浪與岩石都被賦予社會性格。岩石以怨報德，剝奪波浪的自由。最初，波浪潛伏到海底裏去，忍受苦楚，靜候復仇的時機。小的波浪懷著怨恨，向著那些牢獄牆似的岩壁衝擊，但由於力量很小，被擊回海裏去。強暴、虛偽與黑暗在海上稱王稱霸。大波浪的子孫從最初對自身力量的懷疑到充滿自信，與暴風雷電攜起手來，向岩石發起反擊。經過殊死搏鬥，趾高氣揚的岩石終於被推倒了，覆滅了，永遠埋在海底裏了。於是大海恢復了可貴的自由。這篇作品藝術上有嫌直白，但其反抗強權、爭取自由的意蘊則正為五四新文化運動所需。1927 年 1 月，北新書局以《爭自由的波浪》為書名出版董秋芳譯俄國小說散文集，收入高爾基的《人的生命》與這篇作品，還有但兼珂的《大心》與托爾斯泰的《尼古拉之棍》。魯迅在《〈爭自由的波浪〉小引》中說：「只要翻翻這一本書，大略便明白別人的自由是怎樣掙來的前因，並且看看後果，即使將來地位失墜，也就不至於妄鳴不平，較之失意而學佛，切實得多多了。所以，我想，這幾篇文章在中國還是很有好處的。」從鄭振鐸、瞿秋白與魯迅的評價中，可以見得出五四時期中國對高爾基的認識水平與現實需求。

　　高爾基作品的翻譯，最早的是吳檮據長谷川二葉亭的日譯本轉譯的《憂患餘生》，1907 年連載於《東方雜誌》4 卷1-4 期，語體是略有文言痕迹的白話。五四時期所譯多為散

篇，如：周瘦鵑譯《大義》（收《歐美名家短篇小說叢刊》
第 3 卷，商務印書館 1917 年），沈性仁譯《一個病的城裏》、
《私刑》（1919 年 3 月 1 日《新潮》1 卷 3 號），胡適譯《他
的情人》（收《短篇小說》，上海亞東圖書館 1919 年 10 月），
黃仲蘇譯《一個秋夜》（1920 年 4 月 15 日《少年中國》1
卷 4 號），鄭振鐸譯《文學與現代的俄羅斯》（1920 年 10
月《新青年》8 卷 2 號），鄭振鐸譯《木筏之上》（1921 年
2 月《小說月報》12 卷 2 號），孫伏園譯《我們二十六個和
一個女的》（1921 年 6 月《小說月報》12 卷 6 號），葉勁
風譯《秋之一夜》、《他的情人》（收《俄羅斯短篇杰作》，
公民書局 1921 年 7 月），沈澤民譯《高原夜話》、胡根天
譯《鷹》（1921 年 9 月《小說月報》12 卷號外《俄國文學
研究》），宋介譯《贊 Lenin》（1921 年《曙光》2 卷 2 號），
董秋芳譯《爭自由的波浪》（1922 年 4 月《小說月報》13
卷 4 號），瞿秋白譯《勞動的汗》（1923 年 10 月 15 日《文
學周報》92 期），秋心譯《林之光榮》、愈之譯《消極抵
抗》、仲持譯《哲學教授》與《詩人》（收《近代俄國小說
集》（四），商務印書館 1923 年 11 月），耿濟之譯《我的
旅伴》（1925 年 4 月 10 日《小說月報》16 卷 4 號），韋素
園譯《海鶯歌》（1925 年 7 月 10 日《莽原周刊》12 期），
韋素園譯《埃黛鈞絲》（1925 年 7 月 17 日《莽原周刊》13
期），瞿秋白譯《時代的犧牲》，1925 年連載於《中國青
年》67、68、70 期；劉復譯《人的生活》（收《短篇小說
集》，商務印書館 1926 年 2 月版），董秋芳譯《人的生命》
（1927 年 3 月 5 日《語絲》121 期），高滔譯《寶藏》（1927

年 7 月 10 日《莽原半月刊》2 卷 13 期）。單行本有鄭郊洵
譯短篇小說集《綠的貓兒》，上海遠東書局 1926 年初版，
收《好伴兒》、《在草原上》、《綠的貓兒》。

　　較之高爾基作品的總量及其在俄羅斯文學史上的地位
來說，五四時期所譯並不多，原因何在？1933 年，魯迅在
《譯本高爾基〈一月九日〉小引》中說：「因為他是『底層』
的代表者，是無產階級的作家。對於他的作品，中國的舊的
知識階級不能共鳴，正是當然的事。」這一分析看得出 30
年代的魯迅已經接受了馬克思列寧主義的階級論，誠然不無
道理。但這顯然不是唯一的原因。還有其他原因也不能忽
略，譬如：當時的翻譯者大部分熟諳英語或日語，俄羅斯文
學翻譯很大程度上受西方與日本的影響，西方與日本看重的
俄羅斯作家作品，中國翻譯的就多，反之就少。況且在高爾
基的祖國，1928 年以前其地位也不是怎樣的顯赫，忽高忽
低，眾說紛紜，1928 年以後才逐漸被確立為無產階級文學
的一面旗幟。再如，高爾基的創作方法基本上屬於比較傳統
的寫實，而五四時期惟新是求，崇尚新方法，這樣一來，高
爾基就不能不品嚐一點冷落的滋味了。直到 1928 年以後，
社會革命風雲陡起，左翼思潮洶湧澎湃，高爾基的翻譯才迅
猛高漲起來。

　　比起高爾基來，他所發現並曾大力扶持的安特列夫在五
四時期則要幸運得多。但凡談到俄羅斯白銀時代文學，幾乎
沒有不言及安特列夫的；在白銀時代作家中，五四時期報刊
上單篇與連載的安特列夫作品翻譯的出現頻率僅次於契訶
夫，光是結集出版或報刊上登載的中長篇作品就有 10 種以

上。劇本有沈澤民譯《鄰人之愛》（載 1921 年 1 月《小說月報》12 卷 1 號，商務印書館 1925 年 1 月）、沈琳譯述《比利時的悲哀》（商務印書館 1922 年 9 月）、郭協邦譯《安那斯瑪》（上海新文化書社 1923 年 1 月）、耿濟之譯《人之一生》（商務印書館 1923 年 11 月）、張聞天譯《狗的跳舞》（商務印書館 1923 年 12 月）、李霽野譯《往星中》（未名社 1926 年 5 月）；小說有周瘦鵑譯《紅笑》（片段，收《歐美名家短篇小說叢刊》，商務印書館 1917 年；鄭振鐸譯上部斷片一、二、三，載 1924 年 7 月《小說月報》15 卷 7 號；梅川譯《紅的笑》，商務印書館 1930 年 7 月）、耿式之譯中篇小說《海洋》（1922 年 1、2、4、5 月《小說月報》13 卷 1、2、4、5 號）、耿式之譯《小人物的懺悔》（商務印書館 1922 年 7 月）、朱枕薪、李小峰編譯《過去的幽靈及其它》（上海民智書局 1923 年 3 月）。五四時期翻譯而稍後出版的有：李霽野譯戲劇《黑假面人》（1925 年 2 月譯畢，未名社 1928 年 3 月版）、秕介譯小說《七個絞殺者》（上海南華書店 1928 年 4 月）等。

安特列夫在俄國登上文壇與傳入中國的時間，都要比高爾基晚，何以其作品的翻譯反倒會超過高爾基？最重要的原因在於安特列夫的創作融合了表現主義、象徵主義與現實主義等多種方法，奇詭而厚重、怪譎而深邃的獨特姿態異常醒目，引起了世界性的關注。1908 年前後，「安特列夫熱」從西方傳到日本，當時正在日本留學的魯迅，受此影響，注

意到「其文神秘幽深，自成一家」[27]，譯出《謾》和《默》，收在《域外小說史》第一冊。第一、二冊卷末《新譯預告》，還提到了長篇小說《赤笑記》（通譯《紅笑》）。魯迅對這位作家一直懷有興趣，1919 年 4 月 20 日，致信給正在日本的周作人，希望他買一本《七個被絞死的人》的日譯本《七死刑囚物語》，「勿忘為要」。據許欽文回憶，魯迅在北京西三條住宅「老虎尾巴」書房裏，牆上掛著的照片，不僅有恩師藤野嚴九郎，而且有他所偏愛的作家安特列夫。

在周氏三兄弟（魯迅、周作人、周建人）合譯的《現代小說譯叢》第一集（商務印書館 1922 年 5 月）裏，魯迅所譯的 9 篇小說中又有安特列夫的《黯淡的烟靄裏》與《書籍》。《黯淡的烟靄裏》主人公尼古拉，七年前因父親在與他激烈爭論中發怒打了他，憤而離家出走，整整七年，音信杳無，歸來後絲毫沒有帶來團聚的喜悅，反而給整個家庭帶來了不可言狀的恐怖、不安與憂慮。整篇作品籠罩在這種氛圍之中。尼古拉陰鬱古怪，言行邏輯如同他的七年行踪，神秘莫測。耶誕節前夜，當他的鐵硬心腸被親情所感動，與父親、妹妹擁抱在一起哭成一團，讓家裏所有人都以為他不會再走，他也表示認同之時，他的精神上卻「彌漫了倔強的奔騰的短的，尖利的『不可』了」。他終於又跨出家門，眼睛裏閃著非常可怕的、冰冷的酷烈和絕望，消融在那不可知的、怕人的、黯淡的烟靄裏。作品的藝術表現幽曲神秘，有的評論家說主人公大約是革命黨，如果用分明的字句來描

---

[27] 《域外小說史》第一冊《雜識》，1909 年 3 月譯者自費初版。

寫，怕在專制政府的檢查下難以通過。這或許有些道理，但
更為重要的原因恐怕在於安特列夫那偏於陰冷的生存感受
和帶有表現主義與象徵主義色彩的藝術觀。作品裏的許多描
寫如同人物性格一樣充滿了神秘性，譬如：「假使陳設在房
屋裏的一切貴重的物件都能夠感覺和說話，那麼，倘他走近
這些去，或者因為他那特別的好奇心，從中取下一件來看的
時候，他們定將訴苦，說這可憂愁得要死了。他向來沒有墜
落過一件東西，全是照舊的放存原位上，但倘使他的手一觸
那美麗的雕塑，這雕塑在他走後便立即失了精神，全無價值
的站著。成為藝術品的靈魂，全消在他的掌中，這就單剩了
並無神魂的一塊青銅或粘土了。」魯迅在《譯者附記》中說
他許多作品寫出了「十九世紀末俄人的心裏的煩悶與生活的
暗淡」，「創作裏，又都含著嚴肅的現實性以及深刻和纖細，
使象徵印象主義與寫實主義相調和。俄國作家中，沒有一個
人能夠如他的創作一般，消融了內面世界與外面表現之差，
而現出靈肉一致的境地。他的著作是雖然很有象徵印象氣
息，而仍然不失其現實性的。」《黯淡的烟靄裏》的現實性，
大概就在於寫出了年輕人對傳統生活模式的不滿，急於尋找
新的生路，但路在何方，也不明確，只是勇敢地出走。這倒
是切合了五四時期部分青年的生存狀態與心理狀態，也許正
因此故，魯迅才翻譯了這篇作品。

　　與留日期間相比，五四時期的魯迅更看重其現實性。
1925 年 2 月 17 日致李霽野信中說：「《黑假面人》是較與
實社會接觸得切近些，意思也容易明瞭，所以中國的讀者，
大約應該贊成這一部罷。」他所譯《書籍》就顯示出安特列

夫現實性的一面。小說裏的文學者拼盡心力完成《為了不幸的人們》，可是就連他的妻子也不理解他工作的意義，文學者設想中的服務對象——無論是印刷工人，還是送貨的童工，對於這本傾注了文學者全部心血的書都同樣隔膜。魯迅在譯後附記中說寫出了「顏色黯澹的鉛一般的滑稽」，這是多麼讓人沈痛的「滑稽」啊！隔膜與冷漠，是五四新文學的國民性批判的重要對象。安特列夫這方面的作品引起了翻譯界的普遍注意。

周作人譯《齒痛》（載 1919 年 12 月 1 日《新青年》7 卷 1 號，收《點滴》，北京新潮社 1920 年 8 月初版），從耶穌被釘到十字架上的那一天，耶路撒冷的商人般妥別忒患了當不住的齒痛寫起。「他的全張嘴全個頭顱，全充滿了可怕的痛，仿佛被人勒令嚼著一千多支燒紅的銳利的鐵釘。」把涼水含在嘴裏，齒痛得到緩解，變得猶如波浪一般搖動。待涼水變溫以後，齒痛重複發作，比原來更凶，使他在床上坐起，左右搖擺，像一個鐘墜子……於是，般妥別忒接受了妻子的建議，以觀看耶穌與強盜一道處刑來解除他的痛苦和鬱悶。在耶穌受刑的時刻，般妥別忒卻向鄰人述說著自己的齒痛，以贏得憐憫為快。作品對齒痛感覺的描寫，還有商人隨齒痛輕重而起伏不定的心理描寫，都十分切實。更為深刻的真實則在於：偉大的人類救贖者的犧牲非但得不到救贖對象的同情，反而成為他們身心雙重病痛的慰藉物。周作人在譯後附記中指出：「安特來夫大概被人稱為神秘派或頹廢派的作家。但仍然帶著濃厚的人道主義的色彩，這是俄國的特性，與別國不同的。」他又引述安特列夫的話——「我們的不幸，便是大

家對於別人的心靈，生命，苦痛，習慣，意向，願望，都很少理解，而且幾於全無。我是治文學的，我之所以覺得文學可尊者，便因其最高上的功業，是在拭去一切的界限與距離。」《齒痛》可以說正是憤懣於隔膜和冷漠所作，周作人翻譯這篇作品顯然也是為了消除中國社會普遍存在的隔膜與冷漠。

　　沈澤民所譯《鄰人之愛》更是把鋒芒直指人間的虛偽、狡詐、冷漠與殘酷。峭壁上一個小小岩突之上，有一個以微弱的聲音呼救的不識者。可是，懸崖下面潮水般湧來的游人與酒店烟鋪咖啡館經營者及流動的商販，甚至包括維持秩序的警察，絕大多數都或隱或顯地期待著那個不識者快一點掉下來，以欣賞鮮血淋漓的慘劇。有人爭搶觀看的有利地形，有人架起了望遠鏡，有人為不識者的年齡與能否在兩個小時之內掉下來打賭，有人想要比較一下不識者從懸崖上墜落與從熱氣球上墜落究竟哪一個更凄慘，新聞記者前來採訪，當眾編造不識者搶劫銀行的犯罪故事，救世軍敲鑼打鼓湊熱鬧，牧師也趕來替這行將辭世的「罪人」禱告，只有一個少年和一位高身客力主救人，在他們的呼籲下，才喚醒了一部分人的同情心。一個英國爵士等得不耐煩，竟要用手槍把不識者打下來。這才使得先前囁嚅呼救的不識者高聲喊叫起來。待到人們把不識者所要找的「首領」帶來，一切才真相大白：原來是旅館咖啡店老闆為了招徠遊客，用十元錢雇人綁在懸崖上。老闆貪財欺詐固然可惡，但這場鬧劇倒也像一面鏡子照出了所謂「鄰人之愛」是多麼的虛偽！人間的冷酷是多麼的可怕！奇詭的構思包含著深刻的社會批判精神。沈雁冰在編後附記裏，把安特列夫同幾位俄羅斯作家加以比較，

說「托爾斯泰的目光只在原始的人類，高爾基只在下級社會，乞呵甫只在上中級社會，安特列夫卻是範圍很廣，不只限於一階級，而且狂的與非狂的人們，都被他包羅盡了。他自然只好算是寫實主義的作家，然而他的作品中含神秘氣味與象徵色彩的也很多。如《藍沙勒司》和本篇，都很有象徵的色彩了。」

安特列夫是一位色調複雜而個性鮮明的作家。他繼承並豐富了俄羅斯文學的人道主義與寫實主義傳統，不僅早期作品意蘊接近契訶夫與高爾基，以致於批評家梅列日科夫斯基看到他的小說之後，竟然跑到雜誌社，去詢問那小說是高爾基的，還是契訶夫的；而且托爾斯泰所代表的人道主義精神在安特列夫的創作中貫穿始終，如從 1904 年的《紅笑》到 1914 年的《比利時的悲哀》再到 1916 年的《小人物的懺悔》，都表現了激烈的反戰思想。安特列夫色彩斑斕的作品隱含著對社會人生的深刻關注，這一點是引起中國人共鳴的重要原因。留學蘇聯歸來的韋素園帶回了《往星中》俄文本，北京大學曾經翻印過這部四幕劇的英譯本，時在北京大學中文系旁聽的臺靜農把它推薦給正在崇實中學讀高中的李霽野，這幾位好友都很喜歡這部作品。李霽野從英譯本翻譯，韋素園用俄文本校對。李霽野的小學同班同學張目寒得知譯出之後，自告奮勇送到熱心幫助青年人的魯迅那裏，得到認真的指點。後來由魯迅倡議成立的未名社出版，魯迅還託許欽文轉請自己信得過的陶元慶畫封面，為此在信中特意寫了關於安特列夫與《往星中》內容的介紹。李霽野在《譯後記》裏認為，安特列夫與高爾基都是世紀之交俄羅斯社會生活與精神狀態的真實表現者，只不過高爾基是懷著熱望抗爭的海

燕，而安特列夫則是深究疑惑的反抗者，《往星中》就表現
了堅信與懷疑、執著與厭棄、絕望與革命等矛盾的人生態
度。在他看來，五四運動後，中國青年中也有這兩種趨勢，
一種是走向實際革命鬥爭或者對此表示同情，一種是迴避現
實。正是基於這樣的吻合，才很快翻譯出來，並得到魯迅的
大力支持。有的讀者少年時代讀過《往星中》，幾十年後還
記得劇本梗概。

　　五四時期在翻譯介紹其象徵色彩包含社會批判與文化
批評意義的作品的同時，也充分注意到他的另一方面，即社
會意義相對淡薄而人生哲學意味濃郁、情調低沈而象徵色彩
強烈的作品。如《小說月報》改革伊始，沈雁冰就在第 12
卷第 1 號的《海外文壇消息》中，介紹了安特列夫的最後一
部作品《薩頓的日記》──主人公薩頓本為惡鬼，幻化為人
形來到人間，所見皆非想像中的人類，自己的狡猾反倒不及
他們，致富、求愛連連受挫。沈雁冰稱這部作品「是象徵體」，
「諷刺而帶神秘氣」。《人之一生》、《狗的跳舞》、《往
星中》等，均屬此類。中篇小說《海洋》，神秘意味與象徵
色彩尤為突出。平靜的漁村，40 餘年前有人激情殺人後跳
海自殺。而今，來了一個殺人魔王般的哈哥特，卻贏得了教
士養女瑪麗愛的芳心。曾經有過殺人嫌疑的船主哈哥特，與
瑪麗愛結婚後，又殘忍地殺害了瑪麗愛從前的戀人。是善良
的教士和養女前來告訴他們古塔將要坍塌，才拯救他們於危
難。可是，哈哥特與其船手克萊卻恩將仇報，反而殺害了無
辜的教士。瑪麗愛因痴情而失去正義感，竟然為殺人犯開
脫。哈哥特乘船離去，拋下瑪麗愛與孩子。作品像一個神秘

的陰慘的夢境，它究竟要表現什麼呢？也許村民的善良而軟弱同歹徒的邪惡而凶悍之間的強烈對比，折射著作者對人生、理性與道德的悲觀，抑或對懦弱、輕信的憤懣？那縹緲的來無影去無蹤的船，是隱喻著某種希望，還是絕望？那很快就徹底坍塌的古塔，是否象徵著寧靜古樸生活的永遠消逝？作品裏充滿象徵，善用博喻、複喻，描敘跌宕起伏，張力十足，節奏急促而錯雜，氛圍陰鬱而神秘。譬如第二節裏，「呼呼的風聲，如一個盜魁大聲號召眾盜，深夜裏鬧得搗鬼作祟似的一刻不安。好似海水裏無數沈舟，幾千萬難民呼救失望，死命與海浪爭活一般。人擁聲可以聽見，仿佛臨近某島上居民呼喊，彼此詛罵聲，如瘋人的笑聲歌聲，如急聲談論──又如異人的驚嚇聲，狂笑聲，手指折斷痛苦聲。但此時海水味極重，很寒冷，克萊有點心驚。」海風的嗚嗚聲，海浪狂吼聲，牆上灰粉墜落聲，圓石被水撞動的沙沙聲，幾種聲音和在一起，好比老婆子好說話似的，作鬱鬱不平的呻吟聲。陰鬱而冷酷的氛圍，急驟而沈重的節奏，繁複而錯雜的聲調，讓人不安。正是在這種背景下，哈哥特與其船手克萊在半醉半醒狀態下回憶起溺死難民的罪惡，在海風中回味著難民求救的聲音。這樣，自然景物就被賦予了社會意義。對於自身小說傳統中不怎麼重視景物描寫的中國來說，這種描寫自然是非常新鮮而具備吸引力的。

安特列夫作品中希望與絕望、戀生與厭世、懷疑與信仰、摯愛與痛惡等的衝突，在多重矛盾之中的孤獨寂寞、恐懼不安、掙扎發瘋，以及與此相應的象徵與寫實交織的表現方式，開拓了中國新文學的眼界，給一些作家的創作帶來了

深刻影響。譬如魯迅,《狂人日記》與《謾》在主題與結尾上不無相似之處;「《藥》的收束,也分明的留著安特萊夫式的陰冷」[28];《白光》裏的「掘藏」與瘋狂,以及《明天》、《故鄉》、《祝福》、《長明燈》、《孤獨者》與《野草》等作品裏的那種陰鬱、沈重、隔膜、不安的氛圍,等等,都與安特列夫不無相通之處。

　　白銀時代區別於黃金時代的重要標誌之一,就是 1892年左右誕生而後逐漸發展壯大的象徵派。如前所述,安特列夫創作色調異常複雜,雖有濃郁的象徵主義色彩,但他本人並不與象徵主義認同,五四文壇也更願意強調他的寫實主義底蘊。作為象徵派來介紹的有巴爾蒙特、勃留索夫、茗思奇、伊萬諾夫、白爾伊、布寧、梭羅古勃、勃洛克等。其中翻譯較多的是梭羅古勃與勃洛克。

　　最初譯為中文的梭羅古勃作品是《燭》,周作人譯,收在《域外小說集》。五四時期,周作人一如既往地關注這位作家,翻譯了《童子 Lin 的奇迹》(1918 年 3 月 15 日《新青年》4 卷 3 號)、《鐵圈》(1919 年 1 月 15 日《新青年》6 卷 1 號)等。此外,還有配岳譯《捉迷藏》(1921 年 1 月 10 日《東方雜志》18 卷 1 期),愈之譯《三堆口沫》(1921年 1 月 25 日《東方雜志》18 卷 2 號),鄭振鐸譯《鎖鑰》、《獨立之樹葉》、《平等》(《小說月報》13 卷 2 號),《你是誰》(《小說月報》13 卷 3 號)等。

　　小說《你是誰》裏,廚娘之子格里加在現實生活中看夠

---

[28]　魯迅:《〈中國新文學大系〉小說二集序》,良友圖書公司 1935 年版。

了苦難、歧視，甚至母親由於喪夫與勞累也變得粗暴，缺乏母愛的慈祥與溫存，於是，少年格里加喜歡從幻想中汲取安慰與快樂。他幻想自己是王子，只是由於公主施了魔法才離開王宮，他努力回憶自己本來叫什麼名字。在幻想中想像父皇高貴的宮殿，自己生病時，皇后照料他。醒來記起病中迷亂的幻想，自己也覺得好笑。當他走神時，撞在一個胖婦人身上，為主人買來待客的糕餅和餅乾掉在地上，自己又挨了一頓訓斥和一個耳光。他不再夢到公主姚蘭狄娜了。情節出入於現實與幻想之間，幽默的描寫之中滲透著無言的傷感。這一篇就創作方法而言，既有對果戈理、契訶夫現實反諷的繼承，又帶有一點象徵主義色調：現實世界是痛苦的，而另一世界才是美的、永恒的。寓言《獨立之樹葉》表現盲目追求自由反而失去生命，則顯示出對於 19 世紀理性精神進行反思的審美現代性。《捉迷藏》裏，丈夫對妻子冷淡，妻子把全部愛都放在女兒身上，母女常玩捉迷藏游戲。孩子受寒得了急症，不幸夭折。母親悲痛得精神恍惚，相信孩子過一分鐘就要站起來。她在房間裏到處找，像從前捉迷藏一樣。下葬之日，她大叫女兒的名字，大聲地發笑。作品結尾恍恍惚惚的人物心理狀態與慘笑迴盪的陰沈氛圍，正見得出譯者在正文之前所說的現代神秘派特色。法國象徵主義往往帶有頹廢色彩，常常表現死亡題材，並流露出灰暗絕望的情調；而俄羅斯的象徵主義同樣表現死亡，卻不盡灰暗，有時要顯得明朗溫馨一些。如《鐵圈》描寫一個做工的老人，看見一個孩子玩圈，惹動童心，撿到木桶的舊圈，十分珍惜，早晨到草地去玩，宛如回到童年。因體弱著涼，不久病逝，但晚年的遊戲，使他的心理很得安慰。

　　如果說《鐵圈》表現的是生命常態的話，那麼《童子Lin 的奇迹》則帶有傳奇色彩：一隊羅馬騎兵因兒童林斥罵他們是「劊子手」，便將與林一起遊戲的兒童全部殺害。騎兵們雖然一再強調屠殺的理由，但被殺者的形象、聲音如影隨形，揮之不去。少年騎兵從斐尼基老祭師那裏得來的符掛在身上也無濟於事。日裏如此，夜裏尤甚：「昏夜百靜中，忽然發出一種呻吟怨詛的聲音，說道：『我詛咒那殺人的凶手！』」兵士急急催馬快跑，然而看不見的怪聲跟定他們走，在四處叫喚，前後左右儘是極尖利的、極分明的聲音：「凶手！殺無辜的小兒的凶手！沒慈悲的兵士，你們也得不到慈悲！」騎兵們尋找，見一小兒在草地上奔走，衣服破碎，頭髮上沾血，一面走，一面滴著血，呻吟呼叫，舉起手來詛咒。兵士狂追猛殺，又將他砍成幾十段，馳馬踐踏一頓，並將肢體東一塊西一塊各處拋散。可是，走不多遠，又聽見不絕的咒罵。他們又回馬去追，重複了一遍殺戮。但是那哭罵的小兒，卻又跟著他們，只是咒罵。他們在咒罵聲中迷失了方向，一味團團轉，始終離不開屠殺小兒的荒地。臨近黎明，他們狂奔到海邊，海波被人馬衝擊突起大潮，將這一隊羅馬騎兵捲入海中溺死。作品中無處不在的復仇聲音、鮮血淋漓的小兒幻象、罩滿山谷的夜色與清白純淨的星光，構成了一種恐怖怪誕的象徵主義氛圍，然而象徵的意蘊並不費解，這就是對殘忍的暴力的徹底否定。譯者在譯後附記中說「梭羅古勃以『死之贊美者』見稱於世。書中主人，實唯『死』之一物，然非醜惡可怖之死，而為莊嚴美大白衣之母，蓋以人生之可畏甚於死，而死能救人於人生也。」

勃洛克作為在俄羅斯影響很大的象徵派詩人，五四文壇也給予密切關注。沈雁冰在《小說月報》的《海外文壇消息》欄目中就多次介紹勃洛克。（百〇二）（1921 年 12 月 10 日，12 卷 12 號）為《俄國詩人布洛克死耗》，說他早期屬於新派，「兼唯美與頹喪的氣分」，「他企圖暫時的把極大的悲哀忘卻，在虛幻的『美』中求安慰。」俄國革命使之發生了大變更，《十二個》「情緒的緊張和體裁的新異，引起很大的注意；自一九一八年在俄國出版後，二年內銷去二百萬份，現今已譯為五國文字了」。（百〇八）《最近俄國文壇的各方面》（1922 年 1 月 10 日，13 卷 1 號）裏，沈雁冰認為：「布洛克的《十二個》便是最有力的革命的詩。這詩喊出憎恨舊世界，憎恨懶惰的有產階級，憎恨處女般的民族。那十二個赤衛軍，即使是愚笨而野蠻，也當記得並且明白一件事：為革命而服務。這精神是宗教信仰的精神。」（百〇九）《再志布洛克》又提及《十二個》，指出「後期的布洛克「神秘的眼睛看見赤俄的赤火裏不但有破壞，兼亦有廓清。世界的黑暗須得赤的火焰去廓清！」

《十二個》這部一再被提及的長詩，先由饒了一翻譯出來，刊登在 1922 年 4 月 10 日《小說月報》第 13 卷第 4 號。1926 年 8 月，又由北新書局推出北京大學俄文系畢業生胡斅譯本。初譯本譯者饒了一，就是後來成為新月派成員的饒孟侃（字子離）。翻譯此詩時正在清華學校讀書。他從英文本轉譯，與原作難免有些出入。兩種譯本比較起來，饒譯本似有一些誤譯，譬如胡斅譯本「Trakh-tararakh（擬槍聲）！你這才知道，／和別人的姑娘游玩有怎樣的滋味！」饒了一

譯本為「呵，現在，我的人們，你一定能夠覺著／怎麼從別個姑娘那裏偷走。」再如胡斆譯本「旁邊有一隻夾尾的癩皮狗，／縮起粗毛在那裏顫抖。」饒了一譯本為「一隻又醜又惡的隱伏的狗，／傍著他，對著他緊緊的擠擦。」又如胡斆譯本中的「資本家」，饒了一譯為「中產階級」。這種把「中產階級」視為敵人的譯法，似乎反映了革命對象擴大化的陰影。只是不知這個誤譯源出哪裡，是英譯本不準，還是饒譯本走樣？與胡斆譯本十二章相比，饒了一譯本有刪節，只有十章。刪去的原詩第八章的內容是借用俄羅斯民間歌謠表達復仇意緒，原第十章的主要內容是批評彼得路哈祈求上帝保佑的思想，希望他不要沈浸於個人感情之中：「阿，怎樣大的雪風呵，上帝保佑我！／——喂，彼得路哈！不要廢話！／金聖像／保佑你什麼？／無意識的你，／應當正確判斷，康健思想——／難道為了卡基卡的愛情／你的手就不染血麼？／——維持革命的步調罷！／凶惡的仇敵是接近我們的！」

　　不管存在著怎樣的問題，饒了一的首譯功不可沒。第二種譯本問世以後，讀者更可以看到這部長詩的完整面貌。長詩在寒冷刺骨的風雪中展開描寫：資本家及其利益集團對十月革命充滿了仇恨，文人詛咒「反叛」，哀嘆「俄國完了」，教士零落街頭，鬱鬱不樂，貴族婦女傾訴著心中的怨艾。十二個赤衛軍在街上巡邏，其中的彼得想像著他的相好妓女卡基卡與有錢人鬼混的場景，心緒不寧，突然他發現卡基卡與有錢的凡卡坐在雪車上親昵，不禁怒火中燒，開槍射擊，竟打死了卡基卡。彼得為此感到沮喪，在同伴的激勵下重新他振作起來。後面有露出牙齒的餓狗，前面有舉著紅旗、戴著

白薔薇花圈的耶穌，十二個赤衛軍在暴風雪中邁著莊嚴的步伐，頑強地前進。長詩情節算不上曲折，但構像質樸而奇崛，暴風雪、餓狗、文人、教士、老嫗、妓女、赤衛軍、耶穌等形象，構成一幅宏大的象徵畫卷，蘊含著非常豐富的意義：有對秩序重構的讚頌，也有對社會動盪的不安；有對暴力合理性的肯定，也有對「輕盈步伐」的希冀；有對赤衛軍堅毅性格的謳歌，也有對其本能欲望恣意發泄的揭示；有對革命意志的強調，也有對人道精神的貶抑……。詩中白描、擬人、比喻、象徵、自語、對話、回溯、多聲部等多種方式交錯使用，形式生動活潑；敘事抒情節奏急促，恰與詩歌所表現的內容相諧；民歌素材的化用，給這部象徵主義作品平添了俄羅斯民間氣息。長詩無論是其繁複的內涵，還是其獨特的藝術，都讓中國人耳目一新。

《小說月報》同期刊出的還有饒了一翻譯、英國史羅康伯所作的《「十二個」》。詩中把十二個赤衛軍士兵比作耶穌的十二個門徒，整首詩是對《十二個》的闡釋與對勃洛克的懷念。譯者在 1922 年 2 月 20 日所寫的「附識」中，稱讚「布氏的《十二個》是俄國近代杰作之一」，又提及俄國革命時產生的另外兩篇傑作：一篇是未來派 Mayakovsky（通譯馬雅可夫斯基）的《戰爭與和平》，一篇是象徵派 Andrey Byely 的《耶穌復現》。他指出，《耶穌復現》與《十二個》「很有連帶的關係。這兩篇詩裏的耶穌，都是含著一樣的概念，用神秘和象徵的描寫，表現他們自己的理想」。「布氏的詩裏，又含有一種堅忍不拔自信的氣概，即是無論向那條黑暗的路上走，耶穌總是和他在一塊的。這個對於無產階級

革命的宗教的信仰，被布氏道破的，無論那個都該承認的。耶穌永遠是在那裏保護人們，不過他是在萬物的前面，我們人類不能推測；無論你的境遇是怎麼樣，他總知道你的一切。布洛克現在雖是死了，但是他的神秘的描寫，高超的精神和敏銳的思想，在文學作品上是永遠有重要的價值的。」

《小說月報》在刊出《十二個》之後，為了幫助讀者進一步理解這部象徵色彩濃郁的長詩，又於第 13 卷第 11 號刊出 D. S. Mirski 著、玄瑛譯《赤俄的詩壇》。文章高度評價勃洛克，認為他的抒情詩，足以同雪萊、海涅、萊蒙托夫等偉大的浪漫詩人相比。「他的詩有極熱烈的情緒，有個性，同時又是極人道的。」「俄國在革命後顯露出真面給布洛克看，雖然是塗滿了血，罩了恐怖，卻是偉大而且可愛的。」「他的那篇《十二個》就是得了這種印象而感發作成的。這一篇長詩，音調之和諧，詞句之美，氣勢之激昂，在俄國詩中也是少有的。許多人稱這篇詩是布林札維克主義的史詩。」

五四文壇對勃洛克及其《十二個》興趣濃厚，至少有三個方面的原因：一是欽佩其象徵主義的藝術成就——用一組採自社會生活與宗教信仰的形象來構成一幅雄渾的象徵畫卷，貫之以飽滿的激情與深邃的觀察，表現革命後的俄羅斯；二是想看一看象徵派詩人筆下的俄羅斯究竟是怎樣一種狀態；三是想瞭解十月革命給俄國作家的心態、生存狀態與創作風貌究竟帶來怎樣的影響。

魯迅對這部作品也很重視，特意從日文本轉譯來托洛茨基《文學與革命》的第三章《亞歷山大‧勃洛克》，放在胡

齋譯本《十二個》正文前面，並且於 1926 年 7 月 21 日為這個譯本寫下內容豐富、見解精闢的後記。魯迅在《〈十二個〉後記》裏面談到十月革命給作家生活帶來的巨大影響，介紹了勃洛克的生平與創作，強調對於中國讀者來說新鮮的「都會詩人」身份，稱贊其「用空想，即詩底幻想的眼，照見都會中的日常生活，將那朦朧的印象，加以象徵化。」「勃洛克所擅長者，是在取卑俗，熱鬧，雜沓的材料，造成一篇神秘底寫實的詩歌。」魯迅十分注意革命到來之後作家的反應：「舊的詩人沈默，失措，逃走了，新的詩人還未彈他的奇穎的琴。」肯定「勃洛克獨在革命的俄國中，傾聽『咆哮獰猛，吐著長太息的破壞的音樂』。他聽到黑夜白雪間的風，老女人的哀怨，教士和富翁和太太的徬徨，會議中的講嫖錢，復仇的歌和槍聲，卡基卡的血。然而他又聽到癩皮狗似的舊世界：他向著革命這邊突進了。」魯迅還首肯這部長詩用對於中國來說「很異樣」的體式，很能表現俄國十月革命的「神情」，讓人感受到「那大震撼，大咆哮的氣息」。但是，魯迅認為，從詩末出現戴著白玫瑰花圈的耶穌基督來看，詩人「究竟不是新興的革命詩人」，「《十二個》也還不是革命的詩」。然而，他又說「這正是俄國十月革命『時代的最重要的作品』」。20 年代後半期，正處在中國社會文化的動蕩期，北伐戰爭轟轟烈烈，國民革命浪潮高漲，知識份子究竟應該以怎樣的姿態介入社會生活，成為擺在新文學陣營面前的重要問題。正是在這種背景下，魯迅才會對勃洛克這樣的過渡期知識份子的境遇、心態、生存方式與文化姿態寄予深切的關心，才會格外推重勃洛克並大力支持《十二個》

第二個中文本面世，也才會在充分肯定長詩成就的同時，對勃洛克的「反顧」與「受傷」予以帶有同情的理解。在他看來，從舊營壘跨進新陣營的作家「都不免並含著向前和反顧」，雜色正是過渡期創作的特色。對此，他自己就有著切身的體驗。

昇曙夢在《近代俄羅斯文學底主潮》（陳望道譯，載《小說月報》12 卷號外《俄國文學研究》）裏，認為在 19 世紀末 20 世紀初的俄羅斯文學中，傳統的寫實主義與新興的現代派之間，存在著一個新寫實主義或新自然主義，其代表作家包括庫普林、阿爾志跋綏夫、威薩耶夫、契里珂夫、路卜洵等。這一派「間色」作家，一方面繼承了托爾斯泰、屠格涅夫、契訶夫的寫實傳統，密切關注並逼真地描寫俄國社會現實，另一方面，又從象徵主義、表現主義等現代派那裏多有借鑒，藝術上頗有創新之處。五四時期對這一派作家的作品也有不少翻譯，其中譯介較多的是 1905 年後在俄羅斯青年中大受歡迎的阿爾志跋綏夫。

阿爾志跋綏夫的作品有胡愈之譯《革命黨》（1920 年11 月 10 日《東方雜誌》17 卷 21 號），魯迅譯《幸福》（1920年 12 月 1 日《新青年》8 卷 4 號）、《醫生》（1921 年 9月《小說月報》12 卷號外《俄國文學研究》）、《工人綏惠略夫》（1921 年 7 月-12 月《小說月報》12 卷 7 號-12 號連載，商務印書館 1922 年 5 月初版，北新書局 1927 年 6 月再版）；鄭振鐸譯《血痕》、《巴莎杜麥諾夫》，沈澤民譯《朝影》、《寧娜》，胡愈之譯《革命黨》，魯迅譯《醫生》，收小說集《血痕》（上海開明書店 1927 年 3 月初版）。

《幸福》描寫一個具有色情狂性格的僕人，讓妓女脫光

衣服在冰天雪地裏挨他十棍子不准叫，給她五盧布，藉以表現出「並非幸福者」的心理變態與殘酷。魯迅在《〈幸福〉譯者附記》把這篇作品稱為寫實的「出色的純藝術品」，並說「人們每因為偶然見『夜茶館的明燈在面前輝煌』便忘卻了雪地上的毒打，這也正是使有血的文人趨向厭世的主我的一種原因。」幸喜世間並非盡是一味標榜新潮、討厭寫實主義的批評家，還有許許多多讀者願意從文學中看到生活的真實，中國就有魯迅這樣的知音。阿爾志跋綏夫的寫實不同於黃金時代的寫實，他每每從心理機微切入，在發掘心理深層矛盾或某種情結的同時折射出社會景象。《醫生》的主人公被找去給警廳長看傷，在診治過程中，他始終處在矛盾之中。一方面作為一個有社會良知的知識份子，他痛恨曾經命令哥薩克兵向絕望反抗的人們開槍的警廳長，暗暗為猶太人自衛團打傷警廳長而稱快，憎惡、厭棄、復仇欲望在他的心中不停地湧動；另一方面作為以救死扶傷為天職的醫生，職業道德、人道義務與「倒在地上的人，不要去打他」的基督精神，要求他盡力救治傷者。社會正義感與道德精神之間發生了劇烈的衝突。面對廳長太太，他想起凶徒們撕開了懷孕的猶太女人的肚皮，塞進床墊的翎毛的殘酷行徑，想起幾天前被殘害的少男少女，屢屢想放棄救治。廳長太太下跪懇求，他瞬間想留下，可是軍官們的強力控制，反而激起他的反抗精神，趁亂逃走。醫生的心理紛繁錯雜，糾葛重重，跌宕起伏，張力十足，在心理圖景中折射出 20 世紀初沙皇政府為轉移國民意向而煽動民族仇恨、攻擊猶太人或其他民族的暴虐行徑。帶有表現主義與心理分析色彩的心理圖

景與社會實象結合得渾然一體，可謂新寫實主義的代表
作。魯迅在《〈醫生〉譯者附記》中說：「在這短篇裏，
不特照例的可以看見作者的細微的性欲描寫和心理剖
析，而又簡單明瞭的寫出了對於無抵抗主義的抵抗和愛憎
的糾纏來。」這種「糾纏」的刻畫與反抗精神的張揚贏得
了中國讀者的好感。

　　阿爾志跋綏夫在中國影響最大的作品是中篇小說《工人
綏惠略夫》。作品圍繞著 1905 年俄國革命受挫後被官府追
捕的工人綏惠略夫的境遇而展開。工人的大批失業，失業後
無可奈何的流浪、罷工失敗後罷工委員的被捕、備受折磨，
教師丟掉飯碗後難以糊口的凄苦等，構成了綏惠略夫決絕反
抗的背景。托爾斯泰主義的信仰者亞拉藉夫，恰似綏惠略夫
的一個參照。亞拉藉夫主張自由，但反對暴力，他認為只有
堅持愛與忍耐，才能將原始的戰爭──即強權和壓制──從
歷史上驅除。他給姑娘阿倫加以美好的理想，但是阿倫加為
生活所迫，將不得不嫁給肉欲貪婪的商人，當她向亞拉藉夫
求救時，他卻無能為力。綏惠略夫責問亞拉藉夫：「你們將
那黃金時代，預約給他們的後人，但你們卻別有什麼給這些
人們呢？」也許綏惠略夫的逼問給亞拉藉夫的思想帶來強烈
的震撼，也許人道主義的自我犧牲精神在關鍵時刻會改變非
暴力思想，當警察前來搜捕綏惠略夫未果、轉向亞拉藉夫的
房間時，他將先前受朋友之託保藏的革命黨檔案焚毀，從檔
案包袱裏拿起武器向警方應戰，最後引爆了炸藥，壯烈犧
牲。他以自己的生命弘揚了愛、同情與自我犧牲的道德價
值，證明了非暴力主義者轉變的可能性。小說的主人公綏惠

略夫，有著光榮的反抗經歷與堅毅無畏的性格，猶如鷹一般犀利果決，也有鷹似的雄強孤峭。他鄙視柔弱退讓，主張以暴力爭取權利，但又表現出虛無的態度，在他眼裏，世間所有不外乎黑暗與荒涼，或者還有強烈的煩惱與報復。當他經歷了又一次極為驚險的逃亡之後，受到警察及庸眾的圍追堵截，最後被逼上一家戲院的包廂而走投無路時，他的心理防線徹底崩潰了，竟然向著樓下快樂地欣賞演出的無辜的人海漫無目標地連連開槍，對整個社會進行了盲目的非理性的血腥復仇。

這部意蘊複雜的中篇小說能被譯為中文，緣於第一次世界大戰結束後，中國接收了上海的德國商人俱樂部的書籍。教育部負責其整理工作，魯迅參與其事，他被收在德文本《革命的故事》裏的《工人綏惠略夫》深深吸引，在同事齊宗頤的幫助下，從德文本轉譯過來。魯迅之所以被這篇作品打動，與他的親身經歷與思想狀態密切相關。早在留學日本期間，他參加過光復會的革命活動，保藏過機密文件。辛亥革命時，他在紹興帶領學生上街宣傳革命，維持秩序，迎接革命軍的到來。他首肯托爾斯泰的人道主義博愛，但反對無原則的寬恕；他主張復仇，但反對盲目復仇，對不顧一切的暴力反抗持審慎態度。在亞拉藉夫身上，他既看到了托爾斯泰主義的善良與柔弱，又感佩於其信仰者的轉變與突進。在綏惠略夫身上，他欣賞其「個人的無治主義」的犀利、憤激、果敢與執著，又遺憾於其理性的脆弱、心理的崩潰、盲目復仇的血腥殘忍。可以說，在亞拉藉夫與綏惠略夫身上，折射出魯迅的多重性格和對暴力與人道的深邃思考。

魯迅翻譯《工人綏惠略夫》，並非僅僅出於對這部作品

孤立的欣賞，而是基於對阿爾志跋綏夫的整體認識。他在《譯了〈工人綏惠略夫〉之後》裏談到作者另一部影響很大的作品《賽寧》（潘訓譯本，上海大光書局 1930 年 2 月初版；鄭振鐸譯本，商務印書館 1930 年 5 月初版；周作民譯述本，上海啟民出版社 1936 年 5 月初版）時指出：「這書的中心思想，自然也是無治的個人主義或可以說個人的無治主義。賽寧的言行全表明人生的目的只在於獲得個人的幸福與歡娛，此外生活上的欲求，全是虛偽。」魯迅認為，阿爾志跋綏夫作為一位敏感的作家，寫出了 1905 年前後俄羅斯社會變動給青年帶來的兩種傾向：一種是賽寧所代表的個人主義覺醒之後性欲要求的大膽表露與熱烈追求；另一種是綏惠略夫所代表的更為重要的傾向，即「改革者為了許多不幸者們，『將一生最寶貴的去做犧牲』，『為了共同事業跑到死裏去』」。這兩種傾向雖然都有一定的負面性，但其積極意義對於個性解放與社會改革兩面旗幟交相輝映的五四時期來說，均為所需。他後來在《華蓋集續編·記談話》中又提到《工人綏惠略夫》裏的人物：「便是教人要安本分的老婆子，也正如我們的文人學士一般。有一個教員因為不受上司的辱罵而被革職了，她背地裏責備他，說他『高傲』得可惡，『你看，我以前被我的主人打過兩個嘴巴，可是我一句話都不說，忍耐著。究竟後來他們知道我冤枉了，就親手賞了我一百盧布。』自然，我們的文人學士措辭決不至於如此拙直，文字也還要華贍得多。」看得出，魯迅反對這種一味忍耐的恕道，而欣賞綏惠略夫的反抗性格。與此同時，魯迅也指出，「然而綏惠略夫臨末的思想卻太可怕。他先是為社會做事，

社會倒迫害他，甚至於要殺害他，他於是一變而為向社會復仇了，一切是仇仇，一切都破壞。中國這樣破壞一切的人還不見有，大約也不會有的，我也並不希望其有。」魯迅對《工人綏惠略夫》感觸深刻的還有：「不幸者們」與綏惠略夫「也全不相通，他們反幫了追蹸者來加迫害，欣幸他的死亡」；他認為這也是致使綏惠略夫「對於不幸者們也和對於幸福者一樣的宣戰」[29]、對於社會盲目復仇的原因之一。魯迅自身在《藥》、《阿Q正傳》等小說與多篇雜文中，就表現出革命者與庸眾之間的可怕的隔膜。1926年，魯迅在《工人綏惠略夫》將要再版時，回顧自己當年為什麼選《工人綏惠略夫》來譯時說，「覺得民國以前，以後，我們也有許多改革者，境遇和綏惠略夫很相像，所以借借他人的酒杯罷。」現在一看，「豈但那時，譬如其中的改革者的被迫，代表的吃苦，便是現在，——便是將來，便是幾十年以後，我想，還要有許多改革者的境遇和他相像的。」[30]

　　阿爾志跋綏夫引起了五四文壇的普遍關注。沈雁冰在《創作的前途》（1921年7月）中認為，中國青年對於舊社會之黑暗的苦悶已達到極點，其惡果就是出現了厭世主義與享樂主義兩種極端的苗頭。這與阿爾志跋綏夫所寫相通。他擔心中國青年怕是要傾向於享樂主義。《沙寧》的譯者鄭振鐸說，阿爾志跋綏夫的作品常常讓他感動得幾近窒息。他在為阿爾志跋綏夫短篇小說集《血痕》所作的《序》中說道：「在他的作品裏，我們可以看到全個俄國的革命時代。那時

---

[29]　《譯了〈工人綏惠略夫〉之後》。
[30]　《華蓋集續編·記談話》。

是 1905 年，俄國的民眾起來了，卻又失敗了。這個集子裏的《血痕》、《朝影》與《革命黨》，便是那時失敗的革命者留下的血迹了。他寫的不僅是俄國，乃是人類的全體的，不僅是俄國的革命時代，乃是我們的，乃至其他人種的革命時代的故事。在現在，在中國，我們的青年讀了，當受如何的感動呀！仿佛，這是我們自己寫的，不是一個遼遠地方的作家阿爾志跋綏夫寫的。」《小說月報》第 13 卷第 12 號「通信」欄中陳哲君的來信說：「去年貴月報上登的一篇長篇小說《工人綏惠略夫》，我非常喜歡讀他；我喜歡的是那位原著者的思想。這位著者阿爾志跋綏夫是個主張革命的人。他描寫一個主張托爾斯泰無抵抗主義的亞拉藉夫，又描寫一個主張革命的抵抗的報仇的綏惠略夫。然而，亞拉藉夫比起綏惠略夫來，究竟遜色些：比較的是膽怯些，少決斷些，不勇往些。亞拉藉夫心裏明白：『無論用了什麼名義去做，殺人畢竟不外乎殺人罷了。只有愛，只有無限的忍耐，人類在許多世紀的經過中一步一步的彼此實踐過來的這兩件，才能夠將原始的戰爭，就是強權與壓制，從歷史上驅除。與這偉大的互幾千年的事業一相比較，那一點金屬與火藥，從一個憤激家的手腕裏投擲出來，在兩寸見方的地面上灑一些鮮血，以及喚醒那戰爭復仇精神的大隊之類，怎能做得清楚呢？』這是亞拉藉夫的理想！也就是亞拉藉夫的信仰！也就是一般夢想家的信仰！但是明白知道『只有愛』，『殺人畢竟不外乎殺人罷了』的亞拉藉夫卻竟不能對答老婆子瑪克希摩跋的話！瑪克希摩跋說：『……窮餓世界是全仗同情過活的。但窮人也不能始終全用同情……人究竟應該給自己也留下

一點同情來！……並非我沒有慈悲，是生活不知道慈悲！』……教人『知道愛』『知道忍耐』的亞拉藉夫對於『不知道慈悲的生活』簡直沒有方法了！他的信仰，他的非革命論，不是成了間接地鼓吹『人吃人』麼？不是鼓吹，也當是『縱容』呵！」陳哲君說道：「在這豺狼當道的，餓殍載途的今日，僅是幾個人的同情是不中用的！不但如是，和平的理想家把人類喚醒了，卻沒有法子幫他們脫離火坑」。「人類走到這將來，是應該經過多少鮮血的洪流呢，這是綏惠略夫的信仰！中國青年呀！你們曾經對於社會問題，人類將來問題，下過嚴密的思慮麼？你們曾經睜開眼來看過現實的世界麼？你們思想不衝突嗎？請問你們看了《工人綏惠略夫》有了什麼感觸？中國的青年呀！如果你們曾經對於社會改造問題，對於現實生活，對於當代各種思想都曾有過相當的接觸，而你們的血管裏還是有熱血的，你們的腦筋還是能起感覺的，那麼，你能不能看了《工人綏惠略夫》而不跳起來？能不能漠漠然把書放下就摺開了呢？不能不能，這部書裏講到的問題，逼著你對於人生取一種態度呢！然而《工人綏惠略夫》出版一年了，卻不見有人寫信到本欄講起，這其中的緣故，想來叫人心抖呢！青年！青年！提起你們的熱情來！把這本《工人綏惠略夫》當作教科書罷！」陳哲君的話語，道出了五四時期激進青年的心聲，從中可以領悟到為什麼中國現代歷史從新文化啟蒙轉向了社會革命。

　　正是由於中國醞釀著一場新的社會革命，與《工人綏惠略夫》有些相似之處的路卜洵著《灰色馬》也受到新文化陣營的關注。鄭振鐸譯《灰色馬》，先是 1922 年 7 月至 12 月

在《小說月報》第 13 卷第 7-12 號連載（第 9 號未載），隨後由商務印書館於 1924 年 1 月推出單行本；1936 年 3 月，商務印書館又出版了映波譯本《黑色馬》。沈雁冰在《小說月報》第 13 卷第 7 號「最後一頁」中指出：「近代俄國文學，借批評家批評屠格涅甫的著作的一句話來代表，只是『俄國每一政治變動前青年思想的顫動底寫真』，《灰色馬》便是最近這次俄國大變動的『前夜』的青年思想的寫真；虛無主義，馬克思主義，無抵抗主義……等思潮的交流在俄國青年思想上織成了『愛與憎的紛糾』，都在《灰色馬》裏濃厚的表現出來。這一部傑作，在這點上，希望讀者不會滑滑的看過！」「我們去年登過《工人綏惠略夫》的譯本，我們初以為這本書裏所提出的『愛與憎的紛糾』的問題將引起中國青年莫大的討論，然而竟寂然！一般青年卻只在『月光』『玫瑰』『酒』上打圈子，我們真失望極了！難道中國青年真已疲倦了，莫有餘力注意更嚴重的問題？抑竟是『視而不見』呢？……我們今次不禁對於《灰色馬》的介紹抱有同樣的希望，或者我們不至於和前次一樣的失望罷？」

《灰色馬》以日記體形式展示了社會革命黨人的暗殺行動與心理狀態。既是敘事者、又是主人公的社會革命黨人佐治，與四個同伴，到 N 地方去暗殺總督。第一次計劃暴露，未能實施。第二次炸藥包擲向總督乘坐的馬車，車夫死，而總督僥倖未傷。第三次才告成功。作品的重點在刻畫社會革命黨人心理世界的重重矛盾。譬如，佛里哀相信愛，崇慕耶穌，可是另一方面又要執行暗殺任務，為此深感苦惱。他只好這樣自我安慰：「我們去殺人是要叫此後沒有人再會被

殺；是要叫人類永遠依著聖律而生活著，是要叫愛永遠在人類的運命裏光耀著。」佐治不只是從事暗殺的社會革命黨人，更是徹頭徹尾的虛無主義者。他因勇敢而機智，每每被上級委以暗殺專制政府官員的重任。但他漸漸地開始自我質疑：我為什麼殺人？為了自由，不做奴隸？自己的暗殺與比利時軍官在剛果時見聞的慘劇——黑兵從對岸捉來利格羅人，縛在桿上做射鵠，以消度時光，而黑兵被對方捉住後，雙足與二手臂被割下，第二天頭也被割下——有何不同？社會公道要求以眼還眼、以牙還牙，而人道則呼籲不要殺人。佐治在暗殺成功後，與依梨娜幽會。此時他痴迷於愛情，可見虛無主義者並非一切皆虛無。他守侯依梨娜的丈夫，要求決鬥，對方不開槍，他開槍打死對方。在經歷了一次又一次敵人的或戰友的或情敵的死亡之後，佐治對生活厭倦起來。當上級又決定派他負責一次新的暗殺活動時，他拒絕了。「我是倦於生活。我對我的說話，我的思想，我的欲望都厭倦了——我厭倦一切人，厭倦他們的生活。他們與我之間，有個東西間隔著。有許多神聖的界線，我的界線是血污了的刀。」孩子時，「我天真地愛一切人，我愛生命之樂。現在，我誰也不愛了。我不想愛，而我也不能愛了。」「我是孤獨的。我要離開這沈悶的傀儡陳列所。即使天上樂園的門為我而開……我卻仍然要說：『一切都是假的，一切都是空的。』」佐治決定自殺。

　　這部作品誠然表現出世紀之交俄國社會的革命風潮，但更為重要的是刻畫了虛無主義者的多重性格與暴力的複雜效應，告訴人們反抗的正義與悲壯不能證明盲目仇殺的合理。正如鄭振鐸在《譯者引言》中說：「佐治不惟是一個實

行的革命者，而且是思想上的革命者。他是個極端反抗者。
他不信仰宗教，不信仰上帝及一切超自然的神，不信仰人間
的一切法律與道德，甚至連自己所從事的事業也不信仰，連
他們黨中的標語：『土地與自由』的一句話，也不信仰。」
「他的憎厭與懷疑到了極點，便領受了尼采的超人主義。」
「他的殺人，不是為了主義，也不是為了愛，僅僅是不願意
生活著和平的生活，而欲以流血為樂的。……這完全是生的
厭倦與生的懷疑的歸宿。」鄭振鐸引申開去，指出「不惟佐
治的思想是如此，便是近代的人也至少有一部分是充滿了這
懷疑與厭倦，帶了佐治式的冷酷與忽視一切的色彩的。所以
這實是近代的問題，不獨是佐治的——一個恐怖黨的——心
理的分析而已。在這個地方，《灰色馬》便有了普遍的價值
了，便與沙寧同樣的有研究的必要了。」近代以來，俄國虛
無黨一直為中國所關注，世紀之交翻譯了一批描寫虛無黨人
的作品，譯者與讀者對那些為社會正義而從事暗殺的虛無黨
人多有欽佩之意，未始不希望中國也出現這種恐怖主義的革
命黨，畢其功於一役，加快中國現代化進程。但是，恐怖主
義的暗殺畢竟不是推動歷史進步的良方，況且由於國情不
同，國民性格相異，暗殺專制者的行為與文學在中國始終沒
有衍成風氣。到了五四時期，新文學陣營一方面著眼於社會
正義，希冀國人覺醒與振奮，勇於向社會的黑暗腐惡勢力挑
戰；另一方面從人道主義出發，對虛無主義和盲目的暴力表
示出擔心與警惕。鄭振鐸在《譯者引言》裏談到翻譯這部書
的原因時，就說第一是自己讀這書時，極受他大膽直率的思
想與句法短勁而美麗、敘述活潑而深入的藝術所感動，第二

是「覺察得佐治式的青年，在現在過渡時代的中國漸漸的多了起來。雖然他們不是實際的反抗者，革命者，然而在思想方面，他們確是帶有極濃厚的佐治的虛無思想的——懷疑，不安而且漠視一切。這部書的介紹，也許對於這一類人與許多要瞭解他們的人，至少有可以參考的地方。」瞿秋白在《序》裏也批評「最後的虛無主義者」佐治那種「民粹派末流一種頹廢強噪的，並且虛偽欺罔的派調」，並且說暗殺主義毀壞了曾經是偉大而且富有人才的社會革命黨。沈雁冰在《序》中也希望現代青年在關注《灰色馬》時一並牢記一句話：「社會革命必須有方案，有策略，以有組織的民眾為武器；暗殺主義不是社會革命的正當方法。」後來，中國革命成功於「有組織的民眾」，而非佐治式的暗殺主義，正與新文學前驅者翻譯推介《灰色馬》的願望相合。

　　鄭振鐸、瞿秋白、沈雁冰偏重於政治上、思想上的領悟，而同是文學研究會會員的俞平伯，對《灰色馬》卻另有一番讀法。他側重於生命哲學的感悟：「簡單地說，靈明即是苦難底根源，懷疑和厭倦都從此發生。在路上的我們本可以安然走著的，快快活活走著的（生物界大都如此）。只因為我們多有了靈明，既瞻前，又顧後，既問著，又答著。這樣，以致於生命和趣味游離，悲啼掩住了笑，一切遍染上灰色。如我們能實行《灰色馬》中依梨娜發的口令：『接吻罷，不要思想了。』大家如綠草般的生活著，春天生了，秋天死了，一概由他！這是何等的幸運呢！可惜，這種綺語徒勞我們底想望。我們還是宛轉呻吟著以至於死。『如你們初次在路上，你們該唱愚底戀歌；如你們徬徨於中道，你們該唱死底戀

歌。』這是《灰色馬》譯本我的讀後感。」[31]詩無達詁，《灰色馬》能夠引發如此感想，也可見出翻譯文學在選擇與接受上的複雜性。

十月革命給俄國歷史帶來了翻天覆地的變化，其表徵之一就是赤色文學的誕生與成長。五四文壇對此予以熱情的關注。結集出版的單行本有《蘇俄的文藝論戰》（任國楨譯，魯迅校訂，北新書局 1925 年 8 月初版）、《白茶（蘇俄獨幕劇集）》（曹靖華譯，收班珂《白茶》、奧畾良《永久的女性》、伯蘭茨維基《小麻雀》、亞穆柏《千方百計》與《可憐的裴迦》，北新書局 1927 年 4 月初版）等。

《小說月報》對蘇俄文學就多有推介。12 卷號外《俄國文學研究》「譯叢」就刊有《赤色的詩歌》與「赤俄小說三篇」（振亞譯、M. Michels《蓋屋的人》、振亞譯、Gregory Sannikoff《四人的故事》、小柳譯、Arkady Averchenko《死的救星》）。署名 C. Z、C. T（耿濟之、鄭振鐸）同譯的《赤色的詩歌　第三國際黨的頌歌》，實為《國際歌》。1888年 6 月，法國工人狄蓋特根據巴黎公社詩人鮑狄埃於 1871年 6 月所作的詩篇譜曲，《國際歌》遂逐漸流傳至世界各地。原詩分六段，1917-1944 年蘇聯採用為國歌，歌詞用原詩的一、二、六段。因收在俄國工人詩歌集《赤色的詩歌》裏，所以譯者把它作為俄羅斯詩歌翻譯過來，最初發表於 1921年 5 月 27 日《民國日報·覺悟》，後收入《俄國文學研究》。C. T（即鄭振鐸）在篇末附注中說，1920 年從友人那裏得到

---

[31]　《跋〈灰色馬〉譯本》。

一本海參崴「全俄勞工黨」的出版物《赤色的詩歌》，覺得「充滿著極雄邁，極充實的革命的精神，聲勢浩蕩，如大鑼大鼓之槌擊，聲滿天地，而深中乎人人的心中。雖然也許不如彼細管哀弦之淒美，然而浩氣貫乎中，其精彩自有不可掩者，真可稱為赤化的革命的聲音。不惟可以藉此見蘇維埃的革命的精神，並且也可以窺見赤色的文學的一斑。」這一評價自然包含了詩集的第一篇《第三國際黨的頌歌》。

　　瞿秋白 1920 年旅俄途經哈爾濱時，在參加俄國人慶祝十月革命三周年大會上首次聽到《國際歌》。1923 年春夏之交，由他再次譯成中文，並配上曲譜發表在 1923 年 6 月 15 日出刊的《新青年》季刊第 1 期。這次如實披露了作者為法國的革命詩人柏第埃。瞿秋白曾任《晨報》駐俄記者，對俄蘇文學有切近的觀察與體驗，因而有較多的介紹。他在《赤都心史》中談到了與馬雅可夫斯基的會面，在為鄭振鐸所著《俄國文學史略》撰寫的第十四章「勞農俄國的新作家」中，介紹馬雅可夫斯基與謝曼諾夫等，並翻譯過高爾基小說。30 年代，他在俄蘇文學翻譯上有更多的建樹。

　　五四時期緊緊追踪白銀時代的匆匆步履，在並肩同行一段之後，由於俄羅斯社會文化急速的蘇維埃化，白銀時代便悄然結束了，不久，中國現代文學也進入了一個新的歷史階段。但白銀時代的翻譯卻成為中國現代文學的一筆寶貴的財富。整個俄羅斯文學的翻譯也並沒有因為社會文化的變遷而減弱，反而由於翻譯隊伍的擴大、翻譯經驗的積累等原因，有了更大規模的展開，尤其是俄蘇文學的翻譯取得了顯著的成績。

後　記

　　步入 20 世紀以來，翻譯文學成為中國文學的一大景
觀，逐漸融入中國人文修養的血脈。如果抽去了翻譯文學，
不要說創作與批評會面貌迥異，就是普通讀者的文學記憶也
將出現許多空白。但在學術界，相當長的時間裏，翻譯文學
卻受到不應有的冷落。或許這是因為在外國文學研究者看
來，翻譯文學已經不是本來意義的外國文學，而在中國文學
研究者看來，翻譯文學也算不上中國文學，學科分野的過細
與刻板，限制了學術視野的拓展；另外，對外語水平與知識
廣度的要求，恐怕也給翻譯文學的研究抬高了門檻。近年
來，在全球化語境的推動下，比較文學加速發展，翻譯文學
研究才有了轉機。

　　正是在這種背景下，我於 1998 年以「五四時期的翻譯
文學」為題，向中國社會科學院申請基礎課題，獲得批准。
當時，我沒有想到這個課題會有這樣大的難度，不知深淺地
計劃用兩年時間完成。在進行過程中，我才意識到兩年時間
遠遠不夠。為了準確把握翻譯選擇的動機、翻譯發展的脈
絡、翻譯文學的建樹及其效應，不僅要考察五四時期的文化
背景，要閱讀大量的翻譯文本，而且還須瞭解原著在作者創
作生涯乃至所在國文學史上的地位，還有各種翻譯文本之間
的比較，譯者翻譯與其創作之間關係的尋繹等等，有時我覺
得自己好像飄在汪洋大海上的一葉扁舟，航程遙遠而充滿風

險。隨著原始資料的搜尋、爬梳，思路漸漸清晰起來，才增強了信心，一程一程地向前推進。為了材料的真實而新鮮、論述的準確而生動，記不清跑了多少路，也不知付出了多少心血。其間，有翻閱舊報刊灰塵滿面一連數日一無所獲的沮喪，也有終於發現易卜生《娜拉》在中國初演時間的欣喜，有爬梳歷史資料與斟酌論述結構的枯燥乏味，也有為翻譯歷史細節與譯文審美情境所帶來的深深感動。時光就這樣悄悄地過去了六年，伴隨著兩鬢白髮的增多，積累了手頭這部書稿。我深知，相對於五四時期翻譯文學的廣闊空間而言，我只是剛剛起步而已，今後當繼續努力，爭取新的收穫。

讓我感到幸運的是，我的一點探索得到臺灣中國文化大學宋如珊教授的熱情肯定，也再次得到秀威公司宋政坤總經理的慷慨支援。由衷感激之情，言辭豈能道盡！

臺灣之於我，曾經是那樣的遙遠而飄渺，當 2003 年有緣親臨寶島，感覺又是如此的切近而親切。陽明山的清幽，學者的儒雅，中國文化大學到處洋溢的傳統文化氛圍，都給我留下了十分深刻的印象。宋如珊教授與宋政坤總經理、還有秀威公司諸位，在「大陸學者叢書」出版工作中所表現出來的遠見卓識、創新意識與負責精神，愈加豐富了我的臺灣認識，欽佩感油然而生。唯願這套叢書的出版，如宋教授所說會是兩岸學術交流的美好開端，同時，也成為增進瞭解、加深感情的堅韌紐帶。

張中良

2005 年 3 月 16 日　於北京

參考書目

　　本書目大致以類別為單元排列，順序為：翻譯理論與翻譯交流史、泰戈爾、日本文學、易卜生、兒童文學、俄羅斯文學、現代翻譯家等。

■翻譯理論與翻譯交流史

樂黛雲：《比較文學與中國現代文學》，北京大學出版社，1987年8月。

陳福康：《中國譯學理論史稿》，上海外語教育出版社，1992年11月。

鄒振環：《影響中國近代社會的一百種譯作》，中國對外翻譯出版公司，1994年7月。

孟憲強：《中國莎學簡史》，東北師範大學出版社，1994年8月。

錢林森：《法國作家與中國》，福建教育出版社，1995年12月。

王錦厚：《五四新文學與外國文學》，四川大學出版社，1996年2月第2版。

張柏然、許鈞主編《譯學論集》，譯林出版社，1997年5月。

王克非編著：《翻譯文化史論》，上海外語教育出版社，1997年10月。

郭延禮：《中國近代翻譯文學概論》，湖北教育出版社，1998年3月。

許鈞主編《翻譯思考錄》，湖北教育出版社，1998年11月。

周發祥、李岫主編：《中外文學交流史》，湖南教育出版社，1999年1月。

王宏志：《重釋「信達雅」——二十世紀中國翻譯研究》，東方
　　出版中心，1999 年 12 月。

劉炎生：《中國現代文學論爭史》，廣東人民出版社，1999 年 12 月。

殷克琪著、洪天富譯：《尼采與中國現代文學》，南京大學出版
　　社，2000 年 1 月。

王寧：《比較文學與當代文化批評》，人民文學出版社，2000 年
　　1 月。

王宏志編：《翻譯與創作——中國近代翻譯小說論》，北京大學
　　出版社，2000 年 3 月。

喬曾銳：《譯論：翻譯經驗與翻譯藝術的評論和探討》，中華工
　　商聯合出版社，2000 年 5 月。

張大明編著：《西方文學思潮在現代中國的傳播史》，四川教育
　　出版社，2001 年 1 月。

許鈞等：《文學翻譯的理論與實踐：翻譯對話錄》，譯林出版社，
　　2001 年 4 月。

孟昭毅：《東方文學交流史》，天津人民出版社，2001 年 8 月。

錢林森、（法）莫爾威斯凱主編：《20 世紀法國作家與中國——
　　99'南京國際學術研討會》，南京大學出版社，2001 年 9 月。

王向遠：《東方各國文學在中國——譯介與研究史述論》，北京
　　師範大學出版社，2001 年 10 月。

王向遠：《比較文學學科新論》，江西教育出版社，2002 年 3 月。

衛茂平、馬佳欣、鄭霞：《異域的召喚——德國作家與中國文化》，
　　寧夏人民出版社，2002 年 8 月。

藍棣之、解志熙編：《遠去的背景——清華大學中文系紀念朱自
　　清新文學研究論文集》，中國社會科學出版社，2002 年 9 月。

王建開：《五四以來我國英美文學作品譯介史（1919-1949）》，
　　上海外語教育出版社，2003 年 1 月。

張旭春：《政治的審美化與審美的政治化——現代性視野中的中

英浪漫主義思潮》，人民出版社，2004 年 1 月。

王向遠：《翻譯文學導論》，北京師範大學出版社，2004 年 7 月。

賈植芳、陳思和主編《中外文學關係史資料滙編（1898-1937）》，
　　上、下冊，廣西師範大學出版社，2004 年 10 月。

■泰戈爾

魏鳳江：《我的老師泰戈爾》，貴州人民出版社，1986 年 8 月。

張光璘編：《中國名家論泰戈爾》，中國華僑出版社，1994 年。

王樹英編：《中印文化交流與比較》，中國華僑出版社，1994 年
　　10 月。

侯傳文：《寂園飛鳥─泰戈爾傳》，河北人民出版社，1999 年 1 月。

孫宜學編著：《泰戈爾與中國》，河北人民出版社，2001 年 1 月。

■日本文學

秦弓：《覺醒與掙扎──20 世紀初中日「人的文學」比較》，東
　　方出版社，1995 年 2 月。

劉立善：《日本白樺派與中國作家》，遼寧大學出版社，1995 年
　　3 月。

王向遠：《二十世紀中國的日本翻譯文學史》，北京師範大學出
　　版社，2001 年 3 月。

王中忱：《越界與想像：20 世紀中國、日本文學比較研究論集》，
　　中國社會科學出版社，2001 年 8 月。

方長安：《選擇・接受・轉化──晚清至 20 世紀 30 年代初中國
　　文學流變與日本文學關係》，武漢大學出版社，2003 年 6 月。

北京日本學研究中心文學研究室編：《日本文學翻譯論文集》，
　　人民文學出版社，2004 年 2 月。

■易卜生

《易卜生評論集》，外語教學與研究出版社，1982 年 12 月。

王寧編：《易卜生與現代性：西方與中國》，百花文藝出版社，
　　2001 年 3 月。

■兒童文學

朱自強：《中國兒童文學與現代化進程》，浙江少年兒童出版社，
　　2000 年 12 月。
韋葦：《世界童話史》修訂本，福建教育出版社，2002 年 10 月。
韋葦：《外國童話史》，河北少年兒童出版社，2003 年 2 月。

■俄羅斯文學

王富仁：《魯迅前期小說與俄羅斯文學》，陝西人民出版社，1983
　　年 10 月。
陳漱渝主編：《世紀之交的文化選擇——魯迅藏書研究》，湖南
　　文藝出版社，1995 年 2 月。
藤井省三著、陳福康編譯：《魯迅比較研究》，上海外語教育出
　　版社，1997 年 3 月。
陳建華：《二十世紀中俄文學關係》，學林出版社，1998 年 4 月。
汪劍釗：《中俄文字之交——俄蘇文學與二十世紀中國新文學》，
　　灕江出版社，1999 年 3 月。
李毓臻主編：《20 世紀俄羅斯文學史》，北京大學出版社，2000
　　年 8 月。
張鐵夫主編：《普希金與中國》，岳麓書社，2000 年 9 月。
周啟超：《白銀時代俄羅斯文學研究》，北京大學出版社，2003
　　年 6 月。
汪介之、陳建華：《悠遠的回響——俄羅斯作家與中國文化》，
　　寧夏人民出版社，2002 年 8 月。

■現代翻譯家

陳福康：《鄭振鐸論》，商務印書館，1991 年 6 月。

高惠群、烏傳袞：《翻譯家嚴復傳論》，上海外語教育出版社，
　　1992 年 10 月。

秋陽：《謝六逸評傳》，貴州民族出版社，1997 年 5 月。

丁言模：《曹靖華》，上海外語教育出版社，1998 年 9 月。

鄭振偉：《鄭振鐸前期文學思想》，人民文學出版社，2000 年 11 月。

國家圖書館出版品預行編目資料

五四時期的翻譯文學／張中良著. -- 一版. --
臺北市：秀威資訊科技，2005 〔民 94〕
面； 公分. -- （大陸學者叢書；CG0007）
參考書目：面
ISBN 978-986-7263-54-4（平裝）

1. 翻譯 – 中國 – 歷史

811.709   94013502

五四時期的翻譯文學

作　　者 / 張中良
發 行 人 / 宋政坤
執行主編 / 宋如珊
執行編輯 / 李坤城
圖文排版 / 郭雅雯
封面設計 / 莊芯媚
數位轉譯 / 徐真玉　沈裕閔
圖書銷售 / 林怡君
網路服務 / 徐國晉
出版印製 / 秀威資訊科技股份有限公司
　　　　　台北市內湖區瑞光路 583 巷 25 號 1 樓
　　　　　電話：02-2657-9211　　傳真：02-2657-9106
　　　　　E-mail：service@showwe.com.tw
經 銷 商 / 紅螞蟻圖書有限公司
　　　　　台北市內湖區舊宗路二段 121 巷 28、32 號 4 樓
　　　　　電話：02-2795-3656　　傳真：02-2795-4100
　　　　　http://www.e-redant.com

2006 年 7 月　BOD 再刷
定價：420 元

・請尊重著作權・

Copyright©2006 by Showwe Information Co.,Ltd.

讀 者 回 函 卡

感謝您購買本書，為提升服務品質，煩請填寫以下問卷，收到您的寶貴意見後，我們會仔細收藏記錄並回贈紀念品，謝謝！

1.您購買的書名：_____

2.您從何得知本書的消息？

　　□網路書店　□部落格　□資料庫搜尋　□書訊　□電子報　□書店

　　□平面媒體　□ 朋友推薦　□網站推薦　□其他_____

3.您對本書的評價：(請填代號　1.非常滿意 2.滿意 3.尚可 4.再改進)

　　封面設計____　版面編排____　內容____　文/譯筆____　價格____

4.讀完書後您覺得：

　　□很有收獲　□有收獲　□收獲不多　□沒收獲

5.您會推薦本書給朋友嗎？

　　□會　□不會，為什麼？_____

6.其他寶貴的意見：_____

_____

_____

_____

讀者基本資料

姓名：_____　年齡：_____　性別：□女 □男

聯絡電話：_____　E-mail：_____

地址：_____

學歷：□高中(含)以下　　□高中　　□專科學校　　□大學

　　　□研究所(含)以上 □其他_____

職業：□製造業 □金融業 □資訊業 □軍警 □傳播業 □自由業

　　　□服務業 □公務員 □教職　　□學生 □其他_____

<table>
<tr><td>請 貼
郵 票</td></tr>
</table>

To：114

台北市內湖區瑞光路 583 巷 25 號 1 樓

秀威資訊科技股份有限公司　　　收

寄件人姓名：

寄件人地址：□□□

(請沿線對摺寄回,謝謝!)

秀威與 BOD

BOD（Books On Demand）是數位出版的大趨勢，秀威資訊率先運用 POD 數位印刷設備來生產書籍，並提供作者全程數位出版服務，致使書籍產銷零庫存，知識傳承不絕版，目前已開闢以下書系：

一、BOD 學術著作—專業論述的閱讀延伸
二、BOD 個人著作—分享生命的心路歷程
三、BOD 旅遊著作—個人深度旅遊文學創作
四、BOD 大陸學者—大陸專業學者學術出版
五、POD 獨家經銷—數位產製的代發行書籍

BOD 秀威網路書店：www.showwe.com.tw
政府出版品網路書店：www.govbooks.com.tw

永不絕版的故事・自己寫・永不休止的音符・自己唱